BASTEI LÜBBE

Von R. J. Pineiro sind die folgenden BASTEI LÜBBE Taschenbücher lieferbar:

14 682 Ch@os
14 880 P@nik

R. J. PINEIRO

DE@D LINE

THRILLER

AUS DEM AMERIKANISCHEN ÜBERTRAGEN
VON
KARIN MEDDEKIS

BASTEI LÜBBE

BASTEI LÜBBE TASCHENBUCH
Band 15 088

Erste Auflage: Februar 2004

Bastei Lübbe Taschenbücher ist ein Imprint
der Verlagsgruppe Lübbe

Deutsche Erstveröffentlichung
Titel der amerikanischen Originalausgabe: CONSPIRACY.COM

Umschlaggestaltung: Tanja Østlyngen
Titelbild: Ken Reid/Getty Images
Satz: hanseatenSatz-bremen, Bremen
Druck und Verarbeitung: GGP Media, Pößneck
Printed in Germany
ISBN 3-404-15088-0

Sie finden uns im Internet unter
www.luebbe.de

Der Preis dieses Bandes versteht sich einschließlich
der gesetzlichen Mehrwertsteuer.

Dank an diejenigen, die während des langen Weges
meine Hand hielten:

Lory Anne, die mir immer wieder Mut gemacht hat.
Matt Bialer, meinen Entdecker und Förderer.
Bob Gleason, Andy Zack und Gary Muschla,
von denen ich viel gelernt habe.
Tom Doherty, der an mich glaubt.

Und

dem heiligen Judas, der es immer wieder möglich macht.

DANKSAGUNGEN

Die Idee zu diesem Roman hatte Tom Doherty. Seiner Meinung nach ist die am meisten gefürchtete Behörde der Vereinigten Staaten das Finanzamt. Dem kann ich nur zustimmen. Die Angst, die einem die Kehle zuschnürt, wenn man einen Brief von der Finanzbehörde erhält, bei dem es sich *nicht* um eine Steuerrückzahlung handelt, ist unvergleichlich. Die Finanzbehörde hat mehr Macht über die Einwohner dieses Staates als jede andere staatliche Institution. Der in diesem Roman geschilderte Missbrauch dieser Macht und der Schrecken, der dadurch verbreitet werden könnte, bilden die Grundlage dieser Geschichte.

Für die Hilfe und Unterstützung während der Arbeit an diesem Roman danke ich den folgenden Personen, die ihre Zeit und Energie geopfert haben, um die Geschichte zu verbessern. Mögliche Fehler sind mein alleiniges Verschulden.

Mein Dank geht an das hervorragende Team von Tor/Forge, besonders an Tom Doherty, Bob Gleason, Linda Quinton, Karen Lovell, Jennifer Marcus und Brian Callaghan. Herzlichen Dank für die großartige Unterstützung und Betreuung während meines Aufenthalts in New York.

Weiter geht mein Dank:

An Matthew Bialer, meinen erfahrenen Agenten und treuen Freund bei William Morris. In dieser Branche kann man keinen besseren Verbündeten finden.

An meinen Freund Dave, für die technische Durchsicht des Manuskripts.

An meine Gattin Lory. Du bist mein Fels in der Brandung und ermöglichst es mir immer wieder zu träumen.

An meinen Sohn Cameron. Mögest du die Hartnäckigkeit und Fantasie besitzen, deine Träume Wirklichkeit werden zu lassen.

An den Rest meiner Familie, die mich immer unterstützt und inspiriert.

Schließlich möchte ich all meinen Lesern danken. Ihre aufmunternden Briefe und E-Mails machen mir Mut, weiterhin Romane zu schreiben. Bitte notieren Sie sich meine E-Mail-Adresse und meine Website und schreiben Sie mir weiterhin!

Alles Gute!

R. J. Pineiro
Austin, Texas
Juli 2000

Besuchen Sie die Website von R. J. Pineiro
(www.rjpineiro.com) oder schicken Sie ihm eine E-Mail an
author@rjpineiro.com.

... so sind sie, die das Gesetz nicht haben, sich selbst Gesetz.

Römer 2, 14

Prolog

Blitze zuckten über den texanischen Himmel. Das stroboskopische Licht erhellte die menschenleere Gasse in der Innenstadt von Austin. Special Agent Dave Nolan vom FBI hörte den grollenden Donner ein paar Sekunden später, ehe die Dunkelheit wieder hereinbrach.

Nolan trug ein schwarzes T-Shirt und dunkle Jeans. Vor neugierigen Blicken geschützt, kauerte er zwischen zwei überfüllten Müllcontainern und lauschte dem Rascheln der Ratten, die sich über den Müll hermachten. Er erhob sich vorsichtig ein Stück und legte das Nachtsichtgerät auf die Kante des verrosteten Containers.

Der FBI-Agent fluchte im Stillen über den Gestank, die kreischenden Ratten und das Unwetter. Das Nachtsichtgerät, das die Dunkelheit sichtbar machte und in grünes Licht tauchte, leuchtete auf, als ein Blitz über den Himmel zuckte. Das grelle Licht brannte in seinen Augen und blendete ihn den Bruchteil einer Sekunde.

Nolan blinzelte und drehte am Rädchen des Nachtsichtgeräts, um den Blick auf die Rückseite des Hauses auf der anderen Straßenseite schärfer einzustellen. Dann wandte er seine Aufmerksamkeit wieder den etwa ein Dutzend Fenstern im zweiten Stock zu. Der Vorhang war immer noch zugezogen – für ihn das Zeichen, in Position zu bleiben.

Er schaute stirnrunzelnd auf die Uhr.

Wo bleibt sie nur?

Seine Informantin war viel zu spät dran. Sie hatten sich für heute Abend um neun verabredet. Nolan war eine Stunde früher gekommen. Er hatte sich die Gegend genau angesehen und diesen Platz ausgewählt, um auf das Zeichen zu warten. Um Viertel nach neun stieg Unbehagen in ihm auf. Seine langjährige Berufserfahrung riet ihm, sich abzusetzen und auf eine andere Gelegenheit zu warten. Doch seine Informantin hatte angedeutet, ihr Arbeitgeber verdächtige sie, das FBI zu kontaktieren, und dass sie nun um ihr Leben fürchte. Daher machte Nolan eine Ausnahme und wartete noch eine Weile.

Er ließ den Blick seufzend über das ganze Gebiet schweifen. In den nächsten fünf Minuten beobachtete er beide Straßenenden, sämtliche Fenster, Dächer und Feuerleitern – Stellen, an denen ein Scharfschütze sich verstecken und ihn unter Beschuss nehmen könnte. Dave Nolan arbeitete seit fünfundzwanzig Jahren beim FBI und wusste, wie wichtig diese Vorsichtsmaßnahme war – fast ebenso lebenswichtig wie die Beretta, die im Rücken unter seiner Jeans steckte.

Seine Suche ergab nichts, und der Vorhang hinter dem Zielfenster war noch immer zugezogen.

Zwanzig nach neun.

Du musst hier abhauen.

Nolan zögerte und verfluchte die missliche Lage. Seit mehreren Wochen wusste das FBI von einer Organisation in Austin, Texas, die in großem Stil Geldwäsche betrieb. Ein Hightechunternehmen steckte mit einer hiesigen Bank unter einer Decke. Den Hinweis hatten sie von einer Beamtin des IRS, der Finanzbehörde, erhalten, die anonym bleiben wollte. Die Finanzbeamtin war über Unregelmäßigkeiten in den Steuererklärungen der beiden Unternehmen gestolpert. Als sie sich an ihren Vorgesetzten wandte, sagte der ihr, sie solle sich keine Sorgen machen. Für die Angestellte stand damit eine Verwicklung der Finanzbehörde in diese mögliche Steuerhinterziehungsaffäre fest. Das veranlasste sie, sich mit dem FBI in Verbindung zu setzen.

Dave Nolan, der Special Agent aus Washington, dem der Fall anvertraut worden war, flog nach Austin, um sich mit der anonymen Angestellten zu treffen. Sie hatte darauf bestanden, mit jemandem vom FBI aus Washington zu sprechen. Offenbar traute sie niemandem vor Ort. Nolan hatte ihrem Vorschlag zugestimmt und ein Treffen für diesen Abend vereinbart. Es sollte in einer Wohnung stattfinden, die Nolan unter einem falschen Namen vor einer Woche gemietet hatte. Er wollte nicht gehen, ehe er die mysteriöse Dame getroffen und seiner Vorgesetzten, Karen Frost, über eine mögliche Verstrickung des IRS in diese Sache Bericht erstattet hatte.

Um das Risiko möglichst gering zu halten, dass ein eventueller Verfolger der Informantin die Beschattung des FBI aufdecken könnte, arbeitete Nolan ohne Unterstützung. Im FBI-Büro in Washington wurde dieser Schritt jedoch nicht einhellig begrüßt, und Nolan konnte ihn nur dank Karen Frosts Zustimmung durchsetzen.

Allmählich machte er sich Sorgen.

Als vor dem Nachtsichtgerät Funken sprühten, sprang er zurück in die Lücke. Ein schriller Ton drang ihm ans Ohr, und eine Kugel sauste wie eine wütende Hornisse an seinem Kopf vorbei.

Nolan ließ das Nachtsichtgerät sinken und lauschte dem Rückzug einer Horde Ratten. Eine lief genau an seinen Füßen vorbei. Der FBI-Agent zog die Beretta 92FS, entsicherte sie und spannte den Hahn.

Was geht hier vor sich? Ist es eine Falle?

Hau ab und mach dir später Gedanken darüber!

Ihm schossen verschiedene Möglichkeiten durch den Kopf, als er sich wieder in die schützende Lücke kauerte. Zuerst richtete er die Waffe auf die Gasse vor ihm, die in Dunkelheit gehüllt war. Dann zielte er auf das überstehende Dach, das man in der Dunkelheit kaum erkennen konnte.

»Wo bist du?«, flüsterte er, während er die Beretta langsam hin und her bewegte.

Jemand hatte entweder vom Dach oder von einem Fenster auf ihn geschossen. Vermutlich vom Wohnhaus auf der anderen Straßenseite, damit er sein Versteck nicht verlassen konnte. Der Heckenschütze, der einen Schalldämpfer besaß, benutzte mit Sicherheit ebenfalls ein Nachtsichtgerät.

Nolan atmete tief ein, umklammerte die Beretta und rief sich die Position der anderen Müllcontainer in der Gasse in Erinnerung.

Ein Blitz zuckte auf.

Der FBI-Agent rollte ein Stück über den Boden und rannte los. Er hielt sich links, da der Schuss aus der anderen Richtung abgefeuert worden war. Wasser spritzte, als er durch eine Pfütze lief und hektisch ein neues Versteck suchte. Eine Kugel prallte vom Boden ab; kleine Betonsplitter sirrten durch die Luft.

Nolan warf sich hinter einem anderen Müllcontainer zu Boden und ließ den Blick schweifen. In Sekundenschnelle dachte er über weitere Schritte nach. Genau gegenüber, auf der anderen Straßenseite, entdeckte er einen Notausgang. Die Tür war bestimmt von außen verschlossen. Wenn er sie öffnen und aus der Schusslinie entkommen könnte, hätte er innerhalb des Gebäudes vielleicht die Chance, sich in Sicherheit zu bringen. Falls die Tür mit einer Alarmanlage verbunden war, würde die Sirene die Verfolger verjagen und die Polizei alarmieren.

Nolan richtete die Beretta auf das Türschloss, das etwa vier Meter entfernt war, und fragte sich, wann der Heckenschütze seinen Plan durchschauen würde.

Wieder zuckten Blitze über den Himmel und erleuchteten die Gasse, als Nolan sich nach vorn beugte und dreimal schnell hintereinander auf das Schloss feuerte. Der ohrenbetäubende Lärm hallte von den Mauern wider.

Wieder zuckte ein Blitz über den Himmel. Nolan sprang auf und rannte auf die Tür zu. Plötzlich sah er aus dem Augenwinkel links von ihm jemanden stehen, ganz nah, zu nah, um die Waffe auf ihn zu richten.

Ein schneller, gewaltiger Schlag traf seine Nerven unmittelbar neben dem Ohr.

Der FBI-Agent sank benommen zu Boden. Mit verschwommenem Blick erkannte er die stämmige Gestalt, die sich über ihn beugte und ihm eine Waffe auf die Brust presste.

»Wer sind Sie?«, fragte der Fremde.

Nolan blinzelte, und im Licht des Blitzes sah er ein kantiges Gesicht mit kurzem blondem Haar und eiskalten, blauen Augen.

»Ich frage Sie ein letztes Mal. Wer sind Sie? Für wen arbeiten Sie?«

»Wo ...?«, flüsterte Nolan. »Wo ist sie?«

»Sie sollten sich mehr Sorgen darüber machen, was gleich mit Ihnen geschieht, wenn Sie nicht sofort den Mund aufmachen.«

»Was ... was haben Sie mit ihr gemacht?«

Der Fremde grinste. »Es war *längst nicht* so schlimm wie das, was Sie gleich erleben werden.«

ERSTES BUCH

Berufswahl

Die allerbeste Belohnung, die das Leben bietet,
besteht darin, hart zu arbeiten und eine Arbeit zu haben,
die es wert ist, getan zu werden.

Theodore Roosevelt

1.

Mike betrat einen der Aufzüge im Foyer des Fairmont Hotels in San José, Kalifornien, und drückte auf den Knopf für den zehnten Stock. Als der Aufzug nach oben fuhr, wurde ihm leicht übel.

Entspann dich, sagte er sich, als eine Computerstimme das Erreichen des zehnten Stocks ankündigte und die Türen sich öffneten. Der Korridor war mit marineblauem Teppichboden ausgelegt, und auf Blumenhockern standen Vasen mit frischen Blumensträußen. Hinter den Vasen hingen verzierte Spiegel an den Wänden.

Mike schluckte besorgt, als er über den Gang schritt, um seine Zwölf-Uhr-Verabredung wahrzunehmen. Aus unsichtbaren Lautsprechern erklang Mozart. Um genau 11.59 Uhr stand er vor der Ecksuite Nummer 10/20.

Mike richtete noch einmal den Knoten seiner Krawatte, die er zum letzten Mal bei dem Vorstellungsgespräch vor zwei Wochen getragen hatte; dann klopfte er zweimal. Er wunderte sich über seine Nervosität, da dieses Vorstellungsgespräch im Grunde kaum eine Bedeutung hatte. Michael Patrick Ryan hatte schon lukrative Angebote von Microsoft, Oracle, Cisco Systems und sogar von Intel erhalten, die alle an der Westküste und in der Nähe lagen. Er hatte es gar nicht nötig, mit SoftCorp zu sprechen, einem unbekannten Unternehmen aus Austin, Texas. Diese Gegend gehörte nicht gerade zu Ryans bevorzugten Wohngebieten in den Vereinigten Staaten. Mike hatte sein ganzes bisheriges Leben in Nordkalifornien verbracht, und der Gedanke, Familie und Freunde zu verlassen, gefiel ihm nicht – so wenig wie seiner Frau Victoria: Die Aussicht, aus Kalifornien wegzuziehen und durchs halbe Land zu reisen, behagte ihr ganz und gar nicht. Doch Stanfords Vermittlungsagentur hatte strenge Regeln, was Vorstellungsgespräche betraf. Man bestand darauf, dass Mike allen Einladungen folgte, die man ihm vermittelte.

Entspann dich und lass dich auf das Spiel ein. Du hältst heute sämtliche Trümpfe in der Hand.

Einen Augenblick später öffnete ein Mann Mitte vierzig in einem Zweireiher die Tür. Er war gebräunt und gut gebaut. Als der Fremde lächelte, erinnerte er Mike an eine Zahnpastawerbung. Er erkannte Ron Witticas Gesicht wieder, das er gestern Abend im Internet gefunden hatte. Zur Website von SoftCorp gehörten einige Fotos und kurze Informationen übers Management. Mike, ein Hacker mit Leib und Seele, hatte mit dem Gedanken gespielt, in das System einzudringen, sich dann aber entschieden, stattdessen lieber fürs Examen zu büffeln.

»Michael Ryan?«, fragte Wittica, der noch immer lächelte. Dank des freundlichen Empfangs fühlte Mike sich gleich bedeutend wohler.

»Ja, Sir«, erwiderte er und reichte dem anderen die Hand.

»Ron Wittica. Freut mich, Sie kennen zu lernen.« Er drückte Mike fest die Hand.

»Ganz meinerseits, Mr Wittica«, erwiderte Mike höflich. Ihm fiel die Rolex an Witticas Handgelenk auf. Vermutlich war sie mehr wert als Mikes sechs Jahre alter Honda. Wittica hatte Mike vor über einem Monat telefonisch auf den Zahn gefühlt. Nachdem Mike wochenlang nichts mehr von dem Unternehmen gehört hatte, ging er davon aus, SoftCorp hätte kein Interesse an ihm. Plötzlich jedoch erhielt er von der Vermittlungsagentur eine E-Mail, die ihn über das heutige Vorstellungsgespräch informierte.

»Nennen Sie mich bitte Ron. Sie sehen übrigens viel besser aus als auf dem Foto.«

Mike war überrascht. Er konnte sich nicht erinnern, der Vermittlungsagentur ein Foto geschickt zu haben. *Ob sie es aus dem Jahrbuch haben?*, fragte er sich. Jetzt wünschte er sich, ins System von SoftCorp eingedrungen zu sein, um mehr über das Unternehmen zu erfahren. Doch ehe Mike nach der Herkunft des Fotos fragen konnte, legte Wittica ihm eine Hand auf die Schulter und führte ihn in die vornehm eingerichtete Suite. »Wir haben uns sehr auf das Gespräch mit Ihnen gefreut, Michael.«

»Sagen Sie bitte Mike.«

Wittica strich ihm über die Schulter. »Okay, Mike. Schön, dass Sie heute Zeit für uns haben. Wir wissen, wie beschäftigt Sie sind.«

Ach, tatsächlich?

Mike folgte diesem offenbar gut informierten Herrn in den Salon der Suite. Auf einer schwarzen Ledercouch saß ein Mann, der Mike den Rücken zuwandte und auf das Fenster schaute. Von hier aus hatte man eine wundervolle Aussicht auf das Silicon Valley und die Berge im Hintergrund, die sich bis ans Meer hinzogen.

»Mike, darf ich Ihnen Aaron Shapiro vorstellen, den Gründer und Generaldirektor unseres Unternehmens?«

Mike hatte auch das Foto des Generaldirektors auf der Website gesehen, aber nicht vermutet, ihn hier zu treffen. Wie oft stellte der Generaldirektor eines Unternehmens persönlich neue Leute ein, vor allem Berufsanfänger?

»Es ist mir eine Freude, Mike«, sagte Shapiro, der aufstand und ihm die Hand über den Tisch hinweg reichte. Shapiro musste in den Sechzigern sein, worauf auch sein faltiges Gesicht hinwies. Er hatte eine gute Figur, volles graues Haar und einen kräftigen Händedruck. Die blauen, intelligenten Augen musterten Mike aufmerksam.

»Ich freue mich auch, Mr Shapiro.«

»Sagen Sie bitte Aaron zu mir. Darf ich Ihnen einen Happen anbieten?« Der Generaldirektor von SoftCorp zeigte auf ein Tablett mit Kanapees, das auf einem Servierwagen neben der Couch stand.

»Vielen Dank, ich habe schon gegessen.«

»Kaffee? Wasser?«, fragte Wittica, der neben Mike stand.

»Ein Glas Wasser bitte.«

Während Wittica zur Minibar auf der rechten Seite des Zimmers ging, bot Shapiro Mike einen Platz auf einem der Sessel gegenüber der Couch an. Ein modernes Kunstwerk, das ihm nichts sagte, stand neben einem silbernen Tablett, auf dem eine Kanne Kaffee, Sahne, Zucker und drei Tassen standen.

»Mögen Sie moderne Kunst, Mike?«, fragte Shapiro, der Mikes Blick gefolgt war.

Mike machte es sich bequem, schlug die Beine übereinander und legte die Hände in den Schoß. »Ich ziehe die alten Meister vor.«

Shapiro schloss kurz die Augen und nickte. »Ich weiß, was Sie meinen. Ich kann mit dieser Art Kunst auch nichts anfangen. Wie denken Sie darüber?«

»Kunst ist wie ein Computerprogramm«, erwiderte Mike. »Entweder funktioniert es, oder es funktioniert nicht. Moderne Kunst funktioniert bei mir nicht. Sie fesselt mich nicht – im Gegensatz zu den Arbeiten von Botticelli, Rembrandt und Michelangelo. Das heißt nicht, dass moderne Kunst nichts taugt, aber sie kann mir nicht vermitteln, was sie anderen zu vermitteln scheint.«

Wittica und Shapiro sahen sich kurz an und nickten. Die Antwort schien ihnen zu gefallen.

Wittica reichte Mike ein Glas Wasser, ehe er sich in den zweiten Sessel setzte. »Ihre Leistungen sind beeindruckend, Mike«, sagte Wittica. »Abschiedsredner an der High School und ein meisterhafter Quarterback in der Footballmannschaft, was Ihnen zwei Stipendien für die Stanford-Universität eingebracht hat. Sie haben Ihr Studium zum Elektroingenieur in dreieinhalb statt vier Jahren abgeschlossen.«

»Und haben gleichzeitig Ihr Sportstudium abgeschlossen«, fügte Shapiro hinzu.

»Trotz Ihrer Knieverletzung im zweiten Studienjahr haben Sie nie ganz die Übung verloren und sogar ein paar Spiele absolviert. Bemerkenswert«, sagte Wittica.

»Nach Ihrem Studienabschluss«, fuhr Shapiro in aller Seelenruhe fort, als hätten sie diesen Schlagabtausch einstudiert, »lehnten Sie ein Angebot von Cisco Systems sowie einige andere ab, um ein Diplom in Informatik zu erwerben – obwohl Sie diese Entscheidung dazu zwang, ein Darlehen aufzunehmen, da beide Stipendien nach Ihrem ersten Studium ausliefen. Sie schlossen das Studium in anderthalb statt in zwei Jahren mit einem Diplom ab, das größtenteils mit dem Erfolg Ihrer Virtual-Reality-Software zu tun hatte. Diese brachte Ihnen drei Patente sowie lukrative Angebote von Microsoft, Oracle, Cisco und anderen Unternehmen ein.«

Beeindruckend, dachte Mike. Und dabei hatte keiner der beiden Unterlagen in der Hand.

Ehe Mike etwas erwidern konnte, fuhr Wittica fort und zählte weiter auf, wodurch Mike sich noch in Stanford hervorgetan hatte. Er war zweimal Fachschaftsvorsitzender gewesen und hatte einen Platz auf der Elite-Präsidentenliste gehabt, da er während des gesamten Studiums herausragende Leistungen gezeigt hatte.

»Sie sind ja gut informiert«, sagte Mike. Er war erleichtert, dass die beiden Herren seine Hackeraktivitäten an der High School und während seines ersten Studienjahres nicht erwähnten. Entweder wussten sie nichts davon, oder sie hatten beschlossen, vorerst nicht darauf einzugehen. Es war auch nicht so wichtig. Die Episode war noch einmal glimpflich abgelaufen. An der High School hatte man ihm lediglich auf die Finger geklopft, und in Stanford hatte man es nicht geschafft, die Einbrüche bis zu ihm zurückzuverfolgen. Anschließend hatte Mike sich gebessert, obwohl er noch gelegentlich in geheime Netzwerke eindrang, vor allem jener Unternehmen, die ihn zu Vorstellungsgesprächen einluden. Er nahm sich vor, sich SoftCorp noch einmal gründlich vorzuknöpfen. Auch er wollte gut informiert sein.

»Wir können es uns nicht leisten, uns nicht umfassend zu informieren, Mike«, sagte Shapiro. »Wir sind kein großes Unternehmen wie Microsoft oder Cisco. Wir sind eher ein kleines Unternehmen mit hohen Umsätzen und Gewinnen.«

»Ihre Einnahmen überstiegen im letzten Jahr zweihundertfünfundsiebzig Millionen Dollar«, sagte Mike, der sich seine begrenzte Internetrecherche ins Gedächtnis rief. »Und Sie haben nur siebzig Angestellte, wodurch Sie bei den Einnahmen pro Beschäftigtem ganz oben stehen. Sie stellen nur wenige Bewerber pro Jahr ein, und diese auch nur von den besten Technischen Universitäten des Landes.«

Shapiro lächelte. »Hier ist die Antwort, die Sie nicht auf unserer Website finden: Wir haben seit dem sechsten Jahr unseres Bestehens fast die gleiche Anzahl Beschäftigter, obwohl wir pro Semester zwei Informatiker einstellen. Wie ist das möglich?«

Mike zuckte die Schultern. »In dieser Branche wechseln die Leute häufig den Job.«

Wittica nickte. »Die Antwort trifft auf andere Unternehmen zu, Mike, aber nicht auf SoftCorp. Wir haben noch nie einen Angestellten an ein Konkurrenzunternehmen verloren.«

»Wenn keiner Ihrer Mitarbeiter zu einem anderen Unternehmen wechselt, wie ...«

Die beiden Vorstandsmitglieder schauten ihn an. Mike wusste, dass sie auf seine Antwort warteten. Sekunden später fiel sie ihm ein.

»Vorzeitiger Ruhestand?«

»Genau«, sagte Shapiro, der zuerst Mike und dann Wittica anlächelte, als wollte er ihm sagen: »Sehen Sie, ich wusste, dass er darauf kommt.«

»Finanziell unabhängig?«, fragte Mike.

»Geld genug, dass sie in ihrem Leben keinen Tag mehr arbeiten müssen«, sagte Shapiro, der eine Tasse, die auf dem Tablett stand, umdrehte und zur Hälfte füllte.

Mikes Blick wanderte zwischen den beiden Vorstandsmitgliedern hin und her. »In welchem Alter?«

»Zum größten Teil Anfang vierzig«, antwortete Wittica. Shapiro lehnte sich zurück und trank einen Schluck Kaffee. »Manchmal auch jünger.«

»Eine Informatikerin verließ uns mit siebenunddreißig, nachdem sie nur vierzehn Jahre bei uns gearbeitet hatte«, fügte Shapiro hinzu. Die beiden waren ein eingespieltes Team. »Sie lebt heute auf den Florida Keys.«

Mike dachte kurz darüber nach. Diese Burschen machten ihren Job verdammt gut. Sie hatten bereits sein Interesse an einem Job geweckt, der ihn vor fünf Minuten überhaupt nicht interessiert hatte. Er nahm sich vor, sich mehr Infos über das Unternehmen zu besorgen. Die beiden Typen waren nicht hier, um ein Bewerbungsgespräch mit ihm zu führen, sondern um ihn zu kaufen. Sie hatten sich ausführlich über Michael Patrick Ryans fachliche Kompetenz informiert. Ihnen lagen sogar Informationen vor, die öffentlich nicht zugänglich waren.

Mike beschloss, sich auf das Spiel einzulassen. »Was stellen Sie her? Die Angaben auf Ihrer Website sind ziemlich vage.«

Shapiro trank noch einen Schluck Kaffee und warf Wittica einen Blick zu. Dieser nickte mit ernster Miene, beugte sich vor und stützte die Ellbogen auf den Oberschenkeln auf. Dann kniff er die Augen zusammen, als wollte er Staatsgeheimnisse offenbaren. »Wir haben uns auf maßgeschneiderte Software für die Regierung spezialisiert. Schon dadurch können wir unsere Unkosten niedrig halten. Wir müssen keine Werbung betreiben und benötigen keine kostspieligen Verkaufs- und Marketingabteilungen wie Microsoft und Oracle. SoftCorp arbeitet ausschließlich mit Informatikern, wenigen Büroangestellten und dem unerlässlichen Sicherheitsdienst, auf den kein Hightechunternehmen verzichten kann. Wir müssen uns keine Sorgen um die Produktion machen wie zum Beispiel Chiphersteller wie Intel, Motorola und AMD. Und wir haben nicht die immensen Werbekosten wie Microsoft oder andere Software-Produzenten. Unser größter Trumpf ist unser intellektueller Besitz, unsere Informatiker. Dahin fließt unser ganzes Geld. Sie sollen glücklich sein und sich auf ihre Arbeit konzentrieren. Kein anderes Unternehmen kann mit unseren Gehältern, Zulagen und sonstigen Vergütungen konkurrieren, Mike. Niemand.«

»Ist es nicht ein Risiko, für die Regierung zu arbeiten? Könnte ein Wechsel in Washington nicht Ihre Verträge gefährden?«

»Auf keinen Fall«, antwortete Shapiro, ehe Wittica etwas sagen konnte.

»Und warum sind Sie so sicher?«

»Weil wir es geschafft haben, Mike«, erwiderte Wittica, der Shapiro einen Blick zuwarf, ehe er sich Mike zuwandte, »uns unentbehrlich zu machen. Diese spezielle staatliche Behörde, die es schon sehr lange gibt, kann ohne uns nicht überleben.«

»Wie schaffen Sie es, dass Ihnen andere Unternehmen keine Verträge abwerben? Wenn es sich um eine so gute Gelegenheit handelt, wie Sie behaupten, sind sicher auch andere Unternehmen daran interessiert, etwas vom großen Kuchen abzubekommen. Holt Ihr Kunde nicht für jeden Vertrag neue Angebote herein?«

Shapiro nickte.

»Und wie schaffen Sie es, die Konkurrenz herauszuhalten? Überall, wo man Geld machen kann, schießen neue Unternehmen wie Pilze aus dem Boden, um ein Stück vom Kuchen abzubekommen. Vor ein paar Jahren, als der Bedarf an leistungsfähigen Computern in die Höhe schnellte, konnten die ersten Unternehmen, die diese Computer produzierten, über Nacht riesige Profite machen. Kurz darauf kamen andere Unternehmen und drosselten den Preis für leistungsfähige Computer, bis die Gewinnspanne nur noch minimal war. Warum ist es bei Ihnen anders?«

Wittica atmete tief ein. »Gute Frage, Mike. Die Antwort ist ganz einfach. SoftCorp hat eine Spitzenposition in der Technologie, und wir halten sie, indem wir beständig weiter als die anderen denken und nur die Besten der Besten einstellen, die die Industrie zu bieten hat. Unsere Mitarbeiter verbringen ihr ganzes Berufsleben bei uns. Wir haben es geschafft, die besten Bedingungen in der Industrie für das Entstehen und Wachsen von Ideen zu schaffen. Unser Unternehmen muss sich keine Sorgen darüber machen, einen Mitarbeiter an die Konkurrenz zu verlieren, nachdem wir ihn jahrelang ausgebildet haben. Indem wir an unseren Mitarbeitern hängen, hängen wir an unserer wertvollsten Investition. Wir ähneln mehr einer Denkfabrik als einem Großunternehmen. Deshalb haben wir die Nase immer ganz vorn, wenn es um Vertragsverlängerungen geht. An uns kommt keiner heran, und das haben schon viele versucht. Glauben Sie mir.«

»Welche Behörde?«, fragte Mike.

»Bitte?«

»Für welche staatliche Behörde arbeitet Ihr Unternehmen?«

»Das ist streng vertraulich«, sagte Shapiro. »Diese Information ist den Vollzeitbeschäftigten bei SoftCorp vorbehalten.«

Mike nickte. Ihm waren die Betriebsgeheimnisse in der Hightechbranche und die drastischen Maßnahmen, zu denen viele Unternehmen griffen, um ihr geistiges Eigentum zu schützen, gut bekannt. Ein großer Teil der Virtual-Reality Database-Access Software, die er für seine Diplomarbeit entwickelt hatte, beinhaltete ausgedehnte Firewalls, um Hacker fern zu halten.

Mike beschloss, andere Fragen zu stellen, um mehr Informationen zu bekommen. »Sie erwähnten Software für einen Kunden als Ihr Endprodukt. Könnten Sie das präzisieren, ohne Geheiminformationen preiszugeben?«

Die Vorstandsmitglieder von SoftCorp wechselten einen Blick und kamen zu dem Schluss, dass es eine berechtigte Frage war.

»Sicher, Mike«, sagte Ron Wittica. »Es ist alles im Ctt-Code geschrieben. Wir arbeiten auf der Grundlage von Unix und entwickeln all unsere Programme auf Windows NT-Workstations.«

»Ist der C-Code für die Entwicklung oder die Produktion?«

»Unser Kunde stellt verschiedene Anforderungen an uns, von der Entwicklung neuer Anwenderprogramme bis hin zur Wartung seiner riesigen Datenbank. Hinzu kommt die erforderliche Soft- und Hardware, um das System vor unberechtigten Zugriffen zu schützen.«

Mike schaute weg und dachte darüber nach, wie er diesem Unternehmen dienen könnte. »Welche Systeme benutzt Ihr Kunde?«

»Eine Vielzahl«, entgegnete Wittica, während Shapiro sich Kaffee nachschenkte und Mike beobachtete. Er versuchte zu ergründen, wie Mike auf die Erklärungen reagierte. »Der Kunde hat zahlreiche Großrechner. Einige stammen noch aus den Siebzigern, die mit modernsten Computern verbunden sind. Es ist alles mit neuen Workstations und PCs vernetzt.«

»Das hört sich nach einem zusammengeschusterten Koloss an.«

»Ist es auch«, erwiderte Shapiro.

»Das ist unser Job«, sagte Wittica, der dem Generaldirektor zunickte. »Wir kümmern uns darum, dass alles gut zusammenarbeitet. Das Zusammenspiel von alter und neuer Software, die auf alter und neuer Hardware läuft, muss funktionieren.«

Mike dachte kurz nach, ehe er fragte: »Haben Sie Pläne, dieses Monster aufzurüsten, damit es auf einer einzigen Plattform läuft? In der komplizierten Welt der Computertechnik sollte man nach Vereinfachung und Einheitlichkeit streben.«

Die beiden SoftCorp-Manager sahen einander wieder an und nickten. Shapiro stellte die Kaffeetasse auf den Tisch, beugte sich vor und schaute Mike in die Augen. »Haben Sie Vorschläge?«

Eine Testfrage. Mike räusperte sich, ehe er ein hypothetisches Szenario beschrieb, in dem eine intelligente Computer-Plattform eingeführt und mit der neuesten VR-Database Access Software verbunden wurde. Die Art dieser Plattform erlaubte es, den Bedürfnissen verschiedener Abteilungen eines Unternehmens angepasst zu werden. Dazu gehörten die Technik, die Rechts- und Marketingabteilung, der Verkauf, die Qualitätssicherung und sogar die Verwaltung und der Sicherheitsdienst. Mike erklärte, inwiefern seine Diplomarbeit auf diesem Szenario basierte. Seine Patente, die er vor einem Monat erworben hatte, sicherten die Anwendung seines künstlichen Intelligenzcodes und befähigten seine Hardware-Software-Plattform, nicht nur von den Inputs einer bestimmten Abteilung, sondern auch wie ein Mensch aus seinen eigenen Fehlern zu lernen, da sie ein Feedback von den Usern bekam. Die Erklärungen dauerten zehn Minuten und gingen auf die Grundlagen der Durchführungsphase und die erforderliche Schulung ein. Sie basierten auf dem Modell, das er an der Uni entwickelt hatte.

Shapiro schaute Mike mit seinen blauen Augen bewundernd an. »Sie haben das Konzept der künstlichen Intelligenz in das Feld der Datenbank-Verwaltung eingeführt.«

»Eigentlich nicht«, sagte Mike. »Künstliche Intelligenz gibt es schon seit langer Zeit in vielen Bereichen, zum Beispiel in der medizinischen Industrie, den Ölraffinerien, Finanzgesellschaften, dem Militär und der NASA. Die Verwaltung von Datenbanken war ein wesentlicher Bestandteil der meisten dieser Anwendungen.«

»Inwiefern unterscheidet sich Ihre Forschung von früheren Entwicklungen?«, fragte Wittica.

Mike nickte lächelnd. »Das ist eine gute Frage, die eine ausführliche Antwort erfordert. Ich muss Sie daher um ein wenig Geduld bitten. Das klassische Konzept künstlicher Intelligenz besteht in Computer-Software, die Aufgaben durchführt, die wir als intelligent ansehen würden, wenn sie ein Mensch durchführte. Zu diesen Aufgaben gehört es auch, Expertenrat zu liefern, der auf einer Reihe von Inputs oder Beobachtungen in natürlichen Sprachen wie zum Beispiel Englisch basiert. Weil es das Ziel ist, Expertenrat zu liefern, bezogen sich diese künstlichen Intelligenz-Systeme – und beziehen sich gewissermaßen noch immer – auf Expertensysteme. Ein Beispiel für die traditionelle Herangehensweise ist das Mycin-Projekt, ein Expertensystem, das in Stanford in den Siebzigern entwickelt wurde, um die Behandlung gewisser Blutinfektionen zu diagnostizieren. Damit Ärzte die Diagnose einer Blutinfektion erstellen können, müssen sie Kulturen anlegen. Dieser Prozess dauert in der Regel achtundvierzig Stunden. Wenn die Ärzte aber so lange warten, bis sie mit der Behandlung beginnen, könnte der Patient schon tot sein. Daher stellen die Ärzte aufgrund ihrer vorhandenen Daten – wie Symptome und Krankengeschichte des Patienten – fundierte Annahmen über das vermutliche Problem an, um mit der Behandlung beginnen zu können, ehe anhand der Kulturen eine endgültige Diagnose gestellt werden kann. Mycin wurde entwickelt, um zu erforschen, wie Ärzte – in diesem Fall die Experten – ihre fundierten Annahmen auf Teilinformationen stützen. Das Expertensystem überträgt die Kenntnisse des Arztes in eine komplexe Serie von Wenn-Regeln mit Sicherheitsfaktoren. Ich gebe Ihnen ein Beispiel. *Wenn* die Kultur sich im Blut befindet und gram-positiv ist *und* die Eingangspforte der Magen-Darm-Trakt ist und der Infektionsherd im Unterleib ist, *dann* besteht die fünfundachtzigprozentige Gewissheit, dass die Infektion durch Bakterien erfolgte. Können Sie mir so weit folgen?«

Beide Manager hörten ihm interessiert zu.

Mike fuhr fort und zitierte einen Teil seiner Diplomarbeit. »Mycin stützt sich bei der Schlussfolgerung auf eine Rückwärtsverkettung, wodurch wir es im Großen und Ganzen mit demselben Konzept zu tun haben, das bei den meisten traditionellen Expertensystemen angewandt wurde. Mein Konzept überträgt diese klassische Sichtweise auf eine höhere Ebene: das Multiagent Protokoll System oder MPS. Im Gegensatz zur Sichtweise traditioneller künstlicher Intelligenzen, die ein Computersystem unterstützen, indem sie so weit selbstständig denken, dass sie einen Menschen ersetzen können, erhält MPS den Menschen als Zentrum des Universums, versorgt ihn aber mit zahlreichen klugen Agenten oder SAs, klassisch bekannt als Expertensysteme, um komplexe Aufgaben durchzuführen. MPS verbindet im Wesentlichen viele Expertensysteme in hierarchischer Weise, um viel größere Aufgaben als individuelle Expertensysteme wie das Mycin-Projekt durchzuführen. Sie erinnern sich sicherlich an HAL, den klugen Computer aus ›2001‹, der bei der Odyssee im Weltraum viele komplexe Aufgaben durchführte, aber auf einer Ebene unter der Schirmherrschaft eines Menschen. MPS ist ähnlich aufgebaut, doch es wird alles durch ein Virtual Reality Interface ausgeführt, das seine Inputs in Englisch gibt und ihrem höchsten Meister, dem Menschen, in Englisch antwortet. In dieser VR-Welt, die einem dreidimensionalen Videospiel ähnelt, bewegt sich der menschliche User durch eine stadtähnliche Umgebung, in der die Gebäude die zahlreichen Standorte eines Unternehmens darstellen. Die Straßen sind die Hochgeschwindigkeits-Verbindungen, die das Unternehmen verbinden. MPS-Agenten könnten durch alles repräsentiert werden, was dem User gefällt. Ein Mann in einem eleganten Anzug kann einen Manager durch eine komplexe Planungsaufgabe führen, oder eine Comicfigur erklärt einem neunjährigen Kind, wie die Schulbücherei funktioniert. Diese Agenten gehen auf Bitte des Users in die Gebäude und erhalten die erforderlichen Informationen. Oder sie arbeiten mit anderen Agenten zusammen, um zu koordinieren. Oder sie entwickeln Pläne, die dem User vorgestellt werden. Es könnte sich um alles Mögliche handeln, was der User verlangt.«

»Interessant«, sagte Wittica.

»Wirklich interessant ist«, fuhr Mike fort, dessen Diplomarbeit ihm drei Patente im Bereich der künstlichen Intelligenz eingebracht hatte, »die einfache Handhabung, sobald das MPS-Konzept auf eine bestimmte Aufgabe zugeschnitten wurde. Nehmen wir zum Beispiel Ihr uneinheitliches System. Sie haben viele verschiedene Software-Versionen, die in verschiedenen Hardware-Versionen arbeiten, und alles wird durch das Internet verbunden, nicht wahr?«

Beide Manager nickten.

»Zuerst konzipieren wir für jede Software-Hardware-Plattform Expertensysteme oder Agenten. Wir rüsten das System auf, befragen die Experten, wie zum Beispiel die Ärzte des Mycin-Projektes, und erzeugen Agenten, die im Wesentlichen Module sind, die in dieser bestimmten Software-Hardware-Umgebung als Schnitt- oder Verbindungsstellen fungieren. Wenn wir das für jede einzelne Instanz tun und in dem Prozess eine Hierarchie von Junior-Agenten schaffen, gehen wir zurück zu dem Meister, dem menschlichen User, der den Agenten eine Oberführung verschafft. Wir würden ebenfalls spezielle Expertensysteme für die Sicherheit, die Qualitätskontrolle und die Wartung schaffen und willkürlich durch das ganze System wandern, um nach Problemen wie unberechtigten Zugriffen, fehlerhafter Software und ausgelaufenen Software-Lizenzen Ausschau zu halten. Unabhängige Agenten sollen das System kontrollieren und im Gleichgewicht halten. Sie sind ein großer Gewinn für den menschlichen User, um eine andere Perspektive über die Aktivitäten des gesamten Systems zu bekommen.« Mike erklärte innerhalb von zwanzig Minuten detailliert, wie sein Konzept bei SoftCorp Anwendung finden könnte. Dabei konnte er sich nur auf die spärlichen Informationen, die die beiden Manager ihm über die Tätigkeiten des Unternehmens verraten hatten, beziehen.

»Beeindruckend«, sagte Wittica.

»Danke. Ich glaube, ich habe ein sehr praktisches Konzept erarbeitet, um einige der heutigen Probleme im Hightechbereich, wie zum Beispiel die enorme Datenflut, lösen zu helfen.«

Shapiro beugte sich vor, stützte die Ellbogen auf den Oberschenkeln auf und faltete die Hände. »Mike, wie Sie sehen, haben wir großes Interesse daran, Sie einzustellen. Wir würden Sie und Ihre Gattin gerne nach Austin fliegen, damit Sie sich die Gegend einmal ansehen können. Austin unterscheidet sich sehr von den anderen Städten in Texas. In vielerlei Hinsicht gleicht sie einer kalifornischen Stadt, nur dass sich dort nicht so viele Menschen tummeln. Austin ist eine junge Stadt, die im Wachsen begriffen ist. Es wird Ihnen und Ihrer Frau dort bestimmt gefallen.«

Mike nickte nachdenklich. »Könnten Sie mir sagen, in welchem Bereich ich arbeiten würde?«

»Das ist unterschiedlich«, sagte Ron Wittica, der sich ihm

zuwandte. »Wir halten es für klug, dass unsere neuen Mitarbeiter ihre Interessen weiterentwickeln. Das können wir uns leisten, weil wir nur die Besten einstellen, wirklich begabte Menschen. Und man kann ein Genie nicht zwingen, Routinearbeiten durchzuführen und dann hervorragende Leistungen zu zeigen. Unsere Herangehensweise ist ziemlich erfrischend und unterscheidet sich von den Gepflogenheiten der Konkurrenz. Wir bestärken Sie von Anfang an, Ihre Ideen weiterzuentwickeln, egal, ob Sie für unser Unternehmen und unseren Hauptkunden von Interesse sind oder nicht. Wir stellen Ihnen alles zur Verfügung, damit Sie Ihre Vision realisieren können. Ihre Visionen stimmen mit den unseren größtenteils überein. Ihr Wissen über künstliche Intelligenz, verbunden mit fortgeschrittenen Erkenntnissen über virtuelle Realität, passt genau in unsere gegenwärtigen Entwicklungen.«

Mike wusste nicht, was er sagen sollte. Wittica hatte soeben die ideale Position für einen Informatiker skizziert. *Tun Sie, was Ihnen Spaß macht, und wir bezahlen Sie dafür. Träumte er, oder war es Wirklichkeit?*

»Beantwortet das Ihre Frage?«

»Fast«, erwiderte Mike, der aufstand, sich hinter den Sessel stellte und die Arme verschränkte. »Wenn ich den Job annehme, erlauben Sie mir, mein VR-MPS-Konzept in Ihre gegenwärtige Software-Hardware-Entwicklung zu integrieren?« Als er daran dachte, lief ihm das Wasser im Munde zusammen. Kein anderes Unternehmen hatte richtiges Interesse an seiner Diplomarbeit gezeigt. Für sie war sie einzig und allein eine Messlatte, die seine technische Kompetenz und Fähigkeit bewies, um ihre eigene Software weiterzuentwickeln.

»Wenn die Integration technisch sinnvoll ist, ja«, sagte Wittica.

»Und bisher sieht es ganz so aus«, fügte Shapiro hinzu. »Ich kann es kaum erwarten, mir eine Demonstration Ihres Systems anzusehen: Ich bin vor allem gespannt auf Ihre Methode, die künstliche Intelligenz in die virtuelle Realität zu integrieren. Es könnte die letzte Verbindung in unseren gegenwärtigen Bemühungen sein, eine Alternative zu dem inkompatiblen System unseres Kunden zu finden. Unsere Informatiker arbeiten schon seit Jahren an der Herausforderung, eines der komplexesten Computersysteme der Welt aufzupolieren, das in vielerlei Hinsicht veraltet ist, ohne die täglichen Operationen unseres Kunden zu behindern. Es geht darum, eines der fortgeschrittensten und komplexesten KI-Systeme der Welt zu entwickeln. Das Problem ist, dass wir nicht in der Lage waren, eine gute Schnittstelle für die User auszuarbeiten. Bis dahin müssen wir weiterhin mit vorläufigen Lösungen arbeiten, um die ganze Maschinerie auf dem derzeitigen Stand der Effektivität zu halten.«

»Im Grunde müssen wir den jetzigen Stand als ineffektiv bezeichnen«, verbesserte ihn Wittica.

Shapiro schmunzelte. »Die hellsten Köpfe von MIT, Caltech, Berkeley und Princeton, um nur einige zu nennen, waren nicht in der Lage, ein gutes User-Interface auszuarbeiten. Halten Sie Ihre MPS-Lösung für flexibel genug, um eine große Anzahl an Expertensystemen zu bewältigen, die unter der Kontrolle vieler User an verschiedenen Orten parallel arbeiten?«

Mike nickte.

Shapiro stand auf und ging in eines der Schlafzimmer der Suite.

»Was macht Ihr Knie, Mike?«, fragte Wittica, der den Zeitpunkt offenbar für richtig hielt, um das Thema zu wechseln.

»Es ist so weit alles in Ordnung, aber ich kann nicht als Profi spielen.«

»Welche Position haben Sie denn gespielt?«

»Verteidiger.«

Wittica musterte ihn, ehe er sagte: »Sie sind für einen Defensivspieler ziemlich klein.«

Mike lächelte. »Das habe ich durch meine Schnelligkeit wettgemacht. Bevor ich Probleme mit dem Knie hatte, habe ich in Stanford den Rekord für die meisten Angriffe in einem Spiel gebrochen.«

Shapiro kehrte mit einem großen Briefumschlag zurück, den er Mike reichte. »Mike, es ist uns mit unserem Angebot verdammt ernst. Wir möchten Sie gern als neuen Mitarbeiter einstellen. Für Sie und Ihre Frau wäre Geld nie mehr ein Problem.«

Mike nahm den Umschlag entgegen und öffnete ihn. Als er sich den Inhalt ansah, verschlug es ihm die Sprache.

2.

Die FBI-Agentin Karen Frost folgte im gräulichen Licht der Neonlampen einer molligen schwarzen Frau, die einen Laborkittel trug, ins Untergeschoss des Brackenridge Hospitals in Austin, Texas. An ihrer Jeans hing ein Besucherausweis.

Karens zahlreiche Ketten klimperten, als sie die Treppe hinunterstieg. Das Klimpern vermischte sich mit dem Klicken ihrer Stiefel aus Schlangenleder und hallte in dem engen Treppenhaus aus Beton wider. Die schwere Desert Eagle .44er Magnum, die in einem Brusthalfter unter ihrer dunklen Baumwolljacke steckte, deren Ärmel sie ein Stück hochgekrempelt hatte, erinnerte Karen an ihren Job. Karen Frost, die über ein sachtzig groß war und knapp fünfundsechzig Kilo wog, war eine gute Außenagentin und schaffte es, Verbrecher jeden Kalibers zur Strecke zu bringen. Dem regelmäßigen Sport hatte sie ihre kräftigen Arme und Beine und den flachen Bauch zu verdanken. Das war keine Eitelkeit, sondern zwingende Notwendigkeit, um in den Straßen zu überleben. Besonders ihre Stimme flößte jedem Respekt ein. Karen Frost hatte seit der High-School-Zeit, als sie sich in einer Gruppe engagierte, die Sportmannschaften anfeuerte, eine leise, ein wenig heisere Stimme.

Das schulterlange Haar wippte, als sie die Treppe hinunterstieg und ihre gebräunte Hand übers Metallgeländer glitt. Ihr Magen knurrte – kein Wunder, sie hatte seit zwölf Stunden keinen Bissen zu sich genommen. Essen war im Moment nebensächlich. Karen Frost hatte den Auftrag, den vermissten FBI-Agenten Dave Nolan zu suchen.

»Der Fahrstuhl ist für Geräte und Leichen reserviert«, sagte Noemi Johnson, die Leiterin der Nachtschicht, ehe sie einen Blick über die Schulter warf. »Wir kriegen viel aus dem Osten Austins. Eine heruntergekommene Gegend.«

»Ich verstehe«, erwiderte Karen Frost, die seit zehn Jahren in der Landeshauptstadt arbeitete und sich bestens mit heruntergekommenen Gegenden auskannte. Jede Stadt hatte mindestens ein Krankenhaus, das für Opfer von Gewaltverbrechen und vor allem für die aus den schlimmsten sozialen Brennpunkten zuständig war. Die Notaufnahme dieser Krankenhäuser verfügte über die beste Notfallversorgung der Stadt. Die Notärzte konnten von Stichverletzungen bis zu Schusswunden alles behandeln. Sie behandelten auch Unfallopfer, Brandopfer und Selbstmordkandidaten. Die Krankenhäuser erhielten von der Stadt Zuschüsse, um ein großes Leichenschauhaus zu unterhalten. Dort wurden die Leichen derer untergebracht, die kurz nach der Einlieferung starben, bis sich Familienmitglieder meldeten. Einige Leichen wurden nie identifiziert und ihre Herausgabe von niemandem beantragt. Die Stadt bewahrte sie in der Regel ein paar Wochen auf, ehe sie verbrannt wurden.

Derartige Krankenhäuser boten sich an, um nach vermissten Personen zu suchen, denn Karen Frosts Suche nach dem vermissten FBI-Agenten sollte geheim bleiben. Von ihrer Reise nach Austin wusste nur der FBI-Direktor, nicht einmal das FBI-Büro vor Ort war informiert.

Karen Frost war darauf spezialisiert, Verbrecherringe in den USA zu knacken. Zu ihrem Erfolgsrezept gehörte es, strengste Geheimhaltung während einer Operation zu wahren, um den Feind nicht unabsichtlich einzuweihen – ein Fehler, den FBI-Agenten oft mit dem Leben bezahlten. Verbrechernetze zeigten keine Gnade, wenn ein FBI-Agent ihre Operationen gefährdete. Karen Frost befürchtete ebenso wie der FBI-Direktor, Roman Palenski, dass Agent Dave Nolan den Verbrechern, die er auffliegen lassen wollte, zum Opfer gefallen war. Palenski, ein alter Hase, verfügte über eine Hand voll sehr erfahrener Agenten, die Karen Frost unmittelbar unterstellt und für verdeckte Einsätze geschult waren. Dave Nolan war einer von ihnen; nachdem er sich drei Tage nicht gemeldet hatte, befahl Palenski Karen, nach Süden zu fliegen, um ihn zu suchen. Obwohl Karen ihre Anweisungen in der Regel unmittelbar vom Direktor erhielt, war ihr direkter Vorgesetzter theoretisch der stellvertretende Direktor, Russell Meek, Palenskis rechte Hand. Meek hatte früher im Innendienst gearbeitet und das Computersystem des FBI aufgerüstet. Da ihm Außendienst-Erfahrung fehlte, war seine Meinung bei derartigen Einsätzen nicht gefragt. Er hatte jedoch darauf bestanden, Dienst nach Vorschrift zu machen und sich dagegen ausgesprochen, Nolan allein hierher zu schicken.

Und er wird toben, wenn er herausbekommt, dass ich allein hier bin.

Palenski hatte beschlossen, Meek nicht in Karens überstürzten Flug einzuweihen, bis sie wusste, was aus Nolan geworden war.

Noemi Johnson stieß eine weiße Metalltür auf, als sie unten an der Treppe ankamen. Auf einem alten Schild stand auf Augenhöhe:

Leichenhalle
Brackenridge Hospital
Zugang nur für Personal
Halten Sie Ihren Ausweis bereit

Noemi schob ihren Ausweis in das Lesegerät neben der Tür.

Das rote Licht auf dem Lesegerät wurde grün.

»Und Sie wollen sich das wirklich antun?«, fragte Noemi. Sie war einen halben Kopf kleiner als Karen, dafür ein ganzes

Stück breiter. Das Haar steckte in einem schwarzen Netz; ihre Gesichtszüge waren entspannt, sogar eine Spur belustigt. »Jetzt ist es eh zu spät.«

Karen, die der Leiterin der Nachtschicht ihren Ausweis gezeigt hatte, um Zugang zur Leichenhalle zu erhalten, erwiderte: »Damit komme ich schon klar.«

»Okay«, sagte Noemi schulterzuckend. »Aber ich warne Sie. Hier haben schon die härtesten Bullen die Nerven verloren, vor allem in der Abteilung, in die wir jetzt gehen.«

»Keine Sorge«, sagte Karen zuversichtlich. Sie wollte ihr Unbehagen vor der übergewichtigen Frau, die ihr voraus über den kurzen Gang schritt, verbergen. Hier befanden sich linker Hand und rechter Hand je eine Tür und eine am Ende. Mit ein bisschen Glück müsste Karen sie überreden können, ihren Besuch nicht zu melden.

Noemi ging auf die Tür am Ende des Ganges zu. »Hier liegen diejenigen, die wir nicht identifizieren konnten.«

Als Karen den kalten Raum betrat, überzogen sich ihre Unterarme augenblicklich mit einer Gänsehaut. Der Temperaturunterschied zu der heißen, feuchten Luft in der Stadt war erheblich. Karen war vor vier Stunden kurz nach Mitternacht gelandet. Sie rollte die Ärmel ihrer Jacke herunter und bereitete sich innerlich auf den Anblick der entstellten Leichen vor.

»Manche Tote sind bis zur Unkenntlichkeit entstellt, wenn sie bei uns eingeliefert werden«, sagte Noemi.

Karen runzelte die Stirn. Verweste Leichen erinnerten sie stets an ihre Kindheit in Südtexas in der Nähe der Grenzstadt Eagle Pass, in der ihr Vater Sheriff war. In der heißen Jahreszeit verging keine Woche, ohne dass jemand über die sterblichen Überreste eines Fremden stolperte, der der heißen Sonne zum Opfer gefallen war; meist illegale Einwanderer aus Mexiko, die es nicht geschafft hatten. Karen hatte selbst im Laufe der Jahre ein Dutzend dieser armen Teufel gefunden, wenn sie ihrem Vater bei seinen Rundgängen Gesellschaft leistete. Viele Leichen waren bis zur Unkenntlichkeit entstellt. Oft machten sich hungrige Kojoten und Geier über die Toten her, nachdem die Mexikaner auf ihrem Marsch nach Norden an der extremen Hitze gestorben waren.

Karen Frost schaute sich im Leichenschauhaus um. An drei Wänden des mit weißen Fliesen gekachelten Raumes standen große Kühlschränke mit zwanzig Fächern. Die grauen Klappen maßen ungefähr sechzig mal sechzig Zentimeter. Auf einem Metalltisch, der neben einem Rollwagen in der Mitte des Raumes stand, lagen Obduktionsinstrumente. Eine der Neonröhren an der Decke flackerte. An einer Wand hing ein Waschbecken.

»Vier Uhr morgens ist keine schlechte Zeit«, sagte Noemi, die sich ein paar grüne Latexhandschuhe überstreifte. »Die letzte Schicht ging bis Mitternacht, und die nächste fängt erst um sechs Uhr an. Sonst hätten wir Ihnen hier eine richtige Show geliefert.«

»Da habe ich ja Glück gehabt«, sagte Karen, der ein antiseptischer Geruch in die Nase stieg.

»Wo sollen wir anfangen?«, fragte Noemi, die auf ein Klemmbrett schaute, das an einer Seite des Metalltisches hing.

Karen starrte auf die Fächer in den Kühlschränken und fragte: »Von wann stammt der Älteste?«

Noemi schaute auf die Liste und erwiderte: »Acht Tage.«

Nolan hatte sich vor über drei Tagen das letzte Mal gemeldet. Karen schüttelte den Kopf. »Das ist zu lange her. Mich interessieren alle männlichen Leichen, die in den letzten drei Tagen hier eingeliefert wurden.« Karen rechnete nicht damit, die Informantin hier zu finden, aber es hätte sie enttäuscht, wenn sie Nolans Leichnam nicht gefunden hätte. Alle Verbrecherbanden folgten gewissen ungeschriebenen Gesetzen. Eines dieser Gesetze forderte das hundertprozentige Verschwinden von Informanten. Sie wurden niemals gefunden, wenn man nicht monatelang jeden See und jeden Fluss in der Gegend absuchte. FBI-Agenten, die Kriminellen in die Hände fielen, wurden meistens nach mittelalterlichen Methoden gefoltert, ehe ihre Leichen an irgendeiner Straßenecke als Botschaft für das FBI abgelegt wurden.

Noemi ließ ihren dicken Zeigefinger über die Liste gleiten, warf einen Blick nach rechts und ließ das Klemmbrett fallen, das an einer Kette hing. Dann öffnete sie eine glänzende Klappe auf Hüfthöhe und zog eine Leiche heraus, die unter einem weißen Tuch auf einem Rolltisch lag.

»Der ist im Lake Travis ertrunken. Vermutlich Donnerstagnacht«, erklärte ihr Noemi, die das weiße Tuch wegzog.

Die toten Augen in dem abgezehrten, fahlen Gesicht starrten an die Decke. Ein Teil der Stirn fehlte, sodass Karen in den Kopf sehen konnte.

Ihr wurde übel.

»Wir nehmen an, dass er aus einem Boot gefallen ist und einen Schlag auf die Stirn erhielt. Vielleicht vom Motor«, sagte Noemi.

»Oder er erhielt zuerst einen Schlag auf den Kopf und wurde *dann* im See ertränkt.« Karen drehte sich der Magen um, als sie den Schleim sah, der aus den Ohren sickerte. *Entzückend.*

»Keine Ahnung. Ist das der Mann, den Sie suchen?«

»Nein.« Karen wandte entsetzt den Blick ab. Sie musste an die vermoderten Leichen denken, die ihr Vater mit Benzin übergoss, ehe er sie in Flammen setzte und verbrannte, um die Ausbreitung von Seuchen zu verhindern.

»Kein schöner Anblick, was?« Noemi erwartete eigentlich keine Antwort. Sie deckte die Leiche wieder zu, schob sie in den Kühlschrank und schloss die Tür. Dann öffnete sie das Fach darunter. »Im Laufe der Zeit behandelt man sie nur noch wie tote Gegenstände. Na ja, tot sind sie ja auch.« Sie schmunzelte.

Noemi zog das Tuch weg, und Karen drehte sich erneut der Magen um. Sie ärgerte sich über sich selbst. Das Gesicht, dem sämtliche Züge fehlten, ähnelte einem verbrannten Braten. Am Hals der Leiche waren noch die Spuren eines notfallmäßig durchgeführten Luftröhrenschnittes erkennbar.

Wieder kämpfte Karen gegen die aufsteigende Übelkeit an. »Was für eine Art, aus dem Leben zu scheiden.«

»Letzten Monat haben wir drei von der Sorte hereinbekommen. Offenbar alles Obdachlose. Es scheint jemandem Freude zu machen, ihnen Benzin über den Körper zu gießen und sie anzuzünden. Ob Sie es glauben oder nicht, aber der hier hat es geschafft, zu einem Brunnen zu laufen und die Flammen zu löschen. Als er oben ankam, atmete er noch, aber nicht mehr lange. Mit so schweren Verbrennungen kann man nicht überleben.«

Zum Glück.

Karen schluckte und atmete tief ein. Für einen Moment schloss sie die Augen und schüttelte den Kopf. Sie hatte das Gefühl, Blei verschluckt zu haben. Was waren das für Scheißkerle, die einen Menschen mit Benzin übergossen und anzündeten?, fragte sie sich.

Leider kannte sie die Antwort nur allzu gut. Es waren dieselben Scheißkerle, auf die sie seit zwanzig Jahren Jagd machte.

»Und?«, fragte Noemi Johnson.

Karen blinzelte und warf noch einen Blick auf die Leiche. »Nein.« Obwohl der Tote bis zur Unkenntlichkeit entstellt war, erkannte Karen, dass es nicht Dave Nolan sein konnte. Der vermisste FBI-Agent war nicht so groß. »Wurden in den letzten drei Tagen noch mehr Leichen eingeliefert?« Karen fragte sich, wie viele Tote sie noch verkraften könnte und ob sie Dave Nolan hier finden würde.

»Wir haben noch zwei Leichen. Beides Männer«, sagte Noemi in gleichgültigem Tonfall, nachdem sie noch einen

Blick auf das Klemmbrett geworfen hatte. Sie ging zu einer anderen Wand, zog die nächste Leiche heraus und hob das weiße Tuch hoch. »Und?«

Vor der FBI-Agentin lag die verbrannte, entstellte Leiche eines Mannes. Die Haut über den Wangen, dem Mund und Kinn war vollkommen verbrannt, sodass die mit Ruß überzogenen Wangenknochen und die grinsenden Zähne bloßlagen. Karen konnte auch einen Blick auf die Wirbelsäule werfen, denn die Haut über dem Nacken und der Kehle war ebenfalls verbrannt. Doch das, was vom Gesicht übrig war, reichte aus, um mögliche Zweifel zu beseitigen. Es konnte sich nicht um Nolan handeln. Das Kinn war zu schmal und das Gesicht zu lang.

Karen schüttelte den Kopf, trat einen Schritt zurück und schloss kurz die Augen.

»Alles in Ordnung mit Ihnen?«, fragte Noemi. »Wollen Sie eine Pause machen? Oder kurz zur Toilette gehen?«

Karen zuckte zusammen und bekämpfte die Übelkeit, die ihr in die Kehle stieg. »Alles in Ordnung«, flüsterte sie schließlich.

»Na klar.« Noemi zeigte auf das Waschbecken. »Falls das Kalkweiß nicht Ihre natürliche Hautfarbe sein sollte, können Sie ruhig das Becken benutzen. Das haben schon viele getan. Wir auch. Hier ist das Kotzen fast so normal wie das Pinkeln. Sie sollten diesen Raum mal am Labor-Day-Wochenende sehen. Wir nennen ihn ›Kotztag‹, wegen der vielen Leichen.«

»Interessant«, sagte Karen heiser. »Und wer kommt jetzt?«

»Okay.« Noemi seufzte tief. »Bei dem hier wurde sogar mir speiübel. Wenn Sie jetzt nicht kotzen, stellen Sie einen neuen Durchhalterekord unserer Besucher auf.«

»Ich hab nicht vor, mich hier länger aufzuhalten, um irgendwelche Preise einzuheimsen«, erwiderte Karen flapsig, um die angespannte Atmosphäre ein wenig aufzulockern.

Noemi zog die nächste Leiche heraus und legte eine Hand

auf das weiße Tuch. »Ein Müllfahrer hat ihn in einem Container gefunden, in dem es von Ratten wimmelte. Kein schöner Anblick.«

Als Noemi Johnson das Tuch hochhob, verkrampfte sich Karens Magen. Sie biss die Zähne zusammen und blickte in die Überbleibsel des Gesichts von Dave Nolan ...

»Das Ekelhafteste bei dem hier ist die Todesursache«, erklärte Noemi. »Einiges weist auf Folter hin. Ihm fehlen alle Fingernägel, und die Zunge wurde ihm mit einem Rasiermesser abgeschnitten. Gestorben ist er an den Hunderten von Rattenbissen. Sie haben ihn buchstäblich aufgefressen, als er noch am Leben war. Der hier wurde wie die beiden Aschenhaufen vorhin von irgendeinem kranken Schwein ermordet.«

Statt Übelkeit spürte Karen Frost plötzlich nur noch nackte Wut, als sie die sterblichen Überreste ihres Kollegen betrachtete. Augen, Ohren, Nase und Lippen waren aufgefressen worden.

Aber er war es.

»Ich möchte mir die ganze Leiche ansehen.«

Noemi zog den Rolltisch heraus und entfernte das weiße Tuch. Die Ratten hatten sich durch den Brustkorb und Unterleib gefressen, innere Organe verschlungen, die Rippen säuberlich abgenagt, die Genitalien vertilgt und größtenteils das Muskelfleisch von den Oberschenkeln und Waden genagt. Die Unterarme, Handgelenke und Hände waren unversehrt.

Karen starrte auf den linken Unterarm und entdeckte die Narbe, die Nolan sich während seiner Ausbildung an der FBI-Akademie in Quantico zugezogen hatte.

»Ist er das?«

Karen schüttelte den Kopf. »Nein.« Eine Identifizierung hätte eine Menge Papierkram zur Folge gehabt, der ihren Besuch hier beweisen würde. Der Feind könnte Wind von ihrer Suchaktion bekommen, und das Risiko, wie ihr Kollege zu enden, würde erheblich steigen.

Karen erklärte Noemi, sie wolle kurz frische Luft schnappen, die sie wirklich brauchte, und dass sie gleich wiederkommen würde, um die notwendigen Formulare auszufüllen. Mit diesen Worten verließ sie das Krankenhaus.

Sie musste Palenski anrufen. Die Nachricht von Nolans gewaltsamem Tod würde auch den FBI-Direktor schockieren.

3.

»*Achtzigtausend Dollar im Jahr?*«, fragte Victoria Mike, die auf der Stelle hellwach war. Sie starrte auf das Jobangebot in ihrer Hand, ehe sie ihrem Mann einen ungläubigen Blick zuwarf, in den sich eine Spur Bewunderung mischte. Mike hatte nicht den Mut gehabt, sie mitten in der Nacht zu wecken und bis zum frühen Morgen gewartet. Victoria, die ebenfalls in Stanford studierte, schlief seit zwei Tagen fast ununterbrochen, nachdem sie ihr Abschlussexamen erfolgreich hinter sich gebracht hatte. Nächste Woche sollte eine Examensfeier für die Studienabsolventen stattfinden. Victoria bekam ihr Betriebswirtschaftsdiplom überreicht und Mike sein Diplom in Informatik.

»Mann ... Das sind fast fünfzehntausend mehr, als die anderen dir bieten«, sagte Victoria. Als sie sich hinsetzte, rutschte die weiße Baumwolldecke auf ihre Oberschenkel.

»Und das ist nur das Grundgehalt, Schatz«, sagte Mike, der sich neben seine Frau ins Bett legte. Das Schlafzimmer in ihrer Studentenbude, die vom Studentenwerk außerhalb des Universitäts-Campus an verheiratete Studenten vergeben wurde, war recht klein. »Lies weiter.«

Victoria riss ungläubig die Augen auf, als sie den ganzen Vertrag durchlas. Ihre Hände fingen an zu zittern. »Plus einer vierteljährlichen Zulage, die abhängig von den Gewinnen des Unternehmens ist und sich nach der Betriebszugehörigkeit und dem Grundgehalt richtet.«

»Das bedeutet«, sagte Mike, der sich Witticas Erklärungen

zum Bonusprogramm in Erinnerung rief, »fünfzehn bis zwanzig Riesen alle drei Monate, wenn SoftCorp weiterhin Gewinne wie derzeit einfährt. Und das ist nur die Zulage für neue Mitarbeiter. Die Zulagen werden immer höher, wenn man die Karriereleiter raufklettert.«

Mike beobachtete lächelnd seine Frau, die ihren Blick in die Ferne schweifen ließ und offenbar nachrechnete. Sie sah entzückend aus in dem schwarzen Slip und seinem alten Footballhemd, das bis zur Hüfte hoch gerutscht war.

»Das sind noch mal sechzig- bis achtzigtausend im Jahr. Ist das wahr?« Victoria strich sich mit der Zunge über die Lippen, die vom Schlaf ein wenig spröde waren.

»Und das ist noch nicht alles«, fügte Mike hinzu, der aus dem Umschlag, den Wittica ihm mitgegeben hatte, einen Immobilienkatalog von Austin zog. Er blätterte kurz darin und zeigte dann auf das Bild eines Hauses, das oberhalb eines Grundrisses in Farbe abgebildet war. »Zwischen dem Immobilienmarkt in Austin und dem in Kalifornien liegen Welten. Schau mal. Ein Haus mit einem dreihundert Quadratmeter großen Grundstück in guter Gegend bekommt man für zweihundertfünfzigtausend. Das ist kaum ein Viertel des Preises, den wir hier für ein ähnliches Objekt bezahlen müssten.«

Die Ryans hatten sich in den letzten drei Monaten nach Häusern im Silicon Valley umgesehen. Es war niederschmetternd. Die Häuser im Silicon Valley und der Nachbarschaft waren völlig überteuert. Kleine Häuser mit drei Schlafzimmern in einer durchschnittlichen Wohngegend fingen bei einer halben Million Dollar an. Und diese Häuser ließen sehr zu wünschen übrig und hatten schon einige Jahre auf dem Buckel. Viele waren verdreckt und mussten dringend renoviert werden. Diese Kosten musste der zukünftige Käufer einkalkulieren. Das Angebot von SoftCorp war mit achtzigtausend Dollar pro Jahr viel großzügiger als alle anderen, die Mike erhalten hatte. Wenn man die Prämien und Sondervergütungen sowie die Situation auf dem Immobilienmarkt in Austin berücksichtigte, rückte der Traum vom eigenen Haus in greifbare Nähe.

Victoria starrte schweigend auf die Broschüre. Nachdem das Paar in der letzten Woche einsehen musste, dass es in absehbarer Zukunft in einer Mietwohnung und nicht in einem eigenen Haus wohnen würde, war Victoria in Tränen ausgebrochen. Ehe sie überhaupt an eine solche Hypothek denken konnten, mussten sie zuerst von ihren beiden Gehältern die Anzahlung für ein Haus zusammensparen.

»Und in Texas gibt es keine staatliche Einkommensteuer, wodurch mein Gehalt sich noch einmal um acht Prozent erhöht«, fügte Mike hinzu.

Victoria legte die Broschüre aus der Hand und lehnte sich zurück. »Wenn etwas zu schön ist, um wahr zu sein, ist es auch nicht wahr. Mike, die Sache *muss* einen Haken haben.«

Er zuckte mit den Schultern. »Wenn es einen gibt, habe ich ihn noch nicht entdeckt. Als ich von dem Gespräch zurückkam, bin ich sofort ins Internet gegangen und in ihre Datenbank eingedrungen ...«

»Mike! Du hast mir versprochen, das nie mehr zu tun.«

»Es ging ganz schnell. Niemand kann meine Spur zurückverfolgen. Außerdem musste ich mehr Infos über das Unternehmen einholen, um zu überprüfen, was sie mir erzählt haben.«

Victoria verschränkte die Arme und fragte: »Und? Was hast du herausgefunden?«

»Soweit stimmt alles. Außerdem bietet sich uns noch eine bessere Möglichkeit, das Unternehmen unter die Lupe zu nehmen.«

Sie schaute ihn verwirrt an.

Mike schlug mit der Hand auf die Visitenkarte, die an den Umschlag geheftet war. »SoftCorp spendiert uns zwei Hin- und Rückflüge nach Austin und zwei Übernachtungen im Nobelschuppen Four Seasons. Wir sind am Samstagvormittag zu einem Betriebsausflug eingeladen, um die anderen Mitarbeiter und ihre Familien kennen zu lernen. Anschließend fährt der Immobilienmakler mit uns herum und zeigt uns Häuser, die in unserem Preisrahmen liegen. Am Sonntag bekommen wir einen Mietwagen und können uns die Gegend ansehen.«

Victoria schlug die Hände vors Gesicht. »Schatz, ich liebe dich, aber wir können uns kein Haus kaufen, selbst wenn du ein so hohes Gehalt bekommst und wir nach Austin umziehen. Zuerst müssen wir für eine Anzahlung sparen; außerdem müssen wir unsere Studiendarlehen zurückzahlen.« Victoria hatte ebenfalls ein Stipendium erhalten, doch die finanzielle Unterstützung hatte nicht bis zum Studienabschluss gereicht. In diesem Augenblick hatten sie vierzigtausend Dollar Schulden, die zwar niedrig verzinst wurden, aber dennoch zurückgezahlt werden mussten.

Mike schmunzelte. »Zu meinen Vergünstigungen gehört auch die Rückzahlung der Studiendarlehen. Ach ja, und ich hab ganz vergessen, dir von meiner Zulage zu erzählen, die ich unmittelbar nach der Vertragsunterzeichnung bekomme.« Mike zog einen anderen Umschlag aus der Tasche. Er enthielt einen Scheck über zwanzigtausend Dollar, der auf den Namen Michael Patrick Ryan ausgestellt war.

Victoria Ryan ließ sich nicht so schnell beeindrucken. Sie schaute ihren Mann an, als verstände sie die Welt nicht mehr. »Die haben dir einfach diesen Scheck gegeben und dich gehen lassen, ohne dass du den Vertrag unterschrieben hast? Und sie wollen dein Studiendarlehen zurückzahlen?«

Er drehte den Scheck um und zeigte mit dem Finger auf die Klausel auf der Rückseite. Die Auszahlung des Schecks erfolgte nur, wenn Mike das Jobangebot annahm. »Sobald ich den Vertrag unterzeichne, werden die Zahlungen meines Studiendarlehens übernommen. Nach einem Jahr Firmenzugehörigkeit zahlt SoftCorp den Restbetrag vollständig zurück. Voraussetzung ist natürlich eine positive Beurteilung von meinem unmittelbaren Vorgesetzten. Ich muss mich zudem verpflichten, mindestens drei Jahre bei dem Unternehmen zu arbeiten, sonst muss ich alles zurückzahlen.« Es war durchaus üblich in der Industrie, Akademiker für eine bestimmte Zeitspanne zu verpflichten, falls das Unternehmen Geld lockermachte, um den neuen Mitarbeiter einzustellen.

»Warum können diese Leute sich so etwas leisten?«, fragte Victoria, die sich mit der Hand über die rechte Wange strich. »Versteh mich bitte nicht falsch. Ich liebe dich und halte dich für sehr clever, mein Schatz. Aber du hast nicht die geringste Berufserfahrung. Warum behandeln diese Leute dich so, als hättest du den Nobelpreis gewonnen?«

»Ach ja, das habe ich ganz vergessen.« Mike griff noch einmal in den wundersamen Umschlag. »Ich bekomme einen Zuschuss für einen Wagen.«

»Wie bitte?«

»Einen Zuschuss für einen Wagen. Fünfhundert Piepen im Monat. Ich kann mir einen Wagen meiner Wahl kaufen oder leasen.«

»Mike, warum rollt dieses Unternehmen dir einen roten Teppich aus?«

»Bei SoftCorp werden alle Mitarbeiter fürstlich behandelt.« Mike fasste seine Frau an den Händen, küsste sie auf die Wange und erzählte ihr noch mehr über SoftCorp. Victoria erfuhr, dass die Mitarbeiter schon Ende dreißig oder Anfang vierzig in den Ruhestand gingen und zu dem Zeitpunkt für den Rest ihres Lebens finanziell abgesichert waren.

»So was hab ich ja noch nie gehört ... Mike, ich habe ein komisches Gefühl bei der Sache.«

»Hab ich dir schon mal gesagt, wie sexy du aussiehst, wenn du dir Sorgen machst?«

Sie stieß ihn weg und verschränkte die Arme. »Einer von uns muss die Nerven behalten. Dein Optimismus verschleiert dir den Blick. Einer von uns muss mit beiden Beinen auf der Erde bleiben, wenn *du* versuchst, nach den Sternen zu greifen. Hoffentlich verbrennst du dir nicht an einem die Finger.«

Sie schauten sich in die Augen. Victoria und Mike hatten sich im ersten Semester kennen gelernt, aber erst Ende des zweiten Studienjahrs die erste Verabredung getroffen. Zunächst waren sie nur gute Freunde, die sich gegenseitig vertrauten. Andere Paare, die sich sofort verabredeten, fanden das befremdlich. Für Mike und Victoria war ihre Freundschaft – verbunden mit der anschließenden Liebe – ein starkes Band. Sie brauchten sich nur anzusehen, um zu wissen, was der andere dachte. Mike entging der besorgte Blick seiner Frau nicht.

»Wer sind diese Leute, Mike? Warum sind sie so großzügig?«

»Schau mal, ich hab mich im Internet schlau gemacht. Das Unternehmen ist vollkommen legal. Es hat einen riesigen Regierungsvertrag und stellt nur die besten Studenten der besten Universitäten ein. Sie sind ernsthaft an meiner MPS-Software und dem VR-Interface interessiert. Es könnte die Lösung für die Datenbankprobleme seines Kunden sein.«

»Du musst doch nicht etwa deine Patente an sie überschreiben?«

Mike schüttelte den Kopf. »Die Patente gehören mir. Meine Aufgabe wäre es, eine maßgeschneiderte Lösung für den Kunden zu finden.« Mike erklärte seiner Frau ausführlich, wie seine Arbeit das Software-Hardware-Problem von Soft-Corp lösen könnte. Victoria stellte ein paar Fragen zu der Durchführung. Sie hatte während ihres Betriebswirtschaftsstudiums verschiedene Computerkurse besucht. Heutzutage waren fundierte Computerkenntnisse in jedem Job unerlässlich.

Als Mike verstummte, atmete Victoria laut aus. Sie schob

die Unterlippe vor und zerzauste ihren Pony. Die beiden saßen sich mit gekreuzten Beinen gegenüber.

»Wenn du nicht willst, lasse ich's«, versprach er. Und das meinte er ernst. Victoria war nicht nur seine Frau und beste Freundin, sie war obendrein seine Seelenverwandte. Entweder zog sie mit ihm an einem Strang, oder er würde die Sache vergessen.

»Bist du bereit, nach Texas zu ziehen?«

Mike neigte den Kopf zur Seite. »Hört sich hart an, nicht wahr? Wir führen hier ein schönes Leben. Unsere Familien wohnen in der Nähe, das Wetter ist schön, und wir können eine Menge unternehmen. Andererseits sind die Lebenshaltungskosten enorm. Was hältst du davon, wenn wir es einfach als gute Gelegenheit betrachten, unsere finanzielle Situation zu verbessern? Später kehren wir mit einem soliden finanziellen Polster nach Kalifornien zurück und führen das Leben, von dem wir immer geträumt haben. Was meinst du?«

»Und wie sieht es mit Jobs im Bankgewerbe in Austin aus?«, fragte sie stirnrunzelnd. Victoria wollte mit Bewerbungsgesprächen warten, bis Mike einen Job gefunden hatte. Mit einem magna cum laude der Wirtschaftsakademie in Stanford dürfte es kein Problem sein, einen Job zu finden. Allerdings hatte sie nie daran gedacht, so weit wegzuziehen. Sie waren beide in Nordkalifornien geboren und aufgewachsen. Victorias Eltern lebten in Oakland gegenüber der San Francisco Bay. Mikes Mutter lebte in Sacramento. Mit dem Wagen war man in zwei Stunden da. Mikes Vater war vor ein paar Jahren gestorben. Sie kannten nur diese Gegend und hatten nie daran gedacht, von hier wegzuziehen. Bis Mike das Angebot von SoftCorp erhalten hatte.

Er lächelte schüchtern. »Ach, das hab ich ganz vergessen.« Er griff in den Umschlag und zog eine Visitenkarte heraus. »Die Karte ist von einem gewissen Angelo Rossini, Präsident der Capitol Bank. Über diese Bank in Austin wickelt Soft-

Corp seine Finanzgeschäfte ab. Dazu gehören übrigens auch niedrig verzinste Darlehen für Mitarbeiter von SoftCorp.« Er hielt ihr die Visitenkarte unter die Nase. »Er erwartet deinen Anruf, Vic.«

»Wie bitte?«

»Ja, deinen Anruf.«

»Ach! Die Herren hatten rein zufällig diese Visitenkarte zur Hand?«

Mike versuchte sich zu erinnern. »Nein, sie haben sie zusammen mit den Unterlagen der Mitarbeiterkredite geholt, als sie mir die Immobilienbroschüre gegeben haben. Niedrig verzinste Darlehen gehören zu den Vergünstigungen der Mitarbeiter.«

Victoria starrte auf die Karte, auf der ein Farbfoto des Inhabers abgebildet war.

»Ein hübscher Bursche«, sagte Victoria, die Mike verschmitzt anlächelte.

Mike verdrehte die Augen, runzelte die Brauen und streichelte Victorias Hände. Auf den schlanken Fingern saßen ein paar Schwielen, und die Fingernägel waren ein wenig vernachlässigt. Victoria, ein richtiger Wildfang, hielt sich mit typisch weiblichen Tätigkeiten ungern auf. Sie schminkte sich kaum und zog Jeans und T-Shirts Kleidern vor. Das Wochenende verbrachte sie lieber im Yosemite National Park als in den Erholungsgebieten am Lake Tahoe. Victoria machte sich auch nichts aus schicken Schuhen. Zu Kleidern trug sie Mokassins und ansonsten abgetragene Turnschuhe, Wanderschuhe oder Stiefel. Die junge, hübsche Wirtschaftswissenschaftlerin hatte es nicht nötig, ihr Äußeres durch Schminke und teure Klamotten aufzupolieren. Ihre Haut war leicht gebräunt, und um ihre Lippen hätte jedes Model sie beneidet. Hinzu kamen makellose Zähne und haselnussbraune Augen, die es Mike angetan hatten.

Diese Augen blinzelten ihn nun spöttisch an. »Und dieser

gut aussehende Italiener wird mir ein Jobangebot machen, das ich nicht ablehnen kann?«, sagte sie mit leiser Stimme.

Mike ließ sich durch die Bemerkung über Rossinis Aussehen nicht aus der Ruhe bringen. »Das ist nicht die Mafia, Vic.«

»Sieht aber ganz so aus. Und dieser Rossini erinnert mich an Al Pacino. Die erweisen dir ja ziemlich viele Gefälligkeiten. Bist du sicher, dass sie nicht eines Tages kommen und alles zurückfordern?«

»Es ist ein Deal, Vic. Nicht mehr und nicht weniger. Ich mache meinen Job, und sie bezahlen mich dafür. Und unter uns gesagt, glaube ich, dass ich es wert bin.«

Sie fingen beide an zu lachen. Kurz darauf trat wieder Stille ein. Die Entscheidung war zu ernst, um sie auf die leichte Schulter zu nehmen.

»Und du willst das wirklich machen, Michael Patrick?«

Mike dachte kurz darüber nach. Victoria und seine Mutter nannten ihn ausschließlich Michael Patrick, wenn es um sehr ernste Themen ging oder sie sauer auf ihn waren. In diesem Fall traf vermutlich das Erstgenannte zu.

»Wir fahren nach Austin und sehen uns den Vertrag noch einmal genau an. Das kann nicht schaden. Anschließend entscheiden wir uns. Okay?«

»Okay.«

Mike gab ihr einen Kuss. »Danke, Vic. Du wirst es nicht bereuen.«

4.

Karen Frost atmete die warme Luft tief ein, als sie das Krankenhaus verließ. Sie ging an ihrem Wagen vorbei, den sie nur einen Block vom Krankenhaus entfernt geparkt hatte – eine Gepflogenheit, um mögliche Verfolger aufzuspüren. Ausnahmen von dieser Regel bezahlten jüngere Agenten oft mit dem Leben.

Die FBI-Agentin näherte sich dem gemieteten Taurus von hinten und warf einen prüfenden Blick auf die Rückbank, ehe sie den Wagen aufschloss und sich auf den Fahrersitz setzte. Anschließend verriegelte sie die Tür. Sie legte den ersten Gang ein, fuhr vom Bordstein weg und wählte auf dem Handy eine Nummer in Washington. Die Nummer des FBI-Direktors kannte sie seit Jahren auswendig.

Nach dem zweiten Klingeln ertönte Palenskis dröhnende Stimme. »Ja?«

»Morgen, Chef«, sagte Karen, deren Blick auf dem Rückspiegel haftete, um den nachfolgenden Verkehr im Auge zu behalten.

»Karen? Was gefunden?«

»Kann ich sprechen?«

»Warten Sie.« Nach einer kurzen Unterbrechung gab Palenski sein Okay.

»Die Operation wurde verraten«, sagte Karen in täuschend ruhigem Ton. Ihre linke Hand lag auf dem Lenkrad, und mit der rechten presste sie das kleine Handy an ihre Wange.

Ein paar Sekunden herrschte Schweigen, ehe der FBI-Direktor fragte: »Nolan?«

»Tot.«

»Sind Sie sicher?«

»Ich habe gerade in der Leichenhalle das gesehen, was von ihm übrig geblieben ist.« Karen Frost fuhr Richtung I-35.

»Übrig geblieben ...?«

»Das waren nicht ihre typischen Verhör- und Foltermethoden, Chef. *Ratten* haben ihn bei lebendigem Leibe aufgefressen.«

»Aufgefressen ...«, wiederholte Palenski ungläubig. »Was ist mit der Informantin?«

»Die Dame weilt vermutlich nicht mehr unter uns.«

Der Direktor seufzte. »Okay. Was haben Sie vor?«

Karen beschleunigte, als sie die Autobahnauffahrt erreichte. Ihr Blick fiel auf eine große Werbetafel am Straßenrand. Ein Cowboy saß in einem Aluminiumboot und warf eine Angel ins Wasser, in dem es von lächelnden Katzenfischen und Schildkröten wimmelte. TEXAS STATE PARKS, DER PERFEKTE WOCHENENDAUSFLUG.

»Ich gehe fischen«, antwortete die erfahrene Agentin, der ein bestimmtes Szenario vorschwebte. Es gab nur eine Möglichkeit, gegen eine Feuersbrunst anzukämpfen. Um einen Verbrecherring zu knacken, musste man eiskalt und kompromisslos vorgehen. Gefühle waren fehl am Platze, wenn es darum ging, in den Reihen des Feindes Unsicherheit zu verbreiten, bis sie seine Operationen aufdeckte und ihn letztendlich zur Strecke brachte.

Karen Frost blieb auf der rechten Spur. Die Ausfahrt Oltorf Street war laut Straßenkarte, die auf dem Beifahrersitz lag, knapp eine Meile entfernt.

»Haben Sie gerade ›fischen gehen‹ gesagt?«

Karen erklärte ihrem Boss den Plan.

»Sehr riskant, Agent Frost.«

»Es ist die einzige Möglichkeit.«

»Und wie sieht es mit Unterstützung aus?«

Karen hielt sich an der Autobahnabfahrt links und fuhr auf die Oltorf Street. »Nein, Chef. Keine Unterstützung. Sobald ich anfange zu schnüffeln, werde ich wie Nolan zu einer Zielscheibe. Das bringt jeden in Gefahr, der mit mir zusammenarbeitet. Möglicherweise hat Nolan geredet. Er wusste, dass ich die Ermittlungen übernehme, falls ihm etwas zustößt. Wenn er ausgepackt hat – und davon muss ich ausgehen –, könnte ich bereits in großer Gefahr sein.«

»Seien Sie bloß vorsichtig, Karen. Der Gedanke, dass ich einen *anderen* Agenten runterschicken muss, der herausfindet, was aus *Ihnen* geworden ist, gefällt mir ganz und gar nicht.«

»Ich pass schon auf mich auf, Sir. Kümmern Sie sich bitte um Meek. Ihm wird die Sache nicht gefallen.«

»Um Meek mache ich mir keine Sorgen. Ich mache mir Sorgen um die Barrakudas im Kongress. Mir stehen harte Kämpfe bevor, um die Gelder bewilligt zu bekommen, vor allem wenn die Presse Wind von Nolans Tod bekommt.«

»Ist Senator Horton noch dafür zuständig?«, fragte Karen, die wusste, wie schwer es war, Gelder von Horton bewilligt zu bekommen.

»Der ist wie besessen, aber das ist mein Problem. Und Sie wollen wirklich keine Verstärkung? Ich könnte Ihnen ein paar Leute aus New York schicken, mit denen Sie früher mal zusammengearbeitet haben.«

»Ich habe Angst, dass sie neben Nolan im Leichenschauhaus landen.«

»Oder neben *Ihnen*, wenn Sie nicht auf Ihren Hintern aufpassen.«

Karen runzelte die Stirn. »Ich war schon oft in brenzligen Situationen. Damit werde ich fertig, aber ich muss es im Alleingang tun.«

»Okay«, willigte Palenski widerstrebend ein. »Haben Sie eine Waffe bei sich?«

»Ja, meine treue Desert Eagle und die Walther PKK. Alles, was ich sonst noch brauche, kaufe ich mit der Karte.« Karen hatte vom FBI eine Visakarte, die auf einen falschen Namen ausgestellt war. Ihre Fahrerlaubnis aus Washington, D. C., lautete ebenfalls auf einen Decknamen. In Einklang mit Regeln bei Undercover-Einsätzen hatte sie sämtliche Ausweise mit ihrem Namen, über den eine Verbindung zum FBI hergestellt werden könnte, in einem Schließfach am Flughafen deponiert.

»Gehen Sie kein Risiko ein, und rufen Sie mich jeden Tag an.«

»Okay.«

»Ich setze mich mit Nolans Familie in Verbindung und kümmere mich um alles Weitere.«

Karens Magen verkrampfte sich.

»Viel Glück, Karen.«

»Danke, Chef.«

Karen, der Nolans entstellter Leichnam nicht aus dem Sinn ging, schaute mit verschleiertem Blick auf die lange Straße. Sie beendete das Gespräch und legte das Handy auf die Straßenkarte. Der Gedanke an Nolans grausames Ende zerriss ihr das Herz. Ratten hatten ihn bei lebendigem Leibe aufgefressen! Es war unglaublich, zu welchen Grausamkeiten Menschen fähig waren.

Karen Frost schwor, Dave Nolans Tod zu rächen.

Als sie Oltorf erreichte, fuhr sie auf den Parkplatz eines Days Inn Hotels, in dem sie in nächster Zeit wohnen würde.

5.

Verdammt, Roman! Ich habe Ihnen gleich gesagt, dass wir Nolan nicht allein dorthin schicken dürfen, verdammter Mist!«

Palenski saß im obersten Stock des J. Edgar Hoover Building in Washington im Ledersessel hinter seinem Schreibtisch. Er musste im Stillen über den Ausbruch seines Stellvertreters schmunzeln, obwohl ihm keineswegs zum Lachen zumute war. Der stellvertretende Direktor des FBI, Russell Meek, hatte heute eigentlich frei. Palenski hatte ihn am frühen Morgen vom Golfplatz in die FBI-Zentrale beordert und ihn über Nolans Tod in Kenntnis gesetzt. Meeks Reaktionen waren immer vorhersehbar, und auch heute wurde er seinem Ruf gerecht.

»Regen Sie sich nicht so auf, Russ. Sie wissen, dass diese Dinge manchmal nicht so laufen wie geplant.«

Meek, ein stämmiger Mann mit rotem Haar und Sommersprossen, zog die Baseball-Kappe vom Kopf und nahm gegenüber von Palenski Platz. »Wenn wir uns mehr an die Vorschriften halten würden, Sir, würde nicht so oft etwas schief gehen.«

Palenski presste die Lippen aufeinander, ohne etwas zu erwidern. Er war nachsichtig mit seinem Stellvertreter, dessen mangelnde Außendiensterfahrung durch seine hervorragenden Fähigkeiten auf administrativer Ebene und im Computerbereich wettgemacht wurde. Der ehemalige Informatikstudent der Universität Yale hatte seit Jahren keinen Schuss mehr abgefeuert. Seine Aufgabe, das FBI zu modernisieren, verschaffte ihm Zugang zu allen Abteilungen. Meek kannte sich in den Akten des FBI hundertprozentig aus. Er konnte in Windeseile bürokratische Hürden überwinden und genauso gut Vorgänge blockieren, wenn Palenski es wünschte. Der stellvertretende FBI-Direktor arbeitete effizient und sorgte beim FBI für Disziplin. Das war auch gut so, denn die Agenten neigten zu Schlampigkeit. Zudem waren Meeks Mitarbeit und sein Einsatz besonders wertvoll, wenn es darum ging, staatliche Gelder locker zu machen, was nach Fehlschlägen wie Waco und Ruby Ridge immer sehr erschwert wurde. Dank Meeks Talent, die Erfolge und Projekte des FBI auf bunten Folien detailliert zu dokumentieren, hatte Palenski das notwendige Rüstzeug zur Hand, um die übliche Skepsis und Kritik des Kongresses zu zerstreuen.

Andererseits konnte Russell Meek einem mächtig auf den Wecker gehen, wenn seine Vorstellung vom Dienst nach Vorschrift mit der Realität zusammenprallte.

Darum werde ich so gut bezahlt, dachte Palenski. *Weil ich mit Leuten wie Meek klarkommen muss.*

»Großartig«, sagte Meek, der seine gebräunten Arme, die ebenfalls mit Sommersprossen übersät waren, vor der Brust verschränkte. »Dieser Vorfall macht sich toll in unseren Akten, Sir. Horton wird Ihnen nächsten Monat im Kongress den Kopf abreißen.«

Palenski hasste es, übers Budget zu diskutieren, und er nutzte die hervorragenden Präsentationen aus Meeks technischer Abteilung, um die Piranhas auf dem Capitol Hill zu überzeugen. Diese Typen hatten überhaupt keine Ahnung, wie schwer es war, die komplexen Aufgaben des FBI zu meistern und zu koordinieren. Sie konzentrierten sich mit Vorliebe auf die wenigen Dinge, die schief gingen, und ignorierten die zahlreichen Erfolge des FBI.

»Wir sind die größte und beste Organisation zur Verbrechensbekämpfung der Welt, Russ. Ich verspreche Ihnen zwei Dinge. Erstens passiert so etwas immer wieder, und zweitens finden wir jedes Mal Mittel und Wege, um damit fertig zu werden. Und machen Sie sich keine Sorgen um Senator Horton und die anderen Weicheier im Kongress. Sollen sie ruhig jammern. Sie gehen abends nach Hause zu ihren Familien und schlafen friedlich. Das haben sie Leuten wie uns zu verdanken, die rund um die Uhr schuften, um die Verrückten dieser Welt davon abzuhalten, unser Land zu vernichten.«

»Klar, Sir«, sagte Meek kopfschüttelnd. »Und alles, was wir versauen, findet Eingang in die Akten. Wir können nicht ...«

»Jetzt hören Sie mir erst mal zu«, unterbrach ihn Palenski, der einen erneuten Versuch unternahm, seinem Stellvertreter die Vorgehensweise Karens zu erläutern. Meek war ein aufrechter Bursche, der versuchte, das Richtige zu tun. Leider fehlte ihm die Erfahrung, stets zu wissen, was das Richtige war, und er brauchte in derartigen Situationen mitunter Nachhilfeunterricht. »Wenn wir nicht ab und zu eine Schlacht verlieren, bedeutet das, dass wir zu viel Vorsicht walten lassen. Wir können einem Feind gegenüber, der bereit ist, jedes Risiko einzugehen, während er an Boden gewinnt und sich wie ein Krebsgeschwür immer weiter ausbreitet, keine Nachsicht üben. Unseren Gegnern ist es egal, wenn sie fünfzig Männer in einem Monat verlieren, solange ihr Unternehmen wächst. Um effektiv zurückzuschlagen, müssen auch wir Risiken eingehen, uns in gefährliche Situationen begeben und von den Vorschriften abweichen. Sonst verlieren wir am Ende diesen Krieg. Leider verstehen das viele nicht, vor allem hier in Washington. Sie sehen ein Problem und glauben, das FBI gehe unter, wobei wir in Wahrheit die Sieger sind. Auf den Straßen ist es sicherer geworden. Die Kriminalitätsrate ist gesunken. Wir schnappen mehr Verbrecher denn je – und das, *bevor* sie zuschlagen. Dabei begeben die Agenten sich in Lebensgefahr. Wir schicken sie aufs Schlachtfeld und lassen sie einen Job tun, den kein anderer tun will. Es ist ein verdammt harter Job, der die Gefahr von Vergeltungsschlägen gegen die Agenten und ihre Familien mit sich bringt. Das haben wir oft genug erlebt.«

Meek atmete laut aus und sah sich um. »Ich hab's kapiert. Sprechen wir über Karen Frost. Weiß sie es?«

Palenski hatte bis jetzt absichtlich nicht über Karen gesprochen. »Sie ist in Austin.«

»Wie bitte?«

»Sie hat Nolan identifiziert.«

»Wer ist bei ihr?«

Palenski sah seinen Stellvertreter an, ohne ihm zu antworten.

Meek beugte sich vor und fragte mit dunkler Stimme: »Hat sie Unterstützung vor Ort?«

Der FBI-Direktor blieb ihm auch diesmal die Antwort schuldig.

Meek sprang auf und schlug mit der Hand auf den Schreibtisch. »Verdammt! Wir haben gerade einen unserer Top-Agenten verloren! Was wollen Sie dadurch erreichen? Sollen sie alle draufgehen? Verstehen Sie so Ihren Job als FBI-Direktor?«

Palenski nahm ihm die Bemerkung nicht übel. Er mochte Meek und wusste, dass er eine schwere Scheidung hinter sich hatte. Seine Frau hatte ihn wegen eines jüngeren Mannes verlassen. Meek musste hohe Unterhaltszahlungen leisten und die College-Gebühren und den Lebensunterhalt für die beiden Kinder bezahlen. Um dem Ganzen die Krone aufzusetzen, hatte der Computerexperte in der letzten Woche vom Anwalt seiner Exfrau eine Honorarrechnung erhalten. Offenbar hatte sie den Richter überzeugt, dass ihr Exmann für die Prozesskosten aufkommen sollte.

Palenski bedeutete seinem Stellvertreter, wieder Platz zu nehmen. Es ärgerte ihn, dass er Meek nicht verständlich machen konnte, was das FBI zu erreichen versuchte. Er fuhr fort: »Nolans Tod bietet uns eine einzigartige Chance.«

Meek setzte sich wieder und schaute Palenski verwirrt an. »Das kapiere ich nicht.«

Palenski erklärte ihm Karen Frosts Plan.

Meek stand wieder auf und ging langsam zum Fenster auf der rechten Seite von Palenskis Eckbüro, vom dem man einen prächtigen Blick auf das Capitol, das Weiße Haus und das Washington Monument hatte.

»Das ist sehr riskant, Palenski«, sagte Meek. »Verdammt riskant.«

»Sie dürfen nicht vergessen, welche Chancen der Plan birgt. Wir könnten endlich einen Durchbruch in den Ermittlungen schaffen. Das habe ich vorhin gemeint, als ich sagte, man müsse Risiken eingehen, um den Krieg zu gewinnen. Wir könnten ein ganzes Heer Agenten nach Austin schicken, um jedes Risiko auszuschließen. Dadurch *zwingen* wir die Verbrecher aber geradezu, unterzutauchen und woanders wieder zu erscheinen. Wir würden nichts erreichen, außer Steuergelder zu verprassen.«

»Vermutlich sind sie bereits untergetaucht, nachdem sie Nolan geschnappt haben. Wir müssen davon ausgehen, dass er geredet hat.«

Palenski nickte. »Verbrechernetze von der Größe, mit der wir es hier meines Erachtens zu tun haben, tauchen nicht wegen eines toten Agenten unter. Sonst hätten sie Nolans Leichnam verschwinden lassen.«

Meek kniff die Augen zusammen.

»Das ist eine Botschaft, Russ. Diese Schweine haben ihn gefoltert und verstümmelt und die lebenden Überreste den Ratten zum Fraß vorgeworfen. Diese Mistkerle wollen uns zwingen, sie in Ruhe zu lassen.«

»Und was schadet es, mehr Agenten hinzuschicken, wenn sie sowieso schon wissen, dass wir ihnen auf der Schliche sind?«

»Wir müssen auf ihre Arroganz bauen. Wenn sie eine einsame Agentin sehen, die hinter ihnen her ist, werden sie eher gewillt sein, sich zu zeigen, als wenn ihnen ein Dutzend Leute im Nacken sitzen.«

Meek seufzte. Offenbar leuchtete ihm Karen Frosts selbstmörderischer Plan allmählich ein. »Sie will da bleiben, um die Typen aus ihren Verstecken zu locken?«

Palenski schwieg.

»Und wenn sie nicht aus ihren Verstecken kriechen?«

»Dann wird's haarig«, gab Palenski zu. »Karen Frost traut sich zu, den Spieß umzudrehen.«

»Und Sie glauben, sie könnte es allein schaffen?«

Palenski nickte. »Ja, das traue ich ihr zu. Sie ist eine ausgezeichnete Agentin.«

»Sie bietet sich selbst als Köder an«, sagte Meek nachdenklich.

Palenski musterte ihn schweigend.

»Okay. Wenn Sie meine Meinung hören wollen – mir gefällt das nicht. Es ist der helle Wahnsinn.«

»Ich nehme es zur Kenntnis, Russ.«

Meek stand auf. »Gibt es sonst noch was?«

»Ja. Wann haben Sie die Skizzen für den diesjährigen Kongressbericht fertig?«

Meek hob den Kopf. »In ungefähr einer Woche.«

»Gut. Dann können Sie jetzt wieder auf den Golfplatz gehen.«

Meek ging hinaus.

Palenski drehte sich zum Fenster um. Er fragte sich einerseits, ob Meek überhaupt eine Vorstellung von einer Undercover-Operation hatte. Andererseits fragte er sich, ob Meeks Bedenken vielleicht berechtigt waren. Und wenn Karen etwas zustieß? Wie viele Agenten musste Palenski noch opfern, ehe er sich entschloss, ein Heer von FBI-Leuten nach Austin zu schicken?

Der Direktor schaute auf die Bilder seines Sohnes und seiner Tochter, die am Tag ihres College-Abschlusses vor fast zehn Jahren aufgenommen worden waren. Er hörte kaum noch etwas von ihnen. Sein Sohn war mittlerweile ein gefragter Anwalt in der Wall Street, seine Tochter College-Professorin in Indiana State. Seine Exfrau hatte Palenski seit der Scheidung vor über fünfzehn Jahren nicht mehr gesehen. Sie hatte ihn ebenso plötzlich verlassen wie Meeks Frau ihren Mann. Die beiden Frauen hatten beide keine Lust mehr gehabt, die Arbeitszeiten und den unvermeidlichen Stress ihrer Männer hinzunehmen. Ein verantwortungsvoller Job beim FBI und eine Ehe waren fast unvereinbar. Leider bekam man *das* in Quantico nicht beigebracht.

Palenski lehnte sich zurück und schaute auf den blauen Himmel über Washington. Er dachte an Dave Nolan, den Ratten bei lebendigem Leibe aufgefressen hatten. Auf dem Schreibtisch lag der Brief, den er an Nolans Frau und Kinder geschrieben hatte.

Er griff stöhnend nach dem Paket Kaugummi auf seinem Schreibtisch, packte eins aus und schob es sich in den Mund. Wie starke Schmerzen konnte ein FBI-Agent aushalten?, fragte er sich. Er hatte während seiner FBI-Karriere schon einiges erlebt. Agenten waren niedergestochen, erschossen, erwürgt, ertränkt, verbrannt und sogar lebendig begraben worden. Zum ersten Mal jedoch war ein Agent bei lebendigem Leibe von Ratten aufgefressen worden.

Ratten!

Palenski fragte sich, ob er langsam zu alt wurde für den Job. Und er fragte sich, wie er eines Tages sterben würde, wenn seine Zeit abgelaufen war. Würde er wie seine Eltern an Krebs sterben, oder hatte das Schicksal etwas anderes für ihn auf Lager? Eine der brutalen Methoden, die Verbrecher für FBI-Agenten und ihre Vorgesetzten bereithielten?

Werde ich allein sterben?

Palenski warf noch einen Blick auf die Bilder seiner Kinder, ehe er aufstand, um zu einer Besprechung zu gehen.

6.

Mike und Victoria lehnten auf dem Oberdeck des Ausflugdampfers an der Reling. Das Schiff schipperte über den Lake Travis im Westen von Austin. Die Morgensonne schien auf die bewaldeten Berge rings um den künstlich angelegten See. Der Wind strich über Mikes Gesicht, der nach Osten schaute, wo die Berggipfel in den blaugrauen Himmel ragten. Das Wasser hatte den Boden am Fuße der Berge ausgewaschen und Schichten von weißem Kalkstein freigelegt, die an einigen Stellen sieben Meter und höher waren und den wechselnden Wasserpegel des Sees markierten.

Mike schaute auf die verwinkelten grünen Berge, auf deren Hängen im Schatten hoher Zedern und Eichen luxuriöse Villen standen. Hohe Treppen und ein paar Aufzüge verbanden die pastellfarbenen Häuser mit den Bootsstegen unten am See, wo Jachten und Segelboote sich in den seichten Wogen wiegten.

Die leisen Klänge, die aus mehreren Lautsprechern auf beiden Decks ertönten, vermischten sich mit dem Rauschen der sanften Brise, dem Plätschern des Wassers und dem fast hypnotischen Surren der Schiffsschraube am Heck. Mikes Magen fing an zu knurren, als ihm der Duft des gegrillten Fleisches in die Nase stieg. Das Büfett sollte der Broschüre zufolge, die überall an Bord auslag, um elf Uhr eröffnet werden.

Mike und Victoria waren gestern Abend nach Austin geflogen. Am Flughafen wartete ein Chauffeur auf sie. Nach einer Stadtrundfahrt durch Austin erreichten sie gegen zweiundzwanzig Uhr das Four Seasons. Derselbe Fahrer hatte sie an diesem Morgen um neun Uhr abgeholt und zum See gebracht, wo Ron Wittica und seine Freundin sie an der Anlegestelle begrüßten. Mike und Victoria wussten zuerst nicht, was sie anziehen sollten. Schließlich entschied Mike sich für Shorts, ein Polo-Shirt und Topsiders und Victoria für ein Sommerkleid mit weißen Sandalen. Mike war erleichtert, als er sah, dass Wittica und die superschlanke Blondine, die ihn begleitete, ähnlich gekleidet waren.

Wittica hatte das junge Paar über das Schiff geführt und es mit den anderen bekannt gemacht. Später bildeten sich Grüppchen. Ein paar Informatiker sprachen mit Mike über den Job, während ihre Ehefrauen mit Victoria plauderten.

»Sie haben mir auf den Zahn gefühlt«, sagte Mike zu Victoria, als sie außer Hörweite der anderen auf dem Oberdeck standen. Es war ihr erstes ungestörtes Gespräch, seit sie an Bord gegangen waren. Mike trank eine Diät-Cola und genoss die schöne Aussicht.

Victoria musste lachen. »Du konntest dich wenigstens vernünftig mit ihnen unterhalten. Die Frauen haben nur über Möbel und Babys geredet.«

»Babys? Dieser Farrah-Fawcett-Verschnitt wollte doch bestimmt über alles reden, nur nicht über Babys, oder?«

»Sie heißt Cherry.«

»Passt zu ihr«, sagte Mike, der sie in der Ferne entdeckte. Cherry hatte sich bei Wittica untergehakt. Ihr langes Haar wehte in der Brise. Sie schaute Mike an und winkte ihm lächelnd zu. Er winkte zurück. »Glaubst du, Wittica zahlt sie pro Stunde?«, fragte er Victoria.

Victoria beugte sich an sein Ohr. »Sie mag ja gut im Bett sein, aber ein normales Gespräch kann man mit der nicht führen.« Victoria tippte mit dem Zeigefinger gegen ihre linke Schläfe. »Meiner Meinung nach hat die nicht viel in der Birne.«

Mike zuckte die Schultern. »Das ist vermutlich kein Problem, Vic. Sie wird andere Qualitäten haben.«

Victoria stieß ihm mit dem Finger in die Rippen.

Mike grinste. »Aber mit dir kann sie auf gar keinen Fall konkurrieren. Wenn ich daran denke, was sich so alles unter deinem süßen Kleid verbirgt.«

Victoria lächelte nun auch. Sie sah heute wirklich umwerfend aus. Durch das mit Gel gestylte, zurückgekämmte Haar kamen ihre schönen Augen und die hohen Wangenknochen zur Geltung. Zur Feier des Tages hatte sie sogar einen Hauch von Lippenstift und Lidschatten aufgelegt, was hervorragend zu ihrer gebräunten Haut passte. Mike wünschte sich in diesem Augenblick, allein mit ihr zu sein.

Ihm lag ein Kompliment auf der Zunge, das er ihr wohlweislich verschwieg. Er kannte seine Frau sehr gut. Victoria gefiel es nicht, mit dummen Blondinen wie Cherry verglichen oder mit Komplimenten überhäuft zu werden. Sie zog es vor, als das behandelt zu werden, was sie war: eine intelligente Frau.

Stattdessen fragte er sie: »Und was hältst du von der Sache?«

»Das Haus dort gefällt mir gut«, erwiderte sie und zeigte auf eine Villa im mediterranen Stil, die auf halber Höhe eines Berges im Schatten riesiger Eichen auf einem relativ ebenen Grundstück stand. An dem großen Anlegeplatz unten am See lagen eine wunderschöne Jacht, ein Motorboot zum Wasserskifahren und zwei kleinere Boote vor Anker.

»Um uns das leisten zu können, müssten wir gesetzwidrige Handlungen begehen.«

»Und wie würdest du das nennen, was wir jetzt machen?«, erwiderte Victoria. Sie lehnte sich an die Reling und verschränkte die Arme. Gestern hatte sie bei der Capitol Bank angerufen und eine Stunde mit Angelo Rossini telefoniert. Sie hatten über ihr Studium, ihre Karrierewünsche und die Unterschiede zwischen dem Leben in Austin und Sunnywale geplaudert. Rossini bestand darauf, sie persönlich kennen zu lernen, ehe sie wieder zurück nach Kalifornien flog. Er hatte ihr ein interessantes Angebot in Aussicht gestellt, falls das persönliche Gespräch positiv verlief.

»Mach dir nicht ständig Sorgen und genieß den Ausflug.«

Sie warf ihrem Mann einen mahnenden Blick zu. »Wir sind beide in bescheidenen Verhältnissen aufgewachsen, Mike. Deshalb solltest du dir mal Gedanken darüber machen, warum dir jemand ein so großzügiges Angebot unterbreitet.«

»Du siehst das nicht ganz richtig, Vic. Das hat nichts mit Großzügigkeit zu tun. Wenn man eine gute Ausbildung hat, muss man auch vernünftig bezahlt werden.«

Für eine passende Antwort blieb Victoria keine Zeit mehr, denn Wittica und Cherry gesellten sich zu ihnen.

»Und wie geht es unseren Ehrengästen?«, fragte Wittica lächelnd. Sein hübsches Gesicht wies die Spuren der unzähligen Wochenenden auf, die er auf seinem Segelboot oder im Sattel verbracht hatte.

»Großartig, Ron. Danke.«

Wittica zwinkerte Mike zu. »Sie haben Ihre neuen Kollegen ziemlich stark beeindruckt, Mike.«

Mike zuckte verlegen mit den Schultern. »Ich habe lediglich ihre Fragen beantwortet. Ziemlich gescheite Burschen.«

Wittica drehte sich zu Victoria um. »Ist er immer so bescheiden?«

»Nur wenn er etwas damit bezweckt«, erwiderte Victoria, die die Stirn runzelte, die Arme verschränkte und ihren Mann herausfordernd anblickte.

Wittica lächelte, und die Blondine begann zu kichern. »Mein Gott, was für ein süßes Paar!«

Süß?

»Findest du nicht, Ronny?«

Ronny?

Wittica schaute Cherry an wie ein Vater, der sein ungezogenes Kind zu besserem Benehmen ermahnt.

Entweder ignorierte die Blondine den kritischen Blick, oder sie verstand den diskreten Wink nicht. Sie zeigte mit dem Finger auf Victoria und fügte hinzu: »Schau, Ronny. Ich hab ja gesagt, sie sieht aus wie eine Schauspielerin.«

»Dann könnt ihr beide euch ja bei Bay Watch bewerben«, sagte Mike, der seine Frau freundlich anlächelte.

Wittica lachte laut. Die Blondine machte ein betretenes Gesicht. Victoria funkelte Mike böse an.

Das Dröhnen eines Horns zerriss die Stille.

Wittica blickte auf die Uhr. »Das Büfett ist eröffnet.«

Die Truppe ging zur Treppe, die zum Hauptdeck führte. Michael Patrick Ryan warf noch einen letzten Blick auf die Berge in der Ferne. Als die frische Brise über sein Gesicht strich, beschloss er, Austin zumindest für die nächsten drei Jahre zu seiner neuen Heimat zu machen. Er fragte sich, wie schnell sie hierher ziehen konnten.

7.

Karen Frost lehnte sich zurück und rieb sich die Augen, ehe sie die zwei Tage alte Ausgabe des *Austin American Statesman* in die Hand nahm. Sie saß seit Stunden in einem Lesesaal der öffentlichen Bibliothek von Austin und suchte nach Berichten über Frauen, die in der letzten Woche als vermisst gemeldet worden waren.

Nach den Daten des FBI, die Russell Meek auf Karens Bitte heute Morgen gecheckt hatte, wurden seit Nolans letztem Anruf drei Frauen vermisst. Zwei waren Jugendliche; die dritte war in den Sechzigern. Auf keine von ihnen traf die Beschreibung einer Finanzbeamtin zu.

Karen wusste, wie unzuverlässig die Daten waren, die ein schlecht bezahlter Beamter nach den Infos zusammenstellte, die aus fünfzig Staaten eingingen. Daher hatte sie die Informationen im Internet überprüft. Es gab zahlreiche Dienste mit recht zuverlässigen Zahlen. Der Vorteil des Internets war, dass Karen Frost ihre Identität nicht preisgeben musste und der Feind deshalb nichts davon erfuhr. Leider hatte die Suche nichts Neues ergeben. Da Nolans Informantin erst seit wenigen Tagen als vermisst gelten konnte, überprüfte Karen nun die Tageszeitungen. Bisher hatte sie nur einen kurzen Bericht über eine sechzehnjährige Schülerin gefunden, die vor vier Tagen verschwunden war. Sie gehörte zu den beiden Jugendlichen, die auch in den Daten des FBI auftauchten.

Karen blätterte die Zeitung durch, ohne weitere Infos zu finden. Auch in der gestrigen Ausgabe des *Statesman* fand sie nichts. Anschließend knöpfte sie sich die neueste Ausgabe vor. Fünf Minuten später kniff sie die Augen zusammen, als sie die Lokalnachrichten las. Janet Patterson, siebenundzwanzig, war von einer Klippe in West-Austin gestürzt. Kurz darauf war sie von einem Lkw-Fahrer gefunden worden, der die Polizei verständigt hatte. Bei der Autopsie wurde ein Alkoholspiegel von 0,2 Prozent festgestellt, also vier Mal so hoch wie die erlaubte Menge von 0,05 Prozent.

Karen überflog die Todesanzeigen und fand die einer gewissen Janet Patterson, aus der hervorging, dass Janet Michelle Patterson, 27, am Freitag an den Folgen eines Autounfalls gestorben war. Um sie trauerten die Eltern, Greg und Louise Patterson aus Westlake, einer Gemeinde im Westen von Austin, und ihre Kollegen von der Finanzbehörde, wo Janet nach ihrem Abschluss an der Universität von Texas seit fünf Jahren gearbeitet hatte. Am Sonntag um 15.00 Uhr fand in der St. John Newman Church in Westlake ein Gedenkgottesdienst statt. Das Bestattungsunternehmen Cook-Walden war für die Arrangements verantwortlich. Die Finanzbehörde übernahm die Kosten.

Karen lief ein kalter Schauer über den Rücken, als sie den Anfang der Anzeige ein zweites und drittes Mal las, ehe sie den Bericht in den Lokalnachrichten noch einmal überflog.

»Verdammter Mist!«, zischte sie.

Zwei Leute, die am Nebentisch saßen, hoben den Kopf, runzelten die Stirn und wandten sich wieder ab.

Karen interessierte sich im Moment herzlich wenig für die Leute in der Bibliothek. Sie beschäftigte sich mit den Fakten, die sie soeben erfahren hatte. Falls Janet Patterson Nolans Informantin war, und falls man sie tatsächlich ermordet hatte, weil sie zu viel wusste, schwebten ihre Eltern in Lebensgefahr. Sie wurden mit Sicherheit bereits von den Mördern ihrer Tochter überwacht, um festzustellen, ob sie die Polizei informierten. Es wäre zu gefährlich, sie zu kontaktieren. Karen wusste genau, wie das organisierte Verbrechen arbeitete. Oberstes Gebot in einer solchen Situation war, die Ermittlungen abzuschneiden. Zuerst hatten die Gangster die wichtigste Verbindung zum FBI, die Informantin selbst, aus dem Weg geräumt. Es folgte der Mord an dem Agenten, der die Ermittlungen leitete. Jetzt mussten sie dafür sorgen, dass Janets Eltern keine Informationen – zum Beispiel eine Videokassette oder andere Aufzeichnungen – besaßen, die Janet ihnen für den Fall der Fälle anvertraut hatte. Für die Verbrecher war es ein schwieriger Balanceakt. Sie mussten jede unnötige Aufmerksamkeit vermeiden, um ihre Operation nicht abzuwürgen; daher wollten sie bestimmt nicht bei den Eltern hereinplatzen und sie ermorden. Eine derartige Aktion würde kurz nach dem tödlichen Unfall ihrer Tochter zu viel Staub aufwirbeln.

Daher würden sie die Eltern zunächst nur überwachen.

Falls Janet Patterson überhaupt Nolans Informantin war ...

Der Zeitpunkt ihres Todes und die Verbindung zum IRS konnten auch reiner Zufall sein, denn in der Regel verschwanden Informanten spurlos und erschienen nicht in den Todesanzeigen der Tageszeitungen. Dennoch könnte der Autounfall inszeniert worden sein, um das Misstrauen der Eltern nicht zu wecken.

Bisher war alles reine Spekulation.

Und nur die Wahrheit zählte.

Für die erfahrene FBI-Agentin gab es nur einen Weg, sie zu finden.

ZWEITES BUCH

Plug & Play

Ich glaube, es gibt auf dem Weltmarkt vielleicht eine Nachfrage nach fünf Computern.

Thomas Watson, Präsident von IBM, 1943

1.

Das Cyberspace auf dem 256-Farbmonitor bestand aus einem blaugrauen Himmel mit dunklen, zerfransten Wolken. Mike stand mitten auf einer Straße, die von blauem Neonlicht erhellt wurde, das in deutlichem Kontrast zu den grünen Gebäuden, den weißen Bürgersteigen und der roten Gestalt des Agenten stand. Der Agent, der entworfen worden war, um Mike während der Demonstration zu unterstützen, präsentierte das Expertensystem. Die Sensoren in seinem HMD, dem Head Mounted Display, registrierten die Bewegungen seiner Augen, als er den Blick über die digitale Welt schweifen ließ. Die letzte Bearbeitung des Programms hob die Eingangstür zu der Datenbank hervor, die er bei seiner Vorführung benutzen wollte.

Das Virtual Reality System hatte den Eingang zum Archiv unten auf der Straße zu seiner Linken als große Garagentür gezeichnet, die auf ein Blinken seiner Augen geöffnet wurde, nachdem er das Sicherheitsprotokoll passiert hatte. Die Sensoren registrierten nicht nur Mikes Augenbewegungen, sondern aktivierten auch die Objekte, die er im Moment des Blinzelns betrachtete. Die Realisierung der letzten Version seines Virtual Reality Systems – eine Weiterentwicklung der traditionellen VR-Kontrollsysteme wie zum Beispiel Tasthandschuhe – war sehr schwierig. Oftmals wurden die falschen Gegenstände ausgewählt, oder der falsche Agent agierte, wenn Mike im falschen Augenblick blinzelte. Daher hatte er eine neutrale Zone hinzugefügt, um seine Augen bewegen oder ausruhen zu können. Das waren die zerfransten Regenwolken am digitalisierten Himmel seines Multiagent Protocol Systems oder MPS. Die Entwicklung vom digitalen Tasthandschuh zur Augenkontrolle ermöglichte Mike eine viel bessere Reaktionszeit auf seine Befehle, wenn er durch diese maßgeschneiderte Landschaft lief. Trotz aller technologischen Verbesserungen der letzten Jahre im Bereich des Tasthandschuhs, besonders in der Lokalisierung der Fingerposition beim Erteilen von Befehlen, konnten Mikes patentiertes Diodenfeld und die dazugehörige Software die Position und die Bewegung seiner Augen viel besser lokalisieren als die besten digitalen Tasthandschuhe auf dem Markt. Mike hatte ein Jahr damit verbracht, den Augenscanner benutzerfreundlicher zu gestalten.

Ron Wittica begleitete Mike bei dieser MPS-Demonstration. Er war die magenta-silberne Gestalt zu seiner Rechten, die neben dem Agenten stand und auf Anweisungen wartete. Wittica trug wie Mike ein HMD mit den dualen LCD-Displays, der Dioden-Matrix, dem Kopfhörer und einer Verbindung für das Mikro an seiner Kehle. Im Gegensatz zu Mike fehlte Witticas Interface jedoch die Schlüssel-Feature in der Dioden-Matrix und somit die Fähigkeit, ein Blinzeln zu erkennen. Er konnte sich die digitale Umgebung ansehen, ohne etwas zu bewirken. Er war ein reiner Beobachter; Mike war der Führer. Außerdem hatte Mike Wittica mit einem elektronischen Kabel verbunden, damit sein Chef an seiner Seite blieb und beim Testlauf in der VR-Stadt nicht verloren ging.

Mike wandte den Kopf nach rechts und links, um die Begrenzung seines Sichtfeldes und die Reaktion des VR-Systems zu testen. Die Software registrierte die Bewegung seines Kopfes und reagierte mit minimaler Verzögerung. Sie bot seinem Hirn ein sehr klares, stereoskopisches Bild dar, das mit seiner Kopfbewegung mit der beachtlichen Rate von zwanzig

Frames pro Sekunde übereinstimmte. Die minimale Verzögerung und die angemessenen Frames/Sekunde waren erforderlich, um eine gute VR-Immersion zu erlangen – den Grad der Realität, den die virtuell-reale Umgebung erreichte. Je weniger der User den Unterschied zwischen der VR-Erfahrung und der Realität wahrnahm, desto besser die Immersion. Die Verzögerung war die Spanne zwischen der Kopfbewegung des Users und der Reaktion des Systems, um die digitale Szenerie in Einklang mit der Bewegung zu verändern. Die Frames pro Sekunde steuerten die Flimmerfreiheit des gezeigten Bildes. Ein Minimum von fünfzehn Frames pro Sekunde war erforderlich, um eine angenehme Nutzung des VR-Systems zu garantieren. Eine geringere Rate würde die Aktion verlangsamen und eine Verzögerung zwischen der Kopfbewegung und dem Bild schaffen, das vom Gehirn wahrgenommen wurde. Das wäre für den User unangenehm, da das Bild, das ihm gezeigt wurde, hinter der Positionsinformation, die dem Gehirn vom Bogengang des inneren Ohres mitgeteilt wurde, herhinkte. Dadurch wurden Schwindel, Übelkeit und sogar Erbrechen hervorgerufen.

Mike erinnerte sich an die unzähligen Male, als er Tabletten nehmen musste, um derartige Wirkungen zu mildern, da er während der Entwicklung des Systems stundenlang an ein HMD angeschlossen war. Aufgrund eines Zusammenspiels aus Prototype-Hardware und unausgereifter Software lieferten die ersten Versionen seines VR-MPS-Systems nicht immer kurze Verzögerungen und ruckelfreie Bilder. Daher hatte er stets Tüten in der Nähe, falls er sich übergeben musste. Mike hatte im Laufe der einjährigen Entwicklungszeit zehn Pfund abgenommen.

»Okay, Ron«, sagte Mike. Sein Kehlenmikro nahm die Botschaft auf, veränderte sie und übertrug sie in vollem Bariton und in Dolby Digital Surround Sound ins Cyberspace. »Wenn Ihnen übel wird, müssen Sie nur einen Augenblick die

Augen schließen. Wir dringen in die Datenbank eines fiktiven Unternehmens ein, das ich für meine Diplomarbeit benutzt habe. Es geht los.«

Mike blickte die Straße hinunter und blinzelte. In der VR-Stadt erwachte das Leben. Schritte hallten über den beleuchteten Bürgersteig. Das Geräusch vermischte sich mit dem digitalen Laut einer leichten Brise. Mike ging die verlassene Straße hinunter und steuerte auf den ersten Datenbankzugang dieser einfachen Übung zu. Die Übung sollte Wittica einen Eindruck von den Möglichkeiten seines Systems vermitteln. Bei einer richtigen Durchführung würde es nicht nur viele Eingänge geben, die in Einklang mit den einzelnen Sicherheitsstufen in einfach zu unterscheidenden Farben dargestellt wurden, und zahlreiche Agenten, die ebenfalls entsprechend der Sicherheitsstufe farbig dargestellt waren, sondern auch Verkehr auf den Straßen, wenn User Informationen aus verschiedenen Datenbanken herunterluden.

Mike bewegte sich in dem Virtual-Reality-Modell, das von den kleinen LCD-Bildschirmen vor seinen Augen dargestellt wurde. Die Bilder, die in seinem Sichtfeld entstanden, bestanden aus Pixeln, die die Software aus einer Palette von 1024 x 780 Pixeln auswählte, die Auflösung modernster Monitore. Die LCD-Bildschirme waren an den Rändern gewölbt, um Mikes gesamtes Blickfeld einschließlich seiner Randsicht abzudecken. Dieses Bild wurde durch die holografischen Filter in dem HMD, die den Stufeneindruck der diagonalen Linien entfernten, indem sie den leeren Platz zwischen den einzelnen Pixeln und dem LCD-Bildschirm auffüllten, noch verbessert.

Mike trat von der Straße auf den weißen Bürgersteig, als er sich der blassgrünen Garagentür näherte. Diese Farbe stellte den untersten Sicherheitslevel dar, wobei dennoch ein Passwort verlangt wurde. Eine dreidimensionale Schranke aus leuchtend grünen Linien, die an Laserstrahlen erinnerten und sich zu einem undurchdringlichen Netz verwoben, das sich bis auf den Bürgersteig erstreckte, bedeckte die Tür.

»Was ist das, Mike?«, fragte Wittica mit seiner Computerstimme.

»Die Firewall. Wir versuchen, ohne Erlaubnis einzutreten«, sagte Mike, der hineinging.

Die schraffierten Linien der Schranke wurden leuchtend rot. Gleichzeitig zuckte Mike zusammen, als die winzigen Elektroden im HMD ihm einen leichten Elektroschock verpassten.

»Au!«, rief Wittica, der ebenfalls für den unerlaubten Zutritt ohne Passwort bestraft wurde, da er mit Mike elektronisch verbunden war. »Was war das, zum Teufel?«

»Das System benutzt visuelle und sensorische Stimulationen, um den User zu informieren, dass der Zugang nicht erlaubt war. Die Sensoren, die Ihre Kopfbewegungen ermitteln und Ihnen dadurch erlauben, durchs System zu surfen, werden ebenfalls benutzt, um illegalen Usern einen Elektroschock zu verpassen.«

»Finden Sie das lustig, Mike?«

»Es war Teil meiner Diplomarbeit im Bereich der Datenbanksicherung. Wenn man Hacker, die illegal in gesicherte Datensysteme einbrechen, elektronisch bestraft, werden sie es sich in Zukunft zweimal überlegen, so etwas zu tun. Heutzutage gehen Hacker, die nicht geschnappt werden, straffrei aus. Wenn sie versuchen, ohne Passwort in ein System einzudringen, verweigert das System lediglich den Zugang. Hacker versuchen es mit verschiedenen Passwörtern immer wieder, bis sie Erfolg haben. Mein System würde ihnen jedes Mal einen Elektroschock verpassen, wobei der Stromschlag bei jedem missglückten Versuch stärker wird. Und wenn sie einen normalen Terminal anstatt eines HMDs benutzen, feuert das System einen elektronischen Torpedo auf ihr System und zerstört es.«

»Interessant, aber was hält HMD-Hacker davon ab, einfach Isolierband über die Elektroden zu kleben, um so den Kontakt mit der Haut zu vermeiden?«

»Das würde die Sache noch verschlimmern. Der Stromkreis muss geschlossen und der Kontakt zur Haut gewährleistet sein, damit die Kopfbewegungen geortet werden und wir uns bewegen können. Wenn die Elektrodenverbindung unterbrochen ist, kann man sich im System nicht bewegen. Aber es gibt neben dem Passwort zwei Sicherheitsstufen. Das Diodenfeld des HMD führt jedes Mal, wenn der User Zugang zum System haben will, einen Iris-Scan durch. Die digitale Signatur des Augapfels des Users muss mit dem Passwort des Users übereinstimmen, ehe ihm Zugang gewährt wird. Zweitens muss das Passwort gesprochen werden. Die Stimmerkennung digitalisiert das Wort und vergleicht den digitalen Ton mit dem gespeicherten, der auch mit dem Iris-Scanner verbunden ist. Wenn die Augensignatur, die Stimme und das Passwort übereinstimmen, gewährt das System Zugang. Anderenfalls bekommt der User eine gewischt. Falls ein Hacker, der sich für besonders schlau hält, direkt zur gesicherten Tür geht und die Elektroden verklebt, damit er den Schmerz beim Eindringen in gesicherte Datensysteme nicht spürt, bemerkt es meine Software. Sie lässt mit Laserwaffen ausgerüstete Sicherheitsagenten aufmarschieren, die mit Lichtblitzen auf den illegalen User feuern, sodass seine Pupillen geweitet werden. Ich arbeite noch an einer Verbesserung, die den Hacker mit akustischen Schüssen belegt, bis ihm mehrere Minuten die Ohren klingeln. Glauben Sie mir, kein Hacker wird mehr den Wunsch verspüren, seinen Fuß in Systeme zu setzen, die mit MPS geschützt werden, weil es nicht nur schützt, sondern auch zurückschlägt.«

»Erstaunlich«, sagte Wittica.

Mike schaute zu MPS-Ali, seinem Agenten.

MPS-Ali, eine Figur, die von einem 3-D-Bild des ehemaligen Schwergewichtsweltmeisters Muhammad Ali digitalisiert worden war, spannte unter dem roten Anzug seine Muskeln und drehte sich zu Mike um.

»Originell, Ryan.«

»Der beste Boxer, den es je gab«, erwiderte Mike, ein Boxfan.

»Richtung?«, fragte MPS-Ali mit tiefer Stimme.

»Datenbank-Zugang.«

Der Cyber-Boxer nickte und fragte: »Passwort?« Jedes Expertensystem war mit seiner eigenen Datenbank verbunden, und nur das Expertensystem konnte zwischen Datenbank und User kommunizieren und Einlass gewähren oder verweigern.

»Tanzt wie ein Schmetterling und sticht wie eine Biene«, sagte Mike.

»Überprüfung der Augensignatur. Bleiben Sie stehen, und hören Sie auf zu blinzeln«, sagte MPS-Ali.

Mike sah geradeaus, während das System seine Augensignatur scannte, die anschließend mit dem gesprochenen Passwort verglichen wurde.

»Zugang gewährt«, sagte MPS-Ali einen Moment später.

Das leuchtende Gitter um den Eingang herum wurde schwächer und verschwand schließlich. Mike schaute auf den Eingang und blinzelte einmal. Die Tür zischte und schob sich in die Wand.

Mike schaute auf den geöffneten Eingang, blinzelte einmal und verschwand im Innern. Sie gingen bis zur Mitte eines großen Foyers, das von allen Seiten von den offenen Galerien des fünfstöckigen Hauses überragt wurde. Topfblumen verzierten das pieksaubere Foyer, das mit roten und weißen Kacheln gefliest war. Dutzende gesichtsloser Gestalten wanderten im Foyer umher, stiegen die Treppe hinauf oder wanderten durch die oberen Gänge. Einige gingen ganz langsam oder standen still. Die meisten liefen schnell und zogen eine graue Spur hinter sich her, die allmählich verschwand und an Kondensstreifen erinnerte.

»Was sind das für Gestalten?«, fragte Wittica.

»Das ist der normale Betrieb in einer Datenbank«, erklärte Mike. »Jede Gestalt im Foyer repräsentiert einen User wie Sie oder mich. Die Gestalten, die umherlaufen, sind das Expertensystem, das die Beinarbeit für die User leistet. Sie surfen durch die Datenbank, sehen sich Dateien an, kopieren sie, bearbeiten sie und katalogisieren sie. Sie tun also genau das, was wir vorhaben. Bei dieser speziellen Übung stellt jeder um uns her – außer der Agent, den wir mitgebracht haben – das Output eines Programms dar, das im Hintergrund läuft, um zahlreiche User zu simulieren, die auf gut Glück Dateien bearbeiten, damit Sie ein Gefühl für das System bekommen. Bei einer richtigen Anwendung hat jeder der User ein Gesicht und eine Identität, sodass Sie wissen, wer es ist. Sie können zu jedem gehen und mit ihm reden. Wenn der User ein HMD benutzt, kann er so mit Ihnen sprechen, wie wir beide es tun. Wenn der User an einem Computer sitzt, wird auf dem Monitor ein Fenster geöffnet und informiert ihn, dass Sie eine Chat-Session starten. In einem großen Netzwerk wie SoftCorp wäre die VR-Szenerie viel komplexer und würde nicht nur aus ein paar Häusern bestehen. Sie würde vermutlich am besten als eine große planetenartige Sphäre mit vielen Städten und anderen Objekten auf der Oberfläche dargestellt, um die verschiedenen Dateiverzeichnisse und Pfade zwischen ihnen zu repräsentieren. Aber heute halten wir es hübsch einfach.«

Mike drehte sich zu seinem Agenten um. »Grafische Darstellung der vierteljährlichen Produktionsmenge der verschiedenen Speichertypen im letzten Jahr.«

Gefolgt von einer digitalen Rauchspur, ging MPS-Ali zur Treppe am Ende der Eingangshalle, kam einen Moment später zurück, ehe die Spur verschwunden war, und hielt quietschend vor Mike und Wittica an. Eine Sekunde später entstand neben ihm eine Grafik.

»Sind Sie mit der Grafik zufrieden?«

»Einen Moment«, sagte Mike, der sich zu Wittica umdrehte. »Diese Datenbank enthält keine Grafiken. Sie besteht aus Tausenden von Dateien aus Zahlen – Ziffern –, aber sie ist so organisiert, dass Expertensysteme wie MPS-Ali einen Extrakt der gewünschten Informationen liefern und im Nu grafisch darstellen können.«

»Kann MPS-Ali Ihnen helfen, diese Information zu interpretieren?«

»Ja.« Mike schaute auf die Grafik und blinzelte mit den Augen.

MPS-Ali begann mit der Erklärung. »Die Lieferungen für SPAM-Speicher sind rückläufig, während DRAM-Speicher und FLASH-Memory aufgrund der starken Nachfrage auf dem Computermarkt weiterhin steigen.«

»Und was ist mit dem durchschnittlichen Verkaufspreis?«, fragte Mike.

Einen Moment später entstand in der dünnen Cyberluft unmittelbar über der ersten Darstellung eine zweite Grafik.

»Wie Sie sehen«, fuhr MPS-Ali in seiner monotonen Stimme fort, »sinken die durchschnittlichen Verkaufspreise für SPAM und FLASH, während die Preise für DRAM aufgrund stärkerer Nachfrage steigen.«

»Und wie sieht es mit den Verkaufszahlen aus?«

Einen Moment später erschien eine dritte Grafik.

»Wie Sie sehen«, sagte MPS-Ali, »bewirkt der höhere Durchschnittspreis vergleichbare Verkaufszahlen für DRAM und FLASH. Da die Herstellungskosten für die beiden Produkte gleich sind, ist der Nettogewinn für DRAMs höher als für FLASH-Memorys, wie die folgende Grafik für das letzte Vierteljahr zeigt.«

Mike und Wittica schauten sich in den nächsten zehn Minuten noch weitere Grafiken an, die alle auf Anfrage vor ihren Augen erstellt und von MPS-Ali erklärt wurden. Plötzlich ertönte ein Alarm und beendete die Präsentation der Geschäftszahlen. Im Foyer wurden sämtliche Tätigkeiten eingestellt.

»Was ist los, Mike?«

»Das ist eine weitere Simulation«, antwortete Mike. »Sehen Sie.«

Auf einer Galerie im obersten Stockwerk erschien eine dunkle Gestalt. Sie blieb stehen, ehe sie schnellen Schrittes zur Treppe lief. Drei leuchtende Gestalten rannten an Mike und Wittica vorbei und zogen eine Spur hinter sich her. Sie stiegen die Treppe hinauf und folgten der dunklen Gestalt, die bereits den dritten Stock erreicht hatte. Da die Verfolger sich näherten, musste sie wieder in den vierten Stock hinaufsteigen. Einen Moment später hatten sie die dunkle Gestalt umzingelt und ertränkten sie in hellem Licht, das auch die Agenten umzingelte. Das Licht floss ins Foyer hinunter und verschwand aus dem Gebäude. Kurz darauf wurden die Aktivitäten wieder aufgenommen.

»Der MPS-Sicherheitsdienst hat den illegalen User kaltgestellt und bringt ihn nun zu einer Zelle, während ein Agent zur Homepage des Auslösers der illegalen Suche geschickt wird. In dieser Simulation schafft es der illegale User, drei Sekunden durch das System zu surfen, ehe der Sicherheitsdienst ihn schnappen kann. Das war natürlich nur eine Simulation. In Wirklichkeit müsste der illegale User durch den Firewall-Check, bevor er Zugang zur Datenbank erhalten würde. Selbst wenn er meine Augenkontrolle und die Stimmerkennungsprüfung überstehen würde – seiner Bodysuit würde die Oberflächen-Signatur fehlen, die jeder legale User vom Systemadministrator bekommt. Mobile Sicherheitseinheiten, die liebevoll als Gestirne bezeichnet werden, laufen durch die Gänge sämtlicher Datenbanken und überprüfen die User nach der richtigen Bodysuit-Signatur. Da kommt einer.«

Eine silberne Kugel von der Größe eines Softballs schwebte auf sie zu. Rote und grüne LEDs blinkten, als sie eine Klinge aus rotem Licht ausspuckte, die von blauen und weißen Linien durchzogen war. Der Scan-Strahl durchkreuzte Mike und Wittica, ehe die Kugel mehrmals piepte und davonflog.

»So werden illegale User geschnappt. Ein Gestirn muss sich an ihn herangeschlichen, seine illegale Bodysuit-Signatur erkannt und den Sicherheitsdienst alarmiert haben.«

»Beeindruckend.«

»Und damit ist diese Übung beendet.«

Mike und Wittica loggten sich aus dem System aus.

Mike blinzelte in die Nachmittagssonne, die durch die getönten Fensterscheiben drang und in seinen Augen brannte, als er das HMD abnahm. Wittica rieb sich die Augen.

Sie setzten sich in Mikes Labor, das sich im dritten Stock befand, an einen Tisch. Das Gebäude aus Glas und Stahl stand oben auf einem Hügel, der den Lake Austin überragte. So hieß der Colorado River stromabwärts vom Lake Travis auf dem Weg in die Stadt, wo er gestaut wurde und diesen See bildete. Mike entdeckte ein paar Boote auf dem kleinen See. Für einige Leute hatte offenbar schon das Wochenende begonnen. Nach diesem letzten Staudamm strömte der Fluss durch die City von Austin, wo er Town Lake hieß.

Das Labor, das sich Mike vor vier Tagen nach seinem offiziellen Arbeitsbeginn bei SoftCorp eingerichtet hatte, war sein ganzes Universum, wenn er in dem Unternehmen weilte.

»So«, sagte Wittica. »Eine schöne Demonstration. Am Montag müssen Sie sich mit Agi Maghami zusammensetzen und ihm die Details des VR-Interface erklären. Er wird sich unser gesamtes KI-System ansehen und Ihnen dann die technischen Details einer der vielen Sektionen erklären, damit Sie diese als Testsoftware für Ihr VR-System benutzen können. Wir überprüfen zunächst einmal, wie die VR-Software in einer Sektion arbeitet, ehe wir darüber nachdenken, sie auf das ganze Projekt zu übertragen.«

»Kein Problem«, sagte Mike. Agi Maghami, einer der Wissenschaftler von SoftCorp, war Mikes technischer Berater bei diesem Projekt. Im Gegensatz zu anderen Unternehmen gab es bei SoftCorp keine klassische Hierarchie. Stattdessen war die Arbeit der Informatiker wie eine Denkfabrik strukturiert. Mehrere Informatiker betrieben ihre Forschungen parallel, und einer oder mehrere technische Berater betreuten sie während der Arbeit. Die Informatiker konnten unabhängig und konzentriert arbeiten, aber dafür arbeiteten sie allein. Mike hatte keine Ahnung, womit die anderen in dem Unternehmen sich genau beschäftigten. Er wusste nur, dass hier das weltweit beste System künstlicher Intelligenz entwickelt wurde. Die meisten Informatiker kannte er flüchtig, ohne viel über ihre jeweiligen Aufgaben zu wissen. Jeder schien wie Mike in seinem Labor an bestimmten Projekten zu arbeiten. Im Gegensatz zu anderen Hightechunternehmen gab es bei SoftCorp keine Großraumbüros, sondern zahlreiche Türen, die zu den vielen Labors und Besprechungsräumen führten. Das Management war im vierten Stock untergebracht, und hier befanden sich die Büros von Wittica und Shapiro. Die Erfolge der einzelnen Informatiker wurden erst durch die Koordination des technischen Leiters sichtbar. Agi Maghami, ein Informatiker aus Indien, der einige Jahre zuvor seinen Doktor in Berkeley gemacht hatte, leitete ein Dutzend Informatiker und war Wittica unterstellt, dem obersten technischen Leiter. Dieser koordinierte die Arbeit verschiedener technischer Berater, während er ebenfalls gelegentlich persönlich die Arbeit jedes Informatikers überprüfte.

Mike hatte es in den ersten Tagen gestört, ganz allein in seinem Labor und Büro zu arbeiten. Aber schon am dritten Tag hatte er es genossen, sich den ganzen Tag mit seiner neuen Hardware zu beschäftigen. Der 2-GHz PC, den er benutzte, war viel stärker als der 266-MHz Pentium, an dem er in Stanford gearbeitet hatte, um sein VR-MPS zu entwickeln.

Durch die fehlenden Unterbrechungen erreichte Mike eine enorme Produktivität. Er brauchte nur zwei Tage, um seine Software in die neue Hardware zu integrieren. Für diese Aufgabe hätte er in Stanford mindestens eine Woche gebraucht, weil er dort ständig von anderen Studenten und Professoren unterbrochen wurde.

»Ich habe für Sie am Montagnachmittag einen Termin mit einem Mitarbeiter unseres Kunden vereinbart. Sein Name ist Gam Olson. Er wird um zwei Uhr hier sein. Nutzen Sie die Zeit, um mit ihm zu sprechen und ein besseres Gefühl für die Bedürfnisse unseres Kunden zu bekommen. Seine Abteilung wird der erste User für die erste Adaption Ihrer VR-Software in Verbindung mit dem von uns entwickelten System der künstlichen Intelligenz sein.«

»Ron, Sie haben mir noch gar nicht gesagt, für wen dieses Unternehmen arbeitet.« Mike wollte diese Frage schon seit Montag stellen, aber die Kisten mit dem Computerzubehör und der hochmodernen Virtual Reality Hardware – Helme, Mikros, Kabel und andere Geräte – hatten seine Neugier geweckt. Er hatte nicht erwartet, dass Wittica die Sachen so schnell besorgen würde, nachdem Mike den Vertrag unterschrieben hatte und nach Austin gezogen war. Nach Lieferung der hochmodernen Hardware, deren Wert Mike auf etwa hunderttausend Dollar schätzte, hatte Wittica ihn gebeten, die VR-MPS-Software bis Ende der Woche auf der neuen Hardware zu installieren.

Wittica tippte sich lächelnd mit dem Finger gegen die Stirn. »Verzeihung, Mike. Das habe ich ganz vergessen. Unser Kunde ist das IRS – die Finanzbehörde.«

Mike legte das HMD auf den Tisch und schaute Wittica an. Der technische Leiter von SoftCorp trug eine Khakihose, ein Poloshirt und Tennisschuhe. Er sah aus, als wollte er gleich mit seiner Blondine auf dem See segeln gehen. Mike trug eine Jeans, sein T-Shirt mit dem Logo von Stanford und Turnschuhe. »Das ergibt Sinn«, sagte er schließlich, als er an Witticas Beschreibung des uneinheitlichen Systems des Kunden während des Bewerbungsgesprächs dachte.

»Gam Olson arbeitet in der Rechnungsprüfung. Das IRS möchte, dass wir eine VR-Umgebung für die Steuerprüfer schaffen, damit sie sich in ihre Datenbank einloggen und Steuerhinterzieher herausfischen können. Das jetzige System der Finanzbehörde, um Steuersünder und Betrüger dingfest zu machen, ist antiquiert und erfordert beachtliche Anstrengungen aller zehn Bearbeitungszentren in den Vereinigten Staaten. Die erste Phase der Anpassung Ihres VR-Systems an unser KI-System hat das Ziel, Steuerprüfer bei ihrer Reise durch die Datenbanken des IRS und die anderer staatlicher Behörden und Privatunternehmen zu unterstützen.«

»Privatunternehmen?«, fragte Mike.

Wittica lächelte. Auf seinem gebräunten Gesicht schimmerte die Sonne. »Unsere Lösung wird es dem IRS ermöglichen, sich über die Personalabteilungen der Firmen und Behörden in jedes öffentliche und private Unternehmen und sämtliche Staats- und Bundesbehörden einzuloggen. Diese Verbindungen bestehen schon, aber sie müssen für jedes Unternehmen und jede Behörde gesondert hergestellt werden. Zudem liegen den unterschiedlichen Bearbeitungszentren, die mit inkompatibler Soft- und Hardware arbeiten, Teilinformationen vor.«

Mike dachte einen Augenblick darüber nach. Witticas Erklärung ergab keinen Sinn. »Das Problem inkompatibler Soft- und Hardware wurde durch die Geburt des World Wide Web gelöst«, sagte er. »Welche Lösung könnte besser sein als der Datenzugang übers Web?«

Am Anfang der Entwicklung stand das Internet, ein Hardware-Link, der sich über die gesamten Vereinigten Staaten erstreckte. Es bedurfte jedoch überdurchschnittlicher technischer Fähigkeiten, diese Links zu benutzen. Es gab kein universelles Software-Interface, um das Cyberspace zu erschaffen, das heute als World Wide Web bekannt war. User mussten den Standort der Website kennen, zu der sie Zugang wünschten, diese mithilfe des Modems anwählen und die erforderlichen elektronischen Protokolle und Passwörter-Sperren passieren, bis sie schließlich die Informationen erhielten, die größtenteils aus Texten bestanden. Sie mussten sich jedes Mal neu einloggen, um Zugang zu anderen Sites zu bekommen. Das World Wide Web schuf ein virtuelles Interface zwischen Usern und der physikalischen Hardware und schaltete die Notwendigkeit für ein ausgedehntes Einschreiten des Users aus, um eine Datenbank am anderen Ende des Landes zu erreichen. Das Web war virtuell durch Hubs verbunden, die so genannten Internet-Provider, in die User sich nur einmal einloggten, ehe sie sich durch einen einfachen Mausklick durch die riesige Menge zugänglicher Informationen bewegen konnten. Nach dem Web kamen die Suchmaschinen, die den Zugang zu Informationen erleichterten, indem sie die Milliarden zugänglicher Dateien nach Schlüsselwörtern oder Sätzen durchsuchten. Bald wurde Text durch Grafiken ersetzt, wodurch das ganze System noch benutzerfreundlicher wurde und den Gebrauch auch Unkundigen ermöglichte. Diese Metamorphose löste das alte Problem der Schnittstellen zwischen inkompatiblen Software-Hardware-Plattformen. Die universelle Sprache, die das World Wide Web antrieb, beseitigte alle bekannten Inkompatibilitäten im Bereich der Soft- und Hardware und machte es für den User transparent. Ein User konnte sich die neuesten Footballergebnisse auf der ESPN-Homepage ansehen, sich dann einen Flug bei American Airlines nach Europa reservieren, bei Amazon ein Buch bestellen, das er im Flugzeug lesen wollte, und bei einem anderen Online-Service nach Gepäck suchen und so weiter. Er konnte durch einen einzigen Mausklick von System zu System surfen, ohne wissen zu müssen, wo diese Online-Anbieter ihren Sitz hatten.

Wittica lächelte. »Es tut mir Leid, dass ich mich nicht klarer ausgedrückt habe. Sie haben vollkommen Recht. Das Web hat Inkompatibilitäten der Soft- und Hardware jener Systeme gelöst, durch die man surfen will. Ich meinte etwas anderes, nämlich die Systeme, zu denen der normale Web-Surfer nicht so einfach Zugang hat. Jedes Unternehmen und jede Behörde hat streng geheime Dateien, die der Öffentlichkeit nicht zugänglich sind, obwohl kriminelle Hacker von Zeit zu Zeit dort einbrechen. Es gibt noch weitere geheime Dateien, deren illegaler Zugang für den normalen Bürger verhängnisvoll wäre. Ich meine persönliche Daten, wie Kranken- und Personalakten sie enthalten, die der Öffentlichkeit nicht zugänglich gemacht werden dürfen. Die Bürger dieses Landes würden aufbegehren. Jeder, wirklich *jeder*, sorgt sich um den Verlust seiner Privatsphäre, die mit dem Web Einzug hielt. Die Menschen haben Angst, ihre gehüteten Geheimnisse könnten online für jeden zugänglich sein. Daher werden viele dieser Dateien ... dieser Daten ... in Systemen verwaltet, die über das Web, wie es heute bekannt ist, nicht zugänglich sind. Es sind weitere Schnittstellen erforderlich, um den Schutz der Daten zu gewährleisten, falls ein Hacker es trotzdem schafft, einzubrechen. Auf diese Datenbanken, die Schätze unserer Gesellschaft, unsere Privatinformationen, habe ich mich bezogen.«

»Ich verstehe«, sagte Mike.

»Die Rechnungsprüfer des IRS müssen sich heute aus Sicherheitsgründen in jede Datenbank gesondert einloggen. Wir haben keine Firewall, die stark genug ist, all diese Datenbanken, die sich übers ganze Land erstrecken, in eine zentralisierte Plattform wie das Web zu integrieren, weil wir Hackerangriffe nicht ausschließen können. Heutzutage muss ein Hacker in jedes individuelle System einbrechen, und dadurch wird das Risiko der Offenlegung privater Daten minimiert. Der Preis dafür ist natürlich, dass Steuerprüfer dieselben Hürden nehmen müssen, um Steuerhinterziehern auf die Schliche zu kommen.«

»Auf Hacker kommen auch harte Zeiten zu.«

Wittica nickte. »Ich weiß, es hört sich wie ein Rückschritt an, wenn ich hier für Datenschutz eintrete, aber glauben Sie mir, die Daten, über die wir sprechen, sind zu wertvoll, als dass irgendein Risiko eingegangen werden dürfte. Darum warten wir auch so gespannt auf Ihre VR-Lösung, Mike. Sie weicht von der klassischen Software-Welt ab und macht den Hackern das Leben schwer.«

»Und wenn sie es versuchen, werden sie bestraft«, sagte Mike.

Wittica lächelte. »Aaron wird diese spezielle Variante gefallen. Er liegt mir mit seiner Bitte, Hacker für ihre Missetaten zu bestrafen, schon seit Jahren in den Ohren.«

»Das ist der einzige Weg, sie fern zu halten«, sagte Mike, der an seine eigene Hacker-Karriere dachte. Es war seltsam, nun auf der anderen Seite zu stehen und daran zu arbeiten, Leute wie ihn daran zu hindern, in fremde Datenbanken einzubrechen.

»So«, sagte Wittica. »Wir haben das Ziel, mittels Ihres VR-Systems in Verbindung mit unserer KI-Lösung eine Zentralisierung zu schaffen. Unser Expertensystem agiert als intelligente Software-Interfaces für diese speziellen Datenbanken, und Ihr VR-System verbindet alles, um in einer sicheren Umgebung operieren zu können. Die erste Version versetzt unseren Kunden in die Lage, sofortigen Zugang zu persönlichen Daten eines jeden Menschen zu bekommen. Dazu gehören ihre Kreditverträge, Bankkonten, Vorstrafenregister und alles, was man sich nur vorstellen kann. Nehmen wir als Beispiel einen derzeit arbeitslosen Single, der in den letzten zwanzig Jahren dreimal geheiratet hat und sich dreimal scheiden ließ.

Er hat ein Dutzend Mal den Job gewechselt und in vier verschiedenen Staaten gelebt. Ein Steuerprüfer muss viele verschiedene Datenbanken von Unternehmen und Staaten durchforsten, um seinen Lebenslauf zu erstellen, den der Steuerprüfer dann mit den Steuererklärungen unseres Singles in den letzten zwanzig Jahren vergleichen kann. Diese Aufgabe wird durch die Inkompatibilität der Systeme innerhalb des IRS weiter erschwert. Durch all diese Schwierigkeiten wird die Arbeit der Steuerprüfer zu einer echten Herausforderung. Unser Kunde vermutet, dass im Augenblick viele Amerikaner durch das System schlüpfen und zu wenig Steuern zahlen. Nach internen Schätzungen der Finanzbehörde gehen der US-Regierung aufgrund des mangelhaften Systems vierteljährlich rund fünf Milliarden Dollar Steuern verloren.«

Mike versuchte sich ein Bild von der wichtigen Aufgabe seines Unternehmens zu machen. Plötzlich war er sich nicht mehr so sicher, ob seine MPS-Lösung ein so großes, komplexes Problem bewältigen konnte.

Wittica, der offenbar seine Gedanken lesen konnte, fügte rasch hinzu: »Machen Sie sich keine Sorgen. Sie müssen dieses Problem nicht allein lösen.« Er schlug ihm freundschaftlich auf die Schulter. »Ich wollte Ihnen nur einen Eindruck von unserem Projekt verschaffen. Es ist immer gut, einen Überblick über das gesamte Projekt zu haben, ehe man kleinere Probleme zu lösen beginnt. Sie sollen zunächst eine begrenzte VR-Lösung für die hiesige Finanzbehörde schaffen und unser eigenes Sicherheits-Interface benutzen. Ihres testen wir später. Olson ist Ihr Ansprechpartner. Er ist sehr motiviert, Sie zu unterstützen. Im Augenblick verbringen seine Kollegen zu viel Zeit damit, auf manuellem Weg Probleme zu lösen, die automatisiert werden können. Ihr System hat das Potenzial, seine Arbeit deutlich zu erleichtern. Olson wird Ihnen auch eine Einführung in die Arbeit des IRS und einen geschichtlichen Hintergrund liefern.«

»Schön«, sagte Mike, der versuchte, die Flut der Informationen zu verdauen, die Wittica ihm gerade geliefert hatte.

Wittica schaute auf die Uhr. »Ich bin mit meiner Freundin am See verabredet. Haben Sie Pläne fürs Wochenende, Mike?«

Mike reckte sich. Er hatte in den letzten Tagen wie ein Verrückter gearbeitet und freute sich wahnsinnig aufs Wochenende. Er wollte den von der Firma geleasten Wagen abholen, einen roten Porsche Boxster. Vic hatte bereits ihren neuen Wagen, einen Honda Accord, den sie durch einen Niedrigzinskredit der Capitol Bank finanziert hatte. Außerdem wollten die Ryans sich an diesem Wochenende weitere Häuser ansehen.

»Ich bekomme morgen meinen neuen Wagen.«

»Großartig! Ist es bei dem Boxster geblieben?«

Mike nickte.

»Welche Farbe?«

»Rot mit grauem Leder.«

»Hübsch. Und was ist mit dem Haus?«

»Meine Frau möchte sich noch mehr Häuser ansehen, ehe wir uns entscheiden.«

Wittica sah ihn verwirrt an. »Ach, ich dachte, Sie hätten sich für ein Haus in Lost Creek entschieden«, sagte er. Lost Creek war eine gehobene Wohngegend im Westen von Austin.

Mike seufzte. »Das dachte ich auch, aber die Maklerin hat noch ein paar Häuser in Lakeway gefunden, die sich Victoria morgen Nachmittag ansehen möchte.« Lakeway war eine Gemeinde am Lake Travis.

Wittica lächelte. »Wenn Sie sich dort ein Haus kaufen, muss ich eine Willkommensparty für Sie organisieren. Die jungen Leute von heute etablieren sich schneller als wir früher.«

»Selbst wenn wir in derselben Gegend wohnen sollten,

trennen uns Welten. Ich habe Ihr Haus gesehen, Mr Wittica. Wir schauen uns Häuser in einem neuen Viertel von Lakeway an, die erschwinglicher sind als die anderen, aber auch in der Nähe des Sees stehen.« Witticas sechshundert Quadratmeter großes Grundstück mit einem Haus in mediterranem Stil grenzte an den See. Unten am Steg lag eine wunderschöne, große Jacht vor Anker, die Wittica dem jungen Paar aus Kalifornien während der Vergnügungsfahrt vor einem Monat gezeigt hatte.

»Sie und Ihre Frau werden es im Leben weit bringen.«

Mike nickte und reckte sich. »Das sind unsere Pläne fürs Wochenende. Viel Spaß am See mit Cherry.«

Wittica runzelte die Stirn. »Hm ... meine neue Freundin heißt Joanna. Sie ist nicht so süß wie Cherry, aber man kann sich vernünftig mit ihr unterhalten.«

Mike schüttelte den Kopf. Wittica strich ihm noch einmal über die Schulter und ging hinaus.

Der Stanford-Student stand allein in seinem Labor und blickte durch die großen Fenster. Die luxuriösen Villen auf den grünen Bergen gewährten eine wunderschöne Aussicht auf den Lake Austin. Nachdem er eine Weile hinausgeschaut hatte, fuhr er seinen Computer herunter und verließ das Labor. Er schloss die Tür hinter sich und lauschte dem Piepton, der anzeigte, dass das Magnetschloss eingerastet war. Das Labor konnte man nur betreten, wenn man den sechsstelligen Code auf der Tastatur neben der Tür richtig eingab.

Als Mike den Flur zu den Aufzügen hinunterging, kam er an zahlreichen Türen vorbei, die sämtlich mit Tastaturen versehen waren. Plötzlich wurde eine Tür aufgerissen, und ein großer Mann in der Uniform des Sicherheitsdienstes trat auf den Korridor.

»Hallo«, sagte Mike.

Der Sicherheitsbeamte, dessen dunkle Uniform sich über den dicken Muskeln spannte, warf Mike einen Blick zu, in dem sich Erstaunen und Feindseligkeit spiegelten. Sein aschblondes Haar war kurz geschnitten, und seine kantigen Gesichtszüge erinnerten Mike an einen nordischen Krieger. Er starrte auf die Dienstmarke, die an einer Kette an Mikes Hals hing, nickte kurz und lief zum Treppenhaus, das neben den Aufzügen lag.

Seltsam.

Mike zuckte mit den Schultern, ging den Korridor weiter hinunter an der offenen Tür vorbei und warf einen Blick hinein. An der Rückwand des Raumes standen fast ein Dutzend Monitore.

Videokameras.

Mike blieb stehen. Seine Neugier war geweckt. Auf allen Schwarz-Weiß-Monitoren waren unterschiedliche Innen- und Außenaufnahmen zu sehen. Mike fragte sich, ob in seinem Büro auch eine Kamera installiert war, von der er nichts wusste.

Er ging näher an die Tür heran. Auf den Monitoren waren keine Innenaufnahmen der Labore oder anderer Räumlichkeiten des Unternehmens zu sehen. Stattdessen zeigten sie Aufnahmen von Menschen, die sich in ihren Häusern aufhielten. Unter jedem Monitor war ein Klinkenstecker für einen Kopfhörer.

Was ist das? Was wird hier überwacht? Ist das auch ein Projekt?

Sein Blick schweifte zu dem einzigen Monitor, der mit Kopfhörern verbunden war. Er zeigte eine attraktive Frau in einer Sportjacke, die neben einem älteren Paar stand. Sie hatte große runde Augen, rundliche Wangen und eine Stupsnase; groß und elegant, strahlte sie Stärke aus. Die Kamera fing sie während eines Gesprächs mit dem älteren Paar ein, aber Mike konnte nichts verstehen. Doch er sah die traurigen Gesichter des älteren Paares: Die Frau schlug die Hände vors Gesicht, und es sah aus, als weinte sie.

Was hatte das zu bedeuten? Was überwachte der Sicherheitsdienst?

»He!«

Mike zuckte zusammen und schaute in Richtung Treppe. Zwei Männer des Wach- und Sicherheitsdienstes kamen auf ihn zu. Einer der Männer mit einem kurzen Bart sprach in sein Funkgerät.

»Was tun Sie hier?«, fragte der zweite Wachmann. Seine dröhnende Stimme hallte über den Korridor.

»Ich ... ich wollte gerade nach Hause gehen, und da habe ich die offene Tür gesehen. Ich dachte ...«

»Gehen Sie da weg!«, befahl der Wachmann.

»Natürlich. Kein Problem. Ich dachte nur ...«

»Der Zutritt zu diesem Raum ist fürs Personal verboten.«

»Hat man Ihnen das bei der Einweisung nicht erklärt?«, fragte der Wachmann mit dem Bart, nachdem er das Funkgerät an seinem Gürtel befestigt hatte, an dem auch eine Waffe hing.

Mike erinnerte sich wieder. Die Mitarbeiterin der Personalabteilung hatte ihm gesagt, dass der Zutritt bei SoftCorp zu allen Räumen verboten sei. Davon ausgeschlossen waren lediglich sein eigenes Labor, das Büro seines technischen Leiters, eine Reihe von Konferenzräumen, die Toiletten und die Cafeteria.

»Es tut mir Leid. Das hatte ich ganz vergessen. Ich ...«

Der Wachmann zeigte mit dem Finger auf ihn. »Das ist keine Entschuldigung.«

»Es reicht«, sagte eine vertraute Stimme hinter Mike. Er drehte sich um. Aaron Shapiro stieg mit dem Wachmann mit dem Bürstenhaarschnitt die Treppe hinunter. Der Chef von SoftCorp war salopp gekleidet und sah äußerst beunruhigt aus. Es musste etwas Schreckliches passiert sein, und Mike hatte das Pech, im falschen Augenblick sein Büro zu verlassen. Um was es ging, wusste er nicht.

»Aber, Sir«, beharrte der Wachmann mit dem Bart. »Ich habe ihn erwischt, als er ...«

»Er ist neu und kennt sich noch nicht so gut aus. Er ist ein guter Mitarbeiter, und darum wollen wir noch mal fünf gerade sein lassen.«

»Ja, Sir.«

Die drei Wachmänner gingen in den großen Raum. Einer von ihnen setzte sich die Kopfhörer auf, die mit dem Monitor verbunden waren, auf den Mike kurz einen Blick geworfen hatte. Shapiro blieb neben Mike stehen.

»Mr Shapiro, ich wollte gerade nach Hause gehen ...«

Shapiro hob die Hand. »Ich weiß. Wir hatten einen Notfall, und die Nerven der Wachmänner sind angespannt. Machen Sie sich keine Sorgen.« Er zeigte mit dem Daumen auf die Tür und senkte die Stimme, als wollte er Mike etwas anvertrauen. »Das sind gute Männer, Mike, aber sie machen aus jeder Mücke einen Elefanten. Ich schaue mal nach und beruhige sie. Schönes Wochenende!«

»Wünsche ich Ihnen auch, Sir.«

Shapiro schloss die Tür hinter sich. Mike stand auf dem Korridor und versuchte zu begreifen, was er soeben gesehen hatte. Warum überwachte der Wach- und Sicherheitsdienst von SoftCorp Privathäuser? Was für ein Vorfall hatte die Sicherheitsabteilung in Alarmbereitschaft versetzt und machte sogar die Anwesenheit des obersten Chefs erforderlich?

Als Mike zu den Aufzügen lief, wunderte er sich noch immer und fragte sich, wer die Frau auf dem Monitor war, die mit dem älteren Paar gesprochen hatte.

2.

Beißender Rauch weckte sie. Dicke, stickige Rauchschwaden verschleierten die Sicht. Das Pochen in ihren Schläfen löste Übelkeit und Schwindel aus. Oder war es der Rauch?

Karen rollte sich auf den Bauch. Von der brennenden Decke rieselte der Putz.

Nichts wie weg hier.

Sie trat mit den Beinen gegen einen Gegenstand, wusste aber nicht, was es war. Glühende Hitze hüllte sie ein, als sie auf allen vieren über den Teppich kroch, um den brennenden Trümmern zu entfliehen, wobei sie den Kopf so tief wie möglich hielt, weil der Rauch am Boden dünner war.

Zischende rote Flammen züngelten an die Decke.

Karen presste einen Ärmel auf Mund und Nase. Sie atmete langsam ein, damit ihre Lungen nicht geschädigt wurden. Tränen trübten ihre Sicht, und der schwarze Ruß brannte in ihren Augen. Sie blinzelte und hielt verzweifelt nach einem Fenster oder einer Tür Ausschau, um dem Inferno zu entfliehen, ehe sie zusammenbrach ... da!

Karen kroch zum Fenster auf der anderen Seite des Zimmers, das neben der Küche lag, in der soeben noch ... *Wo sind sie?* Doug Patterson hatte vor der Küche gestanden, während seine Frau ihnen Kaffee holte. Sie hatte sich inzwischen im Wohnzimmer die Bilder an den Wänden angesehen.

Karen kämpfte verzweifelt gegen den Schwindel an und versuchte sich zu erinnern. Was war geschehen? Sie erinnerte sich an das zischende Geräusch, das aus der Küche drang. Dann stieg ihr Gasgeruch in die Nase, woraufhin eine Explosion folgte. Holz barst krachend. Aus den Bilderrahmen schossen die Nägel heraus. Das Haus stand in Flammen. Gedämpfte Schreie ertönten, als Karen mit voller Wucht durchs Wohnzimmer geschleudert wurde.

Dann war nur noch Schwärze.

Bis jetzt.

Allmählich konnte sie wieder klar denken. Eine Feuerfaust schoss durch ein Loch in der Decke über dem Gasherd, der inmitten verkohlter Kabel, verschlungener Leitungen und verbrannter Holzplanken stand. Karen kroch zur anderen Seite des Wohnzimmers, auf der ein Hof lag, der an eine Böschung grenzte. Die geschwärzten Fensterscheiben und das Zwielicht im Haus versperrten die Sicht. Die Hitze wurde immer unerträglicher. Karen kniff die Augen zusammen und starrte voller Hoffnung auf die Fenster, durch die ein paar Sonnenstrahlen drangen. Die Gardinen brannten lichterloh.

Sie tastete nach einem Gegenstand, mit dem sie die Fenster einschlagen konnte, auf denen sich tänzelnde Flammen spiegelten. Jede Sekunde zählte. Karen bekam kaum noch Luft.

Endlich umklammerten ihre Finger den Fuß eines kleinen Beistelltisches, der neben der Couch stand. Karen nahm all ihre Kraft zusammen, hockte sich hin, hob den Tisch hoch über ihren Kopf und schloss die Augen. Ihre Brust war wie zugeschnürt, als sie den Tisch mit voller Wucht auf die tänzelnden Flammen auf der Scheibe warf.

Das Glas zerbarst mit einem ohrenbetäubenden Knall. Luft strömte ins Zimmer und fachte das Feuer an. Karen taumelte zum Fenster und sprang mit einem Satz ins Freie. Vor der Landung auf dem weichen Rasen rollte sie sich zusammen, um den Aufprall zu dämpfen. Die zahlreichen Schnitte an Armen und Beinen konnte sie nicht verhindern, doch das war im Augenblick nebensächlich.

Eine Sekunde später schoss eine Feuersäule durchs Fenster ins Freie. Die Fensterrahmen zerbrachen und wurden bis ans Ende des Grundstücks geschleudert.

Karen taumelte über den Hof und atmete gierig die frische Luft. Sie bekam einen Hustenanfall. Tränen stiegen ihr in die Augen. Dann griff sie instinktiv in die Jacke und tastete nach der Desert Eagle im Brusthalfter.

Als sie den ersten Schock überwunden hatte, spürte sie zunächst Erleichterung. Sie taumelte bis ans Ende des Grundstücks und schaute in die Schlucht. Karen Frost warf ungläubig einen Blick zurück und entfernte sich schnell vom Unglücksort. Sie hatte das Feuer fast unbeschadet überstanden. Flammen schossen in die Höhe und wirbelten glühende Asche auf die hellen Blätter der Pappeln auf dem Nachbargrundstück. In der Ferne heulten Sirenen. Feuerwehr, Kranken- und Streifenwagen näherten sich dem Unglücksort.

Hilfe. Aber nicht für sie. Sie musste schleunigst verschwinden, unsichtbar bleiben. Und genau das hatte sie in den letzten Wochen versucht, als sie ihre Ermittlungen alleine fortgesetzt hatte. Sie war den Eltern von Janet Patterson gefolgt, hatte nach Hinweisen auf eine Beschattung gesucht und überlegt, wie sie am besten Kontakt zu ihnen aufnehmen konnte.

Laub knisterte unter Karens Füßen, als sie an einer Gruppe Zedern vorbeiging, die am Rande der Schlucht standen. Die Rettungsmannschaften, die sich durch die Rauchschwaden Befehle zuriefen, konnten sie nicht sehen. Sie warf noch einen letzten Blick über die Schulter und sah die Wasserfontänen, die in hohem Bogen auf die Flammen niederprasselten und im Sonnenlicht glitzerten, ehe sie in der schwelenden Glut verschwanden.

Karen stieg den steilen Abhang hinab, der von Geröll und freiliegenden Wurzeln übersät war. Unten in der Schlucht lagen Baumstämme, Laub und Steine. Zweige brachen unter ihren Schuhsohlen, als sie dem ausgetrockneten Bachbett folgte und sich vom Chaos über ihr entfernte. Der Herbstwind wirbelte das Laub in die Luft und zerzauste Karens kurzes Haar.

Schockiert und fassungslos, atmete sie tief durch. *Was war schief gegangen?*

Sie hatte sich an professionelle Vorgehensweisen und ihre Erfahrung gehalten und war ihrer Intuition gefolgt, die nach so vielen Jahren geschärft war. Schließlich arbeitete sie nicht erst seit gestern als FBI-Agentin. Zunächst hatte sie die Pattersons beobachtet und war ihnen gefolgt, wenn sie beim Floristen Blumen kauften und dann zum Friedhof fuhren. Sie legten die frischen Blumen neben den neuen Grabstein auf die Erde und nahmen einander in die Arme, um sich gegenseitig zu trösten. Karen war nicht wohl dabei, in die Privatsphäre des Ehepaars einzudringen. Dennoch war sie dazu gezwungen. Sie folgte ihnen zu Fuß, wenn sie abends zu einer Kirche in der Nähe gingen, um dort einen Gottesdienst zu besuchen. Anschließend standen sie noch lange mit dem Pfarrer auf dem Hof hinter der Kirche und unterhielten sich mit ihm.

Nichts hatte auf eine Beschattung hingedeutet.

Bei ihrer ersten Kontaktaufnahme war ihr kein Fehler unterlaufen. Sie hatte einen Blumenladen am anderen Ende der Stadt aufgesucht und den trauernden Eltern Blumen schicken lassen. In einem Brief in dem verschlossenen Umschlag waren Anweisungen, wie die Pattersons Verbindung zu ihr aufnehmen konnten. Ihr Telefon sollten sie nicht benutzen, da die Gefahr bestand, dass es abgehört wurde. Die Pattersons hatten Karen am nächsten Tag kontaktiert und sich mit ihr verabredet. Das Treffen fand im Hause eines befreundeten Rentnerehepaares statt, das eine längere Urlaubsreise machte. Die Pattersons kümmerten sich um das Haus, gossen die Blumen und schliefen jede Woche mehrere Male dort, um potenzielle Einbrecher fern zu halten.

Karen konnte keine undichte Stelle entdecken. Die Pattersons hatten mit niemandem über das Treffen gesprochen. Karen hatte in dem Brief und während des Telefonats ausdrücklich darauf hingewiesen. Und doch ... *verdammt!*

Jetzt waren sie tot, so wie ihre Tochter – von dem Verbrecherring ermordet, der kaum zu fassen war. Das unerwartete Attentat bewies Karen außerdem, dass sie nicht mehr unsichtbar war. Vermutlich war sie es nie gewesen, wie sie aus dieser unglücklichen Wendung bei den verdeckten Ermittlungen schließen musste. Die Feinde wussten ganz genau, dass jemand den Tod von Janet Patterson untersuchte. Die Frage war, wie viel diese Feinde über die Ermittlungen wussten. Kannten sie Karens Namen? Und welchen Wissensstand trauten sie ihr zu?

Das Treffen war dennoch kein völliger Misserfolg. Obwohl die verstorbene Janet Patterson offenbar nicht mit ihren Eltern über die Sache gesprochen hatte, um sie nicht in Gefahr zu bringen, kannten die Eltern den Namen ihres Vorgesetzten bei der Finanzbehörde: Pete Rubaker. Karen war in einer gefährlichen Lage. Wenn der Feind vermutete, dass sie den Namen von Janets Eltern erfahren hatte, ehe diese zum Schweigen gebracht werden konnten, war Pete Rubaker in großer Gefahr, da er das nächste Glied in der Ermittlungskette des FBI war. Die Explosion, die noch immer in Karens Ohren dröhnte, als sie durch den Wald stapfte, erinnerte sie an die brutalen Methoden, mit der das organisierte Verbrechen mit unsicheren Kandidaten verfuhr.

Diese Möglichkeit bot Karen jedoch auch eine Chance. Wenn sie Rubaker eher erreichte als der Feind, könnte sie vielleicht einen Deal mit ihm abschließen: sein Leben gegen Informationen. Allerdings standen die Chancen nicht besonders gut. Vermutlich wurde Rubaker noch genauer beobachtet als die Pattersons. Beim geringsten Hinweis, dass es Ärger geben könnte, würden die Feinde Rubaker ausschalten – falls er nicht schon tot war. Und wenn der Feind ihren, Karens Namen kannte, war auch ihr Leben in Gefahr, weil sie ein *noch* größeres Risiko darstellte als Rubaker.

Karen war es gewohnt, eine wandelnde Zielscheibe zu sein. Das Attentat bestätigte ihre Vermutung, auf der richtigen Spur zu sein. Das organisierte Verbrechen vermied derartig drastische Schritte, wenn sie nicht unbedingt notwendig waren. Doch eine FBI-Agentin, die ihnen auf die Schliche kam, stellte eine solche Notwendigkeit dar.

Um bis zum Kern einer Verbrecherorganisation vorzudringen, musste man zahlreiche Schichten durchdringen, wie bei einer Zwiebel. Tarnorganisationen erschwerten diese Aufgabe zusätzlich. Entbehrliche Handlanger, die auf der untersten Ebene operierten, wurden eiskalt ausgeschaltet. Durch die komplexe Struktur sollte das Überleben der Organisation um jeden Preis gewährleistet werden. Sobald das FBI eine Spur verfolgte, wurde ein Glied der Kette abgetrennt, um die Ermittlungen zu behindern oder gar zu beenden.

Es erforderte Geduld und Hartnäckigkeit, derartige Organisationen auffliegen zu lassen – und über beide Charakterzüge verfügte Karen Frost. Aufgrund ihrer guten Ausbildung und ihrer Motivation war sie in der Lage, wirkungsvoll zurückzuschlagen.

Das Licht der Nachmittagssonne fiel durch die Zweige und spiegelte sich in den Regenpfützen. Insekten summten; Moskitos surrten ringsumher, setzten sich aber nicht auf Karens Haut. Falter tanzten in den Lichtstrahlen und flogen davon, als sie sich näherte. Sie stieg den Hang hinauf und blieb oben stehen, um Luft zu schnappen. Schweiß perlte ihr über die Stirn. Sie stemmte die Hände in die Hüften, beugte sich vor und holte tief Luft. Obwohl sie für ihre fünfundvierzig Jahre sehr gut in Form war, besaß sie nicht mehr so viel Energie wie vor zehn Jahren. Diesen Mangel an Vitalität glich Karen durch Erfahrung und Entschlossenheit aus. Ihre persönliche Sicherheit stand an zweiter Stelle, solange sie Fortschritte machte und ihrem Gegner Angst einflößte. Ihre eiserne Entschlossenheit zwang sie nun, das schmerzhafte Ziehen in ihren Beinmuskeln zu ignorieren, um den Vorsprung zu vergrößern. Sie musste sich in Sicherheit bringen, um zu überleben und die Mörder zu schnappen.

Ein paar Häuser von dem dunklen Rauch entfernt, der auf der anderen Seite des Viertels in die Höhe stieg, verließ sie den Wald. Ihren Wagen hatte sie ein Stück vom Treffpunkt entfernt geparkt, doch er hätte auch am anderen Ende der Stadt stehen können. Es war zu gefährlich, zum gemieteten Taurus zurückzukehren. Auch ihre neue Identität und das Hotelzimmer boten keinen Schutz mehr. Es könnte natürlich auch von Nutzen sein, sich dem Feind als wandelnde Zielscheibe zu präsentieren, um die Ermittlungen anzukurbeln. Sie musste den Attentäter finden, ihn zum Reden zwingen und ihm Informationen über die nächste Stufe der Verbrecherorganisation entreißen. Wenn sie zu ihrem Mietwagen oder ins Hotelzimmer zurückkehrte, könnte sie den Mörder anlocken. Um das zu tun, müsste Karen sich in Lebensgefahr begeben – und so verzweifelt war sie noch nicht. Sie besaß einen Namen und eine heiße Spur. Jetzt brauchte sie eine neue Identität, ehe sie die Spur verfolgen konnte.

Und einen neuen Plan.

Als sie am anderen Ende des Viertels einen Supermarkt fand, rief sie von einem öffentlichen Telefon ein Taxi. Und allmählich nahm der neue Plan Gestalt an.

3.

FBI-Direktor Roman Palenski saß hinter seinem Schreibtisch in der FBI-Zentrale. Er legte den Hörer auf und rieb sich die Augen. Es war ein anstrengender Tag gewesen. Er hatte fast den ganzen Freitag auf dem Capitol Hill verbracht. Die Senatoren und Kongressabgeordneten hatten ihn in die Mangel genommen, während er seinen Haushaltsplan für das neue Jahr verteidigte. Bisher hatte er trotz Meeks hervorragender Farbfolien nicht viel Glück. Das Problem war Jack Horton aus New York, der Vorsitzende der Senatsmehrheit, der mit aller Macht darum kämpfte, die Präsidentschaftswahlen im nächsten Jahr zu gewinnen. Der Senator besaß große Zugkraft rund um Washington – zu groß für Palenskis Empfinden. Zu Senator Meeks Wahlversprechen gehörte auch, das FBI zu erneuern.

Palenski schloss die Augen. *Der Mann weiß genau, was Sicherheit bedeutete, und er will das FBI umstrukturieren.*

Palenski lief es kalt den Rücken hinunter, als er an Horton dachte. Das FBI sollte einem Mann ohne Erfahrungen, jedoch mit großem Ego ausgeliefert sein – einem Mann, den der wieder gewählte Präsident persönlich ausgewählt und der vom Kongress, den er ebenfalls kontrollierte, bestätigt worden war.

Immerhin war Palenski eine Katastrophe erspart geblieben. Das Grund-Budget war bestätigt worden. Keiner verlor seinen Job, und sämtliche erforderlichen Operationen konnten durchgeführt werden. Das Budget reichte ebenfalls aus, um die Ausrüstung des FBI wie geplant zu verbessern und die Gehälter zu erhöhen. Horton hatte jedoch angestrengt, die Gelder zur Erweiterung des FBI – fast dreißig Prozent des Budgets – zu streichen. Er behauptete, das FBI würde zu ineffizient arbeiten. Palenski hatte um eine weitere Woche gebeten, um zu beweisen, wie gut er das FBI leitete und weshalb die Gelder wichtig waren, um geplante FBI-Operationen im kommenden Jahr durchführen zu können. Der Kongress hatte Palenski widerstrebend die Verlängerung bewilligt.

Der FBI-Direktor legte die Präsentationen, mit denen Russell Meek an diesem Nachmittag begonnen hatte, zur Seite und machte ein paar Anrufe, damit Karen Frost das Material bekam, das sie für ihren neuen Plan brauchte. Palenski weihte niemanden, und auch Meek nicht, ein, dass das Material für Karen bestimmt war. Er bediente sich dabei einer Verschleierungstaktik, die der des organisierten Verbrechens ähnelte. Palenski hatte aus zwei Gründen beschlossen, Meek vorläufig im Unklaren zu lassen. Erstens wusste er, dass sein Stellvertreter – der stets Dienst nach Vorschrift machte – nichts von Alleingängen hielt. Zweitens sollte er die neuen Präsentationen für den Kongress fertig stellen.

Palenski versuchte, sich auf seine Arbeit zu konzentrieren, was ihm nicht gelang. Die Vorgänge in Austin gingen ihm nicht aus dem Kopf. Karen war auf der richtigen Fährte, doch die Anzahl der Leichen stieg zu schnell. Dennoch konnte er sich nicht entscheiden, die Ermittlungen einzustellen, denn Karen verfolgte offenbar die richtige Spur. Derartige Mordanschläge bewiesen, dass die FBI-Agentin mit ihren Nachforschungen genau ins Schwarze traf. Roman Palenski hatte in den Sechzigern und Siebzigern, bevor seine Vorgesetzten sein Talent erkannten und ihn in zehn Jahren mehrmals beförderten, oft heiße Spuren verfolgt; er wusste, wovon er sprach und konnte sich gut in Karens Lage versetzen.

Palenski stand auf und ging zu den Fenstern mit der wundervollen Aussicht auf die Skyline von Washington. Einen Augenblick schaute er schweigend in die sternklare Vollmondnacht.

4.

Es war ein nebeliger, bewölkter Herbsttag. Hinter dem Grundstück ragten bewaldete Berge in die Höhe, an deren Fuß der Lake Travis lag. Das Plätschern des Sees vermischte sich mit dem Zwitschern der Vögel. Die Sonne stand im Westen über dem Horizont und tauchte den Himmel in rotes Licht. Über den funkelnden See glitten Segelboote.

Michael Patrick Ryan stand unter einer Eiche und schaute in die Ferne. Eine milde Brise zerzauste sein Haar. Ein Falke erhob sich in die Lüfte und drehte majestätisch seine Kreise.

Alles war gut. Die Lage, der Grundriss des Hauses, die Aussicht und das nahe Clubhaus mit dem Swimmingpool und den Tennisplätzen.

Sogar der Preis stimmte.

Im Grunde war alles viel zu schön, um wahr zu sein. Mike wurde allmählich misstrauisch. Und er wusste nicht, wodurch dieses Gefühl ausgelöst worden war. Bisher hatte Victoria überall Gespenster gesehen.

Hatte es mit dem Vorfall gestern Nachmittag zu tun? Vielleicht hatte das alles gar nichts zu bedeuten, wie Shapiro behauptete. Dem allerdings widersprach die heftige Reaktion der Sicherheitsbeamten. Was überwachten sie eigentlich? Erprobten sie Sicherheitssoftware? Das Projekt eines Kollegen? SoftCorp war immerhin eher eine Denkfabrik als ein an der Produktion orientiertes Softwareunternehmen wie Microsoft oder Oracle.

»Ist doch alles prima«, sagte Victoria. In ihrem kastanienbraunen Haar schimmerte das Licht der untergehenden Sonne. Sie ging zu Mike und ergriff seine Hand.

Mike nickte und schaute aufs Haus. Auf den großen Fenstern spiegelten sich die Sonne und die Silhouette von Gail, der Immobilienmaklerin, die ihnen den ganzen Nachmittag Häuser in Lakeway gezeigt hatte. Das letzte stand genau auf der anderen Straßenseite, doch die Aussicht war mit der hier nicht zu vergleichen. Und nur ein paar Häuser die Straße hinunter befand sich das Clubhaus. Neben dem Swimmingpool und den Tennisplätzen gab es dort auch einen großen Festsaal, zwei Konferenzräume und sogar ein Büro mit einem Faxgerät und einem Computer mit ISDN-Anschluss. In dem Clubhaus, das auf dem Gipfel eines bewaldeten Hügels stand und einen herrlichen Blick auf den See erlaubte, konnten kleinere Empfänge und größere Konferenzen ausgerichtet werden.

»Mir gefällt es auch sehr gut«, sagte Mike.

Victoria blickte ihn an. In ihrem Kostüm und mit dem zurückgekämmten Haar, wodurch ihre Bräune betont wurde, sah sie klasse aus. Sie musste am Samstagvormittag arbeiten und war anschließend sofort nach Lakeway gekommen. Nach einem gemeinsamen Essen waren sie zur Immobilienagentur gefahren, die zufällig der Capitol Bank gehörte.

»Die Bedingungen sind ausgezeichnet«, sagte Victoria, die einen großen Briefumschlag in der Hand hielt. »Dank des guten Preises und der niedrigen Zinsen der Capitol Bank hätten wir finanziell noch ausreichend Spielraum. Und das Beste ist, dass wir sofort einziehen können.«

»Ehrlich?«

»Durch meinen Job bei der Bank genießen wir Vorrang.«

»Ja, sicher.« Mike schob die Hände in die Hosentaschen und schüttelte den Kopf. Das gestrige Erlebnis beunruhigte ihn noch immer, doch er hatte sich vorgenommen, seiner Frau vorläufig nichts davon zu sagen. »Ich kapiere das nicht,

Vic. Warum wird uns das Haus zu einem so günstigen Preis angeboten? Es ist doch viel mehr wert. Und warum werde ich das Gefühl nicht los, dass irgendjemand sich mächtig ins Zeug legt, uns das Leben so angenehm wie möglich zu machen?«

»Die Vorbesitzer haben sich scheiden lassen und müssen das Haus schnell verkaufen. Hat Gail mir erzählt. Das Geschäft des Jahres, meint sie. Und der günstige Kredit ... Aber das hast du ja schon gewusst, ehe wir hierher gekommen sind.«

»Diese nette Immobilienmaklerin findet sofort einen anderen Käufer, der mehr für die Aussicht bezahlt – vor allem in ihrem Fummel mit dem tiefen Ausschnitt, aus dem fast ihre Titten rausfallen.«

Victoria schlug ihm auf die Schulter. »Sei artig!«

»Bin ich. Sie tut alles, damit wir das Haus kaufen. Fehlt nur noch, dass sie mich in ihr Bett zerrt.«

»Mike!«

»Das meine ich ernst, Vic. Männer haben einen Blick für so was. Als du dir die anderen Zimmer angesehen hast, hat sie sich absichtlich immer wieder gebückt, damit ich ihre Silikonbrüste und ihre schwarzen Dessous bewundern konnte. Außerdem kommt sie mir jedes Mal ein bisschen zu nahe, wenn sie mir etwas erklärt. Wir Männer haben ja auch gar nichts dagegen! Sie ist wirklich sehr attraktiv! Aber die Frage ist, warum sie sich so ins Zeug legt. Warum setzt sie alles daran, uns das Haus zu verkaufen? Sie könnte hundertprozentig mehr für den Schuppen bekommen. Ich sag dir was, Vic. Hier stimmt etwas nicht.«

Victoria schaute ihn spöttisch an. »Was ist los mit dir, Schatz? Du redest wie ich anfangs. Färbt das ab?«

Mike stieß einen tiefen Seufzer aus. »Ich hätte bloß nie gedacht, dass wir so bald ein so schönes Haus besitzen würden. Und das gleich nach dem Studium.«

»Manchmal werden Träume wahr«, sagte Victoria, die sich an Mikes Brust schmiegte. »Wir sollten es einfach genießen.«

Sie schauten nach Westen, bis der rote Feuerball hinter den Bergen versank und die ersten Sterne am Himmel aufleuchteten.

5.

Karen Frost näherte sich schnell und leise ihrem Ziel. Im schwarzen T-Shirt und der schwarzen Jeans war sie in der Dunkelheit kaum zu erkennen. Schweiß rann ihr über die Schläfen und den Nacken. Verstohlen stieg sie den bewaldeten Hügel in Rob Roy hinauf, einer der besten Wohngegenden Austins.

Über ihr schrie eine Eule. Der schrille Laut hallte übers Land und störte die Stille des kühlen Waldes. Laub raschelte, als der Raubvogel sich auf der Suche nach Beute in die Höhe schwang.

Raubvögel.

Bei dem Gedanken presste Karen die Lippen aufeinander. Ihr Instinkt führte sie in die richtige Richtung – ihrer Beute entgegen. Der Durchschnittspreis für ein Haus in dieser Gegend betrug mehr als eine halbe Million Dollar, was sich ein Finanzbeamter des unteren Managements sicher nicht leisten konnte. Das waren wertvolle Hinweise für Karen im Kampf gegen das organisierte Verbrechen. Pete Rubakers Ausgaben überschritten bei weitem seine offiziellen Einnahmen. Die Finanzbehörde war verpflichtet, dem FBI Bericht darüber zu erstatten. In diesem Fall hatte die Behörde das Missverhältnis zwischen Einnahmen und Ausgaben aus gutem Grund nicht gemeldet: Interessenkonflikte. Die Situation erinnerte Karen an einen Fall, an dem sie vor sechs Monaten in New York gearbeitet hatte. Ein hoher US-Zollbeamter, der auf dem Schwarzmarkt Schmuggelwaren verhökerte, nutzte seine Position, um sein zwielichtiges, äußerst profitables Unternehmen zu schützen. Karen hatte ihn zur Strecke gebracht, nachdem das FBI einen Hinweis von der Finanzbehörde erhalten hatte, dass zwischen den Einnahmen des Herrn und seinen Ausgaben ein beträchtliches Missverhältnis bestand.

Karen stieg den rutschigen Hang hinauf und versank mit den Füßen in Waldblumen und Kiefernnadeln. Das Summen der Moskitos drang an ihr Ohr. Als sie über glatte, moosbedeckte Felsbrocken stieg, hielt sie sich an Ästen fest, um auf dem steilen Hang nicht auszurutschen. Schließlich gelangte sie zum Waldrand. Hinter den Bäumen erstreckte sich ein gepflegter Rasen, der zu dem Grundstück eines großen Hauses gehörte. Nach Angaben der Stadtverwaltung musste es Rubakers Haus sein. In dem großen Swimmingpool auf der Rückseite des Hauses spiegelte sich der Mond. Ein Heißwasserbecken stand oberhalb des Swimmingpools inmitten großer Felsbrocken und versorgte den Pool mit heißem Wasser. Karen hörte das Plätschern des Wassers, das Surren der Moskitos und ihren eigenen keuchenden, lauten Atem, als sie stehen blieb, um sich von dem anstrengenden Aufstieg zu erholen.

Ein Weg aus Kalksteinen, der vom Mondschein und dem Licht der Gartenlaternen erhellt wurde, verband den Pool mit dem Hintereingang des Hauses. Eine überdachte Veranda führte zur großen Terrassentür. Es war ein beeindruckendes Anwesen. Hinter dem Swimmingpool standen gestutzte Hecken, die den Besitz zum Nachbargrundstück abgrenzten. In dem Steingarten, der das Becken umgab, waren auf drei Ebenen Blumenbeete gepflanzt. Verschiedene Pflanzen, die von künstlichem Licht in unterschiedlichen Farben angestrahlt wurden, sorgten für eine friedliche, idyllische Atmosphäre, welche die Sinne ebenso berauschte wie das Plätschern des Wassers. Zwischen Swimmingpool und Wohnhaus stand ein kleines Gartenhäuschen, dessen gläserne Schiebetüren zum Pool führten. Einige Bäume schirmten die linke Seite des Anwesens ab. Sie waren gestutzt, und jeder Stamm war von Blumenbeeten umgeben und wurde von Scheinwerfern angestrahlt, was weiter zur Harmonie beitrug.

Und das alles vom Gehalt eines Abteilungsleiters der Finanzbehörde ...!

Karen war auf der richtigen Fährte.

Sie ließ sich von der friedlichen Atmosphäre nicht täuschen. Es war ein wundervolles Anwesen, doch an ihm haftete Blut – das Blut von Dave Nolan, den Pattersons und den anderen, die vor ihnen ermordet worden waren, um das Ungeheuer zu schützen.

Karen war wild entschlossen, den Fall zu lösen.

Auf den Terrassenfenstern spiegelte sich das Mondlicht. Karen versteckte sich im feuchten Gebüsch. Kieferndunft und der Geruch ihres eigenen Schweißes stiegen ihr in die Nase.

Sie nahm das kleine Fernglas in die Hand, das an ihrem Gürtel hing, drückte es vor die Augen und stellte die Schärfe ein, bis sie das Haus deutlich sehen konnte.

In einem der Zimmer erblickte sie zwei Männer ... nein, drei ... die alle standen und Anzüge trugen. Mehr konnte sie nicht erkennen. Sie musste näher heran, um die Männer zu belauschen, auch wenn das Risiko, entdeckt zu werden, dadurch erheblich stieg.

Karen hatte keine Wachposten gesehen, und sie fragte sich, ob es hier keine Wachhunde gab. Hübsche Orte mussten beschützt werden, damit sie hübsch blieben. Ein ungeschulter Beobachter hätte die Möglichkeit, dass es hier Wachhunde gab, sofort zurückgewiesen: Es gab hier keinen Zaun, der das Weglaufen der Hunde verhinderte. Doch Karen kannte auch unsichtbare Zäune. Das Ende des Grundstücks konnte durch strategisch klug platzierte Peilfunkgeräte angezeigt werden, die in einer Frequenz sendeten, die mit dem Empfänger am Halsband des Hundes übereinstimmte. Sobald der Hund sich der Hochfrequenz-Mauer näherte, warnte ihn ein leises Brummen vor einem nahenden Elektroschock, sodass er sich rasch aufs Grundstück zurückzog.

Karen hatte Angst, von einem solchen System überrascht zu werden. Daher beobachtete sie zehn Minuten lang die Grenze des Grundstücks und suchte nach Anzeichen für Wachhunde. Sie entdeckte keine, aber für den Fall der Fälle schraubte sie den Schalldämpfer auf ihre kleine Walther PPK/S-Pistole. Heute würde Karen eher die Ersatzwaffe als die größere Desert Eagle .44er Magnum benutzen, für die es keinen Schalldämpfer gab. Wenn sie etwas erkundete, zog sie es vor, nicht entdeckt zu werden, damit sie keine rohe Gewalt einsetzen musste. Die Magnum steckte im Schulterhalfter, falls sie gezwungen war, ihre gesamte Feuerkraft einzusetzen.

In ihrem Job konnte man nicht vorsichtig genug sein.

Die Waffe in der rechten Hand, deren Lauf sie zum sternklaren Himmel richtete, schlich Karen vorsichtig über den kürzlich gewässerten Rasen. Nachdem sie den Gartenweg überquert hatte, versteckte sie sich hinter Büschen und hielt nach Wachposten Ausschau. Es waren keine zu sehen.

Karens Blick wanderte von den schmiedeeisernen Möbeln, die unter dem Deckenventilator auf der Veranda standen, durch die Terrassentür und blieb auf den drei Männern haften, die im Wohnzimmer beisammen standen. Sie warfen erregt die Hände in die Luft, und ihre Mienen waren angespannt.

Karen schlich näher heran, ließ den kühlen Rasen hinter sich und presste Ellbogen und Knie auf den Beton, als sie sich zwischen den Tisch und die Mauer zwängte.

Stehen bleiben. Zuhören. Weiter. Stehen bleiben. Zuhören.

Sie konnte ein paar Wörter aufschnappen. Der Tonfall ließ auf einen Streit schließen.

»... machen wir ... einer von uns ... du lieber Gott!«

»Wir können nicht ... verdammt ... ich hab doch gesagt, was passiert!«

»... ist Ihre Schuld!«

Die Männer hinter der Terrassentür stritten sich offenbar. Einer von ihnen war ziemlich groß und sah verdammt gut aus. Vermutlich spanischer oder italienischer Herkunft. Der zweite, ein kleiner, dicker Typ, wischte sich ständig mit einem Taschentuch über die Stirn. Er schwitzte. Der dritte im Bunde, ein junger, muskulöser Bursche, stand ein paar Meter abseits und schwieg. Karen konnte dem erhitzten Gespräch nicht folgen, obwohl sie eine Minute angestrengt lauschte. Die Terrassentür bestand aus Doppelglas, um die Kosten für Heiz- und Klimaanlage zu verringern. Zugleich sorgte sie für einen guten Schallschutz. Karen schnappte einen Namen auf: Aaron. Er sollte informiert werden. Worüber, konnte sie nicht verstehen.

Geh näher ran.

Karen ging näher heran und hoffte, dass das helle Licht im Salon die Männer daran hinderte, hinauszusehen und sie zu entdecken, als sie zur rechten Tür schlich und sich hinter einem ordentlichen Stapel Brennholz versteckte.

Wer sind diese Männer? Wer ist dieser Aaron? Von der Finanzbehörde?

Karen spitzte die Ohren. Plötzlich wurde Rubakers Name erwähnt, sein drohendes Schicksal ...

Es klingelte an der Haustür. Der junge Typ öffnete und kam sofort mit zwei Männern in Anzügen zurück. Der eine von ihnen war schon älter, aber gut in Form. Er bewegte sich schnell und fuchtelte vor dem Italiener und seinem fetten Freund mit den Händen durch die Luft. Er hatte dichtes, graues Haar und einen durchdringenden Blick, als er lautstark mit ihnen diskutierte. Der zweite Mann sah fast wie ein Ringer aus; er hatte harte Gesichtszüge und kurzes blondes Haar. Er blieb hinter dem älteren Herrn stehen, der den beiden offenbar eine Standpauke hielt. Karen presste ein Ohr gegen den unteren Rand der Terrassentür.

»... aber Aaron, wir ...«

»Verdammt! Können Sie nicht nachdenken? Ich habe Ihnen befohlen, sich um das Problem zu kümmern, als es aufgetaucht ist. Wenn Washington begreift, dass wir es so weit haben kommen lassen, werden Köpfe rollen.«

Der Dicke verteidigte sich: »Aber Aaron, wir haben nicht die Möglichkeiten ...«

»Halten Sie den Mund, Jason! Überlassen Sie das Denken mir!« Der ältere Herr verschränkte die Arme und fragte einen Moment später: »Wo ist er?«

»Im Gartenhaus«, erwiderte der Mann mit den südländischen Gesichtszügen, der seinen Krawattenknoten überprüfte. »Wir haben ihn an einen Stuhl gefesselt.«

»Hat jemand ihn kontaktiert?«

»Nein, behauptet er. Aber wir wissen nicht, ob es stimmt.«

»Und worauf warten Sie noch?« Der Mann namens Aaron drehte sich zu seinem kräftigen Bodyguard um. »Todd, rufen Sie die anderen.«

Karen legte die Waffe auf die Erde, zog einen Filzstift aus der Tasche und notierte sich die Namen, die sie bisher aufgeschnappt hatte, auf dem Unterarm. Nachdem sie den Stift wieder eingesteckt und die Waffe aufgenommen hatte, schlich sie von der Tür weg. Todd, der blonde Riese, zog sein Handy aus der Tasche und wählte eine Nummer. Karen wich von der Terrasse zurück bis auf den Rasen. Die Feuchtigkeit zog ins T-Shirt und ließ sie frösteln. Sie stand auf und lief zum Rand des Pools, wo das Gartenhäuschen stand. Die indirekte Beleuchtung warf ihren Schatten auf den Boden. Sie lief durch die Dunkelheit und versteckte sich hinter hüfthohen Büschen.

Karen zog das Gestrüpp einen Spalt auseinander, um durch die Glastür ins Gartenhaus sehen zu können. Sie erblickte die Silhouette eines Mannes, der auf einem Stuhl saß; er war geknebelt, und die Hände waren hinter seinem Rücken gefesselt. Als das Licht auf der Veranda und das Flutlicht auf dem

Dach eingeschaltet wurden, konnte Karen ihn nicht mehr erkennen. Der Garten wurde in gelbes Licht getaucht, das sich auf der Schiebetür spiegelte.

Karen wich ein Stück zurück. Das helle Licht brannte in ihren Augen. Kurz darauf stieg die Gruppe die Veranda hinunter und ging über den Gartenweg zum Gartenhäuschen. Aaron führte die Gruppe an.

Todd schob die Glastür auf und schaltete das Licht im Gartenhaus an. Jetzt konnte Karen den gefesselten Mann besser erkennen. Er drehte seinen Henkern den Kopf zu und riss vor Angst die Augen auf. Die Gruppe betrat das Haus, und Todd schloss die Tür.

Karen runzelte die Stirn. Ein lautstarker Streit war zu hören. Die Gruppe umringte Rubaker, der den Kopf hin und her warf. Die FBI-Agentin konnte alles sehen, aber nichts verstehen. Sie brauchte dringend Informationen, Antworten auf ihre Fragen, und sie war ganz sicher, dass der Streit der Männer dort drinnen ihre Fragen beantworten würde.

Wer waren die Männer? Für wen arbeiteten sie? Gehörten sie zur Direktion der Finanzbehörde? Karen ging zunächst davon aus. Janet Patterson war zu Pete Rubaker gegangen, der sich wiederum an einen dieser Typen gewandt hatte, der sich wiederum ... und so weiter. Karen fragte sich, welche Stufen der Hierarchie hier vertreten waren. Nach ihren bisherigen Beobachtungen vermutete sie, dass der grauhaarige Aaron und die drei Männer, die sie zuerst entdeckt hatte, unterschiedliche Rangordnungen repräsentierten.

Karens Neugier wuchs. Sie verließ den Schutz der Hecke und schlich zu der Pumpe und dem Filter, die sich zwischen der Stuckmauer des kleinen Hauses und der Hecke befanden. Die Geräte standen hier, damit man sie vom Pool aus nicht sehen konnte. Die helle Deckenbeleuchtung im Gartenhaus spiegelte sich auf der Schiebetür und verwandelte sie in eine Art Spiegel. Dadurch war die Sicht ins Freie versperrt. Das hoffte Karen jedenfalls und rechtfertigte so das Risiko, zur Rückseite des Gartenhäuschens zu laufen. Sie bewegte sich dicht an der Hecke entlang, um schnell fliehen zu können, falls sie entdeckt wurde. Die Sträucher schlugen gegen ihre rechte Schulter, und schließlich erreichte sie die zischende Pumpe.

Karen blieb enttäuscht stehen und presste die Lippen aufeinander. Die Pumpe dröhnte jetzt, da sie in unmittelbarer Nähe stand, lauter, als sie erwartet hatte. Bei dem Krach würde sie kaum etwas verstehen können. Kurz entschlossen öffnete sie die Schalttafel an der Wand und schaute auf die Zeitschaltuhr. Die Puppe ging dreimal täglich für zwei Stunden in Betrieb. Deshalb konnte sich eigentlich niemand wundern, wenn sie sich automatisch abschaltete. Sie drehte an dem Knopf, bis der Betrieb eingestellt wurde, und schaute die ganze Zeit auf die Tür, die sich in unmittelbarer Nähe links von ihr befand.

Der Lärm verstummte, und einen Moment später schoss das Wasser nicht mehr in den Pool. Sofort waren wieder das Zirpen der Grillen und das Surren anderer Insekten zu hören.

Karen stand hinter der Hausecke und beobachtete, ob jemand nach der Pumpe sah.

Es kam niemand.

Karens Vertrauen wuchs und verdrängte ihre Angst. Sie bog um die Ecke und kroch auf allen vieren näher an die Tür heran, bis ihr Kopf das Ende der Glastür berührte. Die Kälte kroch ihr in die Glieder.

Die Agentin umklammerte mit der rechten Hand die Walther und presste ein Ohr gegen die Glasscheibe. Ein paar Gesprächsfetzen konnte sie aufschnappen.

»... keine Wahl ... unter der Folter gestanden ... bitte ... halte den Mund ... Frau und Kinder ... verschwinden ...«

Karen konzentrierte sich auf den Wortwechsel und hoffte inständig, die nötigen Informationen zu erhalten, die sie näher ans Ziel führten. Plötzlich fiel das entscheidende Wort.

SoftCorp. Bei SoftCorp und in der Finanzbehörde gab es Probleme, die mit Transaktionen der Capitol Bank zu tun hatten. Und keine Sekunde später hallte eine laute Stimme durch die Nacht.

»He! Was tun Sie da?«

Karen drehte sich um. Sie war wie gelähmt. Ein breitschultriger Mann stand vor dem Wohnhaus. Das Verandalicht fiel auf seine harten Gesichtszüge und die zusammengekniffenen Augen. Er nahm die typische Haltung eines Schützen an. Tatsächlich griff er sofort unter seine Jacke und zog eine Waffe. Sekunden später liefen drei andere Gestalten aus dem Salon auf die Veranda. Sie alle trugen Freizeitkleidung, und ihre Haltung und Schnelligkeit ließen auf Profis schließen.

Als die erste Schrecksekunde vorüber war, meldeten sich Karens Instinkte.

Hau ab!

Karen rollte ein Stück über den Boden und rannte dann durch die Büsche. Sie hätte sich als FBI-Agentin zu erkennen geben und den Männern befehlen können, die Waffen zu strecken. Aber das war wohl keine gute Idee. Vier bewaffnete Männer vor dem Wohnhaus und die Truppe in dem Gartenhaus ... gegen diese Übermacht hätte sie keine Chance. Das Missverhältnis war zu groß.

Karen dachte blitzschnell über ihre Aussichten nach, lebend zu entkommen. Eine durch die Dunkelheit rennende Gestalt, die etwa dreißig Meter entfernt war. Nur ein Meisterschütze könnte sie treffen. Ein Schalldämpfer würde die Schussgenauigkeit weiter beeinträchtigen. Da es keine Nebengeräusche gab, würden die Männer sich entschließen, nicht zu schießen, um keine Aufmerksamkeit zu erregen.

Nach der kurzen Analyse ihrer Überlebenschancen rannte Karen am Swimmingpool und dem Heißwasserbecken vorbei. Die Gartenlichter warfen Schatten auf die Felssteine, als sie sich dem Waldrand näherte.

Hinter ihr ertönten Schreie und gleich darauf hastige Schritte auf dem Gartenweg. Sie musste so schnell wie möglich verschwinden, sich in Sicherheit bringen und die neuen Informationen auswerten.

Wütende Stimmen klangen durch die Nacht. Karen riskierte einen Blick zurück. Das Licht von Taschenlampen durchbohrte die Dunkelheit und drang in das Gebüsch, hinter dem sie eben noch gekauert hatte.

Karen zuckte zusammen, als ein Zweig ihren Oberkörper aufkratzte und sie beinahe aufspießte. Sie atmete aus, spannte die Muskeln an und kämpfte gegen den Schmerz. Ihr blieb nichts anderes übrig, als die Flucht fortzusetzen. Die offene Wunde unter ihrem feuchten T-Shirt pochte fürchterlich.

Wieder ertönten Schreie. Laub raschelte unter den Füßen der Verfolger. Die Lichtstrahlen der Taschenlampen krochen über den Hang und trafen aufs Mondlicht, das durch die Bäume drang. Karen schob die Walther im Rücken unter den Bund ihrer Jeans und kletterte den Hang hinunter. Sie brauchte beide Hände, um nicht sofort in die tiefe Schlucht zwischen den Bergen zu stürzen.

Eine Kugel verfehlte sie knapp und zersplitterte die Borke einer Pappel zu ihrer Rechten. Ihre Entscheidung, die Flucht anzutreten, war richtig. Die Killer kannten keine Gnade.

Eine zweite Kugel surrte wie eine wütende Hornisse an ihr vorbei. Sie hatte das Geräusch noch im Ohr, als die Kugel in einem Baum einschlug.

Vögel flogen kreischend davon. Karens Lungen schmerzten, als sie keuchend den Abhang hinuntertaumelte. Es kostete sie ungeheure Kraft, das Gleichgewicht zu wahren. Sie warf verzweifelt die Arme in die Luft und umklammerte Äste, Ranken und Baumstämme, um den hastigen Rückzug abzustoppen.

Du musst den Abstand vergrößern! Der Gedanke schoss ihr

immer wieder durch den Kopf, als sie sich an einem dicken Ast in die Tiefe schwang und ein Stück weiter unten auf den Knien landete. Sie kroch weiter und sah sich nach den Verfolgern um. Die Aussicht, von einer Kugel getroffen zu werden, jagte ihr einen kalten Schauer über den Rücken.

Die FBI-Agentin rutschte aus und verlor den Halt. Sie fuchtelte mit den Armen durch die Luft und bekam einen dicken Ast zu fassen, der ihr jedoch sofort wieder entglitt. Und dann stürzte sie in die Tiefe. Ihr Kopf fiel nach hinten, und ihr Blick war einen flüchtigen Augenblick auf den Mond gerichtet, der durch die Zweige lugte.

Dann verschwamm alles vor ihren Augen. Karen rollte sich wie ein Embryo zusammen und schlug die Hände vors Gesicht, um es vor dem harten Gestrüpp zu schützen. Plötzlich schlug sie irgendwo gegen, und ihr Sturz wurde für einen Moment abgebremst. Warmes, klebriges Blut sickerte über ihre Hüfte. Augenblicke später fiel sie wieder in die Tiefe. Die Bäume huschten an ihr vorbei, bis sie gegen etwas Hartes prallte. Ihre linke Niere schmerzte höllisch. Vermutlich hatte sie sich die Haut über dem Becken aufgescheuert.

Arme und Beine verhedderten sich in Ranken, als Karen auf dem Grund der Schlucht aufschlug. Sie schnappte nach Luft und riss sich los, ohne auf die stechenden Schmerzen zu achten. Schließlich stand sie taumelnd auf. Der unsanfte Aufprall und die Schmerzen trübten ihren Blick. Sie blinzelte und versuchte, sich zu orientieren.

Die Lichtstrahlen der Verfolger verloren sich auf dem Berg. Karen rannte über einen Trampelpfad, der sich durch die Schlucht schlängelte, durch die Dunkelheit. Sie musste den Vorsprung vergrößern, der drohenden Gefahr entrinnen und den Lichtstrahlen entkommen, die nun wieder die Nacht durchdrangen.

Karen sah drei Lichter. Drei Verfolger? Es konnten natürlich auch mehr sein ...

Ihr Magen verkrampfte sich, und Übelkeit stieg in ihr auf. Ihr Körper schrie vor Erschöpfung. Sie hatte sich von dem beschwerlichen Aufstieg noch nicht erholt, und jetzt waren ihre Kräfte aufgezehrt.

Die FBI-Agentin musste ihre Taktik ändern. Wie konnte sie den Killern entkommen? Es würde ihr nicht gelingen, den Männern davonzulaufen. Sie musste sich schnell etwas einfallen lassen – sehr schnell.

Karen stolperte über einen Baumstamm, den Kletterpflanzen umrankten und der quer über dem Trampelpfad lag. Ein Ende ruhte auf einem dicken Felsbrocken. Sie duckte sich, kroch durch die Lücke und dachte über eine neue Strategie nach. Als sie die Walther ziehen wollte, griff sie ins Leere. Sie hatte die Waffe beim Absturz verloren.

Ein Gefühl der Verzweiflung machte sich breit. Die Magnum in ihrem Schulterhalfter besaß keinen Schalldämpfer. Der Knall und das Mündungsfeuer würden ihre Position verraten. Damit würde sie ihren einzigen Vorteil einbüßen, im Augenblick für die Verfolger unsichtbar zu sein. Die Lichtstrahlen zuckten auf der Suche nach ihr durch die Nacht, ohne sie zu finden. Die Killer durften sie auf keinen Fall einholen. Sie wäre ihrer Übermacht hilflos ausgeliefert. Außerdem stand sie am Rande der Erschöpfung.

Schnelles Handeln war gefragt. Die abgebrochenen Zweige und ihre Fußspuren verrieten ihren Fluchtweg. Vielleicht ...

Keine Zeit für lange Überlegungen!, schrie es in ihr. *Du musst handeln!*

Jede Bewegung verursachte Geräusche und barg das Risiko, ihre Position zu verraten.

Sie saß in der Falle.

Karen blieb keine andere Wahl. Sie kauerte sich hinter den Baumstamm und suchte nach einer geräuschlosen Waffe. In unmittelbarer Nähe lag ein dicker Ast, der einer gebogenen

Keule glich. Der Knüppel war hart und fest. Sie umklammerte ihn mit der linken Hand, hob ihn hoch und schätzte das Gewicht. Ja, ein Schlag damit müsste ausreichen, um einen Verfolger niederzustrecken. Mit der rechten Hand umklammerte sie die Desert Eagle. Falls sie es nicht schaffte, ihr Opfer durch den Schlag kampfunfähig zu machen, müsste sie zur Waffe greifen.

Sie versteckte sich hinter dem Felsbrocken, auf dem der Baumstamm lag, und drückte den Rücken gegen die Bergwand. Laub rieselte auf sie nieder. Eine gute Tarnung.

»In welche Richtung ist sie gelaufen?«, fragte eine Stimme.

Karen hielt den Atem an und lauschte ängstlich den Worten.

»Keine Ahnung«, erwiderte ein anderer.

Ein dritter fügte hinzu: »Wir müssen uns aufteilen. Du steigst den Hang da drüben hoch, und du folgst der Schlucht nach Osten. Ich laufe in die andere Richtung.«

Karen senkte den Blick. Das war ihre große Chance.

Sie wartete, bis die Verfolger sich getrennt hatten und einer in ihre Richtung lief. Er hatte mit Sicherheit eine Schusswaffe bei sich und den Befehl, sofort zu schießen, falls er sie sichtete.

Das graue Mondlicht fiel in die Schlucht und warf den langen Schatten der sich nähernden Gestalt auf den Boden. Der Mann stapfte vertrauensvoll in ihre Richtung, ohne sich um die Geräusche zu kümmern, die er verursachte.

Der Feind baute auf seine Übermacht.

Ein weiterer Vorteil, den Karen nutzen musste.

Der Fremde blieb stehen.

Karen spannte die Muskeln an, schlich sich wie eine Katze an ihr Opfer heran und wartete auf den günstigsten Augenblick, um zuzuschlagen.

Der Fremde ging in die Hocke und kroch unter dem Baumstamm hindurch. Sein Blick war auf die gegenüberliegende Seite gerichtet. Mit der rechten Hand umklammerte er eine glänzende Pistole, auf deren Lauf ein Schalldämpfer geschraubt war.

Karen sprang aus dem Versteck und schlug mit voller Wucht seitlich auf den Kopf des Fremden, wie sie es in Quantico gelernt hatte.

Der Fremde sank wie ein Sack Kartoffeln zu Boden.

Karen steckte die Magnum in den Halfter und griff nach dem kompakten .45er Colt ihres Opfers. Der Hahn war bereits gespannt. Die Waffe war nicht aus Versehen losgegangen, weil der Colt über einen Sicherheitsmechanismus verfügte, der den Abzug sperrte, sobald die Waffe dem Schützen entglitt.

Karen überprüfte den Puls des Fremden. Er war nicht tot, nur bewusstlos. Ausweispapiere hatte er nicht bei sich.

Profis. Karen würde nichts über den Mann in Erfahrung bringen können. Vermutlich waren die beiden anderen ebenfalls sauber. Im Augenblick hätte sie zudem gar nicht die Kraft gehabt, ihnen zu folgen.

Nachdem Karen ein paar wertvolle Minuten gewonnen hatte, dachte sie blitzschnell über den besten Fluchtplan nach. Einen Gegner hatte sie ausgeschaltet, aber zwei suchten sie noch. Um den Verfolgern zu entkommen, musste sie die Kerle austricksen.

Karen sicherte den Colt und schob ihn im Rücken unter den Hosenbund, wo zuvor die Walther gesteckt hatte.

Sie kletterte auf den Felsen, lief über den Baumstamm und stieg denselben Hügel hinauf, den sie hinuntergestürzt war. Die Turnschuhe versanken im weichen Waldboden, der die Hänge bedeckte. Als sie die ersten Meter erklommen hatte, warf sie einen ängstlichen Blick zurück in die Dunkelheit, die die Sicht auf ihre Verfolger versperrte.

Der Aufstieg kostete Karen enorme Kraft. Nach wenigen

Minuten bog sie links ab und näherte sich der exklusiven Wohngegend im Westen von Austin. Vorerst würde sie hier niemand suchen. Jetzt musste sie so schnell wie möglich ihre neue Wohnung erreichen, um die zahlreichen Schnittwunden mit warmem Wasser zu reinigen.

Der strapaziöse Ausflug hatte ihre Kräfte zwar aufgezehrt, ihr dafür aber wertvolle Hinweise geliefert. Diese galt es nun auszuwerten. Sie musste Palenski informieren, sich ausruhen und die nächsten Schritte überdenken, die sie näher an die Verbrecher heranführten.

Jeder Atemzug, jeder Schritt verursachte stechende Schmerzen, die größer wurden, nachdem der Adrenalinspiegel in ihrem Blut sich normalisierte. Karen Frost ertrug stumm die Schmerzen und mobilisierte ihre letzten Energiereserven.

Trotz der Erschöpfung freute sich die Agentin über die wichtigen Informationen, die sie ihrem Einsatz zu verdanken hatte. Diesmal würden die Verbrecher die Schnittstellen in dem verwobenen Netzwerk nicht so schnell beseitigen können, wie sie es mit den Pattersons getan hatten. Und in diesem Augenblick erlitt Rubaker ein ähnliches Schicksal. Einzelne Personen konnten schneller beseitigt werden als ein Unternehmen, vor allem, wenn Korruption die Geschäfte beherrschte, wie Karen vermutete. Große Unternehmen und Behörden konnten sich nicht einfach in Luft auflösen, ohne endlose Fragen beantworten zu müssen, die zweifelsohne intensive Ermittlungen nach sich ziehen würden. Daher hatten sie nur die Möglichkeit, weiterzumachen und gegen die laufenden Ermittlungen anzukämpfen.

Und genau das werden sie tun.

Der heutige Tag markierte eine Wende in den Ermittlungen. Der Kampf ging in eine neue Phase. SoftCorp und die Capitol Bank steckten offenbar mit der Finanzbehörde unter einer Decke. Die Unternehmen würden alles tun, um ihre betrügerischen Transaktionen zu schützen, und gleichzeitig die Verfolgung Karens aufnehmen.

Gnadenlos.

Aber zuerst müssen sie mich finden, dachte Karen. *Und wenn sie das nicht schaffen, dann gnade ihnen Gott!*

6.

Aaron Shapiro schritt mit angespannter Miene über den Rasen neben dem Swimmingpool. Er rieb seine verschwitzten Handflächen und dachte angestrengt nach. Der Eindringling war Haussers Männern entwischt. Jetzt musste sich der Generaldirektor von SoftCorp überlegen, wie er den Schaden, den sein Unternehmen zu erleiden drohte, in Grenzen halten konnte.

Neben ihm ging Jason Myrtle, der übergewichtige Leiter des Bearbeitungszentrums bei der Finanzbehörde in Austin, den Shapiro völlig in der Hand hatte. Myrtles aufgedunsenes Gesicht, das er seinem ausschweifenden Leben zu verdanken hatte, war erblasst, als Hausser nach seiner gescheiterten Verfolgungsaktion Rubaker die Kehle durchgeschnitten hatte. Der Direktor der Finanzbehörde wusste, dass er als Nächster fällig war.

»Was ... was sollen wir jetzt machen?«, stammelte Myrtle nervös. Sein Gesicht war schweißüberströmt.

Shapiro bemühte sich, seine innere Unruhe zu verbergen. Er musste die Nerven behalten und beweisen, dass die Verantwortung für die Operation in Austin zu Recht in seinen Händen lag.

Angelo Rossini stand hinter Myrtle. Rossini war der Präsident der Capitol Bank. Obwohl er ein unverbesserlicher Schürzenjäger war, der vermutlich mit jeder Frau in seiner Bank geschlafen hatte, war er ein verdammt guter Banker. Und er verstand es meisterhaft, in großem Stil Geld zu waschen. Er hatte Hunderte Millionen Dollar von SoftCorps-Firmenkonten auf zahlreiche Nummernkonten auf den Cayman Islands, den Bahamas, in Brasilien, Kolumbien und ein halbes Dutzend anderer Orte geschleust. Für seine diskreten Dienste erhielten Rossini und eine Hand voll verlässlicher, sorgfältig ausgewählter Bankangestellter vierteljährlich eine hübsche steuerfreie Vergütung.

Rossini hatte noch kein Wort gesagt, seitdem Hausser Rubaker ausgeschaltet hatte. Shapiro wusste, was den beiden durch den Kopf ging.

»Meine Herren«, sagte Aaron Shapiro, der sich auf dem weichen Gras zu den beiden umdrehte. »Die Situation hat eine kritische Wende genommen, aber wir haben keineswegs die Kontrolle verloren. Wir müssen das Problem so schnell wie möglich lösen, damit alles so läuft, wie unsere Vorgesetzten in Washington es erwarten.«

»Was geschieht mit uns, wenn das FBI unsere Namen erfährt?«, fragte Rossini, der seinen Krawattenknoten überprüfte. »Wird Ihr Mann da drüben ...« Der Banker strich sich mit dem Daumen über den Nacken, ehe er auf Hausser zeigte, der Rubakers Leichnam in einem Plastiksack verstaute, während zwei seiner Männer das Gartenhaus reinigten.

Aaron Shapiro wusste nicht, welches Schicksal Myrtle, Rossini und ihn erwartete, falls das FBI bei seinen Ermittlungen auf ihre Namen stieß. Washington entlohnte ihn großzügig, damit er die Operation vor Ort leitete und potenzielle Probleme beseitigte. Er schüttelte langsam den Kopf, warf den beiden einen väterlichen Blick zu und sagte: »Sie brauchen sich keine Sorgen zu machen. Wir sind keine Fußsoldaten. Wir sind nicht entbehrlich.«

Diese Worte zeitigten augenblicklich Wirkung. Beide Männer entspannten sich und atmeten erleichtert auf.

Shapiro fuhr im Brustton der Überzeugung fort: »Wir werden gebraucht, um unsere jeweiligen Organisationen zu leiten. Ich werde bei SoftCorp gebraucht. Sie, Angelo, müssen die Bankgeschäfte der Operation abwickeln. Und Sie, Jason, müssen die Verträge und Schecks für SoftCorp unterschreiben und uns die Rechnungsprüfer und Steuerfahnder vom Leib halten.«

Myrtle schob die Hände in die Taschen und starrte auf seine Schuhe, ehe er den Blick hob und Shapiro in die Augen sah. »Ich weiß, wie ich die Sache auch ohne Rubaker durchziehen kann.«

Shapiro schenkte ihm ein flüchtiges Lächeln. »Gut. Darauf müssen Sie sich jetzt konzentrieren. Gleichzeitig müssen Sie all Ihre Leute im Auge behalten, damit keiner eine Dummheit macht. Meiner Meinung nach sind die FBI-Ermittlungen mit Rubakers Tod zum Stillstand gekommen. Das FBI weiß bestimmt nicht, wie es weiter vorgehen soll oder was in der Finanzbehörde geschieht. Von unseren Arrangements können sie unmöglich etwas ahnen. Wenn wir jetzt in Panik geraten und einen Fehler machen, bieten wir dem FBI einen Grund, die Ermittlungen fortzusetzen. Im Augenblick werfen sie nur ihre Angeln aus und fischen im Trüben. Etwas Konkretes haben sie nicht in der Hand, nur vage Spuren. Auf jeden Fall haben die dürftigen Informationen der Pattersons sie auf Rubakers Spur geführt. Diese Spur landet nun in einer Sackgasse, denn Rubaker kann keine Auskünfte mehr erteilen.«

»Wir kehren also einfach zur Tagesordnung zurück, als wäre nichts geschehen?«, fragte Rossini.

Shapiro nickte. »Ja, aber mit einer Einschränkung. Sie müssen Ihre Leute im Auge behalten, falls das FBI noch einmal seine Nase in Ihre Unternehmen steckt. Das gilt besonders für die Finanzbehörde, Jason«, antwortete Shapiro, der den dicken Staatsangestellten musterte. »Da hat alles angefangen, und deshalb besteht die Gefahr, dass die FBI-Agentin versucht, andere Mitarbeiter Ihrer Behörde zu kontaktieren.«

Jason Myrtle atmete tief ein, während er ein Taschentuch

hervorzog und sich den Schweiß vom Hals und von der Stirn wischte.

Shapiro richtete noch ein paar aufmunternde Worte an die beiden Herren, ehe er sie verabschiedete.

Der Generaldirektor der SoftCorp blieb am Pool stehen und dachte nach. So cool, wie er tat, war er keineswegs. Die Lage war äußerst brenzlig. Die FBI-Agentin war clever genug, um den Pattersons Rubakers Namen zu entreißen. Wenn sie heute Abend irgendetwas aufgeschnappt hatte, war die ganze Operation in Gefahr. Das Problem musste schleunigst gelöst werden, ehe er die Kontrolle verlor und Washington einschreiten musste.

Aaron Shapiro atmete tief ein und beobachtete Hausser und seine Männer, die die Spuren des Mordes beseitigten. Als sie den Leichensack über den Rasen zogen, lief ihm ein kalter Schauer über den Rücken. Würde er die Sache unbeschadet überstehen? Er hatte genug Geld auf Konten in Übersee auf die Seite geschafft, um mit seiner Frau und seinen Töchtern wie in einem Film zu verschwinden.

Aber so einfach war das nicht. Seine Töchter, die mittlerweile erwachsen waren, führten ihr eigenes Leben. Wenn Shapiro verschwand, würde der große Unbekannte aus Washington Vergeltung üben.

Er musste bis zum bitteren Ende mitspielen und alles daransetzen, die Ermittlungen zu stoppen, bevor er wie Rubaker in einem Leichensack endete.

7.

»Am besten, wir fangen ganz von vorn an«, sagte Mike, der seinen Laptop aufklappte, um sich Notizen zu machen. Er saß an einem runden Tisch in einem der Konferenzräume im Erdgeschoss von SoftCorp. Ganz in der Nähe befand sich das prachtvoll gestaltete Foyer, das nach Reichtum und Macht roch, was Mike bei seinem ersten Besuch vor einem Monat tief beeindruckt hatte. Hier herrschte immer ein wenig Betrieb. Die Angestellten nahmen neue Geräte entgegen oder erledigten etwas in der kleinen Poststelle, die Shapiro vor einem Jahr für seine Mitarbeiter eingerichtet hatte. Neben dem Postbüro standen zwei Geldautomaten, an denen die Angestellten gebührenfrei Geld abheben konnten.

Sonnenstrahlen fielen durch die Ritzen der zugezogenen Jalousien und dämpften das grellgraue Licht der Deckenbeleuchtung. Mike hätte Tageslicht bevorzugt, aber es hätte den Blick auf das Display seines IBM ThinkPad beeinträchtigt.

»Was passiert, nachdem ein Steuerzahler seine Steuererklärung bei der Finanzbehörde eingereicht hat?«, fragte Mike, der sich ein Bild von den Bedürfnissen seines Kunden machen wollte.

Gam Olson von der Rechnungsprüfung der Behörde saß Mike in einem grauen Anzug gegenüber. Er war ein gut gebauter Mann Mitte vierzig mit grau meliertem Haar, schmalen Augen und einem Kinn, das auf Charakterstärke hinwies. Der Finanzbeamte musterte Mike mit unbewegter Miene, ehe er antwortete. »Mr Ryan, zunächst einmal ...«

»Nennen Sie mich Mike.«

»Wie bitte?«

»Ich heiße Michael, aber alle nennen mich Mike.«

Olson hob die Augenbrauen. »Es ist mir lieber, wenn es bei den Nachnamen bleibt, Sir.«

»Hm ... okay.« Ein seltsamer Typ, dachte Mike. Es hätte ihm gleich auffallen müssen, dass Gam Olson Nachnamen bevorzugte, nachdem er sich mit Olson vorgestellt hatte. Vielleicht ging es bei der Finanzbehörde zu wie beim Militär, wo sich alle mit Rang und Nachnamen ansprachen. »Okay. Mr Olson, fahren Sie bitte fort.«

Olson nickte. »Wenn Sie Ihre Steuererklärung vor dem fünfzehnten April einreichen – das ist der letzte Abgabetermin –, geht sie direkt an eines der zehn Bearbeitungszentren der Finanzbehörde.«

»Könnten Sie mir das bitte genauer erklären?«, bat Mike, der sich Notizen machte.

»In diesen riesigen Bearbeitungszentren, Mr Ryan, beginnt für die Steuererklärung der lange Gang durch die Institutionen. Zuerst werden eventuell beigefügte Schecks entnommen. Diese werden an die zuständigen Stellen geschickt und dort bearbeitet. Inzwischen geben die Operatoren die Angaben Ihrer Steuererklärung – Ihres 1040-Formulars – in den Computer ein.«

»Manuell?«

»Ja, Sir. Es sei denn, Sie geben Ihre Steuererklärung übers Internet ab. Im letzten Jahr jedoch betrug die Anzahl der per Computer ausgefüllten Steuererklärungen weniger als zehn Prozent.«

»Ich verstehe. Die Operatoren müssen also meine ganze Steuererklärung in den Computer eingeben? Das ist ein äußerst fehlerträchtiges Unterfangen.«

»Das stimmt. Sie dürfen aber nicht vergessen, dass nur vierzig Prozent der Angaben Ihres 1040-Formulars übertragen werden und alles noch einmal überprüft wird, um höchste Genauigkeit zu gewährleisten.«

»Nur vierzig Prozent?«

»Ja, Sir. Wir übernehmen nur die wichtigsten Angaben und lassen Zwischenergebnisse aus.«

»Was passiert mit den Originalformularen?«

»Sie werden im Nationalarchiv in Washington aufbewahrt.«

»Ich verstehe«, sagte Mike. »Kommen wir noch einmal auf diese Bearbeitungszentren zu sprechen.«

»Ja, Sir?«

Mike ging das ewige »Sir« langsam auf die Nerven, aber er musste es wohl oder übel ertragen. »Ist ein Bearbeitungszentrum jeweils für ein bestimmtes Gebiet zuständig?«

»Richtig, Mr Ryan.«

»Und in den jeweiligen Bearbeitungszentren werden sämtliche Steuererklärungen des Gebiets bearbeitet, ja?«

»Richtig. Sämtliche Steuererklärungen von allen Finanzämtern der Region.«

»Wurde das immer schon so gehandhabt?«

Olson setzte sich bequem hin und schaute in die Ferne. »Anfang der Fünfzigerjahre mussten die Steuererklärungen bei Finanzämtern vor Ort eingereicht werden, und zwar am fünfzehnten März statt am fünfzehnten April. Diese Behörden übernahmen die vollständige Bearbeitung der Steuererklärungen. Sie beantworteten Fragen der Steuerzahler, überprüften die Erklärungen und leisteten gegebenenfalls Rückzahlungen.«

»Das hört sich praktisch an«, sagte Mike, der an seine eigene Steuererklärung des letzten Jahres dachte. Das frisch vermählte Paar hatte Fragen zu den neuen Steuersätzen für Verheiratete gehabt, aber die zuständige Finanzbehörde war nicht in der Lage gewesen, alle Fragen zu beantworten.

»Ja, für die Steuerzahler. Doch das System war insgesamt

zu ineffizient, umständlich und dezentral. Der erste große Schritt auf dem Weg zur Zentralisierung fand 1955 statt, als die Steuererklärungen aus mehreren Distrikten des Mittelwestens nach Kansas City geschickt wurden, um dort zentral bearbeitet zu werden. Das so genannte Bearbeitungszentrum des Mittelwestens ging in diesem Jahr aus der alten Finanzbehörde in Kansas City hervor. Diese Behörde wurde mit modernen Computern ausgestattet, die damals gerade eingeführt wurden, um den Prozess zu rationalisieren. 1959 gab es bereits sieben dieser Bearbeitungszentren in den Vereinigten Staaten und einen Großrechner in West Virginia, der sämtliche Rechnungen vornahm.«

Mike lauschte aufmerksam Gam Olsons Erklärungen. Er machte sich detaillierte Notizen über die Entwicklung der Finanzbehörde und die ersten Schritte auf dem Weg ins Computerzeitalter. Der große Umbruch fand in den Sechzigern und Siebzigern statt, als die Computer die Welt eroberten. Olson sprach über die Bedenken der Öffentlichkeit, die damals von den Medien geschürt worden waren. Die Menschen hatten Angst, die Finanzbehörde würde sich durch das zentrale Computersystem in ein Ungeheuer verwandeln, das Zugriff auf sämtliche persönliche Informationen aller amerikanischen Bürger hatte. Erfuhr das IRS aufgrund von Spendenquittungen von der Konfessionszugehörigkeit? Konnte das IRS anhand der Belege für medizinische Ausgaben auf den Gesundheitszustand des Steuerzahlers schließen? Das IRS versuchte, die Bedenken zu zerstreuen, und beteuerte, alle Informationen der Steuerzahler seien durch hochmoderne Systeme gesichert und geschützt. In den nächsten Jahren hemmten die Bedenken der Bürger die Bestrebungen, die Rationalisierung voranzutreiben. In jüngster Zeit kam die Bedrohung durch Hacker und Viren hinzu.

Und darum wurde ich eingestellt?, dachte Mike. Sein Virtual Reality System würde es Mitarbeitern wie Gam Olson ermöglichen, die Informationen, die sie suchten, mithilfe des bei SoftCorp bereits installierten Sicherheitssystems rasch zu finden. Später würde Mike ein weiteres Sicherheitssystem installieren, um die persönlichen und vertraulichen Informationen in den Steuererklärungen noch besser zu schützen.

»Ron Wittica deutete die Schwierigkeiten Ihrer Abteilung an, die Informationen zu finden, die Sie brauchen, um Steuersünder dingfest zu machen.«

Olson runzelte die Stirn und strich sich über die Wange. »Unser Problem ist unser veraltetes System. Viele Systeme sind mit anderen nicht kompatibel. Manche Probleme wurden durch die Einführung des World Wide Web gelöst. Dennoch ist der problemlose Zugang zu vielen vertraulichen Datenbanken noch immer erschwert. Zudem haben wir Probleme, die riesige Datenmenge zu verarbeiten, um unsere Fälle effizient zu bearbeiten.«

Mike nickte. Er hatte mit Ron Wittica am Freitag bereits darüber gesprochen.

»Und dieses Problem wird Ihr Unternehmen für uns lösen, Mr Ryan«, fügte der Finanzbeamte aus der Rechnungsprüfung hinzu. »Mr Wittica hat mir gesagt, dass Sie die zahlreichen Interfaces des Expertensystems in eine allumfassende Virtual-Reality-Umgebung integrieren.«

Der Student der Stanford-Universität nickte noch einmal. Andere Informatiker im Unternehmen hatten daran gearbeitet, kluge Interfaces zwischen einer normalen Software-Plattform und dem zusammengeschusterten Computersystem des IRS zu entwickeln. Da es nicht möglich war, die inkompatiblen Systeme in den unterschiedlichen Abteilungen einfach zu ersetzen, hatte SoftCorp beschlossen, einen gemeinsamen Nenner zu schaffen, um die Arbeit der Rechnungsprüfer zu erleichtern. Sie sollten mit einem einzigen Betriebssystem mühelos Zugang zu all ihren Informationen bekommen. Das System war mit der Struktur des World Wide Web vergleichbar, nur dass es auf einer viel kleineren Ebene operierte. Mike hatte zunächst die Aufgabe, das Surfen mithilfe seines VR-Systems zu erleichtern. »Ich habe die Aufgabe, ein auf Ihre Bedürfnisse zugeschnittenes VR-Interface zu entwickeln.«

»Das ist erfreulich«, erwiderte Gam Olson, der an diesem Tag zum ersten Mal aufrichtiges Interesse zeigte. »Warum erzähle ich Ihnen nicht einfach, wie wir im Einzelnen vorgehen? Dann bekommen Sie eine genaue Vorstellung von unserer Arbeit und unseren Problemen.«

»Hört sich gut an.«

Gam Olson machte es sich auf seinem Stuhl bequem. »Ich fange mit einem einfachen Fall an: die Steuern einer Privatperson. Über die Körperschaftssteuer sprechen wir später. Das ist ein Kapitel für sich, denn in diesem Bereich gehen uns die meisten Steuergelder durch die Lappen.«

Mike erinnerte sich an einen Artikel, den er vor einiger Zeit gelesen hatte. Es ging um den rapiden Anstieg der Steuerhinterziehung in der Wirtschaft. Die Unternehmen nutzten ihre Steuerschlupflöcher in einem Maße, dass der Übergang zur Steuerhinterziehung beinahe fließend war. »Okay«, sagte er. »Fangen wir mit diesem einfachen Fall an.«

»Es beginnt mit der Eingabe der Daten. Die Operatoren geben Teile der Steuererklärung in die Großrechner ein. Die Rechnungsprüfung, in der ich arbeite, kennzeichnet auffällige Steuererklärungen, die von der Norm abweichen.«

»Zum Beispiel?«

»Wenn Spenden für Hilfsorganisationen einen gewissen Prozentsatz des angegebenen Einkommens überschreiten. Oder Ausgaben für Heilkosten, die im Vergleich zu Vorjahren ungewöhnlich erscheinen. Alles, was mehr als ein paar Prozentpunkte von den letzten Steuererklärungen abweicht oder hinsichtlich des Einkommens unlogisch erscheint.«

»Ich verstehe. Fahren Sie bitte fort.«

»Es ist kein Problem, Steuererklärungen mit außergewöhnlichen Angaben herauszufischen. Nachdem ein Abteilungsleiter der Dateneingabe die Informationen überprüft hat, um Fehler auszuschließen, ergeht an uns die Bitte, weiter zu ermitteln. Dann fangen die Probleme an. Wir haben Tausende dieser Fälle pro Tag. Es sind viel zu viele, um effiziente Nachforschungen anzustellen. Für diese Arbeit sind wir leider nicht richtig ausgerüstet. Daher werden die Fälle in meiner Abteilung zunächst einmal nach der Schwere der Abweichungen oder Auffälligkeiten in sechs Kategorien unterteilt. Gegenwärtig können wir praktisch nur die ersten beiden Kategorien mit den stärksten Unregelmäßigkeiten einigermaßen erfolgreich bearbeiten. Das heißt, dass wir die größeren Fische schnappen, aber viele kleine Fische durch unser mangelhaftes Netz schlüpfen. Durch eine Aufrüstung unseres Systems hoffen wir, effektivere Recherchen durchführen zu können.«

»Wittica schätzt den Verlust an Steuereinnahmen aufgrund des mangelhaften Systems auf rund fünf Milliarden Dollar in jedem Quartal.«

Olson zuckte mit den Schultern. »Das weiß keiner so genau. Ich glaube, der Verlust ist viel höher. Es steht auf jeden Fall fest, dass der Verlust an Steuereinnahmen bei den Unternehmen größer ist als bei Privatpersonen. Ich will Ihnen ein Beispiel nennen. 1999 stand United Parcel Service vor Gericht, weil das Unternehmen seit langer Zeit auf geschickte Weise Steuern hinterzog, deren Höhe sich letztendlich auf eine Milliarde Dollar belief. Eine Milliarde, Mr Ryan, von einem Unternehmen!«

»Und warum verfolgen Sie dann nicht zuerst die potenziellen Steuersünder in der Wirtschaft?«, fragte Mike.

»Obwohl es viel weniger Fälle bei den Unternehmen als bei Privatpersonen gibt, sind sie viel schwerer zu knacken. Oft sitzen jahrelang Hunderte von Finanzbeamten an den Fällen, während die Unternehmen sich durch das verwobene

Netz legaler Steuerschlupflöcher hangeln. Und Privatpersonen, die zwar einfacher zu schnappen sind, können andererseits nur in einem begrenzten Umfang Steuern hinterziehen. Daher entscheiden wir uns für ein ausgewogenes System. Eine Abteilung bearbeitet die dubiosen Steuererklärungen der Unternehmen und eine andere die der potenziellen Steuersünder im Bereich der Privatpersonen. In beiden Fällen schlüpfen viele durch unser mangelhaftes Netz, weil wir nicht effektiv arbeiten können. Viele Unternehmen spielen mit uns das Steuerschlupflochspiel, weil sie genau wissen, dass uns Mitarbeiter fehlen, um sie dingfest zu machen. Eine Art Glücksspiel.«

»Erstaunlich«, sagte Mike. »Und wie gehen Sie genau vor?«

»Wenn eine Privatperson zum Beispiel überhöhte Arztrechnungen geltend macht, setzen wir uns mit dem Krankenhaus, den Ärzten und Versicherungen in Verbindung. Wir nehmen sogar Kontakt zum Arbeitgeber auf, um die Richtigkeit der Angaben zu überprüfen. Mitunter stimmen die Angaben, und wir gehen der Sache nicht weiter nach. Mitunter finden wir genug Beweise, die intensivere Nachforschungen erforderlich machen.«

Mike tippte etwas ein und fragte: »Wann erfährt der Steuerzahler, dass in seiner Sache ermittelt wird?«

Olson schaute aufs Fenster und dachte über die richtige Antwort nach. »Das kommt ganz drauf an«, erwiderte er einen Moment später. »Manchmal finden wir sofort Hinweise, die eine umfangreiche Steuerprüfung rechtfertigen. In anderen Fällen kann es sechs Monate oder noch länger dauern, bis wir genügend Beweise gesammelt haben und intensivere Nachforschungen anstellen.«

»Stimmt es, dass Steuerzahler in einigen Fällen erst benachrichtigt werden, nachdem ihr Besitz beschlagnahmt und ihre Vermögenswerte eingefroren wurden?« Mike beschloss, diese Frage zu riskieren. Er hatte in der Zeitung mehrmals Berichte darüber gelesen.

»Ja, manchmal kommt es vor.«

Mike wagte noch eine zweite Frage. »Ist es wirklich nötig, zu solch extremen Mitteln zu greifen?«

Olson seufzte, beugte sich vor und stützte die Ellbogen auf dem Tisch auf. »Mr Ryan, meine Behörde muss dafür sorgen, dass diejenigen, die versuchen, steuerfrei in diesem Land zu leben, vor Gericht gebracht und gezwungen werden, das zu bezahlen, was sie unserem Staat schulden. Unser Land bietet dem Bürger einen korrekten Deal: ein Leben in einem Land mit einem der höchsten Lebensstandards der Welt. Im Gegenzug müssen wir Steuern zahlen. Das ist eine ganz einfache Rechnung. Es gibt immer welche, die glauben, sie könnten beides haben: gut leben und keine Steuern zahlen. Wenn wir diese Leute schnappen, üben wir Vergeltung. Verstehen Sie mich bitte nicht falsch. Ich spreche hier nicht von normalen Fehlern, die jedem beim Ausfüllen einer Steuererklärung unterlaufen können. Wir haben nicht vor, die amerikanische Bevölkerung in Angst und Schrecken zu versetzen. Wenn uns einmal ein Fehler unterläuft, stürzen die Medien sich leider wie die Geier darauf.«

Das war aus der Sicht eines Finanzbeamten eine vernünftige Erklärung. Wenn man allerdings derjenige war, den sie unter die Lupe nahmen, war man der Dumme.

»Wie werden Sie auf Steuerhinterziehungen eines Unternehmens aufmerksam?«

Olson lehnte sich zurück und schlug die Beine übereinander. Diese Frage schien ihm besser zu gefallen. »Normalerweise fallen sie bei routinemäßigen Steuerprüfungen auf. Vor einiger Zeit verkaufte zum Beispiel AlliedSignal seine Anteile an einer Ölgesellschaft mit einem Gewinn von über vierhundert Millionen Dollar. Das Unternehmen hätte an die hundertvierzig Millionen Dollar Steuern zahlen müssen, doch es verschob den Gewinn über eine niederländische Bank auf ein neu gegründetes Unternehmen. Später bekam AlliedSignal den Gewinn von dem Unternehmen unversteuert zurück. Das ist das tägliche Brot unserer Berufungsgerichte. Wir stellten bei der Steuerprüfung fest, dass etwas nicht stimmte, als die vierhundert Millionen Dollar Gewinn auf Konten in Übersee verschwunden waren.«

Mike schüttelte ungläubig den Kopf. »Aber AlliedSignal musste doch wissen, dass es Schwierigkeiten bekommen würde.«

»Es ist das reinste Katz-und-Maus-Spiel. Entweder es klappt, oder es klappt nicht. Und wenn sie ab und zu geschnappt werden und es ihnen zwanzig oder sogar hundert Mal gelingt, Steuern zu hinterziehen, geht die Rechnung trotzdem auf.«

Das Gespräch dauerte noch eine halbe Stunde, in der Olson Mike weitere Details über die Arbeit der Finanzbehörde lieferte. Wichtige Hintergrundinformationen sollten ihm helfen, sein VR-System auf die Bedürfnisse der Steuerprüfer abzustimmen und alle Expertensysteme zu verbinden, über die SoftCorp bereits verfügte.

Nach dem dreistündigen Gespräch hatte Mike sich fast zehn Seiten Notizen gemacht. Er hatte vor, sie am nächsten Tag durchzuarbeiten, ehe er sich mit dem Programm beschäftigte. Nach seinen in Stanford gesammelten Erfahrungen würde er bis zur Fertigstellung fünf Wochen brauchen. Mikes technischer Berater, Agi Maghami, sollte ihm eine E-Mail mit sämtlichen Links und erforderlichen Passwörtern schicken, um die Expertensysteme zu finden, die die anderen Informatiker in der Firma programmiert hatten. Eines dieser Expertensysteme enthielt zum Beispiel die Ergebnisse zahlreicher anderer Gespräche mit Steuerprüfern, die im letzten Jahr geführt worden waren. Ein anderes System bewältigte die komplizierte Aufgabe, Zugang zur riesigen Datenbank des amerikanischen Gesundheitswesens und den Tausenden geschützter Links zu den Datenbanken der Krankenhäuser im ganzen Land zu erhalten. Die Steuerprüfer brauchten diese Informationen, um die für Krankenbehandlungen abgesetzten Beträge in den Steuererklärungen auf Richtigkeit überprüfen zu können. Es gab auch Expertensysteme, die Informationen über Kredite, Kindergeld- und Unterhaltszahlungen sowie Vorstrafen ermöglichten. Diese Expertensysteme erlaubten es dem Steuerprüfer, verschiedene Datenbanken aufzurufen und die entsprechenden Informationen herauszufiltern. Mike wollte all diesen Expertensystemen, die Maghami auf über zweihundert schätzte, in einer VR-Welt bestimmte Kennungen verleihen.

Nachdem Mike sich bei Gam Olson bedankt hatte, machte er sich auf den Weg in sein Labor. Vor dem Aufzug traf er Wittica. Der technische Leiter sah aus, als wäre er gerade von einem Fototermin für eine Herrenmodezeitschrift zurückgekehrt.

»Hallo, Mike. Wie ist das Gespräch gelaufen?«

Mike zuckte mit den Schultern. »Ganz gut. Ich habe alles erfahren, was ich wissen muss. Jetzt muss ich mich mit dem Code sputen.«

»Den ersten Testlauf führen wir in drei Wochen durch.«

Mike blieb stehen. »In drei Wochen? Das klappt nicht, Ron. Ich brauche mindestens fünf.«

Wittica schüttelte langsam den Kopf und hielt Mike den Ring-, Mittel und Zeigefinger der rechten Hand vor die Nase. »Heute ist Montag. Nächsten Freitag in zwei Wochen findet der Testlauf statt.«

»Aber ...«

»Das schaffen Sie schon, Mike. Darum haben wir Sie eingestellt. Und wie war Ihr Wochenende?«

Mike runzelte die Stirn. Mit Ron Wittica konnte man wirklich hervorragend Termine abstimmen! Schon wurden die

Schrauben angezogen. Was sollte er tun? Wittica war der Boss. Mike nickte zögernd. Der Aufzug war noch immer nicht da. Vermutlich wurde er oben blockiert. »Mein Wochenende? Es war sicher nicht so aufregend wie das Ihre, Ron. Und in Anbetracht des engen Termins werden die nächsten wohl auch nicht aufregender.«

Wittica lachte und klopfte Mike auf die Schulter.

Mike fand das gar nicht komisch.

»Haben Sie Ihren Boxster abgeholt?«

»Ja, am Samstagvormittag. Ein toller Wagen.«

»Schön. Ach, übrigens – herzlichen Glückwunsch zum Haus auf dem Rowley Drive.«

Mike riss den Mund auf. Er hatte Wittica seit Freitag nicht mehr gesehen und erinnerte sich nicht, mit ihm über die Häuser gesprochen zu haben, die er sich in Lakeway ansehen wollte. Mike hatte es selbst erst gewusst, als Gail mit ihnen dorthin gefahren war.

»Woher wissen Sie das?«

Wittica zwinkerte ihm zu. »Ich habe meine Beziehungen.«

Mike presste die Lippen aufeinander. Er wusste nicht, was er davon halten sollte. Es sah ganz so aus, als würde jeder seiner Schritte im Büro und in der Freizeit überwacht. Er musste wieder an die Monitore denken, die er gesehen hatte, und fragte sich ...

»Entspannen Sie sich, Mike. Ich verfolge Sie nicht«, sagte Wittica, dem Mikes Miene nicht entgangen war. Er lächelte verhalten. »Ich kenne Gail sehr gut.«

Das kann ich mir lebhaft vorstellen, dachte Mike.

Wittica beugte sich zu ihm. »Ich habe sie bezahlt ...« Er formte mit den Händen ihren Busen nach. »Hübsches Modell, hm?«

Mike seufzte gereizt.

»Jedenfalls hat sie mich Sonntag angerufen und mir alles erzählt. Hört sich nach einem echten Schnäppchen an.«

»Das war es auch. Ich bin es nur gewohnt, eine gewisse Privatsphäre zu besitzen. Das ist alles.«

»Das ist Ihr gutes Recht«, erwiderte Wittica ernst. »Ich interessiere mich einfach für meine Mitarbeiter. Ich möchte, dass Sie und Ihre Gattin es im Leben zu etwas bringen. Sie sind clever, fleißig und haben nur das Beste verdient.«

Mike holte tief Luft und beschloss, Wittica die Frage zu stellen, die ihm seit Samstag auf dem Herzen lag. »Unser Haus ...«

»Ja?«

»Es war ein absolutes Schnäppchen. Ich habe den Verdacht, Gail hätte es für einen viel höheren Preis verkaufen können. SoftCorp hat nicht zufällig damit zu tun?«

Wittica musterte seinen Angestellten einen Augenblick, ehe er ihn fragte: »Gefällt Ihnen das Haus, Mike?«

»Ja.«

»Ihrer Frau auch?«

»Sie ist total begeistert. Wir ziehen am Samstag ein.«

»Dann freuen Sie sich, mein Freund. Sie haben hart gearbeitet. Nun wird es Zeit, dass Sie die Früchte Ihrer harten Arbeit genießen.«

Als der Aufzug endlich kam und die Türen sich öffneten, stieg Mike in den Aufzug. Wittica blieb auf dem Korridor stehen. »Wir wollen Ihnen helfen, Mike. Wir wollen, dass Sie erfolgreich sind und reich werden. Dafür tragen Sie zum Reichtum unseres Unternehmens bei. Das ist doch ein fairer Deal, oder?«

Mike nickte. »Ja.«

Wittica grinste übers ganze Gesicht. Seine weißen Ohren standen in auffälligem Kontrast zu seinem gebräunten Gesicht und der Pose des Millionärs, der in einem teuren italienischen Anzug steckte. »Das will ich meinen. Und denken Sie an den Termin in drei Wochen. Ich freue mich schon darauf, unserem Kunden das VR-System zu demonstrieren.«

Die Türen wurden geschlossen, ehe Mike etwas erwidern konnte. Als er über den pieksauberen Korridor und durch die Doppeltür zu seinem Labor ging, kam er ins Grübeln.

Was soll's, Mike. Mach deine Arbeit. Spar dir ein hübsches Sümmchen Geld zusammen und kehre in ein paar Jahren nach Kalifornien zurück. Dann kaufst du dir das Haus mit Blick aufs Meer. Das war doch dein Plan, oder? Mike und Victoria hatten seit ihrer Ankunft in Texas nicht oft darüber gesprochen. War es noch immer ihr Ziel? Oder waren sie schon in einem goldenen Käfig eingesperrt, den SoftCorp geschickt für sie baute, damit es immer schwieriger wurde, eines Tages wieder fortzugehen?

Mike erinnerte sich an sein Bewerbungsgespräch und an Shapiros Bemerkung, dass noch nie jemand von SoftCorp zu einem anderen Unternehmen gewechselt sei. Wie passte Mikes Plan zum Trend des Unternehmens? Was würde geschehen, wenn er in drei Jahren die Möglichkeit hatte, seinen Vertrag zu kündigen und zur Westküste zurückzukehren, um dort für ein anderes Unternehmen zu arbeiten? Mike konnte sich nicht an gegenteilige Klauseln in den Dokumenten erinnern, die er an seinem Einführungstag unterschrieben hatte. Gab es Klauseln, von denen er nichts wusste? Oder wollten die Angestellten SoftCorp gar nicht mehr verlassen? War die Gier nach Geld ein so starkes Motiv?

Als Mike zu seinem Büro kam und das Passwort eintippte, erinnerte er sich an Victorias glücklichen Blick, den sie ihm nach der Vertragsunterzeichnung am Samstagabend zugeworfen hatte. Victoria war hellauf begeistert. Ja, das war die richtige Umschreibung. Würden sie es wirklich schaffen, ihrem Wohlstand in Texas in ein paar Jahren den Rücken zu kehren und ins teure Kalifornien zurückzukehren? Dort würden sie für eine viertel Million Dollar – den Preis ihres wunderschönen Hauses in Lakeway – höchstens ein bescheidenes, dreißig

Jahre altes Haus in einer durchschnittlichen Wohngegend wie San José bekommen.

Mike hatte sich gerade hinter seinen Schreibtisch gesetzt, als er beschloss, Victoria anzurufen.

»Capitol Bank, Victoria Ryan. Was kann ich für Sie tun?«

»Eine ganze Menge«, sagte Mike.

»Hallo, Schatz!«

Mike lächelte. Es war schön, Victorias Stimme zu hören. »Wie geht es meinem Liebling?«

»Mein Chef hat mir den ganzen Schreibtisch mit Arbeit zugepackt«, erwiderte sie seufzend.

Mike senkte den Blick. »Du Arme. Möchtest du darüber sprechen?«

»Das hat man davon, wenn man für den Direktor einer Bank arbeitet. Er wälzt die ganze Drecksarbeit auf mich ab. Gerade eben hat er mir einen dicken Stapel Kreditanträge auf den Tisch gelegt, und nun muss ich die Bonität der Kreditnehmer überprüfen.« Das war Victorias Job bei der Capitol Bank. Zu ihren Aufgaben gehörte es, die Firmengeschichte der Kreditnehmer, ihre Bilanzen, die Aussichten für das Unternehmen, die Vermögenswerte und hundert andere Dinge zu überprüfen. Anschließend musste sie für den Chef eine Stellungnahme schreiben. Der sah sich die gesamten Unterlagen persönlich an, ehe er dem Kreditantrag zustimmte oder ihn ablehnte.

»Hat er dir mehr Arbeit aufgebürdet, als du schaffen kannst?«

»Nein. Ich werde so behandelt wie meine Kollegen auch. Aber in den nächsten Wochen muss ich hart arbeiten, wahrscheinlich sogar am Wochenende.«

»Na toll.«

»Vielleicht für dich. Ich kann kaum über die Aktenberge gucken.«

»Nein, nein, so war das nicht gemeint«, entschuldigte sich Mike, ehe er Victoria über seinen engen Termin aufklärte.

»Das hat auch was Gutes. Keiner von uns muss alleine zu Hause sitzen und auf den anderen warten.«

Mike wunderte sich über ihre Antwort. Victoria schien die Überstunden im Gegensatz zu ihm auf die leichte Schulter zu nehmen.

»Aber am Samstag hast du frei, oder?«, fragte Mike. Er hatte keine Lust, den Umzug aus der von SoftCorp gemieteten Wohnung in das neue Haus alleine zu machen. Besonders viel Arbeit kam nicht auf das junge Paar zu, denn es hatte sich vor dem Umzug nach Texas von den meisten Sachen aus der Studentenzeit getrennt.

»Keine Sorge, Schatz. Ich lass dich mit dieser Drecksarbeit nicht allein. Wahrscheinlich brauchen wir eh nur einen halben Tag.«

Sie verabredeten sich für neun Uhr, um noch den Rest des Abends zusammen genießen zu können. Dann legte Mike auf und sah sich die Notizen an, die er sich während des Gesprächs mit Olson gemacht hatte. Ihm schoss noch einmal die Frage durch den Kopf, ob er es schaffen würde, dieses Leben hinter sich zu lassen, wenn er sich erst einmal daran gewöhnt hatte.

Mike machte sich an die Arbeit. Als er den Code für seine VR-Lösung schrieb, meldete sich seine innere Stimme zu Wort. *Vermutlich wird es mit der Zeit immer schwerer, das Unternehmen wieder zu verlassen.*

8.

Karen Frost arbeitete schon seit einer halben Ewigkeit als Undercover-Agentin. Nach ihrer Ausbildung an der FBI-Akademie in Quantico, Virginia, ging es steil bergauf mit ihrer Karriere. Sie leitete eine ganze Reihe von Ermittlungen, die stets von Erfolg gekrönt waren.

Karen seufzte. Sie saß vor ihrem Notebook und lenkte den Cursor auf die Datei »Wir über uns« der Website von SoftCorp. In der letzten Stunde war sie durch die Homepage der Capitol Bank gesurft, ohne etwas Ungewöhnliches zu entdecken. Nun versuchte sie ihr Glück bei dem Software-Unternehmen.

Die Modemverbindung lud die Informationen aus dem Internet herunter und zeigte sie auf dem Monitor an. Karen nahm den Kaffeebecher, der neben dem Laptop stand, und trank einen Schluck heißen Kaffee. Als sie tief einatmete, schmerzten ihre Rippen. Das Paket aus Washington, in dem unter anderem der Laptop war, hatte sie heute Morgen erhalten – keine vierundzwanzig Stunden, nachdem sie Palenski ihre abenteuerliche Bergwanderung geschildert hatte. An dem Abend nach der Flucht und am folgenden Tag hatte sie sich ausgeruht und die nächsten Schritte geplant.

Auf der linken Seite des Monitors wurden Fotos vom Management des Unternehmens und dazu kurze Lebensläufe gezeigt.

Karen riss den Mund auf, als sie den grauhaarigen Mann erkannte, den sie in Rubakers Haus gesehen hatte. Aaron Jerome Shapiro, der Gründer und Generaldirektor von SoftCorp.

»Hallo, Aaron, du Scheißkerl!«, zischte sie.

Ihr Herz schlug schneller angesichts dieser enormen Fortschritte. Karen ging die Liste durch, die hierarchisch geordnet war. Der Nächste war ein gut aussehender Mann namens Ronald S. Wittica, Leiter der technischen Abteilung. Anschließend widmete sie sich den Informatikern des Unternehmens, die ihre Studien alle mit Bravour an Eliteuniversitäten abgeschlossen hatten: MIT, Harvard, Yale, Stanford, Caltech, Georgia Tech, Rice und andere. Sie klickte auf »Drucken«, und einen Moment später druckte ihr HP-Laserdrucker die Informationen über die Angestellten aus.

Anschließend loggte sie sich aus und verglich die Daten von SoftCorp mit denen der Capitol Bank. Karen hatte den Burschen mit den südländischen Gesichtszügen, den sie bei Rubaker gesehen hatte, bereits als Angelo Rossini identifiziert, den Präsidenten der Capitol Bank.

Was für eine schöne Erfindung das Internet doch ist, dachte sie. *Informationen auf Knopfdruck.*

Aber die Infos reichten nicht aus. Die FBI-Agentin hatte es nicht geschafft, außer Tipps zum Ausfüllen von Steuerformularen, Informationen über die Finanzbehörde in Austin zu erhalten.

Karen runzelte die Stirn und stand auf. Sie ging ins Bad, zog sich unterwegs aus und ließ die Sachen auf den Boden fallen. Schließlich stellte sie sich unter die Dusche, drehte das heiße Wasser auf und ließ es über ihren Rücken und Nacken rieseln. Sie atmete den heißen Dampf tief ein und zwang sich abzuschalten. Nachdem sie ihr Haar ausgiebig schamponiert hatte, spülte sie es sorgfältig aus, ehe sie Schwamm und Seife zur Hand nahm. Sie seifte Arme, Brust und Beine mit dem Schwamm ein, bis die Haut zu prickeln anfing. Dann verharrte sie reglos unter der Dusche und genoss das Wasser, das sie so heiß eingestellt hatte, wie sie es vertragen konnte. Vor längerer Zeit hatte sie einmal gelesen, dass die Japaner sich mit Seife und Schwamm sauber schrubbten, ehe sie sich in ein Becken mit eiskaltem Wasser setzten, um *yudedako* zu erreichen, die höchste Stufe körperlicher und geistiger Entspannung, und wieder klar denken zu können. Karen hatte sich angewöhnt, diesen Brauch zu praktizieren, wenn sie ihren Geist reinigen musste.

Sie drehte das Wasser ab, rieb sich mit einem Handtuch trocken und stieg aus der Dusche. Vor dem Spiegel, der über dem Waschbecken hing, blieb sie stehen.

Die Spuren des Älterwerdens, die zuerst kaum sichtbar gewesen waren, wurden allmählich deutlicher. Besonders die Augenpartie war betroffen. Dennoch war sie noch immer eine attraktive Frau, aber im Grunde war es ihr gleichgültig. Ihr Aussehen interessierte sie nur am Rande. Wichtig war, dass sie fit blieb, um ihren Job machen zu können. Wenn der Job es erforderte, schminkte sie sich, sonst lagen Lidschatten, Eyeliner, Lippenstift und ein paar andere Utensilien unten in ihrem kleinen Koffer.

Aus unerklärlichen Gründen ärgerte es sie jedoch, dass ihre Brust seit ihrem vierzigsten Geburtstag vor fünf Jahren schlaffer wurde. Karen war immer stolz auf ihren vollen, straffen Busen mit den kleinen, braunen Brustwarzen gewesen, den sie der Natur zu verdanken hatte, keinem Schönheitschirurgen. Sie legte ihre Hände unter die Brüste und schob sie ein kleines Stückchen nach oben, um die leichte Erschlaffung auszugleichen.

»Du wirst nicht jünger, meine Liebe«, sagte sie zu ihrem Spiegelbild.

Zumindest hatte Karen ihr Gewicht gehalten. Sie weigerte sich, wie so viele andere ältere Agenten beim FBI, dick zu werden; in diese Kategorie gehörte auch der einst so robuste Roman Palenski.

Zeit für eine Verwandlung. Die Feinde konnten in jener Nacht einen guten Blick auf sie erhaschen, deshalb musste sie ihr Aussehen verändern. Karen nahm die Flasche mit dem Haarfärbemittel, das auf der Ablage über dem Waschbecken stand, und las die Gebrauchsanweisung durch. Innerhalb von dreißig Minuten verwandelte sie sich in eine Blondine. Anschließend spülte sie das Haar sorgfältig aus, rubbelte es mit einem Handtuch trocken und betrachtete sich im Spiegel. Nicht schlecht. Allerdings war die Färbung auf den ersten Blick zu erkennen, denn das Blond passte nicht zu ihrer Augenfarbe. Auch das war kein Problem. Die erfahrene FBI-Agentin nahm die Schachtel mit den Kontaktlinsen zur Hand, schraubte die rechte Seite auf und nahm mit dem Mittelfinger der rechten Hand die Kontaktlinse heraus. Das hatte sie schon häufig getan, wenn ein Einsatz eine rasche äußerliche Verwandlung verlangte. Sie setzte die Kontaktlinse ins Auge und blinzelte mehrmals, bis die Linse sich auf den rechten Augapfel setzte und ihre braunen Augen blau färbte. Anschließend folgte dieselbe Prozedur mit dem linken Auge. Karen lächelte zufrieden. Die Langzeit-Farblinsen waren aus einfachem Glas. Sie konnte sie bis zu einer Woche tragen, ohne sie herauszunehmen. Später würde sie aus dem Paket, das Palenski ihr geschickt hatte, ein neues Paar einsetzen.

»Na, Süße?«, murmelte sie, wobei sie an Blondinenwitze denken musste.

Karen zog sich einen Bademantel an, den sie bei einem Einkaufsbummel in einem nahen Einkaufszentrum gekauft hatte, nachdem feststand, dass sie einige Zeit in Austin verbringen würde. Dann füllte sie den Kaffeebecher nach und stellte sich ans Wohnzimmerfenster, von dem aus sie auf den Parkplatz und den Highway sehen konnte. Die Wohnung lag ziemlich abgelegen, und das Beste war, dass die Wirtin noch nicht einmal Karens Namen notiert hatte, nachdem die FBI-Agentin für drei Monate im Voraus bezahlt hatte.

Karen starrte auf den Verkehr auf der I-35 und fragte sich, wer bei der Finanzbehörde alles in die Korruptionsaffäre verwickelt war. Die obersten Bosse? Ihre Stellvertreter? War die Korruption auf Austin beschränkt, oder waren auch andere Finanzämter betroffen? Wie sah es mit Washington aus? Wem konnte man noch trauen?

Es gab nur eine Möglichkeit, das herauszufinden. Karen musste Kontakt mit einem Insider aufnehmen, der bereit war, mit dem FBI zusammenzuarbeiten.

Aber wer?

Sie trank den Kaffee aus und zog sich an. Zuerst schnallte sie sich den Geldgurt um, den sie in einem Geschäft für Reiseutensilien gekauft hatte. Er bestand aus wasserdichtem Kunststoff und war daher gut geeignet, um ihr Bargeld und die vom FBI ausgestellten Papiere aufzubewahren, wozu eine Fahrerlaubnis aus Texas und eine Visakarte gehörten. Dann schlüpfte sie in die neue Jeans und zog das neue, schwarze T-Shirt über den nackten Oberkörper. Nachdem sie die neuen Socken und Turnschuhe angezogen hatte, schnallte sie den Halfter um den Knöchel, in den sie den kompakten .45er Colt ohne Schalldämpfer steckte. Diese Waffe ersetzte die Walther PPK/S, die sie auf dem Berg hinter Rubakers Haus verloren hatte. Zum Schluss streifte sie einen leichten Schultergurt über, an dem der große Halfter für die Desert Eagle .44er Magnum hing. Den Schalldämpfer des .45er Colts steckte sie in eine Tasche am Halfter, die mit Klettverschluss verschlossen wurde. Sobald sie das Haus verließ, würde sie die leichte Baumwolljacke tragen, die im Wandschrank hing, um die große Waffe vor den Blicken der Öffentlichkeit zu verbergen. Durch ihre langjährige Erfahrung als Undercover-Agentin wusste sie, wie wichtig es war, Geld und Waffen immer bei sich zu führen – sogar im Bett.

Sie kehrte an den Tisch zurück und sah sich die Blätter an, die sie ausgedruckt hatte. Irgendwo auf den Mitarbeiterlisten der beiden Unternehmen musste eine Antwort auf ihre Frage nach dem weiteren Vorgehen zu finden sein.

Karen verbrachte die nächsten drei Wochen damit, die Auswahl potenzieller Kandidaten für eine Zusammenarbeit einzugrenzen. Sie verfolgte einige Leute, die in Frage kamen, und widmete sich intensiven Internetrecherchen. Nachdem sie die Websites von SoftCorp und der Capitol Bank studiert hatte, loggte sie sich in andere Websites wie die der Stanford University ein. Letztendlich wählte sie ihre Kandidaten aus. Die FBI-Agentin veränderte jede Woche ihre Haar- und Augenfarbe. Die Blondine mit den blauen Augen verwandelte sich in eine Rothaarige mit grünen Augen und diese wiederum in eine Brünette mit braunen Augen.

Wie ein Chamäleon, dachte Karen, die eine Strategie ausgearbeitet und den Zeitpunkt bestimmt hatte, sie in die Tat umzusetzen. Ein unheimliches Wesen, das aus der Kälte kommt; ein Gegner, der so gnadenlos zuschlägt, dass seine Gegner sich wünschen werden, nie geboren zu sein ...

9.

Wirbelnde Schatten in verschiedenen Rottönen verschmolzen ineinander, als Michael Ryan sich in sein VR-System einloggte. Die bunte Wolke schloss ihn ein, während er sich mit dem Netz vertraut machte. Heute war Donnerstag, und morgen musste er sein System vorführen. Er wunderte sich, wie schnell die drei Wochen vergangen waren.

Mike seufzte. Er und Victoria konnten den Luxus ihres eigenen Hauses bisher kaum richtig genießen, da ihnen die Jobs eine Menge abverlangten. Dem jungen Paar blieb gerade genug Zeit zum Schlafen, ehe es wieder zur Arbeit musste.

Mike saß fast immer allein in seinem Labor und arbeitete an seinem VR-System. Seinem Interface fehlte zwar noch der letzte Schliff, aber die Arbeit war so weit fortgeschritten, dass er einen Testlauf starten konnte. Wenn der Testlauf erwartungsgemäß lief, müsste er das VR-System innerhalb der nächsten vierundzwanzig Stunden fertig stellen können.

Mike benutzte eine Reihe verschiedener Standard-Programmelemente, um die unzähligen Dateiverzeichnisse im SoftCorp-Netz zu interpretieren. Agi Maghami hatte sie nach Sicherheitsstufen geordnet. Der Schleier stellte eine untere Sicherheitsstufe dar. Mike musste ihn beseitigen, ehe er ins Netz eindringen durfte. Die Programme, die er im Laufe von zwei Jahren während der Arbeit an seiner Diplomarbeit entwickelt hatte, verfügten über visuelle Interpretationen sämtlicher bekannter Hardware- und Softwareelemente im Netz. Während ein Dateiverzeichnis oder Programm als Icon auf dem Monitor erscheinen konnte, das der User anklickte, um Zugang zu bekommen, stellte sein VR-System dies auf anschaulichere Weise dar.

Mike sprach sein Passwort, das von dem Mikro an seiner Kehle digitalisiert wurde. Die Wolke löste sich auf, und Mike schwebte vor einem riesigen sphärischen Wolkengebilde – dem Home-Dateiverzeichnis des Netzes, deren Dateien für die Mitarbeiter in der Regel zugänglich waren. Sie enthielten Informationen über die Organisation, die Ziele und die Struktur des Unternehmens, seine Aufträge und Telefonlisten. Zahlreiche Silberfiguren sausten durchs Cyberspace: die User von SoftCorp, die in seiner ersten Version der Library keine Unterschiede aufwiesen. Mike hatte die Absicht, in der nächsten Version seines VR-Systems, die er Wittica vorführen wollte, sämtliche User mit den Fotos aus ihren Personalakten darzustellen.

Das System befähigte Mike, sich in sämtlichen Ebenen zu bewegen, indem er einfach in die entsprechende Richtung sah und blinzelte. Auf diese Weise drang er durch den Schleier wie ein Jetliner beim Landeflug durch die Wolken.

Allmählich materialisierten sich die Bilder hinter der Cyberatmosphäre und enthüllten eine erdähnliche, dunkelbraune Sphäre, die mit farbigen, dreidimensionalen Gebäuden – den Portals – bedeckt war. Sie alle stellten eine Datei oder ein Unterverzeichnis dar. Diese Portale, deren Farben den Sicherheitslevel anzeigten, passierten die User.

Mike kam sich vor wie ein Astronaut, der die Erde umkreiste, als er durch das Cyberspace schwebte und die vielen 3-D-Symbole wieder erkannte, die er während der unzähligen Nächte im Labor in Stanford entworfen hatte. Die Bedeutung der meisten Symbole war ihm vertraut. Diejenigen, die er nicht kannte, konnte er durch ein Augenblinzeln identifizieren.

Mike schwebte auf ein Symbol zu, ein weißes Portal, das

die Form eines präkolumbianischen Tempels besaß. Eine Kalksteinplatte, in die Hieroglyphen eingeritzt waren und die von Säulen umringt wurde, versperrte den Eingang. Seinem Professor in Stanford, der seine Diplomarbeit betreut hatte, hatten die eindrucksvollen Säulen und die Hieroglyphen besonders gut gefallen. Diese Datei enthielt Informationen zur Firmengeschichte. Die weiße Farbe zeigte, dass kein zusätzliches Passwort erforderlich war, um sie zu öffnen.

Die Kalksteinplatte glitt zur Seite. Mike hörte das knarrende Geräusch der Steine in seinen Kopfhörern. Er landete weich auf einem Gang hinter dem Portal. Der Schein flackernder Fackeln fiel auf Steinmauern und enthüllte einen Schamanen, der ein buntes Festgewand und einen Federhut trug. Mike nahm sich vor, das Gesicht des Schamanen feiner auszuarbeiten, ehe er Wittica das VR-System vorführte. Der Schamane, der vor einem Feuer stand, beschrieb die Anfänge von SoftCorp. Das Unternehmen war vor über zehn Jahren von Shapiro und Wittica gegründet worden. Mike erhielt rasch weitere Informationen. Die Daten wurden visuell in Form von Videos, die aus den Flammen aufstiegen, und akustisch in einem Dolby Digital Surround Sound geliefert. Das Unternehmen war mit Risikokapital der Capitol Bank gegründet worden. Es hatte anfangs nur vier Angestellte und wollte sich vom großen Kuchen während des Computerbooms Ende der Achtziger ein Stück abschneiden. Damals wurden Computer für jeden erschwinglich, und kleine und große Unternehmen – von Arztpraxen über Einzelhändler bis hin zu Restaurants – konnten es sich erlauben, auf Computer umzustellen. Das junge Unternehmen konnte sich dank der brillanten technischen Kenntnisse der Gründer in den ersten Jahren einen guten Marktanteil sichern. Sie entwickelten Hardware- und Softwarelösungen, die nicht nur elegant und innovativ, sondern auch sehr effizient waren. SoftCorp bot höchste Qualität zu einem vernünftigen Preis. Dennoch vergrößerte das Unternehmen sich kaum. Es stellte in den ersten fünf Jahren nur vier zusätzliche Informatiker ein, wodurch die Zahl der Angestellten auf insgesamt acht stieg. Im Jahr 1992 änderte sich für das Unternehmen einiges. In diesem Jahr schloss die Finanzbehörde mit einer Reihe von Unternehmen, zu denen auch SoftCorp gehörte, Verträge, die das veraltete Computersystem der Finanzbehörde modernisieren sollten.

Mike hörte dem Schamanen gespannt zu. Mithilfe von aktuellen Bildern und Videoclips, die aus den flackernden Flammen aufstiegen, berichtete er über die Firmengeschichte. Zunächst standen acht Unternehmen unter Vertrag, die dem Bearbeitungszentrum der Finanzbehörde in Austin Computersupport lieferten. Im Laufe der nächsten zwei Jahre wurde die Liste immer kürzer, bis nur noch SoftCorp auf der Liste stand. Mike fand in der Firmengeschichte keinerlei Hinweise darauf, weshalb SoftCorp die Konkurrenten aus dem Feld geschlagen hatte. Jedenfalls war SoftCorp alleiniger Nutznießer der profitablen Staatsverträge und lieferte dem IRS als einziges Unternehmen Computersupport. Das Unternehmen beschäftigte damals dreißig feste Angestellte. Es zog in dieses Gebäude ein und stellte weitere Mitarbeiter ein, bis es die heutige Größe erreichte. Die Buchstaben EOF, End of File, leuchteten hinter den Bildern der beeindruckenden SoftCorp-Zentrale und einem Gruppenbild der Mitarbeiter auf dem Rasen auf.

Mike raste wieder mit vielen anderen Usern über den virtuellen Planeten. Ihre silbernen Gestalten leuchteten unter dem weißen Schleier. Er stellte sich vor ein dunkelgraues Mausoleum, neben dem zwei steinerne Wasserspeier in die Höhe ragten. Der Eingang leuchtete gelb. Es wurde ein zusätzliches Passwort verlangt. Mike sagte es, worauf das gelbe Licht weiß wurde und schließlich verschwand. Er erhielt Zugang zu einem Friedhofsmodell, einem Expertensystem, das ein anderer Informatiker von SoftCorp konzipiert hatte und das Einsicht in die Daten Verstorbener ermöglichte. Das Expertensystem, das Mikes VR-Umgebung als großen, blassen, knöchernen Leichenbestatter in einem schwarzen Smoking zeigte, konnte auf die Datenbanken sämtlicher Krankenhäuser und Polizeibehörden im ganzen Land zugreifen. Die Rechnungsprüfer der Finanzbehörde in Austin konnten sich alle Informationen heraussuchen, die sie für ihre Ermittlungen benötigten.

Mike surfte ein paar Minuten durch das umfangreiche Dateiverzeichnis und die zahlreichen Dateien, die durch einen dicken Verzeichnisbaum miteinander verbunden waren, um die Arbeit der Steuerprüfer zu erleichtern. Der Leichenbestatter hatte nicht nur Zugriff zu sämtlichen Datenbanken der Krankenhäuser und Polizeibehörden, sondern auch zu den FBI-Datenbanken im ganzen Land. Er konnte sogar Informationen sämtlicher Friedhöfe erhalten, deren Dateien online zur Verfügung standen. Mike führte einen kurzen Test durch, indem er dem Leichenbestatter befahl, die Leichenhalle des Brackenridge Hospitals zu betreten. Das Software-Interface verfügte dank der engen Zusammenarbeit mit allen Krankenhäusern, Polizeibehörden, dem FBI, Friedhöfen, Zeitungsarchiven und anderen Stellen, wo Daten über Verstorbene gespeichert wurden, über aktuelle Passwörter.

Das Bild veränderte sich blitzschnell. Ein strahlend weißer Raum verschluckte das Mausoleum, und Mike starrte auf riesige Kühlschränke, die vom Boden bis zur Decke reichten. Die einzelnen Fächer mit den hellen Griffen enthielten die Daten der Verstorbenen. Mit einem Augenblinzeln forderte Mike den Leichenbestatter auf, ein Fach zu öffnen. Mike sah ein Bild des Verstorbenen und alle gespeicherten Daten, die der Leichenbestatter Mike laut vorlas. Es gab natürlich einfachere Methoden, an Informationen zu kommen, als wahllos Kühlfächer in einem Leichenschauhaus zu öffnen. Mike sagte den Namen einer Frau, den er in den Todesanzeigen der heutigen Tageszeitung gelesen hatte. Kurz darauf schwebte der Leichenbestatter zu einem Kühlfach, das sich an der rechten Wand ein Stück unterhalb der Decke befand, und zog einen Tisch aus der Wand. Das Bild einer Frau mittleren Alters erschien auf der Handfläche des Leichenbestatters, während er alle gespeicherten Infos preisgab. Dazu gehörten auch persönliche Daten, die der Presse niemals mitgeteilt worden waren. Mike fragte nach einer Liste aller Zugänge in den letzten vierundzwanzig Stunden. Der Leichenbestatter erfüllte den Auftrag umgehend. Der junge Informatiker bekam eine Liste mit Fotos und Daten von jedem Neuzugang in der Leichenhalle. Er konnte diese Liste nach bestimmten Attributen sortieren lassen: alphabetisch oder nach dem Todeszeitpunkt, der Todesursache, dem Alter, der Rasse, dem Geschlecht und anderen Spezifikationen, die nach Gesprächen mit Finanzbeamten ins Expertensystem aufgenommen worden waren.

Mike kehrte zufrieden ins Mausoleum zurück und befahl dem Leichenbestatter, ihm eine Liste aller Krankenhäuser zu liefern, die online Daten zur Verfügung stellten. Diese sehr lange Liste wurde automatisch alphabetisch und nach Staaten sortiert. Mike widmete sich nun statistischen Analysen. Er verlangte bestimmte grafische Darstellungen, zum Beispiel der zehn Krankenhäuser mit den meisten Brustkrebstoten oder der größten Anzahl von Koma-Patienten oder der kleinsten Anzahl von Totgeburten im Land. Dann gab er den fiktiven Namen K. Smith an und befahl dem Leichenbestatter, sämtliche Personen mit dem Namen K. Smith zu suchen, die in den letzten achtundvierzig Stunden verstorben waren. Zehn Sekunden später erhielt er die Antwort. Es gab drei: eine Kate Smith aus Indiana, eine Keith Smith aus Kalifornien und einen Kevin Smith aus Louisiana. Der Leichenbestatter fragte Mike, ob er über einen der drei weitere Informationen wünsche. Mike bat um weitere Infos über Kevin Smith aus Louisiana. Der Leichenbestatter lieferte mehrere Fotos und alle bekannten Daten über Mr Kevin James Smith aus Monroe, Louisiana, der im Alter von achtundsiebzig Jahren verstorben war.

Mike war überzeugt, dass sein Expertensystem zumindest oberflächlich betrachtet seinen Zweck erfüllte. Er verließ das Mausoleum und umkreiste noch einmal die erdähnliche Sphäre. Dabei landete er vor anderen Expertensystemen, die Zugang zu Krankenakten, Personalakten, Schulzeugnissen, Punktelisten für Verfehlungen im Straßenverkehr und ähnlichen Informationen gewährten. All diese Informationen wurden von den Steuerprüfern benötigt, um Steuerhinterzieher zu schnappen.

Mike entdeckte ein blaues Portal. Die Farbe wies darauf hin, dass dieser Bereich außerhalb seiner Zugangsberechtigung lag. Sein VR-System stellte es als Videokamera dar, die Mikes Neugier weckte. Er stellte sich vor das blaue Portal, das neben der technischen Bibliothek von SoftCorp lag, die als dickes Buch dargestellt wurde.

Er ging auf das blaue Licht zu, das die Linse verhüllte, und achtete darauf, den Bereich der Sensoren – die türkisfarbenen Linien, die die Wolke umringten – nicht zu betreten. Wenn einer der Strahlen unterbrochen wurde, würde ein Alarm ausgelöst, der ein unberechtigtes Eindringen anzeigte.

Mike spürte jemanden hinter sich und drehte sich um. Ein helles Licht blendete ihn und schob ihn zurück in die blauen Wolken. Ein Alarm schrillte. Mike erhielt einen starken Stromschlag. Er begann zu zittern. In seinem Kopf explodierte ein Feuerwerk; dann wurde ihm schwarz vor Augen.

10.

»Mike? Mike? Alles in Ordnung mit Ihnen?«

Jemand rüttelte an seinen Schultern. Mike öffnete vorsichtig die Augen. Das helle Deckenlicht blendete ihn, und daher schloss er sie wieder. Er erkannte Witticas ängstliche Stimme.

»Verdammt, Agi!«, rief Wittica. »Sie haben mir nicht gesagt, dass das aktive Sicherheitssystem online ist!«

»Sie haben mich gebeten, das System so schnell wie möglich zu installieren, und das habe ich getan. Ich wusste nicht, dass er überall herumschnüffelt ...«

»Sie sind der technische Leiter, verdammt! Es ist Ihre Aufgabe ... da, er kommt zu sich.«

Mike öffnete die Augen, blinzelte mehrmals und hob die rechte Hand, um sich vor dem grellen Licht zu schützen.

»Alles in Ordnung, Mike?«

Mike holte tief Luft. Er hatte heftige Kopfschmerzen. Sein Blick wanderte durch den Raum. Es war sein Labor, und er lag auf dem Boden. Maghami, Wittica und zwei Sicherheitsbeamte schauten auf ihn herab. Einer der Sicherheitsbeamten hielt einen Erste-Hilfe-Kasten in der Hand.

»Haben Sie eine Aspirin für mich?«, fragte Mike den Mann. Der öffnete die Kiste und wühlte darin, bis er ein Päckchen Aspirin fand.

»Das wird mir helfen«, sagte Mike, der sich mithilfe von Maghami und Wittica erhob und sich auf den Stuhl setzte. Der Wachmann riss das Päckchen auf und gab Mike eine Tablette. Er zeigte auf eine halb volle Flasche Mineralwasser auf dem Tisch neben dem VR-System. Wittica reichte sie ihm.

»Sie haben uns einen ganz schönen Schreck eingejagt, junger Mann«, sagte Wittica lächelnd, als Mike die Aspirin schluckte. Mike bemerkte seinen angespannten Blick.

»Ich dachte, es wäre sicher, durch das System zu surfen«, murmelte Mike. »Warum wurde ich angegriffen?«

»Ein Sicherheitsagent hat Sie in der Nähe eines gesperrten Portals entdeckt«, sagte Maghami mit seinem starken Akzent. Unter den Achseln des Inders waren Schweißränder.

Mike stellte die Flasche auf den Tisch, schloss die Augen und massierte sich die Schläfen. »Ich war in der Nähe der technischen Library. Wahrscheinlich habe ich das falsch eingeschätzt. Auf jeden Fall war ich nie so nahe, dass die Sicherheitslaser unterbrochen wurden, bis der Strahl mich ins Portal warf. Das Sicherheitssystem hat überreagiert.«

Wittica drehte sich zu Maghami um. »Wir sprachen doch darüber, den Sicherheitslevel zurückzusetzen, bis wir weitere Tests durchgeführt haben.«

Maghami runzelte die Stirn. »Das war so gedacht, aber konkrete Anweisungen haben Sie nicht erteilt. Ich muss das mit Vijay absprechen. Das Sicherheitssystem ›Sentinel‹ gehört ihm.«

Obwohl Mikes Kopf schmerzte, als stecke er in einem Schraubstock, erinnerte er sich genau an das Gespräch, das er vor drei Wochen mit Wittica geführt hatte. Der technische Leiter von SoftCorp hatte behauptet, niemand würde an einem aktiven Sicherheitssystem arbeiten, das Hacker bestraft. Diese kleine Online-Episode widersprach dem. Entweder hatte Wittica Mikes Idee gestohlen, Hacker zu bestrafen, und sie von einem anderen Informatiker realisieren lassen – was sehr unwahrscheinlich war, da erst drei Wochen seit dem Gespräch vergangen waren. Oder an einem solchen Projekt wurde bereits gearbeitet, und Wittica hatte beschlossen, ihm nichts davon zu sagen. Mike hielt es für das Beste, im Augenblick nicht darauf einzugehen.

»Tut mir Leid«, sagte Wittica. »Vijay wird sich darum kümmern, damit Sie durchs Netz surfen können, um die Infos zu bekommen, die Sie für Ihr Projekt benötigen.«

Mike erinnerte sich an Vijay Parma, einen von Maghamis Informatikern, der wie Mike an geheimen Projekten arbeitete. Er ließ sich nichts anmerken und beschloss, es ihm eines Tages heimzuzahlen.

»Ich brauche das Passwort oder etwas anderes, das von allen installierten Sicherheitssystemen als Zugangsberechtigung anerkannt wird. Ich habe keine Lust, eine gewischt zu kriegen, wenn ich versuche, meinen Job zu machen.«

Maghami und Wittica schauten einander an. »Wir werden das veranlassen. Agi spricht mit Vijay, damit er ›Sentinel‹ anpasst«, sagte Wittica schließlich.

Mike schüttelte den Kopf. »Das reicht nicht, Ron. Ich weiß ja nicht, welche Überraschungen das System noch parat hält. Vor drei Wochen sagten Sie mir, SoftCorp hätte kein installiertes Sicherheitssystem. Daher habe ich keine Vorsichtsmaßnahmen ergriffen, als ich durchs Netz surfte, um mich mit der Umgebung vertraut zu machen und mein VR-System zu testen. Und dann krieg ich eine verpasst, obwohl ich nirgends unberechtigt eingedrungen bin. So kann ich nicht arbeiten. Entweder gehöre ich zum Team oder nicht.«

Wittica sah in die Ferne, ehe er sich Mike wieder zuwandte. »Sie sind ein sehr wichtiger Mitarbeiter unseres Teams, Mike. Ich kümmere mich darum, dass Sie alle Informationen und die notwendigen Passwörter bekommen, die Sie für Ihren Job brauchen. Trotzdem bitte ich Sie, vorsichtig mit Soft-Corps Sicherheitssystem umzugehen, besonders was die von unserem Kunden geforderte Geheimhaltung betrifft. Es wird immer Dateiverzeichnisse geben, die nicht zugänglich sind.

Ab sofort werden sie deutlich markiert. Ihre User-Identität als SoftCorp-Mitarbeiter wird gekennzeichnet, damit Sie von Sentinel oder anderen Sicherheitssystemen in unserem Netz keine gewischt kriegen. Ihnen wird nur der Zugang verweigert, ohne dass Sie körperlichen Schaden erleiden.«

Mike musterte ihn.

Wittica runzelte die Stirn. »Wir arbeiten schon seit Jahren an Sicherheitssystemen. Vijay leitet dieses Projekt. Tut mir Leid. Ich dachte, es bestehe keine Notwendigkeit, Sie einzuweihen. Es war mein Fehler.«

Mike nickte. Im Augenblick hatte es keinen Zweck, das Gespräch fortzusetzen. Er hatte seine Meinung klar geäußert. Außerdem wurden die Kopfschmerzen wieder schlimmer.

Wittica gab Maghami und den Sicherheitskräften ein Zeichen, sie allein zu lassen.

»Es tut mir wirklich Leid, Mike. Es gehört zu meinem Job, dafür zu sorgen, dass Sie alles haben, damit Sie effizient und sicher arbeiten können. Ich habe versagt. Dafür möchte ich mich entschuldigen. Ich werde alles tun, dass der Vorfall sich nicht wiederholt. Um zu beweisen, dass ich es ernst meine, bekommen Sie noch heute die erforderlichen Passwörter. Außerdem verschiebe ich die für morgen geplante Demonstration auf Montag. Dann haben Sie endlich ein paar Stunden Zeit für sich. Sie mussten in den vergangenen Wochen hart arbeiten. Nehmen Sie sich heute Nachmittag frei. Gehen Sie nach Hause und erfreuen Sie sich an Ihrem neuen Heim.«

Mike wusste nicht, was er davon halten sollte. Der Vorfall beunruhigte ihn; andererseits beeindruckte ihn Witticas Bereitwilligkeit, den Fehler zuzugeben und den Schaden gutzumachen. Es kam nicht jeden Tag vor, dass ein leitender Angestellter eines Hightechunternehmens Fehler eingestand. Mike beschloss, zunächst von einem Versehen auszugehen und den Vorschlag anzunehmen. Außerdem nahm er sich vor, nie mehr ohne eigene Sicherheitsmaßnahmen ins Netz einzudringen. Der Hacker in ihm schwor ebenfalls, sich an Maghami, der ihn ausgetrickst hatte, zu rächen.

»Einverstanden, Ron«, sagte Mike schließlich. »Okay.«

11.

Den meisten Frauen macht es Spaß, sich in einem Schmuck- oder Möbelgeschäft umzusehen oder in einer Modeboutique ein paar schicke Klamotten anzuprobieren. Victoria Elizabeth Ryan hingegen machte es einen Riesenspaß, bei REI herumzustöbern. Die bekannte Ladenkette für Sport-, Camping- und Wanderzubehör hatte eine Niederlassung in einem Einkaufszentrum mit Blick auf die Berge von Nordost-Austin. Victoria fuhr in der Mittagspause dorthin und lief aufgeregt durch den Laden. Sie konnte es kaum erwarten, endlich eine neue Campingausrüstung zu erwerben. Die alte hatten sie in Kalifornien zurückgelassen.

Victoria vermisste das Wandern, die Wälder und Bäume, den süßen Harzgeruch am Morgen, den Tau auf den Ahornblättern und das Zwitschern der Vögel im Morgengrauen. Es war ein unbeschreibliches Glücksgefühl, mit Mike in dem großen Schlafsack zu liegen und mitten in der Natur zu erwachen.

Victoria war fest entschlossen, bald wieder wandern zu gehen. Das Haus war schön. Die Autos waren schön. Die Möbel, die ihnen kürzlich geliefert worden waren, gefielen ihr ebenfalls sehr. Aber eine Wanderung durch einsame Wälder ...

Sie erinnerte sich an die Wochenenden, an denen sie mit dem Rucksack durch den Yosemite National Park oder einen anderen der vielen Naturschutzparks in Nordkalifornien gewandert waren. Während dieser Wanderungen durch die Natur schaltete das junge Paar vollkommen ab. Victoria und Mike ließen den Alltag hinter sich und betraten eine Welt voller Geheimnisse, in der sich Körper und Geist erholen konnten. Es war wie eine Verwandlung, denn in der Natur galten andere Gesetze als im normalen Alltag. Die Sinne wurden sensibilisiert, und man lernte die einfachen Dinge zu schätzen. Der Mangel an leiblichen Genüssen zählte nicht, wenn man im Einklang mit der Natur lebte.

Victoria vermisste die innere Reinigung, die ihr nur das Leben in der Natur bot. Sie brannte darauf, aus dem Alltag auszusteigen, mit Mike durch die Wälder zu wandern und ihren Geist zu reinigen. Endlich einmal für ein paar Tage die Capitol Bank und SoftCorp, Hypotheken und Darlehen, Fristen und Siebzig-Stunden-Wochen vergessen. Die Ryans hatten ihre alte Camping- und Wanderausrüstung vor dem Umzug für ein paar Dollar an Studienanfänger verkauft und sich vorgenommen, eine neue Ausrüstung zu kaufen, sobald sie sich in Austin eingerichtet hatten.

Jetzt wurde es allmählich Zeit.

Victoria öffnete die Handtasche, die über ihrer Schulter hing, und nahm den Zettel heraus, auf dem sie heute Morgen beim Frühstück alles notiert hatten, was sie brauchten.

Zuerst sah sie sich nach einem neuen Gasbrenner um. Schließlich entschied sie sich für ein Modell, das sehr leicht und gut zum Rucksackwandern geeignet war. Anschließend suchte sie zwei leichte Laternen aus, ehe sie sich die Zelte in der Abteilung für Campingzubehör anschaute. Sie entschied sich für ein leichtes, robustes Zelt, das starkem Wind und heftigem Regen standhielt. Auch die Schlafsäcke, die außen mit einem Nylonstoff überzogen waren und innen aus Flanell bestanden, waren erstaunlich leicht. Die Sachen passten hervorragend zu den Rucksäcken, die Victoria auswählte. Die Rucksäcke mit dem leichten, aber stabilen Aluminiumgestell verfügten über zahlreiche Fächer und Taschen. Die gepolsterten Schulterriemen sorgten dafür, dass auch lange Wanderungen nicht zur Qual wurden.

Victoria ging noch zehn Minuten durch den Laden und suchte Dinge aus, die sie in der Wildnis zum Überleben brauchten. Sie legte alles in einen riesigen Einkaufswagen und ging zur Kasse.

Wenn sie Glück hatten, würden die Capitol Bank und SoftCorp ihnen an diesem Wochenende ein wenig Freizeit gönnen, damit sie die neuen Sachen auf einer kurzen Tour erproben konnten. Victoria hatte sich schon im Internet nach Nationalparks in der Nähe umgeschaut. Sobald sie sich eingearbeitet hatten, wollten sie nach Arkansas oder New Mexico und eine richtige Bergwanderung machen.

Victoria bezahlte mit der Visakarte und schob den Wagen durch die Automatiktür. Auf dem Weg zu ihrem Honda lief ihr versehentlich eine Blondine in den Einkaufswagen.

»Entschuldigung«, murmelte die Fremde, ehe sie im Geschäft verschwand. Victoria schüttelte verständnislos den Kopf und ging schnell weiter. Die Mittagspause war gleich zu Ende.

12.

Karen Frost riskierte einen kurzen Blick über die Schulter, ehe sie im Geschäft verschwand. Die große, schlanke Brünette steuerte auf einen silbernen Honda zu. Die FBI-Agentin war über ihre Methode der Kontaktaufnahme nicht gerade erfreut, aber ihr blieb keine andere Wahl. Sie musste endlich einen Durchbruch bei den Ermittlungen schaffen. Victoria Ryan, die bei der Capitol Bank arbeitete, war mit Michael Ryan verheiratet, einem Angestellten von SoftCorp. Beide waren erst kürzlich eingestellt worden und standen auf ihrer Liste potenzieller Informanten ganz oben. Sie waren jung und clever und vermutlich noch nicht in die Verbrechen der Unternehmen verstrickt, die hinter einer seriösen Fassade operierten. Aus diesem Grund hatte Karen die Ryans ausgewählt. Sie hoffte, dass sie es mit rechtschaffenen Menschen zu tun hatte, die für sie jene Beweise sammelten, die sie unbedingt brauchte. Zuerst würde sie eine gewisse Überzeugungsarbeit leisten und die Ryans genauestens instruieren müssen.

Karen verschränkte die Arme und sah Victoria Ryan nach. Hoffentlich war das junge Paar so clever, wie ihre Abschlüsse in Stanford schließen ließen. Sie würden ihren Verstand und ein bisschen Glück brauchen, um nicht so zu enden wie die Pattersons, Dave Nolan, Pete Rubaker und andere, die zum Schweigen gebracht worden waren, damit sie die Organisation nicht gefährdeten.

13.

Victoria Ryan kehrte in ihr kleines Büro auf der Vorstandsetage der Capitol Bank zurück, wo die Mitarbeiter der Kreditabteilung untergebracht waren. Gedeih und Verderb der Banken hing von der Rückzahlung ihrer Investitionen, ihrer Darlehen ab. Darlehen an faule Kunden bedeuteten Verluste, und Angelo Rossini genehmigte selten Darlehen, die später nicht zurückgezahlt werden konnten. Das gelang ihm durch seine enge Zusammenarbeit mit den Kreditsachbearbeitern, die die Bonität der Kunden genauestens überprüften.

Das Telefon auf Victorias Schreibtisch klingelte.

»Capitol Bank, Victoria Ryan, guten Tag. Was kann ich für Sie tun?«

»Vic, kommen Sie bitte in fünf Minuten in mein Büro«, sagte Rossini. »Bringen Sie Ihr Gutachten mit, das Sie für den Kreditantrag Baulkner Acht/Sieben/Sechs erstellt haben.«

»Ja, Sir«, antwortete Victoria. Nachdem sie aufgelegt hatte, drückte sie auf eine Taste an ihrem kleinen schwarzen Palmtop, einem Computer in Taschenformat. Der Palmtop diente Victoria unter anderem als Terminkalender. Außerdem speicherte sie dort Notizen, E-Mails und Gutachten der Kredite, die sie in der letzten Woche bearbeitet hatte. Der Palmtop war mit ihrem Computer verkabelt. Mithilfe entsprechender Software konnte sie bestimmte Dateien vom PC auf dem Palmtop speichern. Den Palm nahm Victoria mit zu Besprechungen, um E-Mails offline zu lesen, zu beantworten oder zu löschen.

Wenn sie später in ihr Büro zurückkehrte, konnte sie erneut ein Update vornehmen. Die Software brachte die E-Mails, Dateien und Notizen, die sie seit der letzten Aktualisierung hinzugefügt, verändert oder gelöscht hatte, auf den neuesten Stand. Zusätzlich verfügte der Palmtop über eine Infrarotschnittstelle, die die Kommunikation zwischen anderen Palmtops in demselben Raum ermöglichte. Die Kreditsachbearbeiter benutzten dieses Spielzeug, um während der Sitzungen Nachrichten auszutauschen.

Nachdem das Update beendet war, nahm Victoria den Palmtop aus dem Ständer. Mithilfe eines kleinen Stiftes wählte sie auf dem kleinen Display bestimmte Dateien aus. Der Minicomputer erkannte Berührungen mit dem Stift auf dem Display als Inputs an, ebenso wie ein Computer die Inputs mittels Tastatur und Maus erhielt.

Victoria surfte durchs System und suchte das Darlehen des Bauunternehmens Baulkner mit der Kreditnummer 0700876.

Zur Sicherheit zog sie die entsprechende Akte aus dem Schrank, der hinter ihrem Schreibtisch stand. Ehe sie das Büro verließ, las sie ihre handgeschriebenen Notizen rasch noch einmal durch.

Der Vorstand der Capitol Bank war im siebten Stock eines Hochhauses in der City von Austin untergebracht. Victorias Büro lag direkt rechts neben den Aufzügen. Rossini hatte das größte Eckbüro mit Blick auf den Westen von Austin.

Victoria meldete sich bei Rossinis Sekretärin, einer attraktiven Frau Ende dreißig, die an ihrem Computer saß.

Victoria zeigte auf die geschlossene Tür. »Hat der Chef Besuch? Er hat mich gebeten, eine Akte mit ihm durchzusprechen.«

»Nein. Er erwartet Sie. Sie können hineingehen«, sagte die Sekretärin, die Victoria ein Lächeln schenkte, ehe sie sich wieder ihrer Arbeit widmete.

»Danke«, erwiderte Victoria, ehe sie zweimal klopfte.

»Kommen Sie herein!«

Victoria betrat das Büro, ohne die Tür zu schließen.

»Bitte.« Rossini ging um seinen Schreibtisch herum und bat Victoria, die Tür zu schließen. »Ich möchte nicht gestört werden.«

Angelo Rossini, der einen dunklen, perfekt sitzenden Anzug trug, lächelte Victoria an. Victoria musste an Wittica denken, der ebenfalls stets tadellos gekleidet war. Beide Männer traten sehr selbstsicher auf und waren Junggesellen. Vielleicht beschäftigte Rossini daher größtenteils attraktive Frauen in der Kreditabteilung. Angelo Rossini hatte ein markantes, hübsches Gesicht und eine gute Figur. Ebenso wie Witticas Jacht lag auch die Rossinis am Lake Travis vor Anker, und er wohnte nur ein paar Häuser von Wittica entfernt. Wäre Victoria ungebunden gewesen, hätte sie eine Verabredung mit diesem gut aussehenden, kultivierten Herrn bestimmt nicht abgelehnt.

Sie schloss die Tür und nahm an dem kleinen, runden Tisch auf der rechten Seite des großen Büros Platz, an dem Rossini in der Regel die Gespräche mit seinen Mitarbeitern führte.

Rossini ging zu der Minibar, die neben dem runden Tisch stand. »Darf ich Ihnen etwas zu trinken anbieten, Vic?«, fragte er.

»Nein, danke.«

Rossini nahm eine Flasche Mineralwasser aus der Minibar und setzte sich zu Victoria. Sie hatte sich am ersten Tag ziemlich unwohl gefühlt, als sie neben ihrem Chef am Tisch saß. Mittlerweile hatte sie sich daran gewöhnt. Außerdem legte ihr Chef diese plumpe Vertrautheit auch männlichen Mitarbeitern gegenüber an den Tag.

Der Präsident der Capitol Bank zog seinen Palmtop aus der Tasche, der genauso aussah wie Victorias, und wählte mithilfe des kleinen Stifts bestimmte Notizen auf dem Schwarz-Weiß-Display aus. Victoria, die genau neben ihm saß, konnte auf das Display sehen, auf dem verschiedene Dateiverzeichnisse erschienen. Das kleine Gerät mit einer Speicherkapazität von zwei Megabyte konnte zahlreiche Dateien und Nachrichten speichern. Victoria erhaschte einen Blick auf die Namen der Dateien wie »Passwörter«, »Verschiedenes«, »E-Mails« und »Vertrauliches«.

»Wo ist es?«, sagte er zu dem kleinen Gerät in seiner Hand, als er sein E-Mail-Dateiverzeichnis öffnete und durch verschiedene E-Mail-Header surfte. »Ah, da bist du ja.« Er zeigte mit der Vorderseite des Palmtops, wo sich die Infrarotschnittstelle befand, auf Victorias Palm, den sie in der Hand hielt.

Victoria schaute auf ihren Organizer und sah, dass Rossini ihr eine Nachricht schicken wollte. Sie drückte auf Okay, worauf die Nachricht übertragen wurde.

Als auf dem Display das Ende der Übertragung angezeigt wurde, las Victoria die kurze Mail. Das Bauunternehmen Baulkner war nicht in der Lage, das Darlehen 0700876 zurückzuzahlen. Das Unternehmen hatte die Capitol Bank offiziell von seinem Konkurs unterrichtet. Der Hauptgrund war eine immense Fehleinschätzung bezüglich neuester Projekte.

Victoria suchte kopfschüttelnd in ihrem Palm die Datei, die ihr Gutachten für diesen Kredit enthielt, und beamte sie Rossini. »Dieses Darlehen barg ein großes Risiko, Angelo.« Rossini hatte vom ersten Tag an darauf bestanden, dass sie sich mit Vornamen ansprachen. »Dieser Konkurs überrascht mich gar nicht.«

In Rossinis Blick spiegelte sich Bewunderung, als er die Nachricht las. »Sie sind mir vielleicht eine, Vic.«

Victoria verschränkte die Arme und schaute ihn fragend an. »Ist das gut oder schlecht?«

Rossini lächelte. »Sehr gut.« Er klopfte ihr auf die Schulter und legte den Arm auf ihre Stuhllehne. »Von einem Dutzend

Kreditsachbearbeitern waren Sie die Einzige, die das geahnt hat.«

Victoria ließ sich durch die körperliche Nähe zu ihrem Chef nicht aus der Ruhe bringen. »Für Baulkner haben auch andere ein Gutachten erstellt? Ich dachte, er sei mein Kunde.«

Er klopfte ihr noch einmal auf die Schulter. »So ist es auch. Aber da es sehr wichtig war und Sie noch nicht so viel Erfahrung haben, habe ich zusätzliche Meinungen eingeholt. Ich hätte nur auf Sie hören sollen, und darum sitzen wir nun hier.«

Victoria kniff die Augen zusammen. Ihr Pulsschlag beschleunigte sich; warum, wusste sie nicht genau.

»Ich habe die Absicht, einen meiner Mitarbeiter im nächsten Jahr zum Abteilungsleiter der gesamten Kreditabteilung zu befördern. Da wir uns in der letzten Zeit vergrößert haben, verliere ich sonst den Überblick. Diesen Posten kann nicht irgendjemand übernehmen. Ich brauche einen Mitarbeiter, der eine gute Nase hat.«

»Ich habe gerade erst hier angefangen, Angelo. Andere in der Abteilung arbeiten schon seit Jahren ...«

»Es geht nicht um die Dauer der Firmenzugehörigkeit. Den Job kann nur jemand machen, der ein Näschen für faule Kunden hat. Sie haben Ihre Fähigkeiten im Fall Baulkner bewiesen. Die meisten Mitarbeiter sind in der Lage, anhand ihrer Richtlinien und Vorschriften gute Arbeit zu leisten, aber ihnen fehlt der Instinkt. Und den haben Sie, Vic. Es würde jedoch eine enge Zusammenarbeit mit mir bedeuten.«

»Ich glaube nicht, dass ich die Richtige für diesen Job bin.«

»Besuchen Sie mich doch heute Abend, Vic. Dann könnten wir in Ruhe darüber sprechen«, sagte Rossini, der Victoria über die Schulter strich. »Bei einem Gläschen Wein kann ich Sie bestimmt davon überzeugen, dass Sie nie wieder einen so großen Sprung auf der Karriereleiter machen werden.«

Victoria wurde hellhörig. Ihr war ein wenig schwindelig, und sie hasste sich dafür.

Was ist los mit dir, Vic? Du bist verheiratet und liebst Mike.

Sie war verwirrt. Es war nicht das erste Mal, dass jemand mit ihr flirtete, seit sie mit Mike zusammen war. Sie hatte die Typen immer abgewimmelt, ohne einen weiteren Gedanken daran zu verschwenden. Warum war es heute anders? Sein gutes Aussehen? Seine schicke Kleidung? Sein selbstsicheres Auftreten? Seine männliche, samtweiche Stimme?

Rossini war unbestritten ein sehr attraktiver Typ. Victoria spürte, dass sie errötete. »Ich bin glücklich verheiratet, Angelo. Ich halte es nicht für klug, heute Abend bei Ihnen zu Hause Wein zu trinken.«

So, jetzt war es raus. Victoria fiel ein Stein vom Herzen.

Rossini zuckte mit den Schultern und grinste schelmisch. »Sie haben also einen Ehemann ... Der muss es ja nicht erfahren. Wir sagen ihm, dass Sie hier in der Bank Überstunden machen mussten. Eine wichtige Besprechung.«

Victoria traute ihren Ohren nicht. Ihr Chef wagte es allen Ernstes in der heutigen Zeit, da alle Welt über sexuelle Belästigung am Arbeitsplatz sprach, ihr ein so dreistes Angebot zu machen?

»Angelo, ich bin glücklich verheiratet, und selbst wenn mein Mann es nicht erfahren würde ... das kommt nicht in Frage.«

»Eine Ehe ist ein Vertrag«, beharrte er. »Und Verträge kann man unterschiedlich auslegen, ohne sie zu brechen.«

Victoria schüttelte den Kopf, schob seine Hand von ihrer Schulter und stand auf.

»Falsch«, sagte sie. »Eine Ehe ist kein Vertrag, sondern ein Bund. Ein Bund fürs Leben, und ich habe vor, mich daran zu halten. Meines Erachtens sollte ich nicht so schnell befördert werden, aber ich spreche gern noch einmal während der regulären Arbeitszeiten mit Ihnen darüber. Liegt sonst noch etwas an?«

»Sie sind eine tolle Frau. Jetzt haben Sie mich erst richtig scharf gemacht.«

Diese Bemerkung machte Victoria wütend.

»Vielleicht begreifen Sie eines Tages, dass ich Ihnen nur zu einer schnellen Karriere verhelfen will.«

»Angelo, ich habe viel Arbeit. Wenn es sonst nichts mehr zu besprechen gibt ...«

»Nein, das wäre im Augenblick alles, Vic. Und noch einmal Glückwunsch zu Ihrer guten Nase in der Baulkner-Sache.«

»Danke.«

Als Victoria das Büro verließ, hob die Chefsekretärin kurz den Blick und fragte lächelnd: »Alles in Ordnung?«

Victoria zwang sich, das Lächeln zu erwidern. »Ja, alles in Ordnung«, sagte sie.

14.

Mike Ryan überfiel Victoria gleich im Hausflur, nachdem sie das Haus betreten hatte und die Tür ins Schloss fiel.

»Michael Patrick!«, rief Victoria entrüstet.

Mike grinste, während er die Arme von hinten um ihren Körper schlang und ihren Nacken küsste.

Victoria ließ ihre Handtasche los. Als sie auf dem Holzboden landete, fiel der gesamte Inhalt heraus. Obwohl sie sich kurz darüber ärgerte, drehte sie sich sofort zu ihrem Mann um und umarmte ihn.

Mike verführte seine Frau in der Diele auf der Orientbrücke. Sie war heute ungewöhnlich empfänglich für Zärtlichkeiten, als sie sich zwischen den hastig ausgezogenen Kleidungsstücken über den Boden rollten. Ihr Slip hing an ihrem linken Knöchel, und der dunkle BH hatte sich um ihren Leib geschlungen. Erregt presste Victoria sich an Mikes Brust. Sie hatten viel zu lange auf dieses Vergnügen verzichtet. Trotz ihrer Bemühungen in den letzten Wochen, zu gesitteter Zeit Feierabend zu machen, musste einer von ihnen stets Überstunden machen, weil es in letzter Minute noch etwas Wichtiges zu erledigen gab. Außerdem hatten sie beide am Samstag zehn Stunden und am Sonntag acht Stunden gearbeitet. Heute war die erste Gelegenheit seit Tagen, und die packten sie beim Schopf. Sie rollten mit geschlossenen Augen vom Läufer auf den Holzfußboden und liebten sich. Nur ihr lautes Keuchen war zu hören, bis sie schließlich erschöpft nebeneinander lagen.

»Wie war dein Tag, Liebling? Ist etwas Interessantes passiert?«, flüsterte Mike, der sich an den verschwitzten Körper seiner Frau schmiegte.

»Mich hat heute jemand angemacht«, sagte Victoria geradeheraus. »Sonst ist nicht viel passiert. Ach ja, ich habe uns eine neue Campingausrüstung gekauft. Die Sachen liegen noch im Wagen.«

Mike hob den Kopf und schaute ihr in die Augen. »Wer hat dich angemacht?«

»Mein Chef.«

»Was? Erzähl es mir genauer.«

Sie zuckte mit den Schultern und zog den BH aus. »Da gibt es nicht viel zu erzählen«, sagte sie, wobei sie den schwarzen BH durch die Luft kreisen ließ. »Er wollte mich für heute Abend auf ein Gläschen Wein zu sich nach Hause einladen und mit mir über meine Karriere sprechen.«

Mike konnte es kaum glauben. »Das ist sexuelle Belästigung am Arbeitsplatz! Das musst du melden«, sagte er verärgert.

Victoria streichelte ihm über die Wange. »Beruhige dich, Liebling. Ich habe höflich abgelehnt und ihm erklärt, dass ich glücklich verheiratet bin. Er hat es kapiert.«

»War das der Typ auf der Visitenkarte?«

Sie zwinkerte ihm zu. »Angelo Rossini. Sieht toll aus.«

Mike runzelte die Stirn. »Dieser Don Rossini ist bestimmt verheiratet und hat Kinder, hab ich Recht?«

»Nein. Er ist Single, hat ein schönes Boot, einen schönen Hintern ...« Sie fing an zu lachen.

»Das finde ich gar nicht lustig.«

»Ach, Liebling, ich hab die Lage voll im Griff.«

Mike war im Grunde kein eifersüchtiger Typ. In der ersten Zeit ihrer Freundschaft hatte es ihn manchmal gefuchst, dass Victoria sich vor Verehrern kaum retten konnte. Im Gegensatz zu früheren Freundinnen Mikes, die mit anderen flirteten, um ihn eifersüchtig zu machen, war Victoria ihm immer treu gewesen, seitdem sie zusammen waren. Manchmal sagte sie im Spaß, sie würde es sich noch einmal überlegen, falls Mel Gibson oder Tom Selleck ihr einen Antrag machten.

»Ausgerechnet dein Chef. Hoffentlich hat das keine negativen Folgen«, sagte Mike schließlich und versuchte, seine aufsteigende Eifersucht zu bezwingen. »Woher willst du wissen, dass dieser Don Juan die Zurückweisung nicht eines Tages gegen dich verwenden wird?«

Victoria schaute ihn gelassen an. »Er heißt Angelo, Liebling. Ich weiß, was ich dann zu tun habe. Mach dir keine Sorgen. Es ist nicht das erste Mal, dass jemand mich anbaggert. Ich bin ein großes Mädchen und weiß, wie ich mich in solch einer Situation verhalten muss.«

Mike nickte. Er ärgerte sich, dass mit ihm selten eine Frau flirtete; dann aber bekam er ein schlechtes Gewissen. Er sollte froh sein, eine Frau wie Victoria gefunden zu haben. Sie war treu, hübsch und clever – eine Mischung, die man nicht oft fand.

»Und was hast du sonst noch erlebt?« Mike beschloss, nicht mehr an Don Rossini zu denken. Er streichelte Victorias weiche Haut und schaute ihr in die Augen.

Sie neigte den Kopf von einer Seite zur anderen. »Außer meiner kleinen Einkaufstour bei REI habe ich nur gearbeitet. Nichts als Arbeit. Die reinste Hölle.«

Mike musste lachen. »Bei mir auch. Ron hat mir bis Montag Zeit gegeben, um das Programm fertig zu stellen.«

»Wie hast du das denn geschafft?«

Mike erzählte ihr von dem Vorfall während seines VR-Testlaufs. Victoria kniff die Augen zusammen. »Das war gefährlich, Mike! Das kannst du nicht machen! Du riskierst Kopf und Kragen. Du hast doch gesagt, dieses VR-Programm wäre sicher.«

»Keine Bange, Liebling. Es ist alles in Ordnung. Ich weiß, woran es lag. Das Sicherheitssystem ist nicht richtig programmiert. Es muss möglich sein, durch das Netz meines Unternehmens zu surfen. Beim nächsten Mal passe ich besser auf. Versprochen.«

Victoria schüttelte den Kopf. »Das Licht hat dich geblendet, und dann bist du ohnmächtig geworden?«

»Ganz so war es nicht. Das HMD hat mir eine gewischt; deshalb habe ich das Bewusstsein verloren. Weißt du, was mich besonders geärgert hat? Ron hat mir gesagt, bei SoftCorp arbeite derzeit niemand an einem Sicherheitssystem. Er war angeblich ganz aufgeregt, als ich ihm mein System vorgestellt habe, mit dem man Hacker bestrafen kann. Jetzt stellt sich heraus, dass Agi und einige andere schon lange an einem solchen Programm arbeiten und es ohne Vorwarnung installiert haben. Ich war völlig ahnungslos und bekam deshalb den Stromschlag. Auch die Festplatten von zwei anderen Usern, die im Bereich des Netzwerkes waren, wurden durch den elektronischen Angriff beschädigt, als ich eine gewischt bekam. Das ist eine ernsthafte Schwachstelle in Agis Sicherheitssystem. Es verletzt nicht nur den Hacker, sondern auch die in der Nachbarschaft. Aber es kommt nicht wieder vor, dafür werde ich sorgen.«

»Und dir geht es gut?«

»Ausgezeichnet.« Mike beugte sich über ihren Oberkörper und küsste ihre kleinen, festen Brüste mit den rosa Brustwarzen.

Victoria schlug ihm leicht auf den Hinterkopf. »Hör auf. Ich mach mir Sorgen um dich, und du hast nichts anderes im Kopf als ...«

Er küsste sie leidenschaftlich, rieb sich an ihrem Körper und drang kurz darauf in sie ein. Sie umarmte ihn und klemmte ihre Füße hinter seine Oberschenkel. Dann hoben und senkten sich ihre Körper im Einklang, und sie vergaßen

SoftCorp und die Capitol Bank, unmoralische Vorgesetzte und VR-Programme. Victoria stöhnte laut, und als ihr Körper erbebte, klammerte sie sich erschöpft an ihren Mann. Mike erreichte Sekunden nach ihr den Höhepunkt. Er verharrte reglos, ehe die erlösende Entspannung folgte. Victoria setzte ihre Muskeln im Beckenbereich ein und entführte Mike mit dieser Massage ins Land der Träume.

Sie blieben noch eine Weile vereint. Mike küsste und streichelte Victoria und ließ die Lippen zärtlich über ihren Nacken und ihre Ohren gleiten.

»Wie ich das vermisst habe«, sagte sie schließlich.

»Wir dürfen nie mehr so viel Zeit verstreichen lassen«, sagte Mike, der sich auf den Boden setzte.

»Du hast vollkommen Recht, Liebling.«

»Sollen wir duschen?«, fragte Mike. »Ich wasche deinen Rücken und du meinen.« Er zwinkerte ihr zu.

»Nichts lieber als das«, erwiderte Victoria, die ihm ebenfalls zuzwinkerte. Sie setzte sich auf den Boden und hob die Sachen auf, die aus ihrer Handtasche gefallen waren. »Ich packe nur rasch ...« Sie verstummte.

»Was ist los?«, fragte Mike.

»Hier.« Sie zeigte ihm einen kleinen Briefumschlag.

»Was ist das?«

»Hab ich noch nie gesehen.« Kopfschüttelnd riss sie den Umschlag auf, zog ein weißes Blatt heraus und faltete es auseinander.

Ihr Haus wird überwacht. Sprechen Sie in Ihrem Haus, Ihrem Wagen und am Telefon nicht laut über diese Zeilen. Sie werden beobachtet und abgehört. Sollten Sie darüber reden, könnte Ihnen etwas zustoßen. Bei SoftCorp und in der Capitol Bank geht nicht alles mit rechten Dingen zu. Wenn Sie uns helfen wollen, das Morden zu beenden und die Wahrheit zu enthüllen, treffen Sie sich am Samstag um 9.00 Uhr vormit-

tags mit mir im Stadtpark an der Laube gegenüber vom kleinen Heizkraftwerk.

Eine Freundin.

Mike las die Zeilen zweimal, ehe er den Kopf hob und Victoria ungläubig anschaute. Er musste sofort an die Monitore denken, die er in dem Raum bei SoftCorp gesehen hatte.

Was hatte das zu bedeuten?

Mike wurde der Mund trocken, und Victoria erblasste.

Sie wollte etwas sagen, doch Mike reagierte sofort: Er drückte einen Finger auf die Lippen, beugte sich über sie und küsste sie. Dann schob er den Brief zur Seite und knabberte an ihrem Ohr.

»Sag kein Wort«, flüsterte er so leise, dass sie es kaum verstehen konnte. »Ich glaube, wir werden beschattet.«

Victoria machte sich steif und wollte sich aus der Umarmung befreien, doch Mike drückte sie sanft an sich. »Ich weiß es«, flüsterte er. »Vielleicht haben sie sogar zugesehen, als wir uns geliebt haben. Sie sehen uns vielleicht auch jetzt zu. Wir müssen so tun, als wäre alles in Ordnung. Okay?«

Sie nickte. »Ich hab Angst«, flüsterte sie.

»Tu, was ich dir sage.« Er stand auf und reichte Victoria, die noch immer auf dem Läufer saß, die Hand. »Komm, Schatz«, sagte er laut. »Wir gehen duschen.«

Sie ließen ihre Sachen im Flur liegen und stellten sich in die große Duschwanne mit den zwei Duschköpfen. Mike drehte das Wasser auf und wartete, bis es warm genug war. Als er seiner Frau einen Blick zuwarf, sah er die Tränen in ihren Augen.

Mike schob sie unter die Dusche und schloss die Türen aus Mattglas. Dann stellte er sich unter einen der Duschköpfe und ließ das heiße Wasser über seinen Körper strömen. Im Bad bildeten sich Dampfschwaden. Die Spiegel beschlugen – wie auch sämtliche versteckten Kameralinsen, die mögliche… se in ihrer Privatsphäre schnüffelten.

»Was sollen wir tun?«, flüsterte Victoria. Sie klammert… sich an Mikes Brust und legte den Kopf an seine Schulter. Das Wasser, vermischt mit Tränen, tropfte von ihrem Gesicht.

Mike erzählte ihr in wenigen Worten von den Monitoren, die er neulich bei SoftCorp gesehen hatte.

»Du glaubst also, es könnte stimmen? Wir werden die ganze Zeit beobachtet? *O Gott.* Sie haben uns *gefilmt*?« Sie schlug eine Hand vor den Mund.

In Mike stieg Wut auf, die seine Angst verdrängte. Falls es stimmte, und SoftCorp drang tatsächlich in ihre Privatsphäre ein ...

»Warum?«, fragte sie. Ihr nasses Haar klebte am Kopf, und die Wimperntusche lief ihr über die Wangen. »Warum tun sie das?«

Mike schüttelte den Kopf. »Ich weiß es nicht, aber vielleicht erfahren wir es am Samstag.«

»Du willst dich mit dieser ... *Freundin* treffen?«

Mike nickte.

»Heute ist erst Donnerstag. Wie sollen wir uns morgen verhalten? Sollen wir so tun, als wäre nichts passiert?«

Mike nickte. »Es bleibt uns nichts anderes übrig, bis wir wissen, was hier gespielt wird.«

Die Wassserdampfschwaden breiteten sich im ganzen Badezimmer aus. Wenn es stimmte, was diese *Freundin* schrieb, waren sie von Anfang an belogen worden. Der elegante Shapiro. Der forsche Wittica. Mike war in irgendetwas hineingezogen worden und hatte nicht die leiseste Ahnung, um was es ging. Möglicherweise schwebten sie in Gefahr. Der kurze Blick auf die Monitore und der Brief der Fremden deuteten darauf hin.

Die Sache muss einen Haken haben, Mike.

Er schloss die Augen, während er Victorias Rücken einseifte. Unter anderen Umständen hätte ihn dies erregt. In Anbetracht der Lage aber glitten seine Hände mechanisch über ihren Rücken, während sie sich im Flüsterton unterhielten. Sie sprachen über die subtilen Hinweise, die von Anfang an ihr Misstrauen erweckt hatten. Die großzügigen Angebote von SoftCorp und der Capitol Bank. Alles war zu schön, um wahr zu sein. Die Unternehmen wollten ihnen um jeden Preis das Leben so angenehm wie möglich machen. Die zahlreichen Informationen, die SoftCorp beim Bewerbungsgespräch über seine Person vorlagen. Das unglaubliche Jobangebot, die Zulagen, die Rückzahlung seines Studiendarlehens, der günstige Kredit für den Wagen, die Möglichkeit, seinen Neigungen nachzugehen und an seinem VR-Programm zu arbeiten – das alles hätte ihm von Anfang an spanisch vorkommen müssen. Stattdessen hatte er die Augen vor den Warnsignalen verschlossen, hatte seinen gesunden Menschenverstand von der Gier nach Geld und Erfolg ersticken lassen. Dabei hatte er schon beim Bewerbungsgespräch das Gefühl gehabt, gekauft und nicht eingestellt zu werden.

Und »zufällig« gab es auch für Victoria einen maßgeschneiderten Job, als hätte die Capitol Bank nur auf sie gewartet. Dann das Haus, das sie weit unter dem Marktpreis erworben hatten und sich aufgrund der günstigen Hypothekenzinsen der Capitol Bank leisten konnten. Sein Firmenwagen, der nagelneue Porsche Boxster, und der Niedrigzinskredit für Victorias Honda – ebenfalls von der Capitol Bank. Und als wäre das alles nicht genug, wurde Mike noch durch zinslose Kredite verschiedener Warenhäuser überrascht, die es ihnen ermöglichten, das Haus neu zu möblieren.

Nach dem Duschen zogen sie ihre Nachtwäsche an. Victoria schlüpfte in den Seidenpyjama, und Mike schlief in einem seiner Stanford-Footballhemden und einer Turnhose. Damit niemand, der sie beobachtete, den Verdacht schöpfen könnte, sie hätten die Beschattung aufgedeckt, taten die Ryans das, was sie in den letzten Wochen immer getan hatten: Sie ließen sich nach dem anstrengenden Tag in der Firma aufs Bett fallen. Mike war einerseits froh darüber. Wenn sie schliefen, war das Risiko geringer, das Misstrauen der Beobachter zu wecken. Zweitens hoffte Mike, zeitig aufzuwachen, um vor der Arbeit noch in einem Kaffeeshop ein normales Gespräch mit Victoria führen zu können.

Victoria nahm zwei Schlaftabletten und schlief zwanzig Minuten später ein. Mike beschloss, auf Tabletten zu verzichten. Zwei Stunden später bedauerte er die Entscheidung. Er starrte noch immer schlaftrunken auf den Deckenventilator. Victoria hatte sich an ihn gekuschelt und schnarchte leise.

Als Mike ihren warmen Atem auf seinem Nacken spürte, hoffte er, endlich einzuschlafen, aber es gelang ihm nicht. All die Fragen, auf die er keine Antworten wusste, gingen ihm nicht aus dem Kopf.

Wer war diese so genannte Freundin? Und warum wandte sie sich ausgerechnet an ihn und Victoria? Weil sie erst kürzlich eingestellt worden waren? Weil er bei SoftCorp und Victoria bei der Capitol Bank arbeitete? Welche illegalen Geschäfte betrieben diese Unternehmen? Mike war über die offiziellen Geschäftsbeziehungen zwischen dem Softwareunternehmen und der Bank im Bilde. Die Angestellten von SoftCorp hatten ihre Gehalts- und Kreditkonten dank günstiger Konditionen alle bei der Capitol Bank. Im Foyer von SoftCorp stand sogar ein Geldautomat, an dem sie gebührenfrei Geld abheben konnten. Wittica hatte auch erwähnt, dass SoftCorp alle größeren Bankgeschäfte über die Capitol Bank abwickelte.

Jetzt aber sah es ganz so aus, als lauerte unter dem Deckmantel der offiziellen Geschäftsbeziehungen etwas, von dem er nichts ahnte.

Was konnte das sein?

Was veranlasste SoftCorp und die Capitol Bank zu dem

extremen Schritt, ihre Angestellten zu überwachen? Banken hatten hauptsächlich mit Geld und Anlagen zu tun. Sie bewilligten Kredite, stellten Konten für Gehaltszahlungen zur Verfügung und tätigten Überweisungen. Gewinne erzielten die Kreditinstitute unter anderem durch ihre Gebühren und Zinsen. Einige Banken erzielten höhere Gewinne, indem sie für bestimmte Kunden geheime Geldgeschäfte erledigten. Schwarzgeld wurde von einem Konto aufs andere verschoben – verschwand gelegentlich auch auf Konten im Ausland und in Übersee –, was gemeinhin als Geldwäsche bezeichnet wurde. Schwarzgelder sollten legalisiert und Steuern gespart werden. Für wen war die Capitol Bank tätig, wenn es hier tatsächlich um Geldwäsche ging?

SoftCorp?

Aber SoftCorp hatte Regierungsverträge mit keinem geringeren als dem IRS, der Finanzbehörde, die von Geldwäschern am meisten gefürchtet wurde. Bei dieser engen Geschäftsverbindung grenzte der Versuch, Geld zu waschen, fast an Wahnsinn. Es sei denn ...

Am liebsten hätte Mike Victoria geweckt, um mit ihr über seine Theorie zu sprechen. War es wirklich vorstellbar, dass nicht nur das Hightechunternehmen und die Bank in illegale Geschäfte verwickelt waren, sondern auch der IRS ...?

Mike seufzte. Er fand keinen Schlaf. Nachdem er sich noch ein paar Minuten herumgewälzt hatte, stand er auf und ging in die Küche. Er schenkte sich ein Glas Milch ein, nahm ein Paket Kekse aus dem Schrank und setzte sich an den Tisch.

Während er seine mitternächtliche Mahlzeit aß, schaute er aus dem Fenster und dachte nach. Wenn die Nachricht der Wahrheit entsprach und SoftCorp so tief in illegale Geschäfte verstrickt war, dass die Mitarbeiter des Unternehmens rund um die Uhr überwacht werden mussten, steckten sie ganz schön in der Klemme. Er konnte nicht einfach seine Sachen packen und abhauen. Laut Vertrag musste er drei Jahre bei SoftCorp arbeiten, ehe er kündigen konnte. Anderenfalls musste er die Zulagen, die Rückzahlung seines Studiendarlehens und die erste Monatsrate des Boxsters zurückerstatten. Auch Victoria müsste ihre Sondervergütung, die sie bei Vertragsunterzeichnung erhalten hatte, zurückzahlen. Natürlich würde nicht einer ohne den anderen gehen. Unglücklicherweise war das ganze Geld für die Anzahlung des Hauses und Victorias Wagen draufgegangen. Von ihrem restlichen Bargeld hatten sie sich die Möbel gekauft. Das Limit für ihre Visakarte war so gut wie ausgeschöpft, nachdem sie für dreitausend Dollar Rollläden, Läufer, Gardinen und die Campingausrüstung gekauft hatten. Die Ryans lebten den amerikanischen Traum, doch sie waren hoch verschuldet und vertrauten auf die vierzehntägigen Gehaltsschecks, um alle Rechnungen bezahlen zu können.

Mike runzelte die Stirn. *Und wohin sollten sie gehen?*

SoftCorp und die Capitol Bank hatten die Ryans in ihren Klauen wie die Mafia. Sie könnten natürlich ihren Bankrott erklären, das Haus, die Wagen und die Möbel verkaufen und nach Kalifornien zurückkehren. Mike befürchtete jedoch, dass niemand sie einstellte. SoftCorp und die Capitol Bank würden in der Hightech- und Bankenbranche verbreiten, ihre neuen Mitarbeiter hätten das Handtuch geworfen. Kein angesehenes Unternehmen würde sie mehr einstellen, nachdem sie ihren ehemaligen Arbeitgebern ein solches Bravourstück geliefert hatten. Sie würden es so hinstellen, als wären sie zwei unreifen Akademikern zum Opfer gefallen. Das ganze Studium wäre für die Katz gewesen.

Falls die beiden Unternehmen tatsächlich Dreck am Stecken hatten, könnte eine sofortige Kündigung allerdings weit schlimmere Auswirkungen haben, als keinen neuen Job zu finden.

Wir sitzen in der Falle.

Mike schaute auf die Einbauküche mit der Granit-Arbeitsplatte und den modernen Geräten und ließ den Blick in das liebevoll eingerichtete Wohnzimmer mit der indirekten Beleuchtung schweifen. Mit einem Schlag begriff er, dass dieses Haus eine Art First-Class-Gefängnis war, eine Luxus-Zelle, deren ahnungslose Insassen von Sicherheitskameras überwacht wurden.

Es muss einen Weg geben, hier herauszukommen.

Aber welchen?

Denk nach, Mike!

Er saß am Küchentisch und zerbrach sich den Kopf über einen Weg aus dieser misslichen Lage. Der anonyme Brief war ein erster Hinweis auf den Ernst der Situation. Doch Mike hatte nicht die leiseste Ahnung, was noch alles auf ihn zukam.

15.

Ron Wittica genoss die willkommene Abwechslung, mindestens einmal am Tag und mit Vorliebe spätabends vor den Monitoren im Kontrollraum von SoftCorp zu sitzen. Mitunter waren die Szenen erregender als ein Pornofilm. Die kleine Show, die Mike und Victoria ihm und den Sicherheitsbeamten gerade geliefert hatten, fand großen Anklang. Das war das wahre Leben: unzensiert, unveröffentlicht und ungekürzt. Es war ein Vorzug, sämtliche Akteure in diesen pikanten Liveaufnahmen zu kennen. Doch Rossinis Versuch, Victoria Ryan in sein Bett zu bekommen, ärgerte Wittica. Es gab genug hübsche Frauen, sodass er sich nicht ausgerechnet in der Bank bedienen musste.

Sex am Arbeitsplatz bringt nichts als Ärger.

Wittica hatte schon häufig mit Rossini darüber gesprochen, aber der Mann ließ sich nicht belehren. Shapiro, die väterliche Figur der Operation hier in Austin, war der Meinung, es bestehe kein Grund zur Sorge; immerhin leitete Rossini die Capitol Bank seit zehn Jahren, ohne dass es je Probleme gegeben hätte. Obwohl er ein ausgemachter Playboy war, hatte er die Lage stets voll im Griff.

Wenn er sich allerdings an die Frau seines Mitarbeiters Mike Ryan heranmachte, ging Wittica das sehr wohl etwas an. Er nahm sich vor, noch einmal mit Shapiro zu sprechen.

»Wirklich ein schöner Hintern«, sagte Todd Hausser, der stämmige Leiter der Sicherheitsabteilung, deren Job weit über die üblichen Aufgaben eines Wach- und Sicherheitsdienstes eines Hightechunternehmens hinausging. Zwei Kollegen unterstützten Hausser an diesem Abend dabei, das Privatleben der SoftCorp-Angestellten zu überwachen. Von dieser Überwachung waren nur Wittica, Shapiro und die Männer des Wach- und Sicherheitsdienstes ausgeschlossen. Im Kontrollraum wurde auch das Leben einiger Angestellter der Capitol Bank und einiger Mitarbeiter des IRS in heiklen Positionen überwacht. Diese Vorsichtsmaßnahme hatte sich ausgezahlt, als Janet Patterson auf belastendes Material gestoßen war, das die Beziehungen zwischen dem IRS, SoftCorp und der Capitol Bank bewiesen hatte. Nachdem sie ihren Vorgesetzten informiert hatte, wurde sie sofort rund um die Uhr beschattet. Dadurch konnte ihre Kontaktaufnahme zum FBI aufgedeckt werden. Später wurden die Eltern rund um die Uhr überwacht – und auch diese Vorsichtsmaßnahme zahlte sich aus. Allerdings hatte Wittica sich mehr von der Sache versprochen. Die Pattersons wurden beseitigt; die FBI-Agentin jedoch konnte entkommen. Sie lief noch immer frei herum und drohte, die lukrative Organisation auffliegen zu lassen.

Wittica schaute in Haussers eiskalte Augen in dem kantigen Gesicht mit dem kurzen Militär-Haarschnitt. »Das können Sie laut sagen. Dieser Mike Ryan ist ein Glückspilz.«

Hausser nickte. Seine Mannschaft bestand zum größten Teil aus ehemaligen Soldaten, die in Eliteeinheiten oder bei Nachrichtendiensten gedient hatten. Ihre Aufgabe bestand nicht nur darin, das Unternehmen und das geistige Eigentum zu schützen, das hinter diesen Mauern entwickelt wurde – die Sicherheitsbeamten mussten außerdem für den Schutz einer geheimen Pipeline sorgen, durch die Geld von Konten des IRS auf Privatkonten geschleust wurde. Weder Hausser und seine Männer noch Wittica wussten alles über die komplexe Operation, die ein Unbekannter aus Washington leitete. Er fragte sich, was Shapiro alles wusste.

Ron Wittica wandte sich nun dem Monitor zu, der das Leben in Agi Maghamis Haus aufzeichnete, und schaltete die Lautsprecher-Verbindung um. Der clevere Doktor aus Berkeley hatte seiner Heimatstadt in Indien im letzten Jahr einen Besuch abgestattet. Seine Familie hatte eine Heirat für ihn arrangiert, aber da es Probleme mit dem Visum gab, war seine Frau erst im vergangenen Monat nach Austin gekommen. Die aufgestauten Hormone der Frischvermählten bescherten der Wachmannschaft viele vergnügliche Stunden. In jedem Haus waren drei Kameras installiert. Eine überwachte den Korridor und das Wohnzimmer, eine die Küche und eine das Schlafzimmer. Einer vor längerer Zeit erstellten Statistik zufolge wurden die meisten Gespräche in diesen Räumen geführt. Besonders die gefilmten Szenen in den Schlafzimmern der Observierten boten eine willkommene Abwechslung in diesem größtenteils langweiligen Job.

»Agi hat Miss Indien geheiratet«, sagte Wittica, der auf Devi schaute, eine große, geschmeidige Frau mit einem unglaublich hübschen Gesicht und einem sinnlichen Mund, der primitive Instinkte in ihm weckte. »Schade, dass sie nicht nackt durch die Wohnung läuft.«

»Sie benimmt sich ziemlich unanständig, wenn Agi nicht zu Hause ist«, sagte Hausser. »Letzten Dienstag hat sie im Schlafzimmer masturbiert. Die Schlampe hat meiner Frühschicht total den Kopf verdreht. Die vielen Jahre, die sie in Indien sexuell unterdrückt wurde, haben sie jetzt eingeholt.« Der Wachmann ließ einen Finger über die Gestalt auf dem Monitor gleiten, die sich aufs Bett setzte und ein Buch aufschlug. Aus dem Badezimmer drang das Rauschen der Toilettenspülung. Kurz darauf betrat Maghami das Schlafzimmer. Agi Maghami, ein kleiner, dicker, ausgesprochen hässlicher Mann, hatte sich offenbar auf seine reiche, einflussreiche Familie in der Heimat verlassen, um eine gute Ehefrau für ihn zu finden. Maghami kroch ins Bett, schaltete die Nachttischlampe aus und schloss die Augen. Miss Indien musterte ihn kopfschüttelnd und las weiter.

»Kein Wunder, dass sie selbst Hand an sich legt«, sagte Hausser.

»Die Flitterwochen sind anscheinend vorbei«, meinte Wittica.

»Sieht ganz nach Vernachlässigung der Ehepflichten aus. Vielleicht kriegt er keinen mehr hoch, weil er hier so schuften muss.«

»Dafür hätte ich immer genug Energie«, sagte Wittica.

»Wenn ich an Agis Stelle wäre, würde ich sie jeden Tag vögeln.«

»Und sonntags zweimal.«

Die Wachmänner lachten.

Ron Wittica schaltete auf einen anderen Monitor um. Er war froh, dass die Sicherheitskräfte sich ein wenig entspannen konnten. Seit den Zwischenfällen mit den Pattersons und Rubaker verlangte Shapiro dem guten Hausser und seiner Crew viel ab, damit sie die Schwachstelle beseitigten. Die Männer brauchten dringend eine Atempause. Shapiro war heute Morgen nach Washington gefahren. In den nächsten Tagen stimmte der Kongress über die Gelder ab, die SoftCorp für den technischen Support des IRS berechnete.

Wittica seufzte. Er wusste nicht, was er von Shapiros plötzlicher Reise nach Norden halten sollte. Seitdem SoftCorp der einzige Hightechberater des IRS in Austin war, hatte der Kongress noch nie einen Vorschlag des Unternehmens zurückgewiesen. Wittica vermutete, dass Shapiro von den unbekannten Mächtigen nach Washington zitiert worden war. Vor seiner Abreise hatte er der Sicherheitscrew das Ultimatum gestellt, bis zu seiner Rückkehr am nächsten Abend für die Beendigung der FBI-Ermittlungen zu sorgen. Bisher hatten Hausser und seine Leute nichts erreicht. Die FBI-Agentin war spurlos verschwunden, nachdem sie einen von

Haussers Männern in der Nähe von Rubakers Haus außer Gefecht gesetzt hatte. Shapiro, nach dessen Meinung das FBI mit einem anderen Mitarbeiter von SoftCorp, der Capitol Bank oder dem IRS Kontakt aufnehmen würde, hatte die Verstärkung der Überwachung befohlen. Diejenigen, die auf der Liste eines möglichen FBI-Kontakts ganz oben standen, mussten nicht nur per Kamera überwacht, sondern auch beschattet werden.

Obwohl die Stimmung im Kontrollraum an diesem Tag bestens war, wusste Wittica es besser: Es war eine Art Galgenhumor, denn alle hatten Angst, wie Rubaker zu enden. Wittica hoffte, weit genug vom Geschehen entfernt und nicht ernsthaft in Gefahr zu sein. Er war Informatiker, und seine Aufgabe in diesem profitablen Arrangement bestand darin, technische Lösungen für das IRS zu schaffen. SoftCorp war ein richtiges Unternehmen, das der Finanzbehörde technischen Support verkaufte. Ein Neugieriger, der die Organisation unter die Lupe nahm, würde nichts Außergewöhnliches finden. Ein Hightechunternehmen, das seine Finanzgeschäfte und Gehaltszahlungen über die Capitol Bank abwickelte, stand bei einer staatlichen Behörde unter Vertrag.

Warum also machst du dir Sorgen?

Weil die Männer, die mit Wittica an den Monitoren saßen und lachten, ihm die Kehle durchschneiden und ihn im Lake Travis versenken würden, falls sein Tod notwendig war, um das Überleben der Operation zu gewährleisten.

Wie bei der Mafia.

Oder noch schlimmer.

Die Entscheidung, das Risiko und die großzügige Belohnung zu akzeptieren, hatte Ron Wittica schon vor langer Zeit getroffen. Nun gab es kein Zurück mehr. Er konnte nur hoffen, dass Todd Hausser und seine Männer es schafften, für das Ende der Ermittlungen zu sorgen, ehe das FBI auf seine

Spur kam. Inzwischen würde er das tun, was er am besten konnte: den coolen, entspannten Typen mimen, mit dem jeder gern zusammen war.

Und vielleicht beten.

DRITTES BUCH

Der Marionettenspieler

Die Ruchlosen, spricht der Herr, finden keinen Frieden.

Jesaja 48, 22

1.

Ein einsamer Mann saß auf einem Schaukelstuhl.

Der kalte Wind rauschte durch die Wälder, die das Anwesen in Virginia umgrenzten, und zerzauste sein lichtes Haar. Die schmutzigen Kiefernplanken auf der Veranda an der Rückseite des Hauses knarrten, als er auf dem Schaukelstuhl hin- und herwippte. Über seinen Beinen lag eine Decke, die ihn wärmte. Er trank kubanischen Kaffee aus einer kleinen Tasse.

Der Mann schaute in die Ferne. Die ersten Lichtstrahlen drangen zaghaft durch die Dunkelheit, die die Berge im Osten verhüllte.

Morgengrauen.

Er war schon seit zwei Stunden auf den Beinen und wartete auf den Bericht seines Untergebenen. Die Warterei ärgerte ihn. Geduld gehörte nicht zu seinen Stärken, vor allem, wenn es um eine so gefährliche Sache wie eine FBI-Ermittlung ging.

Der Kaffee schmeckte gut. Die Mischung aus Camaguey, Kuba, hatte er durch seine Kontakte auf Kuba und in Mexiko besorgt.

Das Handy auf seinem Schoß klingelte. *»Digame?«*

»Ya llego el Senador Horton. Lo llevamos a su officina, como usted ordeno.«

»Muy bien. Voy en un momento.«

Orion Yanez schaltete sein Handy aus und trank noch einen Schluck Kaffee. Der Bericht von Esteban, seinem Neffen und

Leiter seines persönlichen Sicherheitsdienstes, beruhigte ihn ein wenig. Es schien alles in Ordnung zu sein hinsichtlich des überstürzten Besuches von Senator Jack Horton und einem Untergebenen aus Austin, Texas. Sonst hätte Esteban ihn informiert.

Die goldenen Lichtstrahlen drangen tiefer in den Nachthimmel ein und zerrissen die Dunkelheit. Nach und nach erloschen die Sterne, als der Horizont in rotes Licht getaucht wurde und die Berggipfel im Osten allmählich sichtbar wurden.

2.

Aaron Shapiro saß auf einer Couch in einem fremden Raum. Er blinzelte mehrmals, um seinen Blick zu schärfen. Als er vor zwei Stunden in den Wagen gestiegen war, der am Dulles International Airport in Washington auf ihn gewartet hatte, waren ihm die Augen verbunden worden. Das Flugzeug sollte um Mitternacht landen, doch sein Anschlussflug in Chicago hatte sich aufgrund technischer Probleme um drei Stunden verspätet.

Der Generaldirektor von SoftCorp, der unter Müdigkeit und Schlafmangel litt, bemühte sich, Haltung zu bewahren. Er war zuvor noch nie nach Washington zitiert worden. Es gab Gerüchte über andere, denen das widerfahren war, aber daran wollte er jetzt nicht denken. Es waren erschreckende Gedanken, die ihn ablenkten, und das durfte er nicht zulassen. Das Gespräch, das er gleich mit dem Kopf der Organisation führen würde, könnte sein letztes sein, wenn er sein Gegenüber nicht von seinen Fortschritten und seinem richtigen Gefühl für die Dringlichkeit des Falles überzeugen konnte.

Als Shapiro seinen Krawattenknoten überprüfte, hatte er das unangenehme Gefühl, beobachtet zu werden. Er musste den Eindruck eines forschen, energischen Mannes vermitteln, der mit allen Problemen ...

»Aaron«, dröhnte eine Stimme durch versteckte Lautsprecher.

Shapiro sprang auf und setzte sich sofort wieder. »Ja?«

»Es ist einiges schief gegangen.« Die Stimme hatte einen starken spanischen Akzent.

Shapiros Herzschlag beschleunigte sich. Ehe er etwas sagen konnte, sprang die Tür auf, und zwei Männer betraten den Raum. Beide waren Ende zwanzig, sehr muskulös und lässig gekleidet. Sie stellten sich vor die Couch und starrten ihn mit unbewegten Mienen an. Shapiro bemühte sich, die Ruhe zu bewahren. Er wollte seine einstudierten Worte sprechen, brachte aber keinen Laut über die Lippen. Der Gedanke, heute vielleicht sterben zu müssen, ließ ihn erstarren.

»Sie haben mir gut gedient, lieber Freund«, sagte die Stimme. »Zehn Jahre lang haben Sie mir treu gedient. Sie haben es immer geschafft, Ihre Probleme ohne mein Einschreiten zu lösen. Stets haben Sie Ihre Ziele erreicht und Ihren Teil des Abkommens erfüllt. Ihr Sicherheitsdienst ist der beste, den ich je gesehen habe. Er ist in der Lage, jedes anstehende Problem zu lösen.«

Shapiro biss die Zähne zusammen. Er kannte diese Taktik gut, derer er sich selbst oft bediente. Zuerst erhielt ein Untergebener Lob, damit er sich wohl fühlte – und dann wurde ihm die Meinung gegeigt.

»Doch nun haben wir leider ein Problem, das Sie nicht aus dem Weg räumen konnten. Ehrlich gesagt, interessieren mich die Gründe für Ihr Versagen nicht. Es wären nur Ausreden und Rechtfertigungen, weil Sie Ihren Job nicht richtig getan haben. Ich habe den Menschen stets große Anreize geboten, dass sie das Notwendige tun, um das Überleben der Organisation sicherzustellen. Stimmen Sie mir zu?«

»Ja, Sir.«

»Okay. Da Ihr Gehalt und Ihre Zulagen offenbar nicht ausreichen, um Ihr Problem zu lösen, sind vielleicht zusätzliche Anreize vonnöten.«

Einer der Männer reichte Shapiro einen Umschlag. Shapiro öffnete ihn und riss den Mund auf, als er das Foto einer Überwachungskamera sah, das seine Frau abgelichtet hatte. Sie nahm ein Sonnenbad im Austin Country Club. Seine Frau war Ende vierzig und hatte sich mithilfe einer strengen Diät und eines konsequenten Fitnesstrainings die gute Figur ihrer Jugend erhalten. Nach diesem Schnappschuss folgte ein Foto von Melissa, seiner jüngsten Tochter. Sie lief über das Universitätsgelände von Harvard, wo sie Wirtschaftswissenschaften studierte. Es folgte ein Foto von Mary Beth, Shapiros ältester Tochter, die mit ihrem Gatten und den Zwillingen auf dem Weg zur Kirche war. Zum Schluss kam ein Foto von seiner Tochter Katherine, die in Harvard Jura studiert hatte. Sie lief in einem schicken Kostüm durch die Straßen von New York, ein Handy am Ohr. Vermutlich war sie auf dem Weg zur Arbeit, einer Kanzlei in der Wall Street.

»Diese hübschen Töchter und Ihre attraktive Frau, Aaron, machen Sie verletzbar.«

Shapiro hörte der Stimme nur mit halbem Ohr zu. Er saß mit hängenden Schultern auf der Couch und schaute mit feuchten Augen auf die Fotos in seinen zitternden Händen. Um seine Sicherheit machte er sich häufig Sorgen, und die Angst, seine Frau zur Witwe und seine Kinder zu Waisen zu machen, quälte ihn schon lange. Um die Sicherheit *seiner Familie* hatte er sich bisher nie gesorgt. Das gehörte nicht zur Abmachung. Diese Drohung ging über die Gepflogenheiten der Organisation hinaus. Die Organisation kümmerte sich immer um die Familien, falls einem Mitarbeiter etwas zustieß. Die Familien wurden niemals zur Zielscheibe. Für Rubakers Frau und seine Kinder war durch eine hohe Lebensversicherung gesorgt. Shapiro war davon ausgegangen, dass die Organisation es in seinem Fall ebenso handhaben würde.

Er atmete tief durch und rang nach Fassung. Es war von größter Bedeutung, äußerlich ruhig und Vertrauen erweckend zu wirken. Der Kopf der Organisation musste ihm zutrauen, jedes Problem lösen zu können. Obwohl die Drohung äußerst ungewöhnlich war, hatte es keinen Zweck, sich zu beklagen.

»Aaron, ich sorge dafür, dass es in Washington keine Probleme gibt. Sie sorgen dafür, dass die Probleme in Austin gelöst werden. Ich schicke Ihnen meinen besten Bodyguard nach Austin, damit Sie die Hilfe bekommen, die Sie benötigen, um die Probleme aus der Welt zu schaffen. Haben wir uns verstanden?«

Shapiro reckte sich und schaute die Bodyguards selbstsicher an, was ihn einige Kraft kostete. »Ja, Sir«, erwiderte er. »Vollkommen klar.«

3.

»Vertrauen Sie ihm?«, fragte Senator Jack Horton, der gegenüber von Orion Yanez' Schreibtisch saß und auf den großen Monitor auf der linken Seite des geräumigen Hightechbüros schaute. Auf dem Monitor waren zwei Bodyguards zu sehen, die Aaron Shapiro mit verbundenen Augen zu einem wartenden Wagen führten.

Orion drückte auf einen Knopf auf seinem Schreibtisch. Der Monitor wurde schwarz und verschwand in der Wand. Anschließend schob sich ein echter Picasso an die Stelle, und links und rechts von dem Gemälde fielen Vorhänge von der Decke. Die Dekoration dieser Wand war genau auf die Ausstattung des luxuriösen Büros abgestimmt. »Ich vertraue darauf, dass er tun wird, was ich ihm gesagt habe, aber nicht, weil ich ihm *vertraue*.«

»Und woher wollen Sie wissen, dass er die Probleme lösen wird?«

Orion schaute in die Ferne. Er hatte vor, Esteban nach Austin zu schicken, damit er Shapiros Sicherheitsteam unterstützte. »Man sollte niemals unterschätzen, welch starke Überzeugungskraft die Angst hat, mein Freund. Das wird Ihnen helfen, wenn ich Ihnen den Weg ins Weiße Haus geebnet habe.«

Der große, schlanke, elegant gekleidete Senator mit dem vollen grauen Haar war eine beeindruckende Erscheinung. Er kniff die Lippen zusammen, setzte sich bequem hin und schlug die Beine übereinander. »Ich werde gewählt, weil ich einen guten Ruf genieße und die Bevölkerung die starke Führungskraft braucht, über die ich verfüge.«

»Sparen Sie sich diese Worte für Ihren Wahlkampf, Senator. Ich gehöre nicht zu Ihren *Wählern*«, sagte Orion, der mit der Hand durch die Luft fuchtelte. Er nahm die Schachtel mit den kubanischen Zigarren in die Hand, öffnete sie und bot Horton eine an.

»Nein, danke.«

»*Rauchen* Sie mit«, beharrte Orion.

Horton nahm widerwillig eine Zigarre aus der Schachtel.

»Vertrauen«, sagte Orion. Er schnitt ein Ende der Zigarre mit einem achtzehnkarätigen Knipser ab, ehe er sie mit einem goldenen Feuerzeug anzündete. Dann reichte er beides Horton. »Ich habe noch nie einem Mann vertraut, der sich weigert, eine meiner feinen Habaneros mit mir zu rauchen.«

Horton schaute mit gleichgültigem Blick auf die Zigarre.

»Sie halten die Arbeit vieler kubanischer Werktätiger in der Hand, Senator. Mein Vater war einer von ihnen. Er musste sein Leben lang wie ein Tier auf den Tabakfeldern schuften, während meine Mutter die Habaneros rollte«, sagte Orion.

»Hört sich nach einem harten Leben an.«

Orion nickte. »Wissen Sie, was Melanosis ist, Senator?«

Horton schüttelte den Kopf.

»Eine Hautkrankheit. Die Krankheit kann man bekommen, wenn die Hände zu lange dem Kontakt mit den Tabakblättern ausgesetzt sind. Die Chemikalien in den Blättern färben die Hände grün, und eines Tages verschlechtert sich der Zustand der Haut und löst die einzige Form der tödlichen Krankheit aus. Einige nennen es Berufsrisiko, wie zum Beispiel die Staublunge bei Bergleuten. In meinen Augen ist es Mord. Die Regierung lässt die Bauern ohne Schutz in den Tabakfabriken arbeiten. Batista gab den Bauern wenigstens Handschuhe. Castro hält ihnen Reden. Die Krankheit hat meine Eltern getötet. Jedes Jahr sterben Hunderte meiner Landsleute in Castros Kuba, damit Sie und ich diesen Augenblick genießen und die Frucht ihrer harten Arbeit rauchen können. Und sie können sich nicht beklagen, sonst steckt das Schwein sie in *gavetas*.«

Horton hob den Kopf. *»Gavetas?«*

»Wörtlich übersetzt heißt das Wort Schubfach, denn so sehen die Zellen aus. Es sind verdammt kleine Löcher, in die so eben eine Person hineinpasst. Sie ähneln den Fächern im Leichenschauhaus, nur dass diese armen Schweine noch leben.«

»Mein Gott«, sagte Horton. »Das wusste ich nicht.«

»Ja, die meisten wissen es nicht. Ein Onkel von mir hat drei Jahre in einem solchen Loch verbracht. Seine Gelenke sind erfroren. Er ist so gut wie gelähmt. Ein anderer Verwandter von mir musste zehn Jahre absitzen, weil er einen von Castros Soldaten beschimpfte, nachdem er acht Stunden für Brot anstand und dann nach Hause geschickt wurde, weil es keins mehr gab. Er musste die Strafe in dem berüchtigten Gefängnis auf der Isle de Pinos absitzen, wo er von 1961 bis 1967 fünfzehntausend Männer sah, die diese Hölle durchlebten. Er sah, wie Männer erschossen, mit einem Bajonett aufgespießt oder willkürlich aus der Menge herausgepickt und bestraft wurden. Ihnen wurden im Anus brennende Zigaretten ausgedrückt, oder sie bekamen an Ohren, Anus und Hoden Elektrostöße verpasst. In diesem Gefängnis sollte den Häftlingen der Wille gebrochen werden. Man wollte sie zwingen, vor ihresgleichen öffentlich ihren Fehler zuzugeben und sich der Revolution anzuschließen.«

Orion fuhr noch zehn Minuten mit seiner einstudierten Anti-Castro-Rede fort. Seine Operation hing davon ab, diesen Mann zu überzeugen, dass er Castro von ganzem Herzen hasste, obwohl in Wahrheit genau das Gegenteil zutraf. Orions Vater war als Held der Revolution gestorben. Er kämpfte gegen die von der CIA unterstützte Invasion in der Schweinebucht. Raul Yanez hatte mit eigenen Händen acht der ins

Land einfallenden *gusanos* getötet, ehe ihn eine Granate zerriss. Er bekam ein Ehrenbegräbnis neben anderen, die für die Revolution ihr Leben ließen.

Horton nickte und zog an der Zigarre, ehe er sich äußerte. »Ich bin heute hierher gekommen, weil Sie sagten, es sei wichtig.«

Orion erinnerte sich an das Begräbnis seines Vaters in Havanna, als er auf das brennende Ende der Zigarre schaute. Dann verdrängte er die Gedanken an die Vergangenheit und musterte den nächsten Präsidenten der Vereinigten Staaten. Es hatte Orion einen einzigen Anruf gekostet, um den bedeutenden Senator aus New York hierher zu zitieren. Der Vorsitzende des Kongresses auf dem Capitol Hill lag bei den Meinungsumfragen für den Einzug der Republikaner ins Weiße Haus im nächsten Herbst mit zwanzig Prozentpunkten vorn. Er hatte alles stehen und liegen lassen, sämtliche Termine abgesagt und war aufgebrochen, um sich mit Orion Yanez, einem unbekannten kubanisch-amerikanischen Geschäftsmann zu treffen, der auf einem hundert Morgen großen Anwesen in den Bergen von Virginia lebte.

Das war Macht.

Orion Yanez, der gebürtige Kubaner, war vor fünfzehn Jahren an Bord der *Mariel* nach Amerika gekommen, wo er seither lebte. Heute gehörte er zu den reichsten Männern der Welt. Im Gegensatz zu Michael Dell, Steve Forbes und Bill Gates stand Orion auf keiner Liste der fünfhundert Reichsten der Welt. Er brauchte die Last seines Reichtums nicht zu tragen. Er benötigte nicht unzählige Rechtsanwälte, die gegen die Bürokraten in Washington ankämpften, damit ihm sein Imperium erhalten blieb. Orion Yanez hatte diese Bürokraten in der Hand. Er musste keine Werbung betreiben oder Preise senken, um im Geschäft zu bleiben. Er schaltete seine Feinde und Konkurrenten einfach aus, während er die Stufen der kubanischen Regierung hinaufkletterte. Diese Regierung hatte ihm alles beigebracht, was er wusste, aber sie musste sich entwickeln, um zu überleben. Die Sowjetunion unterstützte Kuba seit langem nicht mehr. Daher hatte Castro beschlossen, sich kapitalistischer Methoden zu bedienen, während er die Fassade der kubanischen Ideologie der Revolutionsjahre aufrechterhielt. Der kubanische Führer hatte europäische und asiatische Investoren angelockt, die an den kristallklaren Stränden von Havanna Weltklasse-Hotels bauten, und den Drogenhandel angekurbelt, um seine Armee zu unterhalten und seinen Traum zu verwirklichen.

Aber wir müssen uns entwickeln, Fidel, hatte Orion zu Castro gesagt. Kuba musste sich verändern, sonst würde das Land dasselbe Schicksal wie Rumänen, Jugoslawien, die Tschechoslowakei und die Sowjetunion erleiden.

Sich wandeln oder sterben.

Daher hatten sie einen Plan entworfen, mit dessen Hilfe er große Summen des amerikanischen Kapitals nach Kuba schleusen und die sterbende Nation mit frischem Blut versorgen konnte.

Orion Yanez, der sich angeblich aus eigener Kraft zum Milliardär hochgearbeitet hatte, zwang die Mächtigen in Washington im Gegensatz zu Bill Gates und anderen, sich ihm zu beugen. Der eingebürgerte Amerikaner machte sich die Schwachstellen der gewählten Regierungsform in Amerika zunutze, um höhere Ziele zu erreichen und Kuba zu retten. Sein geliebtes Heimatland sollte nicht wie zu Zeiten des Batista-Regimes zu einer weiteren Marionette der Vereinigten Staaten verkommen.

»Erzählen Sie mir von der Sitzung, die gestern unter Ausschluss der Öffentlichkeit stattfand«, sagte Orion, der wieder auf seine Zigarre schaute und an sein geliebtes Heimatland dachte.

Horton strich mit zwei Fingern über seine Krawatte. »Es lief so, wie wir gehofft haben. Die Abstimmung findet heute

Nachmittag statt. Ich nehme an, dass eine Mehrheit dafür stimmen wird.«

Orion nickte. Es ging um einen neuen Vertrag über 400 Millionen US-Dollar für die Erweiterung des Bearbeitungszentrums in Austin, die Möglichkeit, die Modernisierung der Finanzbehörde voranzutreiben. In Shapiros Bericht stand, dass der IRS Ende des Jahres über das erste voll funktionsfähige VR-Datenbank-Verwaltungssystem verfügen würde.

Zum Preis von 70 Millionen Dollar.

Die Differenz der beiden Beträge wurde mithilfe von SoftCorp und der Capitol Bank auf Konten auf den Cayman Islands, in Mexiko, Spanien, Venezuela und Brasilien geschleust, zu denen niemand in Amerika Zugriff hatte.

Die meiner persönlichen Kontrolle unterliegen, damit Kubas Zukunft finanziert werden kann.

»Wie viel Geld steht Ihnen für Ihre Wahlkampagne zur Verfügung?«

Horton lächelte strahlend – ein Lächeln, das die Bürger des Landes in den letzten Monaten verzaubert hatte. »Bis jetzt hundert Millionen Dollar.«

»Es wird noch mehr«, versprach Orion. Er konnte Hortons Wahlkampf nicht offiziell unterstützen, ohne das Misstrauen der zahlreichen Untersuchungskommissionen zu erwecken, die nachprüften, woher die Gelder stammten, und das Privatleben jedes Kandidaten unter die Lupe nahmen. Es gab zum Glück zahlreiche andere Möglichkeiten, Hortons Wahlkampf finanziell zu unterstützen. Orion war ein sehr mächtiger Mann. Er konnte Hunderte von Unternehmen in vielen Staaten beeinflussen, die alle großzügige Spenden lockermachten, um Amerikas beliebtesten Politiker im nächsten November ins höchste Amt des Landes zu wählen. Von Hightechunternehmen über Banken bis hin zu Versicherungs- und Telefongesellschaften, Kasinos, Import-Export-Unternehmen, Einzelhändlern, Immobilienhändlern, Hotel-

und Restaurantketten, zahlreichen Internet-Anbietern und Dutzenden legaler Firmen überall in den Vereinigten Staaten herrschte Orion Yanez über ein riesiges Imperium in Amerika. Seinen Einfluss nutzte er nicht nur, um Dutzenden von Politikern wie Horton Macht zu verleihen und sie zu kontrollieren, sondern auch, um auf verschiedenen Wegen in großem Stil Geld zu waschen und Milliarden auf Konten in Übersee zu schleusen. Kuba, ein Land mit einem jährlichen Bruttosozialprodukt von weniger als 13 Milliarden US-Dollar, waren die zusätzlichen Milliarden, die Orions Organisation zur Verfügung stellte, von großem Nutzen. Die Gelder wurden von Castro klug eingesetzt, um die erforderliche Infrastruktur zu schaffen und seine Revolution ins einundzwanzigste Jahrhundert zu führen.

Als Präsident hätte Horton die Macht, die Politik des Landes in eine Richtung zu lenken, die für Kuba vorteilhaft wäre. Er könnte das Handelsembargo lockern, wodurch die kubanische Wirtschaft weiter gestärkt würde. Auf die Warnungen der CIA, Kuba könne sich aus Russland oder der Ukraine Nuklearwaffen beschaffen, würde der neue Präsident nicht hören. Sollte Horton zum Präsidenten der Vereinigten Staaten gewählt werden, würde Orion Yanez zum mächtigsten Mann Amerikas aufsteigen.

Sie rauchten ihre Habaneros und plauderten über die Zukunft, die nächsten Wahlen, die Aussicht auf zusätzliche Gelder im nächsten Haushaltsplan und über die neue Jacht, die Orion in Miami gekauft hatte und die vor den Bahamas lag. Orions nächste Bemerkung überraschte Horton, einen ehemaligen Marineoffizier, der das Meer liebte und sich von seinem Senatorengehalt keine eigene Jacht leisten konnte.

»Und Ihre Jacht liegt direkt neben meiner vor Anker, lieber Freund.«

Der Senator beugte sich vor. »*Meine* Jacht?«

»Sie ist natürlich nicht so groß wie meine. Ich habe Ihnen

eine zwölf Meter lange *Sea Ray* mit drei Kabinen und einer Gourmet-Küche gekauft.«

Horton blickte ihn zuerst überrascht und dann besorgt an. »Aber ... die Untersuchungskommissionen. Sie werden mich an den Pranger stellen, wenn sie herausfinden, dass ich ein so großzügiges Geschenk angenommen habe.«

Orion schüttelte den Kopf. »Entspannen Sie sich, Senator. Es ist ganz legal. Das Schiff ist auf den Namen einer meiner Leasing-Gesellschaften eingetragen. Sie leasen die Jacht wie jeder andere, nur dass Sie nicht die exorbitanten Preise pro Stunde zahlen müssen. Daher können Sie die Jacht nutzen, wann immer Sie Lust dazu haben, und das zu einem bescheidenen Preis. Außerdem ist die Leasing-Gesellschaft auf den Cayman Islands, sodass niemand, der in Ihren Vermögenswerten in diesem Land herumschnüffelt, darauf stoßen kann.«

Horton dachte einen Augenblick darüber nach, ehe sein besorgtes Gesicht von einem Lächeln erhellt wurde. »Ich bin Ihnen sehr dankbar, Orion. Ein wunderschönes Geschenk, denn ich liebe das Meer.«

»Keine Ursache, mein Freund. Hier ist etwas, wofür Sie mir *wirklich* danken können.« Orion zog einen kleinen Briefumschlag aus der Tasche und schob ihn über den Schreibtisch zu Horton.

»Was ist das?«

»Ein Geschenk. Sehen Sie es sich an.«

Horton öffnete den Briefumschlag, zog das Blatt heraus und faltete es auseinander. Er schaute Orion fragend an. »Das ist eine lange Reihe aus Buchstaben und Zahlen. Was hat das zu bedeuten?«

»Diese Nummer gewährt Ihnen Zugriff auf ein Nummernkonto auf den Cayman Islands. Der Kontostand beträgt fünf Millionen Dollar.«

Horton wurde aschfahl. Er wusste genau, was das zu bedeuten hatte. Niemand konnte ihn als Kontoinhaber identifizieren. Es war das beste steuerfreie Geschenk, das ihm jemand machen konnte. Ein Netz, das ihn auffangen würde, falls die Fassade seiner Welt je bröckelte. Er musste nur in die Karibik fliegen und konnte sich das Recht erwerben, für den Rest seines Lebens inkognito auf seiner luxuriösen Jacht zu leben.

»Ich ... ich bin sprachlos, Orion. Das gehört nicht zu unserer Vereinbarung. Ich weiß gar nicht, wie ich Ihnen für dieses großzügige Geschenk ...«

»Ziehen Sie ins Weiße Haus ein«, unterbrach ihn Orion. »Sie haben die Wahl schon so gut wie gewonnen. Sie dürfen jetzt nur keine Dummheiten machen. Vögeln Sie also nicht mit irgendeiner Studentin.«

Horton lächelte. »Keine Sorge. Kann ich mich irgendwie für dieses unerwartete, äußerst großzügige Geschenk bedanken?«

»Nun ... da wäre eine Kleinigkeit, die Sie für mich regeln könnten. Ach, lassen Sie nur.«

»Was denn?«

»Ach, nichts. Ich möchte Sie nicht mit meinen Problemen belasten.«

Horton legte die Arme auf die Schreibtischplatte und zeigte mit der Zigarre auf Orion. »*Ihre* Probleme«, sagte er, ehe er mit der Zigarre auf sich zeigte, »sind *meine* Probleme, mein Freund.«

Orion schaute den Politiker durch den aufsteigenden Rauch an. »Und es macht Ihnen wirklich nichts aus?«

»Nein, keineswegs. Um was geht es?«

»Okay.« Orion lehnte sich zurück. Die Zigarre hing im Mundwinkel, und sein Blick schweifte über die großen Fenster auf der rechten Seite des Raumes. Er wusste, dass das Geschenk eine gute Investition war. Ein solches Geschenk ging über die Vereinbarung hinaus, die er vor sechs Jahren mit dem damaligen Senatskandidaten Jack Horton getroffen hatte. Es

war ein simples Arrangement: Orion unterstützte Hortons politische Karriere, und dieser machte im Gegenzug Gelder für den IRS locker. Orion hatte auch Hortons Wahl dank seiner zahlreichen Kontakte und Geschäftsbeteiligungen mit großzügigen Geldern unterstützt. Die Spuren waren nicht zurückzuverfolgen, falls eine Untersuchungskommission je auf die Idee kommen sollte, Hortons Wahlkampfspenden unter die Lupe zu nehmen. Orion hatte dafür gesorgt, dass Horton zweimal in New York gewählt wurde. Das war ihm einerseits durch die Investition hoher Geldsummen gelungen. Außerdem brachte er Hortons Gegner durch öffentliche Skandale in Verruf. Horton wusste über Orions Operation in Austin nur, dass es großzügige Verträge zwischen dem IRS und einem seiner Unternehmen gab. Das war alles. Und Horton hatte noch nie zuvor persönliche Geschenke von Orion bekommen.
»Ich fürchte, das FBI hat seine Nase in eines meiner Geschäfte gesteckt.«

»Diese Scheißkerle«, schimpfte Horton. »In Waco und Ruby Ridge haben sie total versagt. Und die Bombenattentate auf das World Trade Center und das Regierungsgebäude in Oklahoma City konnten sie auch nicht verhindern. Anstatt ihre Arbeit zu machen schikanieren sie Steuerzahler wie Sie.« Horton nutzte jede Gelegenheit, auf dem FBI herumzuhacken, wenn der FBI-Direktor zum Capitol Hill kam, um Gelder bewilligt zu bekommen. »Wo werden die Ermittlungen geführt?«

»In Austin.«

Horton atmete tief ein. Er wusste, dass Austin ein kritischer Bereich in Orions Geschäftsbestrebungen war. »Was ist passiert?«

»Vielleicht hat es nichts zu bedeuten, aber Sie wissen, wie sensibel ich reagiere, wenn jemand sich in meine Geschäfte einmischt.«

»Das kann ich Ihnen nicht verübeln«, sagte Horton, der das

Blatt in die Hosentasche steckte. »Die Geschäftswelt ist heutzutage mörderisch. Nur die Paranoiker überleben. Was kann ich für Sie tun?«

»Im Kongress wird zurzeit über den neuen Haushaltsplan verhandelt, nicht wahr?«

Horton nickte. »Jede Behörde kommt mit ihren Plänen und Budgetforderungen.«

»Das FBI gehört auch dazu?«

»Das haben wir schon hinter uns. Ich habe starke Kürzungen empfohlen.«

»Wurde schon darüber entschieden?«

Horton kniff die Augen zusammen. »Nein, die endgültige Entscheidung fällt Ende nächster Woche. Worauf wollen Sie hinaus?«

Orion Yanez atmete laut aus. »Ich möchte nicht, dass Sie etwas tun, was Ihnen unangenehm ist, mein Freund.«

Horton musterte Orion. »Ich soll meine Entscheidung bezüglich des FBI-Budgets noch einmal überdenken, damit ich Informationen vom FBI bekomme, nicht wahr?«

»Es gibt Mittel und Wege, das zu tun, ohne sich illegaler Methoden zu bedienen. Jeder gute Politiker und Geschäftsmann weiß das.«

Horton runzelte die Stirn.

Orion fuhr fort. »Jede Information über die laufenden Ermittlungen wäre für uns eine große Hilfe. Und Zeit ist natürlich sehr wichtig.«

Horton sah ihn skeptisch an. Bisher war es einfach für ihn gewesen, als Sympathisant der Finanzbehörde im Kongress aufzutreten. Das war kein großes Risiko. Jetzt zog Orion die Schraube ein wenig an. Er fügte hinzu. »Es wäre ein großes Unglück, wenn meine Operation in Austin auffliegen und die Spur zu Ihren Wahlkampfspenden führen würde.«

Jetzt schenkte Horton ihm seine ungeteilte Aufmerksamkeit. Der Senator errötete, als er die Beine übereinander schlug und sich räusperte. Bis jetzt hatte Orion wenig vom Senator verlangt, wohingegen er seine Karriere großzügig unterstützte. Orion hatte auf die richtige Gelegenheit gewartet, um Gegenleistungen zu verlangen. Der Zeitpunkt war gekommen, Kapital aus seinen Investitionen zu schlagen und Horton wissen zu lassen, dass er in seine Geschäfte verwickelt war, indem er seine politische Karriere finanzierte.

»Das wäre in der Tat verhängnisvoll«, sagte Horton schließlich.

»Ein Fleck auf Ihrem guten Namen, Ihrer Karriere, Ihrer Familie. Und wenn der Fall erst beim Staatsanwalt landet, könnte das zu einer saftigen Geldstrafe oder sogar einer Gefängnisstrafe führen. Obwohl ich mein Bestes tun würde, um das zu verhindern.«

Der Senator schwieg.

»Wir haben uns verstanden, mein Freund?«

Jack Horton nickte kurz, ehe er das Arbeitszimmer verließ.

Orion Yanez kehrte auf die Terrasse hinter dem Haus zurück und setzte sich wieder in den Schaukelstuhl. Er betrachtete den Sonnenaufgang, den Neubeginn für sein geliebtes Heimatland, die Aussicht, nach Kuba zurückzukehren, sobald Horton gewählt worden war und er die Waffen beschafft hatte, die seine Regierung für ihr Überleben brauchte.

4.

Die Ryans betraten um Viertel vor sieben ein Starbucks-Café in West-Austin. Sie bestellten sich zwei Cappuccino und setzten sich an einen Ecktisch. Der normale Trott zwischen dem Aufstehen und dem Verlassen des Hauses wurde heute durch die Angst, auf Schritt und Tritt beobachtet zu werden, erheblich gestört. Der Zustand war unerträglich. In ihren Verträgen mit SoftCorp und der Capitol Bank stand nichts davon, dass sie auch ihr Privatleben an die Unternehmen veräußern mussten. Es musste sich schnell etwas ändern, doch die Ryans hatten nicht die geringste Ahnung, wie sie ihrer misslichen Lage entfliehen konnten. Vielleicht brachte das morgige Treffen eine Lösung. Bis dahin mussten sie so tun, als wäre alles in bester Ordnung, zumindest bis sie genau wussten, was gespielt wurde.

»Was hat das alles zu bedeuten, Mike?«, fragte Victoria, die ein elegantes Kostüm trug und sich ein wenig geschminkt hatte.

»Keine Ahnung, Vic. Auf jeden Fall können wir uns unser Privatleben nicht kaputtmachen lassen.«

»Darauf trinke ich.« Victoria wirkte heute viel ruhiger.

»Und was ist mit dem Treffen morgen?«, fragte Mike.

Victoria zuckte mit den Schultern. »Was meinst du?«

Mike hatte am Abend zuvor lange darüber nachgedacht. »Ich finde, wir sollten uns mit dieser so genannten Freundin treffen. Vielleicht bringt uns das weiter. Im Augenblick wüsste ich wirklich nicht, was wir sonst machen könnten.«

Victoria stellte ihre Tasse auf den Tisch, stützte die Ellbogen auf und verschränkte die Finger, als wollte sie beten. »Ja, die Situation ist unhaltbar. Der Gedanke, dass mein ganzes Leben auf Video aufgezeichnet wird, treibt mich noch in den Wahnsinn. Und wenn diese Mistkerle unseren Ruf ruinieren, finden wir kaum einen anderen Job.«

»Falls sie uns überhaupt gehen lassen.«

Victoria schaute ihren Mann schweigend an.

»Okay«, fügte Mike hinzu. Er stellte seine Tasse ebenfalls auf den Tisch und nahm ihre Hände. »Lass uns mal überlegen, was wir bis jetzt wissen. Falls es tatsächlich um illegale Geschäfte geht, sind SoftCorp, ein Hightechunternehmen, das Geschäfte mit der Finanzbehörde macht, und die Capitol Bank, die eng mit SoftCorp zusammenarbeitet, darin verwickelt. Denk nur mal daran, wie schnell sie dir einen Traumjob angeboten haben, damit ich den Vertrag unterschreibe.«

»Aber das bringt uns doch alles nicht weiter.«

»Ich muss das Netz von SoftCorp mal unter die Lupe nehmen. Mein Gefühl sagt mir, dass ich erstaunliche Entdeckungen machen werde.«

»Das ist gefährlich. Wenn sie dich ...«

»Ich lasse mich nicht noch einmal erwischen. Keine Sorge. Ich werde sie zwingen, mir eine größere Kontrolle über ihr Netz zu geben, ohne dass sie es merken.«

Victoria kniff die Augen zusammen. »Wie willst du das denn anstellen?«

Mike grinste. »Das erkläre ich dir später. Jetzt muss ich erst mal wissen, wonach ich suche, wenn ich in ihr Netz eindringe. Ich brauche Anhaltspunkte. Du musst mir einen Crashkurs im Bankwesen geben, Vic. Banken überweisen Geld. Sie eröffnen Konten und schieben Vermögen von einem Konto aufs andere. Vielleicht wickelt die Capitol Bank nicht nur die offiziellen Finanzgeschäfte für SoftCorp ab. Könnte doch sein, dass große Geldbeträge einfach unter den Tisch fallen, oder? Kannst du mir erklären, wie das geht?«

»Sprichst du über Geldwäsche?«

»Genau. Einiges weist ohnehin darauf hin. SoftCorp erhält viel zu große Summen für den technischen Support des IRS. Vielleicht stecken Shapiro und Wittica mit dem Vorstand der Capitol Bank unter einer Decke und betreiben illegale Geschäfte? Das Hightechunternehmen wurde immerhin mit Krediten der Capitol Bank gegründet. Vielleicht erwirtschaftet SoftCorp zu hohe Gewinne durch die Verträge mit dem IRS, und die Bosse stecken sich einen dicken Batzen in die eigene Tasche. Und ihre Freunde und Verbündeten bei der Bank waschen das Geld.«

Victoria schüttelte den Kopf. »Mike, du fantasierst. Kein Unternehmen wäre so verrückt, Geld zu waschen, wenn es mit dem IRS zusammenarbeitet. Die Finanzbehörde weiß doch, wie viel Geld es SoftCorp für seine Dienste bezahlt. Wenn SoftCorp falsche Beträge bei der Steuererklärung angibt, sieht die Finanzbehörde das auf den ersten Blick.«

»Stimmt«, sagte Mike lächelnd. »Es sei denn, sie sind in die Sache verwickelt.«

»Die Finanzbehörde? Auf keinen Fall!«

»Und warum nicht?«

»Weil ... weil es die Finanzbehörde ist.«

»Beim IRS sitzen ganz normale Menschen«, stellte Mike nüchtern fest. »Die Behörde kann jeden Steuerzahler auf Herz und Nieren überprüfen, aber wer überprüft die Finanzbehörde? Die ideale Position, um ein krummes Ding zu drehen.«

»Mike, wirklich, das ist doch Quatsch.«

Er zuckte mit den Schultern. »Vielleicht, vielleicht auch nicht. Erzähl mir zuerst mal, was du über Geldwäsche weißt. Was hast du in Stanford alles gelernt?«

Victoria schob die Unterlippe vor und schaute ihren Mann

mit zusammengekniffenen Augen an. Sie hatte ihr Haar mit Gel gestylt und nach hinten gekämmt. Diese Frisur und das elegante Kostüm verliehen ihr ein seriöses Aussehen. »Über dieses Thema haben wir in mehreren Seminaren gesprochen. Es gibt verschiedene Möglichkeiten, Geld zu waschen, die bis zu einem gewissen Grad von der FATF kontrolliert werden.«

»Wie bitte?«

»Die FATF – die Financial Action Task Force, eine Organisation mit Sitz in Paris, die mit dem Ziel gegründet wurde, das organisierte Verbrechen und die internationale Geldwäsche zu bekämpfen. Sechsundzwanzig Länder haben sich der FATF angeschlossen, darunter die Vereinigten Staaten, das Vereinigte Königreich, Kanada, fast ganz Europa, Japan und mehrere asiatische Länder. Die FATF arbeitet mit den meisten Bundeskriminalämtern wie zum Beispiel unserem FBI und Interpol zusammen. Leider haben sich viele Länder dieser internationalen Organisation nicht angeschlossen, darunter viele südamerikanische Staaten.«

»Und dahin verschwindet in der Regel gewaschenes Geld, nicht wahr?«

Victoria nickte und trank einen Schluck Kaffee. »Es gehört zu den Aufgaben der FATF und den angeschlossenen Behörden, Schwarzgeld auf dem Weg durch internationale Kanäle abzufangen, ehe es auf Konten der Länder verschwindet, die sich der Organisation nicht angeschlossen haben.«

»Kann man denn zurückverfolgen, woher das Schwarzgeld ursprünglich stammt?«

»Wenn es sichergestellt oder zumindest der Kanal identifiziert werden kann, der benutzt wurde, kann eine Behörde wie das FBI versuchen, den Weg zurückzuverfolgen, falls er überhaupt noch benutzt wird. Meist werden die Kanäle nach einmaliger Benutzung verändert, sodass die Ermittlungen in einer Sackgasse enden.«

»Wer gehört zu den typischen Geldwäschern?«

»Das organisierte Verbrechen wie die italienische Mafia, die japanische Yakuza, das kolumbianische Kartell und in jüngster Zeit auch Verbrecherorganisationen aus Russland und Osteuropa. Diese kriminellen Organisationen betreiben alles von Unterschlagung, Betrug, Erpressung und Kreditbetrug über Prostitution, illegale Waffengeschäfte bis hin zur Sklaverei.«

»Das hast du in Stanford gelernt?«

Victoria nickte. »Finanzverbrechen. Letztes Studienjahr. Erinnerst du dich?«

Jetzt erinnerte sich Mike wieder, und er wünschte sich in diesem Augenblick die unbeschwerte Studienzeit zurück. »Ja. Und wie wird das Geld gewaschen?«

»Es gibt viele bekannte Techniken – mit Sicherheit eine ganze Menge, die wir noch nicht kennen. Der traditionelle Weg ist der über Banken. Es werden Konten unter falschem Namen oder den Namen von Personen oder Unternehmen eröffnet, die für andere Nutznießer operieren. Diese so genannten Nutznießer können Rechtsanwälte oder Buchhalter sein, die Scheinfirmen vertreten, über die Schwarzgeld von einem dubiosen Konto aufs andere überwiesen wird. Nachdem dieser Prozess drei- oder viermal durchgezogen wurde, können die Behörden die Spur kaum noch zurückverfolgen. Bis dahin sind die verschiedenen zwischengeschalteten Nutznießer und Scheinfirmen verschwunden. Oft lassen sie nur leere Lagerhäuser oder Büros zurück, und die Ermittler kommen mal wieder nicht weiter.«

Mike erinnerte sich vage daran. Sie hatten oft über ihre Seminare und das bevorstehende Examen gesprochen. Er erinnerte sich auch an die Höhe der Überweisungen, bei denen die Banken misstrauisch wurden, und an die ausländischen Banken, auf die Schwarzgelder überwiesen wurden.

Victoria nickte, als er sie danach fragte. »Es gibt nur ein Problem. Die Banken werden erst hellhörig, nachdem der

Geldtransfer bereits abgeschlossen und das Schwarzgeld verschwunden ist.«

»Gibt es keine Möglichkeit, das Geld festzuhalten, bis ein Ermittler die Legalität der Gelder überprüft hat?«

Victoria lächelte. »Denk doch mal nach, Mike. Täglich werden unzählige Überweisungen von Privatpersonen an Unternehmen und umgekehrt getätigt. Der internationale Geldmarkt ist riesig. Stündlich finden Millionen von Transaktionen statt, die zehn Dollar betragen können – oder auch zehn Milliarden Dollar. Kein Ermittler und keine Behörde können sämtliche Transaktionen stoppen, um sie zu überprüfen. Erstens ist keine Regierung so ausgerüstet, um rechtzeitig einzuschreiten. Allein schon die vielen Transaktionen machen es unmöglich. Wir können nur auf gewisse Geschäfte hinweisen und später ermitteln.«

»Wie kann man denn bei einer derartigen Menge und Vielfalt der Transaktionen die guten von den schlechten unterscheiden? Geld bleibt Geld.«

»Es gibt bestimmte Anhaltspunkte. Wir werden zum Beispiel hellhörig, wenn die Höhe der Eingänge auf ein Konto größer ist, als das angegebene Geschäft des Kontoinhabers vermuten lässt. Leider bringt uns eine Überprüfung oft nicht weiter. Es kann sich um aufgenommene Kredite oder Verkaufserlöse handeln. Mitunter ist das betreffende Unternehmen erst seit kurzem bei der Industrie- und Handelskammer gemeldet, und manchmal sind die Kontoinhaber miteinander verwandt.«

»Und wie sieht es mit ausländischen Konten aus?«

Victoria trank noch einen Schluck Cappuccino. »Hohe Überweisungen auf ausländische Konten machen die Banker ebenfalls stutzig. Manchmal werden die Gelder bei Filialen ausländischer Banken eingezahlt. Anschließend verschwindet das Geld auf einem Konto der Bank in dem entsprechenden Land, ohne dass die Identität des Auftraggebers preisgegeben wird.

Es gibt noch andere Möglichkeiten, Geld ohne Hilfe der Banken zu waschen. Man kann zum Beispiel Wechselstuben benutzen, da sie nicht so strengen gesetzlichen Regeln unterliegen wie Banken und andere Geldunternehmen. Natürlich ist die älteste Technik noch immer in Mode: der ganz normale Schmuggel. Kriminelle gehen so weit, Unternehmen zu kaufen, die Waren verschiffen, und dann verstecken sie das Schwarzgeld in den Waren. Und vergiss nicht die Kasinos und Versicherungsunternehmen, die die Geldwäsche erleichtern.«

Mike verzog das Gesicht. »Bei einem Kasino kann ich mir das vorstellen, aber eine Versicherungsgesellschaft ...?«

»Ganz einfach. Jemand, der Geld waschen will, kauft Versicherungspolicen zu einem hohen Kurs und veräußert sie zu einem Discountpreis. Die Differenz steht dem Geldwäscher in Form eines sauberen Schecks der Versicherungsgesellschaft zur Verfügung. Versicherungspolicen können auch als Sicherheit für Darlehen von Kreditinstituten benutzt werden. Der Geldwäscher schließt mit Schwarzgeld eine Versicherung über eine Million Dollar ab und benutzt diese Versicherungspolice als Sicherheit, um bei einem Kreditinstitut ein Darlehen aufzunehmen. Auch über Wertpapiere kann man Geld waschen. Frontfirmen kaufen oder verkaufen Wertpapiere für andere Scheinfirmen, die schließlich zu einem legalen Unternehmen führen, das wiederum einer Scheinfirma gehört.«

Mike rieb sich übers Kinn. »Erstaunlich. Und wie sieht es mit dem Internet aus?«

»Das ist eine neue Bedrohung. Cyber-Zahlungen sind auf dem Vormarsch und eröffnen Schmugglern neue Wege. Auf diese Weise können sie ihre Transaktionen anonym und außerhalb des Bankensystems durchführen.«

Sie tranken ihren Kaffee aus und gingen zu ihren Wagen, die sie nebeneinander geparkt hatten. Mike gab seiner Frau einen Abschiedskuss; dann fuhren sie zu ihrer jeweiligen Arbeitsstelle. Eine halbe Stunde später starrte Mike durch das große Fenster seines Labors und dachte über einen Plan nach, wie er sich mehr Spielraum im Netzwerk verschaffen könnte. Seine Hackerfähigkeiten traten langsam wieder zutage, als er sich darauf vorbereitete, etwas zu tun, das er seit langer Zeit nicht mehr getan hatte: tief in ein System eindringen.

Und wenn du geschnappt wirst?

Du hast keine andere Wahl. Du musst es tun, um mehr zu erfahren. Außerdem hast du die Fähigkeit.

Hast du auch noch die Nerven?

Mike traf die Entscheidung und drang ins System ein. Er stimmte das Virtual Reality System genau auf seine heimlichen Bedürfnisse ab und integrierte die Expertensysteme, die andere Informatiker der Firma programmiert hatten. Es war ihm nicht nur daran gelegen, seinen geplanten Einbruch zu vereinfachen, sondern auch den Termin für sein Projekt einzuhalten.

Um die Mittagszeit fuhr Mike zu einem Deli-Mart in der Nähe und kaufte sich ein Sandwich, das er im Labor essen wollte. Auf dem Weg dorthin kam er an zwei Sicherheitsbeamten vorbei, die ihn mit unbewegten Mienen musterten. Mike nickte kurz, worauf einer der Sicherheitsmänner sagte: »Guten Tag, Sir.«

Haben die beiden Vic und mich gestern Abend im Korridor beobachtet? Auf jeden Fall lassen sie sich nichts anmerken.

Mike kehrte in sein Labor zurück und aß sein Sandwich, während er an dem Programm arbeitete. In den nächsten zwei Stunden vervollständigte er die Identifikation der User-Gestalten. Außerdem verlieh er seiner neuen Version von MPS-Ali den letzten Schliff. MPS-Ali sollte Mike als erster Bodyguard bei allen zukünftigen Ausflügen ins Cyberspace unterstützen. Er hatte in seinen MPS-Ali ein paar zusätzliche Features eingebaut, die das Gespräch über Geldwäsche berücksichtigten, das er heute Morgen mit Victoria geführt hatte.

Mike setzte sich sein HMD auf den Kopf und drang ins System ein. Er wartete ein paar Sekunden, bis MPS-Ali durch den Nebel drang, der das Netz schützte. Der muskulöse Agent, der eine nagelneue silber-schwarze Uniform und einen dicken Gurt mit Mikes Hackerutensilien trug, schwebte neben ihm. Mike benutzte sein Basis-Passwort von SoftCorp, um den wirbelnden Nebel zu passieren. Auf der anderen Seite tauchte er wieder auf und bewegte sich über der erdähnlichen Sphäre, die die Cyber-Domain von SoftCorp darstellte.

Zuerst befahl er MPS-Ali, ein Dutzend Sicherheitssensoren loszuschicken, die geosynchronen Satelliten ähnelten, die die Erde umkreisten. Mikes Sicherheitssensoren operierten im Verborgenen und waren durch ein Spiegelprogramm verschleiert. Daher konnten die Sicherheitsprogramme, die Agi Maghami und seine Programmierer konzipiert hatten, sie nicht entdecken. Die Satelliten bedeckten jeden Zentimeter des virtuellen Bereichs auf der Oberfläche des SoftCorp-Planeten. Die Sicherheitssensoren stellten Mikes Frühwarnsystem dar. Falls jemand seinen geplanten illegalen Einbruch entdeckte und versuchte, Sicherheitsagenten in seine Richtung zu schicken, hatte er genug Zeit für einen Gegenschlag.

Mike kam sich beinahe wie Superman vor, als er wie eine Rakete durchs Cyberspace schoss, um die Geschwindigkeit und Manövrierfähigkeit zu testen. Falls das Satellitensystem eine Gefahr witterte, musste er schnell verschwinden können. MPS-Ali hielt mit seinem Meister Schritt und jagte an Dutzenden von Usern vorbei durch die weite Leere der Virtual-Reality-Atmosphäre. Ihre silber-schwarzen Gestalten waren nun mit Gesichtern und Namen verbunden, die er kannte. Doch niemand konnte seine Anwesenheit orten, da er durch dieselbe Sicherheits-Software geschützt wurde, hinter der sich seine Satelliten und MPS-Ali versteckten.

Mike befahl MPS-Ali, eine geklonte Version seiner selbst, die den Spitznamen »MPS-Mike« trug, ins System einzuschleusen. Einen Moment später erschien eine silberne Figur, die mit anderen Usern durch das Space schwebte. Sie landete nach einer vorprogrammierten Sequenz und erhielt auf legale Weise Zugang zur Datenbank von SoftCorp. Die Figur enthielt Mikes gesamte Systemberechtigungen einschließlich seiner User-Identität und seines Passworts.

Mike freute sich, dass er sich ein perfektes Cyber-Alibi geschaffen hatte, und wandte sich seinem ersten Ziel für den heutigen Nachmittag zu: die dreidimensionale Videokamera, die von einer blauen Blase eingeschlossen wurde. Diese Farbe bedeutete die höchste Sicherheitsstufe, für die Mike kein Passwort besaß. Ron Wittica hatte ihm großzügig Zugangscodes für einige der technischen Datenbanken gegeben, die MPS-Mike, sein Klon, gerade besuchte, sodass Mike ein besseres Gefühl für die gegenwärtige Arbeit bekam. Aber das Videoportal und ein paar andere blieben noch verschlossen.

Mike stand an der gleichen Stelle wie gestern gegenüber von der blauen Blase, die türkisfarbene Laserstrahlen durchkreuzten. Er runzelte die Stirn. Die erste Hacker-Regel besagte, dass kein System verschlossen blieb, wenn der Hacker einen Weg fand, um den Zugangsschlüssel zu stehlen. Die zweite Regel war genauso wichtig und besagte, dass man sich nicht erwischen lassen durfte. Mike hatte vor, heute Nachmittag beide Regeln zu beachten.

Er befahl MPS-Ali, einen Lockvogel in die Blase zu schicken. Eine dunkle Figur präsentierte eine Datei mit Agi Maghamis User-ID und seiner Network-Adresse. Von dem Agenten löste sich ein Schatten, der eine menschliche Gestalt annahm und in die Wolke lief. Sie durchbrach die Laserstrahlen und löste einen Einbruchsalarm aus. Dann trat der Schatten zur Seite.

5.

Agi Maghami saß entspannt in seinem Ledersessel. Seine Füße lagen auf dem Schreibtisch. Er hielt eine Tasse heißen Kräutertee in der Hand und beobachtete die Netzwerk-Aktivitäten auf seinem Monitor. Der technische Leiter kam sich vor wie ein Gott, als er sich gemütlich im Sessel zurücklehnte und die Arbeit seiner Informatiker überwachte. Aufgrund seines Privilegs als Systemadministrator und seines Root-Passworts war es ihm erlaubt, die Aktivitäten aller ihm unterstellten Informatiker zu jedem Zeitpunkt zu überprüfen. Er konnte sogar sehen, wenn die User eine Verschnaufpause machten. Das ging sofort in die Akte des Informatikers ein und kam bei den wöchentlichen Besprechungen unter vier Augen zur Sprache. Maghami überwachte ebenfalls die Fortschritte der Informatiker, die den Code für die Expertensysteme programmierten, die in Mike Ryans Virtual-Reality-Umgebung integriert werden sollten.

Maghami beschloss, Ryan zu überprüfen. Er drang mithilfe seiner User-ID in eine der Expertensystem-Datenbanken ein. Der junge Informatiker aus Stanford erprobte die Passwörter, die Wittica ihm gegeben hatte.

Maghami trank einen Schluck Tee. Er mochte Ryan nicht. Seiner Meinung nach hatte SoftCorp viel zu viel Geld lockergemacht, um ihn und sein VR-Programm zu ködern. Das Gehalt und die Zulagen des neu eingestellten Informatikers waren Maghami bekannt, weil er die Verträge als Abteilungsleiter unterschrieben hatte. Er hätte sich durchaus zugetraut, eine ebenso elegante VR-Lösung zu entwickeln, hätten ihm genügend Zeit und Mitarbeiter zur Verfügung gestanden. In seiner jetzigen Position hatte Agi Maghami jedoch kaum Zeit für neue Entwicklungen. Er musste den Babysitter für die Informatiker spielen.

Außerdem erwartete ihn seine einsame Frau jeden Abend zu Hause zum Essen.

Der in Bombay geborene Mann schüttelte den Kopf. Devi war zwar eine reizende Frau, aber sie stellte hohe Ansprüche. Seine Mutter hatte die Arbeitszeiten seines Vaters nie in Frage gestellt. Warum musste er Devi gegenüber Rechenschaft ablegen? Aus Gründen, die er nicht verstand, akzeptierte Devi ihre Rolle in der Ehe nicht und stellte Ansprüche, die ihn abends und an Wochenenden von der Arbeit weglockten.

Maghami runzelte die Stirn. Sein Vater hatte ihn davor gewarnt, eine schöne Frau zu heiraten. Es war schwer, all ihre Bedürfnisse zu erfüllen.

Aber das wird sich alles ändern, dachte Maghami, der sich an die Worte seines Vaters erinnerte. *Wenn Frauen erst einmal ein Kind haben ...*

Maghami verschüttete den heißen Tee auf seiner Hose, als in seinem System ein rotes Icon in der Form einer Glocke aufflackerte, während aus den Lautsprechern seines Computers ein schriller Ton drang.

Sicherheitsübertretung!

Maghami rieb über den heißen Fleck auf seinen Oberschenkeln, ehe er wie ein Wilder auf die Tastatur hämmerte, um den Systemstatus zu überprüfen. Der Einbruch war in Disk-Sektor 27C erfolgt, dem Sitz der Dateiverzeichnisse für Video- und Audiodateien, für die ein Superroot-Privileg erforderlich war. Das konnte er anhand der Farbe der Glocke erkennen. Dieser Zugang war nur Aaron Shapiro und Ron Wittica gestattet. Sie waren die Einzigen, die bei SoftCorp über Superroot-Passwörter verfügten. Außerdem hatten die Sicherheitsagenten der Sicherheitssoftware Zugang zu allen Dateiverzeichnissen und konnten das System gegen mögliche Einbrüche schützen.

Maghamis Überprüfung ergab, dass ein Sicherheitsagent automatisch von dem Online-Expertensystem, das für die Sicherheit zuständig war, losgelassen worden war.

Als Maghami dem Pfad des Sicherheitsagenten folgte, der so programmiert war, dass er einen Einbruch verhindern konnte, erstarrte sein Monitor.

Was geht hier vor?

Er versuchte, das System neu zu starten, aber der Computer war total abgestürzt. Als er unter den Tisch griff, um auf den Stromschalter zu drücken und einen Kaltstart vorzunehmen, stürzten zwei Sicherheitsbeamte in sein Büro.

6.

Michael Ryan nickte nachdenklich, als ein weißer Sicherheitsagent vom Himmel fiel und den schwarzen Eindringling attackierte, ehe er ihn verschwinden ließ. Aufgrund seiner Programmierung lieferte der Sicherheitsagent sein Superroot-Passwort, um Zugang zur Datenbank zu erhalten und jeden anzugreifen, der sich Zugang verschafft haben könnte.

Genau das hatte Mike erwartet. MPS-Ali, der für den Sicherheitsagenten unsichtbar war, fing das Superroot-Passwort auf und injizierte den ahnungslosen Software-Sicherheitsagenten mit einem Virus. Dieser war so programmiert, dass an den Anfang des Ausführungsprogramms eine zehn Sekunden währende Schleife gesetzt wurde. Der Sicherheitsagent erstarrte unter der Wirkung der Schleife und war momentan nicht in der Lage, seine programmierten Optionen auszuführen. MPS-Ali verpasste ihm einen kräftigen, elektronischen linken Haken, der ein neues C++-Programm enthielt, dessen Anfangspunkt das Ende der Schleife war. Er zwang den Sicherheitsagenten, ein Signal an den Netzwerkadministrator zu schicken, dass er unberechtigt ins Dateiverzeichnis eindrang, obwohl das gar nicht der Fall war.

Im selben Augenblick fing MPS-Ali das Superroot-Passwort für das geheime Dateiverzeichnis auf. Die türkisfarbenen Laserstrahlen in der Wolke verschwanden für fünf Sekunden, ehe sie wieder erschienen, doch da waren Ryan und MPS-Ali, die den verzauberten Sicherheitsagenten mitschleppten, schon durch die Öffnung gedrungen.

Während MPS-Ali den Sicherheitsagenten mit der Information fütterte, die er dem Systemadministrator überbringen sollte, startete Mike ein Countdown. Er räumte sich einen fünfminütigen Aufenthalt in dem Dateiverzeichnis ein. In dieser Zeit würden Agi Maghami und die Sicherheitsbeamten angestrengt nach der Ursache forschen und Maghami befragen, warum er in ein verbotenes Dateiverzeichnis eingedrungen war.

Für einen normalen User sah der Inhalt dieses Dateiverzeichnisses aus wie Tausende von Video- und Audio-Clips, die nach Datum sortiert waren, aber keine Namen oder Informationen über den Inhalt enthielten. Mikes MPS-Ali las jedoch in dem ersten Dateiverzeichnis, zerlegte den Header in Nanosekunden und decodierte die userspezifische Information. Dann sortierte er die Dateien nach bestimmten Spezifikationen wie Namen, Adressen, Titeln und Projekten. Anschließend legte er Mike die Dateien in übersichtlicher Folge in Form einer riesigen Rotationskartei vor, sodass er die Inhalte auf einen Blick erfassen konnte.

Mike schwebte über dieser virtuellen Rotationskartei und widmete sich zuerst dem digitalen Archiv, wobei das Blinzeln seiner Augen den Weg bestimmte und die Auswahl vornahm. Endlich stieß er zu seinen persönlichen Video- und Audioclips vor, die nach Datum sortiert waren. Er fand drei Sätze von Video- und Audio-Dateien, einen Satz pro Kamera, die in seinem Haus installiert waren. Innerhalb einer Minute überprüfte er mithilfe der Standbild-Funktion und des Schnellvorlaufs die Dateien der letzten Nacht: Das Privatleben der Ryans wurde mittels gut versteckter Kameras im Eingangs- und Wohnzimmerbereich, in der Küche und im Schlafzimmer aufgenommen. Mike versuchte, seine Wut zu bezähmen, als er sah, wie er mit Victoria über den Fußboden im Korridor rollte. Er löschte die Aufnahme und befahl MPS-Ali, sämtliche Clips mit Nacktszenen herauszusuchen. Der virtuelle

Agent war so clever, anhand des Unterscheidungskriteriums »Stoff/stofflos« zwischen angezogenen und nackten Menschen zu unterscheiden. Einen Moment später starrte Mike erstaunt auf einen fremden Mann und eine fremde Frau, die sich auf einer Couch liebten. Die Aufnahmen stammten von einem gewissen D. Keller, einem Mitarbeiter von SoftCorp, den Mike nicht kannte. Ehe er MPS-Ali neu programmieren konnte, damit er ihm nur die Nacktszenen in seinem Dateiverzeichnis vorlegte, erschien ein neues Bild. Es war die Aufnahme einer ungewöhnlich schönen Frau, die mit den Fingern der rechten Hand in ihre Vagina stieß und stöhnte. Mike war ein wenig schockiert, und als er den Namen unten auf dem Film las, riss er die Augen auf: A. Maghami. Die Frau sah aus wie eine Inderin, und der Livemitschnitt stammte vom letzten Dienstag um zehn Uhr morgens.

Als Agi im Unternehmen weilte.

Mike verdrängte den Gedanken an das Privatleben seines technischen Leiters und seiner Frau und programmierte MPS-Ali neu. Eigentlich wollte er noch einen Blick in die Mitschnitte seines Privatlebens werfen, doch er beschloss, die Sache abzukürzen. Er befahl dem Agenten, alle Videoaufzeichnungen von ihm außer denen der vorletzten Woche zu löschen. Mike erinnerte sich genau, was er in dieser Woche gemacht hatte. Er und Victoria waren jeden Abend nach dem Abendessen todmüde ins Bett gefallen und am nächsten Morgen schnurstracks zur Arbeit gefahren. An jenem Wochenende hatten sie in dem neuen Haus gearbeitet. Mike hätte diese Aufzeichnungen auch gern gelöscht, aber er brauchte sie für die nächste Phase seines Plans.

Während MPS-Ali die Filme löschte, wählte Mike die Dateien aus, die als Livemitschnitte gekennzeichnet waren, und öffnete die Datei, die mit seiner User-ID übereinstimmte. Auf dem Schirm sah er drei Innenansichten seines Hauses, die von den drei installierten Kameras aufgenommen wurden.

Mike verknüpfte zuerst die sieben Tage, die er von MPS-Ali nicht hatte löschen lassen, indem er das Ende eines Tages stets mit dem Beginn des nächsten verband. Schließlich verknüpfte er das Ende des siebten Tages mit dem Beginn des ersten. Die so entstandene Schleife versah er mit Datum und Zeit der derzeitigen Mitschnitte. Anschließend schaltete er die Quelle der Kamera von Livemitschnitten zu seiner speziellen Sieben-Tage-Datei, die er Livemitschnitt nannte, damit die Sicherheitsbeamten kein Misstrauen schöpften. Er installierte zunächst eine Sicherheitssoftware, die das Öffnen der Datei verhindern sollte. Die Sicherheitssoftware würde nicht nur das Öffnen verhindern, sondern ihm auch eine Nachricht senden, die ihn über den Einbruch informierte. Gleichzeitig wurde ein dreißigminütiger Countdown gestartet, den er nutzen wollte, um nach Hause zu gehen. Nach den dreißig Minuten würde die Software die aufgezeichnete Datei löschen – also sämtliche Beweise seiner Missetat vernichten – und zu dem richtigen Livemitschnitt umschalten. Mike hoffte, sich innerhalb von dreißig Minuten zu Hause in Sicherheit bringen zu können. Außerdem hoffte er, dass die Mitschnitte einer Woche ausreichten, damit niemand die Umschaltung bemerkte. Als letzte Sicherheitsmaßnahme befahl Mike MPS-Ali, die Video-Mitschnitte von zehn anderen Informatikern nach dem Zufallsprinzip zu löschen. Durch diesen Trick wollte er von sich ablenken.

Mike schaute auf die Uhr. Ihm blieben noch fünfzig Sekunden.

Um das Schicksal nicht herauszufordern, verließ er mit MPS-Ali, der seine Aufgaben erfüllt hatte und auf neue Befehle wartete, das Dateiverzeichnis.

Sie gaben das Passwort wieder heraus, öffneten das Portal und rannten hinaus. Den neutralisierten Sicherheitsagenten schleppten sie mit. Über das Portal legten sich wieder die Laserstrahlen. Als sie davonflogen, feuerte MPS-Ali einen virtuellen Torpedo auf den erstarrten Sicherheitsagenten, vernichtete den beigefügten Code und erlöste ihn aus dem Cyber-Bann. Der Sicherheitsagent kehrte zu seinen programmierten Anweisungen zurück, sandte ein Entwarnungssignal an das System und verschwand aus dem Sichtfeld.

Mike überprüfte den Status seines Alibi-Klons und kontrollierte, ob er noch immer Zugang zu den gefundenen Dateiverzeichnissen hatte. Nachdem er die Privatsphäre bei sich zu Hause sichergestellt hatte, befahl er MPS-Ali, alle Portale zu suchen, die der Capitol Bank glichen. Mithilfe eines Spezialfilters filterte er alles heraus, was mit dem Personal zu tun hatte, zum Beispiel Gehaltszahlungen, Darlehen für Häuser oder Autos oder Rentenkonten. Der Filter enthielt spezielle Vorkehrungen, die Ron Wittica und Aaron Shapiro in die Suche mit einschlossen. Kurz darauf kehrte MPS-Ali mit leeren Händen zurück. Er hatte nichts gefunden.

Mike runzelte die Stirn und versuchte es auf eine andere Weise. Er befahl dem Agenten, die Oberfläche der Sphäre mithilfe eines virtuellen Radargeräts abzutasten und das zurückgeworfene Signal mit einem visuellen Bild derselben Landschaft zu vergleichen. Dabei subtrahierte er das Radar-Bild vom visuellen Bild.

»Zeig mir den Unterschied in Blau«, befahl Mike. Einen Moment später verschwanden alle Portale in der Sphäre, deren Oberfläche plötzlich einer Wüste ähnelte. Das riesige Sandmeer wurde gelegentlich von blauen Pyramiden unterbrochen. Das waren die Orte, an denen SoftCorp-Programmierer Dateien in dem Netzwerk versteckt hatten. Es war in der Industrie üblich, Dateien vor dem normalen User zu verstecken, um zu vermeiden, dass das Netzwerk mit zu vielen System-Dateien überhäuft wurde, von deren Existenz der normale User nichts zu wissen brauchte. Es handelte sich häufig um Dateien, die Log-In- oder Suchprotokolle unterstützten. Bei anderen Dateien, die das Netzwerk versteckt hielt, handelte es sich um Geheimdateien. Mike hoffte, diese Dateien zu finden und darin eindringen zu können. Zuerst musste er die vielen Systemdateien von den wenigen Geheimdateien trennen, die er zu finden hoffte.

Mike verließ sich bei der Erfüllung dieser Aufgabe darauf, dass Systemdateien normalerweise kompiliert waren. Das bedeutet die Übertragung aus einer Programmiersprache wie zum Beispiel C++ in einen Computercode aus Einsen und Nullen, den der Computer versteht. Wenn Mike diese Dateien von seiner Suche ausschloss, würden die Dateien mit richtigem Text oder Grafiken zurückbleiben. Er hoffte, in diesen Dateien Antworten auf seine Fragen über die geheimen Verbindungen zwischen SoftCorp und der Capitol Bank zu finden.

Mike befahl seinem Cyber-Boxer, die Selektion vorzunehmen. Kurz darauf bebte die Landschaft. Die Erde öffnete sich. Der Sand verschluckte in rasantem Tempo alle sichtbaren Pyramiden.

Als der virtuelle Staub sich beruhigte, befahl Mike MPS-Ali, ihn zu der nächsten verbleibenden Pyramide zu führen.

Die Landschaft verschwamm, als Mike und sein Agent wie Raketen durch die Sphäre schossen. Sie flogen nur ein paar virtuelle Zentimeter über dem goldgelben Wüstensand und wichen abrupt aus, wenn Dünen ihnen den Weg versperrten. Genau vor einer großen, blauen Pyramide landeten sie. Dieser Aspekt der VR-Welt gefiel Mike ganz besonders: Die geltenden physikalischen Gesetze hatten in der Cyberwelt keine Bedeutung. Er konnte in Nanosekunden von Null auf sechzig beschleunigen und ebenso schnell stehen bleiben. Er konnte vertikal nach oben steigen und Hochgeschwindigkeits-Akrobatiken durchführen, bei denen einem Kampfpiloten schwindelig geworden wäre. Michael Patrick Ryan war in dieser Cyberwelt der Superman, und MPS-Ali war sein Kumpel.

Mike überprüfte den Status des Systems und kontrollierte,

ob sein Klon noch immer seiner vorprogrammierten Sequenz folgte. Dann befahl er MPS-Ali, einen Schattenagenten gegen die türkisfarbenen Laserstrahlen aufmarschieren zu lassen, die den Eingang zu dem virtuellen Steinbau versperrten. Die dunkle Figur, die Vijay Parmas User-ID trug, versuchte einen illegalen Einbruch in das Portal, wodurch wieder ein Alarm ausgelöst wurde. Die neonblaue Pyramide färbte sich dunkelrot.

7.

Sie waren das nicht? Was soll das heißen?«, sagte Ron Wittica, der seinen Mitarbeiter fassungslos und besorgt anstarrte. Der Gedanke, dass jemand in das Videosystem eingebrochen war, entfachte seine Wut. »Ihr eigenes Sicherheitssystem hat Sie als User ausgewiesen, der in ein Superroot-Dateiverzeichnis eindringen wollte. Sie kennen die Regeln. Diese Dateiverzeichnisse sind für jeden außer für Aaron und mich verbotenes Terrain.«

»Ich ... ich verstehe das nicht«, stammelte Agi Maghami. »Ich habe das System überwacht und dann ...«

»Sie wiederholen sich, Agi. Doch das beantwortet meine Frage nicht.«

»In dem Code muss ein Fehler sein. Ich weiß auch nicht, was passiert ist. Auf jeden Fall bin ich nicht in das Dateiverzeichnis eingebrochen.«

Wittica dachte über die Erklärung nach. Agi Maghami war ein loyaler Mitarbeiter, der seit fünf Jahren bei SoftCorp arbeitete. Falls bei einem Gespräch zu einem falschen Zeitpunkt etwas gesagt wurde, das nicht für seine Ohren bestimmt war, hörte er einfach weg. Er passte gut ins Team und wusste, dass sich hinter der Fassade der normalen Tätigkeiten bei SoftCorp noch etwas anderes abspielte. Wenn etwas Ungewöhnliches vorfiel, erstattete er Wittica sofort Bericht, ohne neugierige Fragen zu stellen. Während eines Jahr-2000-Tests zum Beispiel waren zahlreiche E-Mails an die falsche Adresse gegangen. Dazu gehörte auch eine von der Capitol

Bank, die bei Maghami statt bei Shapiro gelandet war. Maghami hatte Wittica den Vorfall sofort gemeldet, der dem Informatiker für seine Loyalität und Diskretion dankte.

Ron Wittica seufzte laut, während er seinen auffallend nervösen Mitarbeiter beobachtete, der mit einem Stift spielte und auf den Boden starrte. Todd Hausser und sein Kollege hatten links und rechts von Maghami Position bezogen. Der technische Leiter sah neben den großen, muskulösen Sicherheitsbeamten klein und zerbrechlich aus.

Der SoftCorp-Manager schickte die Sicherheitskräfte hinaus. Ehe Hausser den Raum mit seinem Kollegen verließ, sagte er: »Wir warten vor der Tür, falls Sie uns brauchen, Sir.«

»Hören Sie, Agi«, begann Wittica, der nach den richtigen Worten suchte. »Ich glaube Ihnen. Ich kann mir nicht vorstellen, dass Sie für den versuchten Einbruch verantwortlich sind.«

»Ich würde das Vertrauen, das Sie und Shapiro in mich setzen, niemals enttäuschen.«

»Wie ich schon sagte, Agi, ich glaube Ihnen. Dennoch tragen Sie die Verantwortung für diesen Vorfall. Immerhin ist jemand so tief in unser System eingedrungen, dass er versuchen konnte, in die geheimsten Dateiverzeichnisse unseres Unternehmens einzubrechen.«

Maghami stand auf. »Es wird nicht noch einmal vorkommen, Sir. Das schwöre ich Ihnen. Ich werde herausfinden, wie das passieren konnte, und dafür sorgen, dass der Vorfall sich nicht wiederholt.«

In diesem Augenblick platzte Hausser mit äußerst besorgter Miene in Maghamis Labor.

Wittica drehte sich zu ihm um. »Was ist los?«

»Es hat einen weiteren Einbruch gegeben. Diesmal von Vijay Parma.«

8.

Mike wiederholte denselben Prozess, um das Passwort von dem Sicherheitsagenten zu bekommen. MPS-Ali infizierte ihn anschließend mit einem Virus, der ihn vorübergehend einfror, ehe er den Code hinzufügte, der Mike die Kontrolle verschaffte.

Einen Moment später waren Mike, MPS-Ali und der hypnotisierte Sicherheitsagent in der Pyramide. Sie rannten einen langen Gang hinunter, ohne auf die zahlreichen Türen zu achten. MPS-Ali hatte die wichtigste Kammer, die tief im virtuellen Bau verborgen war, bereits gefunden. Eine Sekunde später erreichten sie die Kammer. Der Zugang war durch türkisfarbene Laserstrahlen gesichert.

Mike überprüfte die Uhr des Systems. Die Zeit lief ihm davon. Dennoch konnte der Hacker der Versuchung, in die verborgene, gesicherte Kammer einzudringen, nicht widerstehen. Da Mike das Passwort fehlte, das möglicherweise noch nicht einmal dem Sicherheitsagenten zur Verfügung stand, blieb ihm nur eine Möglichkeit. Dadurch würden allerdings bis zu einem Neustart des Systems alle anderen Portale geschlossen werden.

Er gab MPS-Ali den Befehl, woraufhin der virtuelle Boxer den Sicherheitsagenten aufforderte, die türkisfarbenen Laserstrahlen zu durchdringen.

Der Sicherheitsagent, über den Mike den Cyber-Bann verhängt hatte, führte den Befehl aus, und kurz darauf ertönten Sirenen in der Pyramide. Der Sicherheitsagent war gezwungen worden, in die streng geheime Datei einzudringen, deren Passwort er – wie Mike vermutet hatte – nicht besaß. Andernfalls hätte der Sicherheitsagent es herausgegeben. Auf die Aufforderung zum illegalen Einbruch, zu dem der Sicherheitsagent durch die Virusinfektion gezwungen worden war, musste zwangsläufig sein Selbstmord folgen. Nachdem das System erkannte, dass der Einbruch von seinem eigenen Sicherheitssystem verursacht worden war, fiel das Sicherheitssystem sofort aus.

Wie erwartet, erstarrte der Sicherheitsagent, als das System die Sicherheitssoftware außer Kraft setzte. Für den Bruchteil einer Sekunde war das Netz für jeden zugänglich, bis eine Sicherheitsfeature im Netzwerk den Zugang zu allen Dateien versperrte, unabhängig von der Sicherheitsstufe. Mehr als diese kurze Zeitspanne benötigte Mike nicht. In dem Augenblick, als das System ungesichert war, rannte er blitzschnell mit seinem Cyber-Diener hinein.

Jetzt musste er sich beeilen. Er hatte ein großes Systemereignis ausgelöst. Niemand hatte Zugang zu Dateien, bis das System neu gebootet wurde. Diejenigen, die sich innerhalb einer Datei befanden, hatten weiterhin Zugang, bis der Neustart alle aus dem System warf.

Mike standen nur Sekunden oder vielleicht eine Minute zur Verfügung, um durch die Daten dieser Datei zu surfen, deren Inhalt MPS-Ali schon analysiert hatte und nun in Form einer Grafik darstellte.

Es ging um Überweisungen der Finanzbehörde an SoftCorp für Software- und Hardware-Installationen. Die hohen Rechnungen trugen das Datum, an denen der Service erfolgt war. Neben den Rechnungen sah Mike die Überweisungen, die auf den Cent genau mit den Rechnungen übereinstimmten. Die Zahlungen waren sofort auf die SoftCorp-Konten bei der Capitol Bank überwiesen worden.

So weit hatte alles seine Richtigkeit. MPS-Ali, der mit Victorias Wissen gefüttert worden war, wies allerdings auf die Höhe der Rechnungen hin und erklärte, dass der Gewinn von SoftCorp im letzten Jahr 275 Millionen US-Dollar betrug. Dieser Betrag war viel höher als der auf der Website des Unternehmens angegebene Betrag. MPS-Ali zeigte Mike drei Rechnungen aus den letzten sechs Monaten mit einer Gesamtsumme von 280 Millionen US-Dollar. Der gesamte Betrag war auf die Firmenkonten bei der Capitol Bank geflossen. In den nächsten zwanzig Sekunden präsentierte MPS-Ali weitere Transaktionen, die sich allein in diesem Jahr auf 410 Millionen Dollar beliefen, und das Jahr ging erst in zweieinhalb Monaten zu Ende.

Entweder liefen die Geschäfte besser als im letzten Jahr, dachte Mike, *oder...*

Jetzt musste er ins System der Capitol Bank eindringen, um die Spur weiterzuverfolgen und zu überprüfen, was mit dem Geld geschehen war. Er starrte auf die Geschäftskonten des Unternehmens und versuchte, sie zu kopieren, was ihm jedoch nicht gelang. In der jetzigen Situation konnte Mike keine Daten aus dem verschlossenen Dateiverzeichnis bewegen oder kopieren. Kurz entschlossen zog er einen Stift aus der Jackentasche, suchte auf dem Tisch in der realen Welt einen Block und schrieb die Kontonummern hastig auf.

Als er die fünfte Nummer notiert hatte, blendete ihn ein heller Blitz. Sofort wurde alles schwarz. Jemand hatte das System neu gebootet.

Mike legte den Block stirnrunzelnd auf seinen Schoß und zog das HMD vom Kopf. Die Spätnachmittagsonne drang durch die Jalousien ins Zimmer. Der junge Informatiker blinzelte mehrmals, bis sein Blick sich geklärt hatte.

Mike starrte auf die Zahlenreihen, die er in aller Eile auf den Zettel gekritzelt hatte, und nickte. Jetzt hatte er etwas in der Hand und konnte gezielt ins Netzwerk der Capitol Bank eindringen. Das würde er tun, sobald er ...

Es klopfte an der Tür.

»Herein«, sagte Mike, der den Block umdrehte und neben den Computer auf den Tisch legte. Als die Tür aufgerissen wurde, stand er vor seinem Schreibtisch.

»Hallo, Mike«, sagte Wittica, der heute einen Seidenanzug trug und Mike anlächelte. »Wie geht's?«

»Nicht besonders«, erwiderte er. Maghami folgte Wittica ins Labor und schloss die Tür. »Das System ist abgestürzt.«

»Darum sind wir hier. Haben Sie eine Minute Zeit?«, fragte Wittica.

»Ja, sicher. Um was geht es?«

»Wir haben ein kleines Problem«, sagte Wittica. Maghami warf ihm einen unsicheren Blick zu.

Mikes Herzschlag beschleunigte sich. »Und wie kann ich Ihnen helfen?«, fragte er, ohne sich seine innere Unruhe anmerken zu lassen.

Maghami senkte den Blick und schwieg. »Das System ist abgestürzt, nachdem wir in den letzten zehn Minuten mehrere Sicherheitsübertretungen hatten.«

»Das kann doch nicht wahr sein!«

Maghami schüttelte den Kopf.

»Verdammt. Sind Dateien verloren gegangen? Wurde etwas zerstört?«

»Nein. *Diesmal* hatten wir noch Glück«, erklärte Wittica.

»Wissen wir, wer es war?«

Wittica schüttelte den Kopf. »Noch nicht, aber wir werden es herausfinden. Bis dahin dürfen wir jedoch kein Risiko eingehen. Agi hat eine Idee.«

Maghami hob den Kopf. »Ich habe mir Ihr Sicherheitssystem genau angesehen.«

Mike verschränkte die Arme. »Ach ja?«

»Wir halten es für viel besser als alles, was Vijay und die anderen Informatiker im Augenblick liefern können. Besonders die Augen- und Stimmerkennung, die erforderlich ist und mit dem Passwort übereinstimmen muss, ehe Zugang gewährt wird, gefällt uns sehr gut. Wenn dieses Programm installiert gewesen wäre, hätte es diese Einbrüche vermutlich nicht gegeben.«

Mike nickte. Außer Vijay arbeiteten also noch andere Informatiker an einem Sicherheitscode. Die ganze Sache wurde immer interessanter.

Maghami fuhr fort: »Ihre Sicherheitssoftware ist erstklassig, und die Sicherheitsagenten in Ihrer Umgebung arbeiten sehr exakt. Sie fügen keinem User, der in der Nähe ist, Schaden zu, und bisher konnten wir Ihre Sicherheitssoftware nicht außer Kraft setzen.«

Mike beugte sich vor. »*Außer Kraft setzen?* Ich habe Ihnen doch gar keine Kopie meines Programms gegeben.«

Maghami grinste verhalten. »Wir haben vor zwei Wochen eine Kopie gemacht. Seitdem versuchen wir, Schwächen in dem System zu finden. Bisher macht es einen soliden Eindruck.«

»Warum wurde ich nicht informiert?«, fragte Mike, in dem Zorn aufstieg. »Sie hätten sich viel Zeit und Mühe sparen können, wenn Sie mir gesagt hätten, was Sie vorhaben.«

Maghami nickte. »Ich weiß. Wir wollten nicht, dass Sie von Ihrem ersten Projekt abgelenkt werden.«

Mike runzelte die Stirn. *Eine gute Ausrede.*

»Doch nun müssen wir die beste Version Ihres MPS-Sicherheitssystems umgehend installieren. Es gab drei Einbrüche in unser System, ehe es abstürzte.«

»Mike«, sagte Wittica, »die Daten unseres Kunden sind heilig. Wenn der IRS je von dem Einbruch erfährt, drehen sie uns den Hals um. Sie könnten uns sogar den Vertrag kündigen.«

Das glaube ich kaum, dachte Mike, der Wittica bestürzt anschaute.

»Wir brauchen Ihre Hilfe. Sie haben mein Ehrenwort, dass

niemand Ihre Dateien ohne Ihre Zustimmung kopiert oder durchforstet.«

Die gefährlichen Versionen, die er von seinem MPS-System angefertigt hatte, um seine Hackerangriffe starten zu können, lagen vor Maghami, Vijay Parma und Wittica sicher in einem versteckten Dateiverzeichnis. Selbst wenn sie das Verzeichnis fanden, würden sie nicht herausfinden, welche von den Tausenden Dateien seine heimlichen Versionen enthielten. Selbst wenn sie Glück hatten und die richtige Datei entdeckten, würden sie nur Tausende undokumentierter Zeilen in C++ finden.

»Okay«, sagte Mike schließlich. »Sie haben meine volle Unterstützung.«

Wittica strahlte ihn an, als würde er Werbung für Zahnpasta machen.

Mike erwiderte das Lächeln. Er hatte genau das erreicht, was er geplant hatte. Seine Aktion hatte ihm die Fähigkeit verliehen, durchs Netz zu surfen, und die Gefahr, geschnappt zu werden, war minimal. Bei der heutigen Sitzung hatte er Glück gehabt. Er hatte ein paar rote Ampeln überfahren, während er der Polizei stets einen Schritt voraus war. Beim nächsten Mal hatte er vielleicht nicht so viel Glück. Die Installation seines Sicherheitssystems im Netz von SoftCorp bedeutete für ihn eine fast uneingeschränkte Kontrolle über die Umgebung, in die er einbrechen wollte. Das war der Traum eines jeden Hackers: nicht nur das Ampelsystem, sondern auch die Polizei zu kontrollieren.

9.

FBI-Direktor Roman Palenski ging in Begleitung seiner beiden Bodyguards durch die Menge, die an diesem Abend auf einen Platz im Palomino's wartete, einem beliebten Restaurant im Herzen Washingtons. Er hatte die unerwartete Einladung vor zwei Stunden erhalten und wurde um Punkt acht Uhr an einem reservierten Tisch im hinteren Teil des belebten Restaurants erwartet.

Palenski hatte gerade mit Karen Frost telefoniert und von dem Treffen erfahren, das die FBI-Agentin am Samstag mit einem potenziellen Informanten vereinbart hatte. Karen hatte beschlossen, ihrem Chef den Namen des Informanten erst zu nennen, wenn es wirklich zu einer Zusammenarbeit kam.

Palenski trat gerade noch rechtzeitig zur Seite, um einer Kellnerin mit einem riesigen Tablett mit Tellern aus dem Weg zu gehen. Als er seine Suche fortsetzte und den Blick über die Tische hinten im Restaurant schweifen ließ, rannte ein Kellner mit einem Servierwagen ihn fast über den Haufen. Schließlich entdeckte er Senator Jack Horton genau an dem Tisch, den er ihm genannt hatte. Vier Agenten des Geheimdienstes saßen an den beiden Tischen links und rechts vom Senator. Diese Agenten waren Horton zugewiesen worden, seitdem er sich als führender Kandidat für die Präsidentschaftswahl im nächsten Jahr etabliert hatte. Alle vier Agenten beobachteten die Menge. Einer nickte kurz, als Palenski auf Horton zuging. Der FBI-Direktor nickte ebenfalls und bedeutete seinen Bodyguards, bei den Geheimagenten Platz zu nehmen.

Palenski zog seinen Mantel aus, den er einem seiner Bodyguards reichte, und nahm gegenüber von Horton Platz. Die Tischgespräche in dem vollen Restaurant und das Klirren der Bestecke sorgten für einen beständigen Lärmpegel. Als ein Kellner eine Flasche Wein entkorkte und ein Knall ertönte, griffen zwei Geheimagenten unter ihre Jacken. Nachdem sie das Geräusch identifiziert hatten, entspannten sie sich wieder. Die Gäste im Restaurant ließen sich von den zahlreichen Bodyguards nicht beeindrucken. Das Palomino's wurde Tag für Tag von hohen Politikern aufgesucht.

Palenski atmete schwer. Er warf noch einen Blick ins Restaurant, ehe er sich dem vornehmen Horton zuwandte. Dieser knöpfte das Jackett seines Seidenanzugs auf und lehnte sich zurück. Dann strich er mit der Hand über die tadellos gebundene Krawatte.

»So«, sagte Palenski schließlich, lockerte seinen Krawattenknoten und krempelte die Ärmel seines weißen Hemds bis zu den Ellenbogen auf. Bevor er die Unterarme auf den Tisch legte und die Hände faltete, schob er das Besteck und die Gläser zur Seite. »Da bin ich, Senator. Verraten Sie mir nun, warum Sie mich zum Essen einladen, nachdem Sie mir im Kongress zwei Wochen lang das Leben zur Hölle gemacht haben?«

Ehe Horton die Frage beantworten konnte, kam ein Kellner mit einer Flasche Rotwein, die er stolz präsentierte.

Palenski beobachtete ungeduldig, wie der Kellner die Flasche mit großem Brimborium öffnete. Horton probierte den Wein, nickte zustimmend und entließ den Kellner.

»Sie müssen diesen ausgezeichneten Sauvignon unbedingt probieren, Palenski«, sagte Horton.

»Ja, sicher«, erwiderte Palenski zögernd. Der Wein interessierte ihn im Augenblick herzlich wenig.

»Was würden Sie sagen«, begann Horton, der Palenski ein halbes Glas Rotwein einschenkte und so leise sprach, dass selbst seine Bodyguards nichts verstehen konnten, »wenn ich den Kongress überzeuge, die ablehnende Entscheidung über die Erhöhung Ihres Budgets rückgängig zu machen?«

»Machen Sie keine Scherze«, erwiderte Palenski ebenfalls in gedämpftem Ton. »Das ist eine ernste Angelegenheit.«

»Ich *meine* es auch ernst.« Horton goss ein wenig Rotwein in sein Glas. »Ich glaube, ich könnte es schaffen, die Abstimmung zu Ihren Gunsten zu beeinflussen.«

Palenski hob das Glas am Stiel und ließ den Wein kreisen. »Warum sollten Sie das tun?«

»Weil ich im Grunde überzeugt davon bin, dass Sie versuchen, das Richtige zu tun.«

»Aber?«

»Ich glaube auch, dass Sie nicht alle Undercover-Operationen offen dargelegt haben.«

Palenski zuckte mit den Schultern. »In jeder Polizeibehörde gibt es Operationen, die geheim bleiben müssen, um die Agenten, die an dem Fall arbeiten, zu schützen, bis die Fälle abgeschlossen sind.«

»Ich pflichte Ihnen bei, dass Geheimhaltung sehr wichtig ist, vor allem wenn es um das Zeugenschutzprogramm geht. Und es ist angemessen, über abgeschlossene Operationen zu sprechen, was Sie in den letzten zwei Wochen anschaulich getan haben. Sie müssen allerdings auch verstehen, dass wir – diejenigen, die Ihnen das Budget zur Verfügung stellen – ein bisschen mehr als nur verschwommene Andeutungen über laufende Operationen brauchen. Es geht uns nicht um sämtliche Details, Palenski, sondern nur um mehr Einblick in wichtige Ermittlungen. Darum habe ich gegen die Erhöhung Ihres Budgets gestimmt. Noch ist es nicht zu spät ... Wenn Sie mir helfen, Ihre Operationen zu verstehen, damit ich Ihr Vorgehen besser nachvollziehen kann, könnte ich die zusätzlichen Gelder rechtfertigen.«

Palenski dachte kurz darüber nach, ob eine engere Zusammenarbeit dem FBI schaden könne. Immerhin könnte Jack Horton zum nächsten Präsidenten gewählt werden. Wenn man einem Präsidenten nicht mehr trauen konnte, konnten sie alle einpacken.

»Versuchen Sie nicht, mich reinzulegen, Senator«, sagte Palenski, der noch mit seiner Entscheidung rang. Er trank einen Schluck Wein, der ausgezeichnet schmeckte.

Horton schaute ihn ernst an. »Ich gebe Ihnen mein Wort. Wenn Sie offen mit mir sprechen, unterstütze ich Sie im Kongress ebenso wie andere Staatsbehörden, zum Beispiel den IRS und die FDA. Ich werde die Zusammenarbeit auch nicht vergessen, falls ich im nächsten Jahr ins Weiße Haus gewählt werde.«

Palenski nickte. Er erinnerte sich an seine Verärgerung über die problemlose Bewilligung des Budgets, das die Finanzbehörde beantragt hatte.

Wem kann man noch trauen, wenn man einem Präsidenten nicht trauen kann? Dieser Satz ging ihm immer wieder durch den Kopf. Trotz ihrer Differenzen spürte Palenski, dass Horton sich um das Wohl seiner Wähler sorgte, selbst wenn er ein Egozentriker war und es nur tat, weil er seine politische Karriere vorantreiben wollte.

Wie alle anderen Politiker auch.

»Okay«, sagte Palenski, der noch einen Schluck Wein trank. »Ich weihe Sie in unsere Undercover-Operationen ein. Sollten Sie diese Informationen weitergeben und das Leben meiner Agenten gefährden, lasse ich Sie einsperren.«

Horton presste die Lippen aufeinander und nickte. »Okay.«

»Ich möchte, dass diese Vereinbarung unter uns bleibt.«

»Das möchte ich auch. Ich habe viel zu verlieren, wenn etwas davon an die Öffentlichkeit dringt und von der Presse falsch gedeutet wird.«

Palenski dachte darüber nach. Horton, der die Präsidentschaft anstrebte, hatte in der Tat viel mehr zu verlieren als er.

Der FBI-Direktor lehnte sich zurück. »Was möchten Sie wissen, Senator?«

Horton lächelte. »Warum erzählen Sie mir nicht, wie Sie wirklich gegen das organisierte Verbrechen vorgehen? Ihre Folien, die Sie im Kongress präsentiert haben, waren ganz hübsch, aber das ist doch nur die halbe Wahrheit. Und ersparen Sie mir Details. Ich möchte nur ein Gefühl für die Operationen und die Erfolgsaussichten bekommen.«

Palenski weihte Jack Horton in verschiedene verdeckte Ermittlungen ein – darunter auch die, die Karen Frost in Austin, Texas, durchführte.

10.

Der Mann im braunen Blouson hielt eine Sporttasche in der Hand, als er aus dem Taxi stieg und in Richtung Sechste Straße ging, wo das Nachtleben von Austin pulsierte. Er war mittelgroß und hatte ein markantes Gesicht. Der weite Blouson und die Khakihose verdeckten seine athletische Figur. Inmitten der vielen Menschen, die die Bars, Musikclubs und Restaurants in dieser bekannten Straße besuchten, fiel der Fremde nicht auf. Studenten der Universität Texas, Touristen und Ganoven genossen den kühlen, unbeschwerten Freitagabend.

Der Blick des Mannes glitt über die Menge, ohne auf einer bestimmten Person haften zu bleiben, als er nach FBI-Agenten Ausschau hielt. Den Informationen zufolge, die er in Washington erhalten hatte, konnte er gar nicht vorsichtig genug sein.

Der Mann hatte sich den Weg eingeprägt. Er bog links in die Colorado Street und dann wieder links in die Zweite Straße ein. Ehe er das Wohnhaus betrat, sah er sich noch ein letztes Mal um. Er hatte klare Anweisungen erhalten: An der Wohnung 347 sollte er viermal klopfen und anschließend die codierte Nachricht sprechen.

Er betrat den Aufzug und stieg im vierten Stock aus. Auf dem Flur warf er einen prüfenden Blick in beide Richtungen, bevor er die Treppe zum dritten Stock hinunterstieg. Die Wohnung 347 lag neben dem Treppenhaus.

Er klopfte viermal und sagte laut: »Eine Lieferung für Mr Brickmann.«

Einen Moment später erfolgte die Antwort: »Mr James Brickmann aus Indiana?«

»Nein, Mr Peter Brickmann aus Connecticut«, erwiderte er, denn so lautete die Parole.

Die Tür wurde von einem großen, breitschultrigen Mann mit kurzem blondem Haar und blauen Augen geöffnet. Die beiden Männer kannten einander.

»Esteban«, sagte Todd Hausser. »Es ist ...«

»Ja, lange her«, unterbrach ihn Esteban Yanez, der an dem stämmigen Sicherheitsbeamten vorbei ins kleine Wohnzimmer ging. Gegenüber von einem kleinen Fernseher, in dem ein Actionthriller lief, stand ein billiges Sofa. Esteban trat ans Fenster und schaute auf die City von Austin und die Menschenmenge auf der Sechsten Straße. »Wie geht's?«

»Ging schon besser«, erwiderte Hausser.

»Darum bin ich hier. Haben Sie meine Liste bekommen?«

Hausser nickte und zeigte auf den Esstisch.

Esteban zog den Blouson aus und legte ihn in der Essecke über einen Stuhl. Auf dem Tisch lagen die Waffen, die er angefordert hatte. Nach kurzer Inspektion entschied er sich für einen halbautomatischen, stahlblauen .45er Colt. Mit geübter Hand zog er das Magazin heraus und überprüfte es auf Vollständigkeit, ehe er es wieder in die Waffe schob. Nachdem er die Waffe durchgeladen hatte, sicherte er den .45er Colt. Das war der Grund, warum er diese halbautomatische Waffe allen anderen vorzog. Er konnte den Colt durchgeladen und gesichert bei sich führen. Um einen Schuss abzufeuern, musste er nur noch mit dem Daumen den Sicherheitshebel zur Seite schieben und leicht auf den Abzug drücken. Diese Waffe hatte ihm während seiner Kämpfe in Nicaragua mehr als einmal das Leben gerettet. Das war, bevor sein Onkel Orion Yanez ihn Ende der Achtziger zum Leiter seines Sicherheitsdienstes ernannt hatte.

Esteban schob die Waffe im Rücken unter den Hosenbund

und schaute noch einmal auf die Dinge auf dem Tisch. Als Ersatzwaffe wählte er eine kleine Beretta, die bereits in einem Halfter steckte. Auch diese Waffe überprüfte er mit geübter Hand, ehe er den rechten Fuß auf einen Stuhl stellte und den Halfter mit dem Klettverschluss am Unterschenkel befestigte. Dabei achtete er auf die richtige Höhe, damit niemand die Waffe sehen konnte, wenn er sich setzte und die Beine übereinander schlug – und die Beretta im Notfall trotzdem schnell greifbar war.

Als Nächstes öffnete er den Metallverschluss einer langen, flachen Kiste, die neben den anderen Waffen stand. Sie enthielt ein zerlegtes Heckler & Koch PSG-1 Scharfschützengewehr, dessen Einzelteile in Schaumstofffächern lagen. Esteban brauchte keine dreißig Sekunden, bis er die Waffe montiert und das Zielfernrohr auf den Lauf geschraubt hatte. Dieses Gewehr war ihm vertraut. Er hatte in dem zehnjährigen Krieg unzählige Contras mit einem PSG-1 getötet. Es war nicht nur eines der zielgenauesten Scharfschützengewehre der Welt, sondern er konnte dank eines 20-Schuss-Magazins auch im Dauerfeuer auf verschiedene Ziele feuern. Aufgrund seiner Informationen bestand durchaus die Möglichkeit, dass er beim nächsten Einsatz auf diesen Vorteil zurückgreifen musste.

»Können wir sonst noch was tun?«, fragte Hausser.

Esteban vertraute Hausser nur das Notwendigste über den Plan an, den er unterwegs ausgearbeitet hatte. Vor sechs Jahren war Esteban schon einmal im Auftrag seines Onkels nach Austin gereist. Damals musste er den halsstarrigen Generaldirektor eines Konkurrenzunternehmens von SoftCorp aus dem Weg räumen. Da es einen Monat dauerte, bis er den Konkurrenten durch einen inszenierten Autounfall erfolgreich beseitigen konnte, war ihm die Stadt vertraut. Diesmal stand ihm nicht viel Zeit zur Verfügung, und daher waren seine Möglichkeiten arg eingeschränkt.

Esteban schickte Hausser hinaus. Er wollte sich nach der strapaziösen Reise ausruhen. Das Flugzeug von Washington nach Dallas geriet mehrmals in Luftturbulenzen, und in Dallas musste er lange auf den Anschlussflug nach Austin warten. Trotz seiner Müdigkeit hatte Esteban nach der Ankunft im Taxi eine einstündige Stadtrundfahrt durch Austin gemacht, um mögliche Verfolger abzuschütteln. Jetzt war er erschöpft. Er war nicht mehr der dreißigjährige marxistische Rebell aus früheren Zeiten. Damals konnte er tagelang ohne größere Pausen durch die Berge von Honduras und Nicaragua wandern und seine Opfer jagen. Erbarmungslose Verfolgungsjagden sollten die Contras zermürben. Doch seitdem waren mehr als fünfzehn Jahre vergangen. Nach Nicaragua hatte Esteban Seite an Seite mit marxistischen Guerillas in El Salvador und den Guerillas der Bewegung »Leuchtender Pfad« in Ecuador gekämpft. Das war, bevor er sich in den Dienst seines Onkels stellte und den Schutz seiner Geschäfte in Amerika übernahm. Er verhalf seinem Unternehmen zu Wachstum, indem er die Konkurrenz auf brutale Weise beseitigte. Dabei unterstützte ihn eine kleine, aber loyale Truppe ehemaliger Sandinisten, die nach dem Untergang des Kommunismus in Mittelamerika ohne Beschäftigung waren.

Esteban Yanez trat ans Fenster und schloss die Jalousien. Hausser packte die restlichen Waffen ein und verließ wortlos den Raum.

Esteban legte sich auf die Couch, schaltete den Fernseher aus, schloss die Augen und versuchte, sich zu entspannen. Er dachte an Kuba und seine Jugend in Havanna in den Fünfzigern. Er erinnerte sich an die bärtigen Rebellen, die in der Sierra Maestra kämpften, der Bergkette im Westen der Insel, und langsam über die demoralisierte Armee des Fulgencio Batista die Oberhand gewannen. Der Sturz des rechts gerichteten Regimes erfolgte plötzlich. Treibende Kraft waren die legendären bärtigen Rebellen in den olivfarbenen Tarnanzügen und mit den roten Halstüchern, die im Januar 1959 durch Havanna stürmten, kurz nachdem Batista nach Miami geflohen war. Er erinnerte sich an Castros Miliz, die Batistas politische Gefangene befreite, die Helden der Revolution. Viele erlebten den großen Tag nicht mehr. Seine eigenen Eltern waren wenige Tage, bevor die Rebellen in den Bergen per Funk über die Aktivitäten in Havanna unterrichtet worden waren, von Batistas Truppen geschnappt worden. Sie wurden in der Einfahrt ihres Hauses erschossen, nachdem der verantwortliche Offizier sie als Verräter abgestempelt hatte.

Esteban rieb sich über die Augen. Er hatte niemals vergessen, was er auf dieser staubigen Einfahrt vor fünfundvierzig Jahren gesehen hatte. Damals hatte er geschworen, wie seine Eltern gegen den amerikanischen Imperialismus zu kämpfen, solange er die Kraft dazu hatte. Diesen Schwur würde er niemals brechen. Er hatte gekämpft, um Nicaragua, El Salvador und Ecuador zu befreien. Doch sein Onkel hatte seinem Nomadenleben ein Ende gesetzt und ihn beauftragt, einen hochkarätigen Sicherheitsdienst aufzubauen und auszubilden, um sein wachsendes Imperium in Amerika zu beschützen. Ziel seines Onkels war es, Castros Ideologie auch nach dem Tod des Diktators aufrechtzuerhalten und fortzusetzen.

In Estebans Augen war sein Onkel der einzige Mann, der das Zeug hatte, nach Castros Tod die Macht zu übernehmen. Kuba war nur dank Castros Visionen und Entschlossenheit und dank der kompromisslosen Art, die er Feinden und Dissidenten gegenüber an den Tag legte, bis heute kommunistisch geblieben. Er bediente sich extremer, aber gerechtfertigter Methoden, Gegner des Regimes vom Sinn der Revolution zu überzeugen oder sie zu töten. Das waren die Opfer für wahre Freiheit, und Orion Yanez gehörte zu den wenigen Männern, die in der Lage waren, Castros Kreuzzug für ein freies Kuba weiterzuführen, einen Kreuzzug, dem Esteban sein ganzes Leben geopfert hatte.

Esteban starrte auf den Deckenventilator, der sich langsam drehte, und dachte an Regenwälder und Hinterhalte, an Todesschreie und grausame Amputationen, an Feldexekutionen und Kidnapping. All das hatte er in seinen Kämpfen für die Rechte der Menschen und gegen die imperialistische Macht miterlebt.

Sein Onkel hatte einen meisterhaften Plan entworfen, mit dessen Hilfe er Kuba mit dem Kapital, das es zum Überleben im einundzwanzigsten Jahrhundert brauchte, versorgen und somit am Leben erhalten konnte. Zunächst hatte er mitgeholfen, ausländische Investoren anzulocken, die an den Stränden von Havanna und anderen Städten Hotels und Kasinos bauten. Diese Schritte reichten jedoch nicht aus, um zu verhindern, dass Amerika nach Castros Tod ein zweites Panama oder Grenada heranzüchtete. Und dies garantierte nicht allein Orions Marionette im Weißen Haus, sondern der Erwerb von Nuklearwaffen. Ein sympathisierender Präsident im Oval Office war nur eine Brücke, die es in ein paar Jahren nicht mehr geben würde, wenn ein neuer Präsident gewählt wurde. Doch bis dahin hatte Kuba sich längst die Waffen beschafft, mit deren Hilfe das Land Angst und Schrecken verbreiten konnte. Die Angst vor Nuklearschlägen war die Lösung, sich Respekt zu verschaffen, die Kraft, die die Freiheit des Landes sicherte. Damit der Plan gelang, mussten die Gelder weiterhin durch das Netzwerk seines Onkels fließen. Sie hatten die entscheidende Geldsumme für den Kauf der Atomraketen noch nicht vollständig zusammen, obwohl sie dem Ziel schon sehr nahe waren. Orion Yanez' Dutzende Kanäle, durch die Geld gewaschen wurde – die Verbindung zwischen der Finanzbehörde IRS, SoftCorp und der Capitol Bank war nur einer von vielen –, mussten ihre Konten in Übersee noch ein paar Jahre mästen.

Esteban Yanez' hatte die Aufgabe, diejenigen, die sich in die Geschäfte seines Onkels einmischten, schnell und ohne Aufsehen zu beseitigen.

11.

Karen Frost lief gleichmäßigen Schrittes über den Joggingpfad am Town Lake, wie der Colorado River in der Stadtmitte von Austin hieß. Sie trug einen dunklen Jogginganzug und Sportschuhe und fiel unter den zahlreichen Städtern, die an diesem Samstagmorgen Sport trieben, nicht auf. Heute hatte sie ihr Haar rot gefärbt. Auf ihrer Stirn und den Schläfen schimmerten Schweißperlen. Der Grund dafür war nicht allein die körperliche Anstrengung, sondern die schwere, kugelsichere Kevlar-Weste, die sie unter der Joggingjacke trug. Die FBI-Agentin hatte diese Vorsichtsmaßnahme ergriffen, nachdem vor Rubakers Haus auf sie geschossen worden war. Auch die Waffen, die sie bei sich führte, trugen zu ihrer Erschöpfung bei. Sie schienen von Minute zu Minute schwerer zu werden. Die halbautomatische Desert Eagle .44er Magnum in dem Brusthalfter zog an ihren Schultern. Da sie den .45er Colt um den Unterschenkel geschnallt hatte, fiel es ihr schwer, gleichmäßig zu laufen.

Die Sonne hatte den Nebel verdrängt, der bei ihrer Ankunft vor einer Stunde noch über dem Joggingpfad schwebte. Karen ließ den Treffpunkt nicht aus den Augen.

Kühle Luft strömte in ihre Lungen, als sie zum fünften Mal an der Laube vorbeilief. Von dem jungen Paar war weit und breit nichts zu sehen.

Wo sind sie?

Hatten sie ihre Anweisung nicht befolgt und zu Hause oder im Wagen über das Treffen gesprochen?

Karen verdrängte den Gedanken und musterte die Menschen ringsum. Sie trug eine große Sonnenbrille, die ihr zur Tarnung diente und ihr Aussehen noch stärker veränderte. Hinter dem Spiegelglas konnte niemand ihre Augen sehen, die die farbigen Kontaktlinsen grün färbten. Einige Menschen gingen spazieren, und andere joggten. Einige führten ihre Hunde aus, und einige radelten durch den Park.

Karen joggte noch ein paar hundert Meter, ehe sie umkehrte und an einem Brunnen neben dem belebten Pfad stehen blieb. Auf dem Gras am Ufer saß eine Entenfamilie. Ein paar Boote fuhren über den See. Ein Steuermann am Heck eines Ruderboots rief Befehle in ein Megafon, um die Ruderer anzufeuern. Karen lief weiter und entdeckte plötzlich die Ryans, die sich der großen Holzlaube näherten.

Die Ryans trugen ebenfalls Joggingkleidung. Michael machte Lockerungsübungen. Victoria stand neben ihm.

Karen ging auf die beiden zu und fragte sich, wie sie wohl reagieren würden. Die Ryans drehten sich zu ihr um.

»Michael und Victoria Ryan?«, fragte Karen aus einer Entfernung von etwa fünf Metern. Sie hatte beim FBI gelernt, dass man Fremden gegenüber immer einen gewissen Abstand wahrte. Fünf Meter waren der Mindestabstand, bis sie wusste, dass die Ryans nichts Böses im Schilde führten.

Sie nickten.

»Ich bin froh, dass Sie ...«

In diesem Augenblick spürte Karen einen kräftigen Schlag in den Rücken. Sie machte einen Sprung nach vorn, landete bäuchlings auf der Erde und schürfte sich die Hände auf, als sie ein Stück über den Schotter rutschte. Ihre Sonnenbrille flog durch die Luft.

Karen blinzelte wie betäubt in die Sonne. Der stechende Schmerz nagelte sie auf der Erde fest. Kurz entschlossen rollte sie auf die Hecke zu, die zwischen dem Pfad und dem See stand.

Jemand hatte von hinten auf sie geschossen und einen Schalldämpfer benutzt, sodass niemand den Schuss hören konnte.

Zum Glück trug sie die schusssichere Weste, aber ihr Rücken schmerzte dennoch von der Wucht des Aufpralls. Karen hörte die schnellen Schritte der Jogger und der Ryans, die sich ihr mit neugierigen und besorgten Mienen näherten.

Wo war der Schütze? Versteckte er sich in der Menge, die auf sie zukam? Oder war er weiter weg und versteckte sich hinter einem der zahlreichen Bäume? Stand er vielleicht sogar auf der anderen Seite des Flusses? Wer hatte den Treffpunkt verraten? Die Ryans? Nur sie und Palenski wussten davon ...

Jetzt ist keine Zeit, nach Antworten zu suchen!

Hau ab!

Fremde näherten sich ihr. Karen musste den Schützen finden, und zwar schnell. Sie griff unter ihre Joggingjacke, zog die Desert Eagle aus dem Halfter und packte sie mit den aufgeschürften, brennenden Händen.

Als sie die große Waffe unter der Jacke hervorzog und auf die Menschen richtete, die sie umringten, ertönten Schreie. Jogger und Spaziergänger gerieten in Panik und rannten davon. Auch die Ryans ergriffen die Flucht. Jetzt hatte Karen freie Sicht auf den Park.

Ehe sie sich versah, schlug ihr eine unsichtbare Faust in den Magen und nahm ihr den Atem. Sie flog gegen eine dicke Eiche, deren wuchtiges Blätterdach den Joggingpfad und den See überragte.

Karen schnappte nach Luft und blinzelte mehrmals, bis ihr Blick sich geklärt hatte. Dann stand sie taumelnd auf. Die Schmerzen im Unterleib schnürten ihr die Kehle zu.

Die FBI-Agentin wunderte sich, dass ihr die Waffe nicht entglitten war. Sie lehnte sich gegen den Baumstamm, um das Gleichgewicht nicht zu verlieren. Ihr Blick war noch immer getrübt, als sie nach dem Schützen Ausschau hielt. Versteckte er sich zwischen den schreienden Menschen, die in Panik davonliefen?

Hinter der Eiche schlug eine Kugel ein und wirbelte Dreck und Kies in die Luft. Der Schütze jagte sie noch immer.

Von wo kam der Schuss?

Karen wimmerte vor Schmerz. Sie warf den Ryans, die inmitten der Jogger und Spaziergänger vor der Frau mit der großen, schwarzen Waffe die Flucht ergriffen, einen letzten Blick zu. Am liebsten hätte sie laut gerufen und ihnen alles erklärt, aber das konnte sie aus zwei Gründen nicht: Erstens durfte sie ihre Identität nicht preisgeben, um die verdeckten Ermittlungen nicht zu gefährden. Zweitens musste sie den Schützen schleunigst ausfindig machen, denn sie schwebte in akuter Lebensgefahr. Davon abgesehen, hätte sie kaum einen Ton herausgebracht.

Allmählich verschwanden die Ryans aus ihrem Blickfeld. Die FBI-Agentin dachte blitzschnell über ihre prekäre Lage nach.

Hau ab. Es geht ums nackte Überleben!

Karen war in akuter Lebensgefahr. Sie wusste noch immer nicht, wo der Schütze sich versteckt hielt. Da er eine Waffe mit Schalldämpfer benutzt hatte, wusste außer Karen niemand, dass auf sie geschossen worden war. Die anderen hatten nur eine Joggerin gesehen, die plötzlich zusammenbrach und eine Pistole zog.

Obwohl Karen noch immer benommen war, entdeckte sie die beiden Männer, die über die Straße liefen und auf sie zu hielten. Ihre kräftigen Gestalten und die kurzen Militärhaarschnitte passten nicht zu der Zivilkleidung. Keiner von ihnen hielt eine Waffe in der Hand. Es musste einen dritten Mann geben, den Schützen, der sich irgendwo versteckte. Die beiden Männer wollten sie vermutlich zwingen, ihre Deckung aufzugeben, damit sie eine gute Zielscheibe für den Schützen abgab.

Natürlich konnten die Männer auch Zivilisten oder Cops in Zivil sein, die eine bewaffnete Verdächtige überwältigen wollten.

Karen Frost riss die Augen auf. Einen der beiden Männer kannte sie. Es war der blonde Riese, den sie in Rubakers Haus gesehen hatte.

Todd.

Er drückte sich ein Funkgerät an die Lippen und erreichte als Erster die andere Straßenseite.

Karen nahm trotz der schmerzenden Rippen all ihre Kraft zusammen, hob die schwere Waffe und nahm den Mann ins Visier. Todd rannte los und ging hinter einem Baum in Deckung. Sein Kumpan versteckte sich ebenfalls hinter einem dicken Baumstamm. Karen widerstand der Versuchung, ihre Deckung aufzugeben. Vielleicht gab Todd dem oder den Schützen Hinweise, was ihren Standort betraf.

Die Agentin fluchte über ihre missliche Lage. Sie saß in der Falle. Eine einzige falsche Bewegung würde die Killer herausfordern, erneut auf sie zu schießen.

Todd spähte hinter dem Baum hervor. Jetzt umklammerte er eine Waffe, die er auf Karen richtete, doch er drückte nicht ab. Stattdessen rannte er zu einem anderen Baum in der Nähe, von wo aus er gezielter auf sein Opfer schießen konnte.

Karen richtete die Desert Eagle auf einen Punkt genau rechts neben dem Baumstamm. An dieser Stelle müsste der Kopf des blonden Riesen gleich auftauchen. Sekunden später lugte der Kopf hinter dem Stamm hervor, und Karen drückte ab.

Das laute Schussfeuer der .44er Magnum zerriss die morgendliche Stille. Die Kugel verpasste ihr Ziel und zerfetzte die Baumrinde. Todd warf sich zur Seite.

Der Schuss dröhnte noch in Karens Ohren, doch sie hörte dennoch Todds Schmerzensschreie. Er sank auf die Knie und presste eine Hand auf die linke Seite seines Brustkorbs. Der Schuss hatte sein Ziel doch nicht ganz verfehlt. Die Agentin hatte einen der Verfolger vorübergehend außer Gefecht gesetzt.

Sie musste den kurzen Augenblick der Verwirrung nutzen. Ungeachtet der stechenden Schmerzen rannte sie am Rande des Joggingpfads von Baum zu Baum. Dann bog sie links in die Straße ein und steckte die Desert Eagle in den Halfter unter der Jacke.

Karen hatte keine andere Wahl, als dieses Risiko einzugehen. Zum Glück lugte der zweite Killer nicht hinter seinem Baum hervor, sondern ließ Karen entkommen. Die Agentin atmete schwer, als sie die Erste Straße überquerte und links in die Lavaca Street einbog. Nachdem sie rechts in die Dritte Straße eingebogen war, verlangsamte sie das Tempo, winkte ein Taxi heran und sprang schnell in den Wagen.

»Wohin, Lady?«, fragte ein spanischer Taxifahrer, der Karen im Rückspiegel musterte.

»Fahren Sie«, sagte Karen, die völlig aus der Puste war. »Fahren Sie los!«

»Ja, Madam.«

Das Taxi fuhr vom Bordstein weg. Karen beschloss, Palenski so schnell wie möglich anzurufen. Jemand hatte die Information weitergegeben, und Karen glaubte nicht, dass es die Ryans waren. Ihr Entsetzen über den Vorfall schien echt zu sein, und zudem sah es nicht so aus, als hätten sie etwas mit den Killern zu tun.

Oder war ihnen jemand gefolgt?

Die FBI-Agentin verwarf diesen Gedanken sofort wieder. Wenn den Ryans tatsächlich jemand gefolgt wäre, hätten die Killer nicht so gezielt zuschlagen können. Sie hätten sich zunächst orientieren müssen, weil sie nicht hätten wissen können, mit wem und mit wie vielen Personen die Ryans sich im Stadtpark treffen wollten. Außerdem hätten die Killer Michael und Victoria Ryan auf der Stelle erschossen, um jedes Gespräch mit der FBI-Agentin zu unterbinden.

Ebenso wie die Pattersons.

Oder die Ryans waren eingeweiht. Vielleicht hatten sie den Brief gelesen und sich an ihre jeweiligen Arbeitgeber gewandt, die sie instruiert hatten, wie sie sich bei diesem Treffen verhalten sollten.

Es gab viele Möglichkeiten.

Sie hatten die Innenstadt bereits hinter sich gelassen. Karen beobachtete den nachfolgenden Verkehr. Offenbar wurde sie nicht verfolgt. Sie gab dem Fahrer Anweisungen, sie zu ihrem Wagen zu bringen, den sie ein paar Blocks vom Town Lake entfernt geparkt hatte.

Als der Fahrer zurück in die Stadt fuhr, schoss Karen ein beängstigender Gedanke durch den Kopf. Falls die Ryans ihre Arbeitgeber bisher nicht kontaktiert hatten, könnten sie dies nach dem seltsamen Vorfall durchaus für angebracht halten. Was sie erlebt hatten, war in der Tat mehr als seltsam. Eine Frau nähert sich ihnen, fällt zu Boden und richtet plötzlich eine Waffe auf sie!

Verdammter Mist!

Karen Frost schloss die Augen und fragte sich, ob es eine zweite Chance für sie geben würde, die Ryans zu kontaktieren. Vermutlich würden sie im Laufe des Tages nach Hause zurückkehren, nachdem sie sich von dem Schock erholt hatten. Hoffentlich gerieten sie nicht in Panik und verständigten ihre Arbeitgeber, falls sie gar nicht in die Sache verwickelt waren. Wenn sie das taten, würden sie mit Sicherheit in demselben Leichenschauhaus enden, in dem die entstellten Überreste von Dave Nolan gelandet waren.

Doch wenn die Ryans eine weiße Weste hatten, stand Karen vor einem noch größeren Problem. Dann war die Information über das Treffen durch eine andere Quelle gesickert, und diese Quelle musste Palenski sein. Er war der Einzige, der von dem Treffen wusste.

Karen schüttelte den Kopf. Für Palenski hätte sie die Hand ins Feuer gelegt.

Hatte jemand beim FBI das Gespräch zwischen ihr und Palenski abgehört und die Information aufgeschnappt?

Wenn das der Fall war, könnten *alle* Informationen, die sie an Palenski weitergegeben hatte, abgefangen worden sein. Dazu gehörten auch Karens Aufenthaltsort in Austin und der Mietwagen, zu dem der Taxifahrer sie in diesem Moment fuhr.

Scheiße.

Als die Innenstadt vor ihr auftauchte, beschloss Karen, auf Nummer sicher zu gehen und dem Fahrer neue Anweisungen zu erteilen.

Ohne lange zu überlegen, zog sie ihr Handy aus der Tasche. Sie brannte darauf, Palenski hier und jetzt anzurufen, auch wenn der Fahrer mithören konnte.

Warte, sagte sie sich. *Palenski geht dir nicht flöten.*

12.

Roman Palenski gab seiner Frau einen Kuss, ehe er sich auf die Rückbank des FBI-Wagens mit den kugelsicheren Scheiben setzte. Er fuhr an diesem sonnigen Samstagvormittag in Begleitung seiner beiden Bodyguards zum Golfplatz. Einer saß neben dem Fahrer, der andere neben Palenski.

Palenski schaute auf die Uhr. In fünfundvierzig Minuten war Tea-Time. Die Zeit würde gerade ausreichen, um zum Club zu fahren und ein paar Bälle zu schlagen.

Der FBI-Direktor lehnte sich zurück und versuchte, sich zu entspannen. Er wollte wenigstens ein paar Minuten die laufenden Ermittlungen und sein Gespräch mit Horton vergessen. Sein Blick glitt über die hübschen Ortschaften von Maryland, während er an das bevorstehende Golfspielen dachte.

Plötzlich riss der Fahrer das Lenkrad abrupt herum, und der Wagen schleuderte quer über die Straße.

Palenski prallte gegen die Tür, und sein Kopf knallte gegen die getönte Scheibe. Sekunden später begriff er, warum sein Fahrer das Lenkrad herumgerissen hatte. Ein Betonmischer hatte die rote Ampel überfahren und raste frontal auf sie zu.

Palenski war von dem Aufprall wie benommen. Er versuchte zu schreien, als die Stoßstange des Lasters sich dem Seitenfenster näherte.

Der FBI-Direktor sah dem Tod ins Auge.

Keine Sekunde später prallte der Laster mit einem ohrenbetäubenden Knall in den Pkw, riss ihn hoch und setzte zurück, sodass der Wagen hochkant auf der Erde landete. Dann raste der Betonmischer ein zweites Mal in den Pkw, drückte ihn gegen einen Bus und zerquetschte ihn wie eine Bierdose.

Roman Palenski, der zwischen dem eingedrückten Dach und dem Boden eingeklemmt war, versuchte vergebens, sich zu befreien. Er saß ebenso wie seine Bodyguards in der Falle. Einen kurzen Augenblick herrschte Stille.

Bis er das Gas roch.

Er fing an zu beten.

Die Zeugen des Unfalls würden die Todesschreie niemals vergessen, die die Insassen des Pkws ausstießen, als der Wagen, der noch immer auf der Seite lag, Sekunden später in Flammen aufging. Das Feuer griff auf den Laster und den Bus über. Die Fahrgäste im Bus kamen mit kleineren Verletzungen davon. Doch was sie soeben erlebt hatten, würden sie so schnell nicht vergessen. Polizei und Krankenwagen waren bereits unterwegs. Der Lastwagenfahrer nutzte die allgemeine Aufregung nach dem Zusammenprall und stahl sich davon. Der Betonmischer war vor einer Stunde gestohlen worden. Niemand würde ihm etwas anhängen können.

Er bog um die Ecke und stieg in einen wartenden Van. Aus dem brennenden Pkw drangen noch immer schrille Todesschreie.

13.

Der Mustang, den Mike gestern Abend gemietet hatte, sprang sofort an. Mike legte den ersten Gang ein, fuhr vom Bordstein und ließ das Chaos, als das sich ihr morgendliches Treffen entpuppt hatte, hinter sich. Der junge Informatiker war von dem kurzen Lauf vom Stadtpark zum Wagen noch ein wenig außer Atem. Er warf seiner Frau einen Blick zu. Victoria schnallte sich an, strich mit den Händen durch ihr kurzes Haar und atmete tief ein.

»Verdammt, Mike. Was hatte das alles zu bedeuten?«

Mike schüttelte den Kopf. »Diese Frau ... Ich weiß nicht, was da passiert ist. Unglaublich. Sie kommt auf uns zu und dann ...«

»Dann zieht sie eine Waffe, die sie auf uns richtet. Das ist passiert!«

Mike runzelte die Stirn. Ihm kam das alles spanisch vor. »Ich weiß, Vic, ich weiß. Die Frau richtete die Waffe aber nicht nur auf uns, sondern auf alle.«

»Was sagst du da?«

»Es war seltsam. Hast du schon mal gesehen, wie jemand so zu Boden fällt?«

»Nein, hab ich nicht. Aber es war wirklich seltsam. Es sah fast so aus, als hätte jemand ...«

»Als hätte jemand sie gestoßen?«

»Ja. Aber es war niemand da.«

»Genau«, sagte Mike. Er war froh, dass sie sich einen Wagen gemietet hatten, um offen sprechen zu können, ohne Ge-

fahr zu laufen, von SoftCorp oder der Capitol Bank abgehört zu werden. Das hatte die so genannte Freundin, die eine Waffe auf sie gerichtet hatte, jedenfalls behauptet. »Und es sah so aus, als wäre sie zweimal gestoßen worden.«

»Noch einmal?«

»Ja, nachdem sie die Waffe gezogen hatte und alle schreiend davonliefen.«

»Das ist mir nicht aufgefallen.«

»Doch. Es war so, als hätte sie beim zweiten Mal einen Schlag in den Magen erhalten. Daraufhin prallte sie gegen den Baum am Rand des Joggingpfades.«

Victoria kniff die Augen zusammen. »Das ergibt doch keinen Sinn.«

»Stimmt. Offenbar sind wir in eine ganz heikle Sache verwickelt, ohne es zu wissen.«

»Und eine verdammt unheimliche Sache.«

»Und ich weiß nicht, um was es geht. Aber ich bin sicher, dass wir einen Weg finden, da herauszukommen.«

Victoria verschränkte die Arme. »Uns wird wohl kaum jemand helfen.«

»Stimmt, das müssen wir allein schaffen, Schatz. Wir sind bisher immer allein zurechtgekommen.« Mike beobachtete im Rückspiegel den nachfolgenden Verkehr. Obwohl er im Park kein bekanntes Gesicht gesehen hatte, wusste er als Hacker, dass man immer auf der Hut sein musste.

»Was sollen wir tun?«, fragte Victoria.

»Wir machen das, was ich gestern getan habe. Wir nutzen unsere Fähigkeiten und Möglichkeiten, um an mehr Informationen zu gelangen und herauszufinden, was hier gespielt wird. Dann versuchen wir, aus dieser Sache rauszukommen.«

Victoria nickte. »Ich müsste Informationen über die Konten finden, die du dir gestern aufgeschrieben hast ...«

Mike schenkte seiner Frau ein gequältes Lächeln. Er war schrecklich nervös. »Das ist eine gute Idee. Ich knöpfe mir das Netz noch einmal vor. Aber es wäre sehr hilfreich, wenn ich ein paar Passwörter hätte.«

»Ich müsste dir einige besorgen können. Was tun wir jetzt?«

»Wir gehen irgendwo Kaffee trinken. Ich könnte einen starken Kaffee vertragen.«

14.

Esteban Yanez beobachtete durchs Zielfernrohr seines PSG-1-Schützengewehrs den Tumult auf der anderen Seite des Sees und fluchte laut über seine Dummheit. Er hatte die FBI-Agentin unterschätzt. Zuerst hatte er über die Verkleidung der Frau gelacht, die versuchte, ihr Aussehen durch eine andere Haarfarbe und eine große Sonnenbrille zu verändern. Esteban hatte die Videos, die von den letzten Minuten der Pattersons aufgenommen worden waren, genau studiert und sich die Gesichtszüge der Agentin eingeprägt. Mit einer neuen Haarfarbe konnte man vielleicht einen Anfänger täuschen, aber keinen Profi. Trotzdem hatte die FBI-Agentin es geschafft, ihn hereinzulegen. Sie trug eine kugelsichere Weste und hatte wie ein Profi reagiert. Zuerst hatte sie sich in Deckung gebracht, und in dem kurzen Durcheinander nach dem Schusswechsel war sie geflohen. Zum Glück waren Hausser und sein Kollege ebenfalls abgehauen, bevor die Polizei mit heulenden Sirenen eintraf. Esteban konnte die Sirenen am anderen Ufer hören.

Für ihn wurde es jetzt auch höchste Zeit, das Weite zu suchen.

Nachdem er das PSG-1 in eine große Sporttasche gepackt hatte, kletterte er von der dicken Eiche herunter, ohne sich durch die neugierigen Blicke der Jogger irritieren zu lassen. Dann folgte er dem Joggingpfad bis zum Ende des Parks.

Als er zu seinem Wagen gelangte, den er ein paar hundert Meter entfernt geparkt hatte, warf er die Sporttasche in den Kofferraum und fuhr rasch davon.

15.

Orion Yanez trank einen Schluck Kaffee und genoss die kühle, frische Morgenluft. Der Anruf seiner Handlanger aus Washington bestärkte ihn. Durch die Beseitigung von Roman Palenski wurde die Bedrohung abgewendet, die das FBI für seine Organisation darstellte. Jetzt hatte er die Möglichkeit, die Arbeit des FBI zu beeinflussen. Nach Jack Hortons Worten wäre der stellvertretende Direktor des FBI zu einer Zusammenarbeit bereit, wenn man ihm mit einem angemessenen Budget entgegenkam.

Einer seiner Mitarbeiter brachte ihm ein abhörsicheres Telefon.

Orion nahm es entgegen und sagte: *»Digame?«*

»Hier ist Horton. Mein Assistent sagte mir, es sei dringend.«

»Es tut mir Leid, aber es hat sich ein schrecklicher Unfall ereignet«, erklärte Orion, der noch einen Schluck vom starken Kaffee trank. »Palenski.«

»Was ist passiert?«

»Er wurde bei einem Autounfall getötet.«

Ein paar Sekunden herrschte Stille. Dann rief Horton: »Oh, mein Gott!«

»Menschen sterben, mein Freund. Das ist ein Teil unseres Lebens. Wir sollten uns auf die Lebenden konzentrieren, nicht wahr?«

»Ja ... natürlich.«

»Gut. Wenn ich mich recht erinnere, habe ich vor vielen

Jahren im Fach Staatsbürgerkunde gelernt, dass der Präsident der Vereinigten Staaten nun einen neuen FBI-Direktor ernennen muss, und der Senat muss dessen Wahl bestätigen. Ist das richtig?«

Am anderen Ende der Leitung herrschte wieder ein paar Sekunden Schweigen, ehe Hortons Antwort erfolgte. »Ja, das ist richtig.«

»Okay. Kümmern Sie sich darum.«

Eine Minute später legte Orion auf. Einer seiner Mitarbeiter kam zu ihm.

»Mr Yanez?«

»Was ist?«

»Mr Isonow ist eingetroffen.«

Orion trank den Kaffee aus und reichte seinem Bodyguard die Tasse. »Führen Sie ihn in mein Arbeitszimmer, und bieten Sie ihm etwas zu trinken an. Ich komme gleich.«

Orion Yanez, der in seinem Leben miterlebt hatte, wie unzählige Menschen gestorben und Existenzen vernichtet worden waren, konnte kaum noch etwas aus der Ruhe bringen. Er erfreute sich eines inneren Friedens und einer Gelassenheit, die nichts erschüttern konnte. Heute verspürte er angesichts des bevorstehenden Geschäftsabschlusses dennoch eine leichte Erregung. Seine Vorgesetzten in Havanna würden über diesen Wendepunkt in der kubanischen Geschichte hocherfreut sein.

Orion stand auf und ging auf direktem Weg in sein Arbeitszimmer.

»Sergej«, sagte Orion, der dem russischen Diplomaten – der er zumindest nach den Informationen des Außenministeriums war – die Hand reichte. In Wahrheit war Sergej Boris Isonow stellvertretender Kommandant der in den Vereinigten Staaten operierenden russischen Mafia. Sie kontrollierte in mehreren Staaten das organisierte Verbrechen, wozu nicht nur das Glücksspiel und die Prostitution gehörten.

»Mein Freund«, erwiderte Isonow, ein schlanker Mann Ende fünfzig mit lichtem, weißem Haar und einer großen, dicken Brille, die seine wachsamen, blauen Augen noch größer wirken ließ.

»Bitte.« Orion bot seinem Gast gegenüber von seinem großen Schreibtisch einen Platz am Kamin an. »Es gibt nichts Schöneres, als eine Plauderei am Kamin mit einem guten Freund über ein einmaliges Geschäft.«

Isonow nahm lächelnd im Sessel Platz und schaute auf das knisternde Feuer. »Es ist alles vorbereitet«, sagte er, nachdem er einen Schluck Wasser getrunken hatte.

»Keine Probleme?«

Isonow schüttelte den Kopf. »Nichts Außergewöhnliches. Ein paar Offiziere aus St. Petersburg genießen nun von ihren neuen Datschen die Aussicht auf den Ladogasee.«

Orion nickte. »Und der Transport geht pünktlich über die Bühne?«

»Die Aufklärungssatelliten können die zerlegten Raketen diesmal nicht orten. Sie werden nicht wie beim letzten Mal an Deck der Schiffe transportiert.«

Orion fragte sich, warum die Sowjets so dumm gewesen waren, ihre Raketen Anfang der Sechzigerjahre vor den Blicken der amerikanischen Satelliten zu transportieren, wodurch im Oktober 1962 die legendäre Kubakrise ausgelöst wurde. »Die Ferienanlage in der Nähe von Pinar de Rio ist auf alles vorbereitet.« Er bezog sich auf einen großen Hotelkomplex, den er in der Nähe der kubanischen Küstenstadt, hundert Meilen von Havanna entfernt, hatte bauen lassen. Hier sollten die Raketen gelagert werden. Die Anlage sah wie ein normaler Strandhotelkomplex aus. Orion baute noch drei weitere in der Region, um das Misstrauen der wachsamen CIA nicht zu erregen.

»Einschließlich der getarnten Docks?«

Orion nickte. Zu dem so genannten Hotelkomplex gehörte

ein großer, getarnter Jachthafen, der vielen exklusiven Jachthäfen in der ganzen Welt glich. Doch dieser hier war so ausgestattet, dass die Schiffe die von Orion erworbenen Massenvernichtungswaffen entladen konnten.

»Meine Partner erwarten natürlich nach der Lieferung die Zahlung.«

»Natürlich. Das Geld liegt sicher auf einem Konto in Übersee und wird in zwei Wochen überwiesen, sobald die Fracht am Bestimmungsort angekommen ist und von unseren Wissenschaftlern überprüft wurde.«

Isonow hob sein Glas und prostete Orion zu. »Auf Kuba.«

»Auf dass Kuba niemals dem amerikanischen Imperialismus zum Opfer fällt«, erwiderte Orion lächelnd.

16.

Ron Wittica, der heute Morgen mit Gail über den See geschippert war, fuhr mit überhöhter Geschwindigkeit zurück zur Arbeit.

Als er nach schneller Fahrt bei SoftCorp eintraf, gab er den Zugangscode ein und betrat das Gebäude. Er winkte dem Sicherheitsbeamten hinter dem Empfang flüchtig zu und lief durchs Foyer zu den Aufzügen. Im dritten Stock stieg er aus.

Sein Mund war trocken, und seine Hände zitterten, als er zweimal an die Tür des Kontrollraums klopfte. Ein Sicherheitsbeamter öffnete ihm.

»Mr Wittica?«

Der SoftCorp-Manager lief an dem verdutzten Mann vorbei. »Die Ryans ... Waren sie heute Morgen zu Hause?«

Zwei Sicherheitsbeamte, die vor den Monitoren saßen, drehten sich neugierig um.

»Welcher filmt bei den Ryans?«, fragte Wittica mit Blick auf die Monitore.

Einer der Sicherheitskräfte zeigte mit dem Finger auf eines der Geräte und schaltete die Lautsprecher ein.

Victoria Ryans Stimme war zu hören. Das junge Paar saß in der Küche beim Frühstück. Sie sprachen über das Haus, das sie soeben gekauft hatten, und fragten sich, ob sie es sich leisten konnten.

Wittica atmete erleichtert auf. Hausser musste sich geirrt haben. Wenn die Ryans zu Hause beim Frühstück saßen, konnten sie sich nicht am Town Lake aufhalten. Wittica wollte den Kontrollraum gerade verlassen, als Mike über sein Projekt sprach und Zweifel äußerte, ob er es bis zum nächsten Freitag schaffen würde.

Nächsten Freitag?

Wittica runzelte die Stirn. Heute war Samstag. Mike hatte Bedenken geäußert, sein Projekt bis zum nächsten Freitag fertig stellen zu können. Nach dem Vorfall mit Agi Maghamis Sicherheitssystem am vergangenen Donnerstag hatte Wittica Mike bis Montag Zeit für sein Projekt gegeben. Er hatte den ursprünglichen Termin von letztem Freitag auf den kommenden Montag verschoben. Warum glaubte Mike, noch bis Freitag Zeit zu haben?

Wittica trat näher an den Monitor heran und lauschte aufmerksam dem Gespräch der Ryans.

»Was ist los, Sir?«, fragte der junge Mann, der neben ihm stand.

Wittica schüttelte den Kopf. »Ich weiß nicht.« Mike sprach darüber, wie lange er in den nächsten Tagen arbeiten müsse, um den Termin am Freitag einzuhalten. Er klagte über die vielen Überstunden, denn seiner Meinung nach reichten drei Wochen bis zum Abschluss der ersten Phase seines Projekts nicht aus.

»Kann ich mal die Aufnahmen der anderen Kameras sehen, die bei den Ryans installiert sind?«

Einer der Sicherheitsbeamten tippte auf die Tasten. Kurz darauf war das Schlafzimmer der Ryans zu sehen, anschließend die Diele und das Wohnzimmer. Es schien alles in Ordnung zu sein.

Doch Wittica hatte ein seltsames Gefühl. Irgendetwas stimmte da nicht, aber er wusste nicht, was es war. Vielleicht wurde er nach den bedrohlichen Zwischenfällen allmählich verrückt. Zuerst wurde das Sicherheitssystem lahm gelegt, und dann gab es erneut Ärger mit dem FBI. Jetzt sah es ganz so aus, als hätte jemand die Ryans bei einem Treffen gesehen, das das FBI nach Angaben aus Washington vorgeschlagen hatte.

Die Ryans sprachen noch immer über ihr Haus und die Anschaffung einer neuen Campingausrüstung.

Wittica presste die Lippen aufeinander. Hatte Mike Ryan gerade über seinen Plan gesprochen, eine neue Campingausrüstung anzuschaffen? Er hätte schwören können, dass Victoria bereits vor einigen Tagen über den Kauf der neuen Campingausrüstung gesprochen hatte. Wittica versuchte sich zu erinnern. Ja, er hatte mit den Sicherheitsbeamten im Kontrollraum gesessen und zugesehen, wie die Ryans sich in der Diele geliebt hatten. Anschließend hatte Victoria über die neue Campingausrüstung und ihren Chef gesprochen, der sich an sie hatte heranmachen wollen.

»Da stimmt was nicht«, sagte Wittica schließlich und tippte auf den Monitor. »Zeigen Sie mir mal das Video von ...« Er schloss die Augen und dachte nach. Es war an dem Abend, bevor am Freitag jemand ins Sicherheitssystem eingebrochen war. »Spielen Sie mir den Film von Donnerstagabend von der Kamera im Eingangsbereich vor. Ungefähr ab acht Uhr abends.«

Der Wachmann gab Befehle in den Computer ein und drehte sich wenige Sekunden später zu Wittica um. »Ich kann den Film nicht abspielen, Sir.«

»Warum nicht?«

»Er wurde gelöscht.«

»Was?«

»Es ist alles weg, Sir. Sehen Sie, hier.«

Wittica stützte sich mit der Hand auf einer Stuhllehne ab, beugte sich vor und starrte auf den Monitor. Das Video-Dateiverzeichnis der Ryans war leer.

»Wie kann das sein? Gab es eine Störung?«

»Wir haben nichts bemerkt, Sir.«

»Überprüfen Sie die Videos der anderen!«

Alle drei Sicherheitsbeamten hämmerten auf die Tasten und stellten fest, dass die Filme von zehn anderen Mitarbeitern fehlten.

Wittica rieb sich die Schläfen. Sein Herzschlag beschleunigte sich. *Was geht hier vor? Warum fehlen die Videofilme? Hatte es mit dem Einbruch ins Sicherheitssystem zu tun? Könnte es mit dem Absturz nach dem Einbruch ins Sicherheitssystem zu tun haben?*

Er atmete tief ein. »Überprüfen Sie die Videoverbindung zum Haus der Ryans.« Dann griff er zum Hörer, um Shapiro anzurufen, der in der vergangenen Nacht aus Washington zurückgekehrt war. Shapiro hatte Wittica eine lange Predigt gehalten und ihm unmissverständlich erklärt, dass er keine weiteren Pannen dulden werde. Wenn ihnen ihr Leben lieb sei, dürften sie sich ab sofort keine Fehler mehr erlauben.

Keine Pannen mehr.

Als Wittica die Nummer seines Chefs wählte, stöhnte er laut. Es war wie verhext. Heute hatte es *am laufenden Band* Pannen gegeben.

17.

Mike verschluckte sich fast an dem Kaffee, als sein Pager im Starbucks-Café im Einkaufszentrum an der Beecaves Road piepte.

»Wer piept dich an?«, fragte Victoria, die ihren Kaffeebecher mit besorgter Miene auf den Tisch stellte.

Mike nahm den schwarzen Pager in die Hand, drückte auf eine Taste und schaute auf das Display.

»Scheiße!«

»Was ist los?«

»Ich hab dir doch erzählt, dass ich das Videosystem von SoftCorp neu programmiert habe. Jetzt kann keiner mehr in unserem Privatleben herumschnüffeln.«

Victoria nickte und schaute ihren Mann fragend an.

»Ich habe eine spezielle Feature hinzugefügt. Wenn jemand durch diese Datei surft, die ich als Livemitschnitt gekennzeichnet habe, schickt mir das System eine Warnung, damit ich über den versuchten Einbruch unterrichtet werde. Das ist gerade passiert.«

Victoria stand auf. »Was bedeutet das?«

Mike stand ebenfalls auf, ergriff Victorias Hand und ging mir ihr zum Ausgang. »Jemand hat genügend eindeutige Beweise gefunden, dass es ihm angebracht erscheint, den Status unserer Videodatei zu überprüfen. Vermutlich hat man festgestellt, dass alle Videofilme gelöscht sind.«

»Kann man die Spur zu dir zurückverfolgen?«

Mike schüttelte den Kopf. »Erstens fehlen nicht nur meine

Videofilme – vorsichtshalber habe ich auch die Filme von zehn anderen Mitarbeitern gelöscht –, und zweitens habe ich einen Softwarewächter installiert, der mich nicht nur alarmiert, sondern auch das Lesen der Datei verhindert. Der Wächter löscht die gespeicherte Datei und sämtliche Beweise, dass ich das Programm manipuliert habe. Er schaltet die Kameraeinstellung wieder auf Livemitschnitt um, nachdem alle Monitore zehn Sekunden ausfielen. Niemand wird die Umschaltung bemerken.«

»Zum Zeitpunkt der Umschaltung sollten wir am besten zu Hause sein, oder?«

Mike nickte. »Stimmt. Und wir haben nur dreißig Minuten Zeit. Ich habe das seltsame Gefühl, dass gleich jemand von SoftCorp bei uns auf der Matte steht, um der Sache nachzugehen.«

Sie stiegen in den Wagen und fuhren Richtung Lakeway.

»Sollen wir wirklich nach Hause, Mike? Angenommen, es kommt doch jemand auf die Idee, du könntest an den Videos manipuliert haben. Vielleicht haben sie das Dateiverzeichnis wegen des Vorfalls heute Morgen überprüft.«

»Meinst du, uns hat jemand gesehen?«

»Könnte doch sein«, erwiderte Victoria mit ängstlicher Stimme.

»Wahrscheinlich sind sie deshalb der Sache nachgegangen. Falls uns wirklich heute Morgen jemand gesehen hat, ist das Video ein prima Alibi. Wir fahren nach Hause und tun so, als wäre alles in bester Ordnung. Denk daran, es gibt keinen Grund, uns irgendeines Vergehens zu verdächtigen.«

»Aber ... wenn sie uns wirklich überwachen, brauchen sie ja nur bei uns zu Hause anzurufen. Wenn das Telefon klingelt, und es ist im Film nicht zu hören, wissen sie sofort, dass es keine Liveaufzeichnung ist.«

Mike lächelte. »Ich hab den Hörer heute Morgen neben das

Telefon gelegt, Vic. Für den Fall der Fälle. Wenn sie anrufen, ist das Telefon ständig besetzt.«

Victoria schwieg. Mike fuhr auf dem Highway 71 Richtung Lake Travis.

»Erinnerst du dich noch, was du letzten Samstag anhattest?«, fragte er, als sie in Lakeway ankamen. Seitdem der Pager gepiept hatte, waren genau fünfzehn Minuten vergangen. Mike rechnete frühestens in einer Viertelstunde mit einem Spitzel von SoftCorp, denn das Unternehmen lag weiter östlich als das Starbucks. Sie hatten noch ein wenig Zeit, die sie nutzen konnten, ihre Chancen zu verbessern.

»Wie bitte?«

»Was hattest du letzten Samstag an? Die Sicherheitsbeamten, die sich das Video ansehen, wissen, was wir angehabt haben. Falls sie plötzlich bei uns vor der Tür stehen, müssen wir so aussehen wie auf dem Video.«

»Lass mich nachdenken«, sagte Victoria, die den Blick über die schöne Landschaft schweifen ließ. Hinter einer Kurve auf der bergigen Straße konnte man das blaugrüne Wasser des Sees sehen. »Ich hatte meinen grünen Seidenpyjama an und du eines deiner schwarzen Stanford-Footballhemden und eine Shorts, wenn ich mich recht entsinne.«

Mike nickte. »Ja, könnte sein. Gegen elf haben wir uns angezogen und sind zur Arbeit gefahren. Jetzt müssten wir in der Küche sitzen und Kaffee trinken.«

Victoria nickte.

»Okay«, sagte er, als er in ihre Straße einbog und den Mietwagen drei Häuser entfernt parkte. Bis jetzt schien sich noch nichts getan zu haben. »Wir kriegen das schon hin.«

Victoria Ryan schlang die Arme um ihre Brust und starrte auf die Häuser. »Hoffentlich hast du Recht, Mike. Hoffentlich.«

Mike stieß ein stummes Stoßgebet aus.

18.

Ron Wittica saß hinter dem Lenkrad seines schwarzen BMW und raste zurück nach Lakeway. Diesmal führte sein Weg ihn nicht zu sich nach Hause. Er wollte den Ryans einen Überraschungsbesuch abstatten.

Wittica beobachtete im Rückspiegel die beiden Fahrzeuge, die ihm folgten. In einem saß der wütende Todd Hausser. Insgesamt folgten Wittica sechs Sicherheitsbeamte. Aaron Shapiro hatte persönlich die Order erteilt. Im Kontrollraum war nur ein Sicherheitsbeamter zurückgeblieben.

Das müsste ausreichen, dachte Wittica. Der Sicherheitsbeamte musste sich nur das Video der Ryans ansehen und kontrollieren, ob es sich um einen Livemitschnitt handelte.

Wittica schloss kurz die Augen, als seine Gedanken zu Todd Hausser wanderten. Trotz der blutenden Wunde hatte der ehemalige Leutnant der amerikanischen Sondereinheiten jede Hilfe abgelehnt, als er bei SoftCorp ankam. Zum Glück handelte es sich nur um einen Streifschuss. Er hatte sich den Erste-Hilfe-Kasten aus dem Foyer bringen lassen und die Wunde selbst versorgt. Anschließend wollte er sofort wissen, ob die Ryans zu Hause waren.

Wittica hatte die Pistolen und Schalldämpfer gesehen, die sich die Sicherheitsbeamten aus der geheimen Waffenkammer geholt hatten. Auch dazu hatte Shapiro persönlich den Auftrag erteilt. Bei dem Gedanken an das mögliche Schicksal der Ryans lief ihm ein kalter Schauer über den Rücken.

Die Operation geriet völlig aus dem Ruder. Ron Wittica

wusste nicht, ob er die Nerven behielt, wenn Hausser und seine Männer die Ryans erschießen würden. Und das würde geschehen, falls es auch nur den geringsten Hinweis darauf gab, dass sie heute Morgen nicht zu Hause waren. Auch wenn das Video auf einen Livemitschnitt hinwies, war die ganze Angelegenheit höchst brisant. Wittica hatte versucht, die Ryans zu Hause anzurufen, um zu überprüfen, ob die Sicherheitsbeamten das Klingeln per Audioüberwachung hören konnten, aber das Telefon war besetzt. Da das Video die Ryans beim Frühstück in der Küche zeigte, konnte das Besetztzeichen nur bedeuten, dass der Hörer neben dem Apparat lag. Oder es handelte sich gar nicht um eine Liveaufnahme.

Wittica runzelte die Stirn. Es gab nur eine Möglichkeit, das zu überprüfen. Er musste bei den Ryans hereinplatzen und anschließend kontrollieren, ob der Sicherheitsbeamte im Kontrollraum ihn sehen konnte.

Sonst ...

Du musst das durchstehen, sagte er sich im Stillen, wobei er sich fragte, wie lange er das Tempo noch durchhalten würde, ehe ihm die Puste ausging oder das FBI die Ermittlungen auf seine Spur lenkte. In beiden Fällen würde er wie Janet Patterson, ihre Eltern und Rubaker zu einem ernsthaften Problem für die Organisation.

Und das könnte auch den Ryans passieren.

19.

Michael Ryan schloss die Haustür auf und betrat den Flur. Victoria folgte ihm auf den Fersen. Sie rannten sofort ins Schlafzimmer und verschwanden in ihren begehbaren Kleiderschränken. Mike zog ein schwarzes Footballhemd und eine Shorts an. Victoria kehrte in ihrem Seidenpyjama zurück ins Schlafzimmer. Die Farbe spielte keine Rolle, da die Filme in Schwarz-Weiß aufgezeichnet wurden. Hauptsache, der richtige Grauton wurde getroffen.

Mike sah auf die Uhr. Sie hatten noch zehn Minuten Zeit, bevor die Software das Video auf den Livemitschnitt umschaltete. Die Frage war, wo sie sich aufhalten sollten. In der Küche? Im Wohnzimmer? Im Schlafzimmer?

Mike schaltete seinen Computer ein und loggte sich ins Netz von SoftCorp ein. Es dauerte nicht lange, bis er mithilfe der ihm zur Verfügung gestellten Passwörter den Echtzeit-Videoplayer seines PCs mit der Datei verbunden hatte, die als Liveaufnahme gekennzeichnet war. Er konnte zwar die Verbindung zu der gesicherten Datei mit den alten Videos herstellen, die Datei aber nicht öffnen, ohne die Sicherheitsbeamten im Kontrollraum hellhörig zu machen. Daher musste er sie ablenken, bis er wusste, wo er und Victoria sich aufhalten mussten, wenn die Umschaltung erfolgte.

Einen Moment später erfuhr er, was er wissen musste.

20.

Der Sicherheitsbeamte, der sich die Aufnahmen aus dem Haus der Ryans ansah, wurde müde. Er saß schon die ganze Nacht im Kontrollraum. Hausser hatte die Frühschicht, die ihn ablösen sollte, mitgenommen.

Großartig, dachte er, als er den schwarzen Kaffee trank, um wach zu bleiben, und sich den langweiligen Film ansah. Michael und Victoria saßen im Wohnzimmer und tranken Kaffee.

Er wandte sich wieder dem Computer zu, der ihm den Zugang zur Liveschaltung der Kameras im Hause der Ryans noch immer verweigerte.

Er wollte es gerade noch einmal probieren, als alle Monitore kurz flackerten. Dann sah er das Bild einer hinreißenden Frau, die im Bett lag und masturbierte. Es sah aus wie ein Pornostreifen, der einen Augenblick seine Aufmerksamkeit fesselte, ehe er begriff, dass das System schon wieder nicht richtig funktionierte. Er tippte auf die Tasten, schaltete zum Videodateiverzeichnis um und fand die Ursache des Problems.

21.

Nachdem Michael Ryan den Sicherheitsbeamten im Kontrollraum abgelenkt hatte, klickte er auf seinem Monitor den Play-Button an und spulte den Film im Schnellvorlauf auf die aktuelle Zeit von 9.57 Uhr vor.

»Und jetzt?«, fragte Victoria, die hinter ihm stand. Mike, der vor dem kleinen Schreibtisch in seinem Arbeitszimmer saß, wartete, bis die Übertragung des Videos über sein Modem beendet war.

Kurz darauf sahen sie das Bild. Er saß mit Victoria in der Küche und trank Kaffee.

»Wir haben noch drei Minuten«, sagte er. »Koch schnell Kaffee. Beeil dich!«

Victoria eilte in die Küche, während Mike sich den Film noch einmal genau ansah. Er überprüfte ihre Kleidung, die den kritischen Blicken der Sicherheitskräfte von SoftCorp standhalten müsste. Dann warf er einen Blick auf die Bilder des Wohn- und Schlafzimmers, rannte durch die Wohnung und nahm ein paar Veränderungen vor. Es musste bei ihnen im Haus genauso aussehen wie in dem Videofilm. Die Campingausrüstung, die Victoria vor ein paar Tagen gekauft hatte, stopfte er in den Schrank in der Diele, damit die Kamera die Sachen nicht einfangen konnte. Die Kissen im Wohnzimmer ordnete er anders an, und die Vorhänge im Schlafzimmer zog er zu.

Noch eine Minute.

Mike wartete und prägte sich genau ein, welche Haltung er

und Victoria in dem Film einnahmen. Sie saßen gemütlich mit ihren Kaffeebechern am Tisch und plauderten über den Hauskauf.

Noch vierzig Sekunden.

Mike deaktivierte den Videokurzschluss, schaltete von Agi Maghamis Film zu ihren Livekameras um, loggte sich aus und rannte in die Küche.

Victoria saß bereits mit einem Kaffeebecher in der Hand am Tisch. Mike setzte sich zu ihr, nahm seinen Becher und schaute auf die Uhr. Der Kaffee lief durch die Maschine.

»Es geht los«, sagte er. »Noch fünfzehn Sekunden. Wir sprechen über das Haus und unsere Pläne, kleine Veränderungen vorzunehmen.«

Sie nickte und flüsterte: »Jetzt müssen wir unser schauspielerisches Talent beweisen.«

Mike sah auf die Uhr, hob die rechte Hand und zählte mit den Fingern von fünf bis Null herunter. Die Show begann. Sie plauderten in lockerem Tonfall über das schöne Haus und die anstehende Gartenarbeit. Mike sprach über seinen tollen Job bei SoftCorp und sein Interesse, das Sicherheitssystem zu verbessern. Victoria stimmte in den Lobgesang ein. Ihr Chef habe sich ihr leider einmal auf unschickliche Weise genähert, benehme sich seitdem aber tadellos, fügte sie hinzu.

Fünfzehn Minuten später klingelte es an der Haustür.

Mike öffnete. Victoria schenkte ihnen Kaffee ein.

Mike tat so, als fiele er aus allen Wolken, als sein technischer Leiter plötzlich vor ihm stand.

»Ron?« Mike sah auf die Uhr. »Gibt es Probleme? Heute nicht auf dem See?«

Wittica konnte sein Unbehagen trotz seines strahlenden Lächelns nicht verbergen. »Ehrlich gesagt, bin ich unterwegs zum See. Ich wollte nur mal kurz Hallo sagen und sehen, wie weit Sie mit dem Haus sind. Eigentlich wollte ich mich anmelden, aber das Telefon war dauernd besetzt.«

Mike lächelte und hoffte, dass sein Lächeln unbefangener wirkte als das seines Chefs. »Meine Frau und ich sind ziemlich erschöpft, darum habe ich den Hörer neben den Apparat gelegt. Wir wollten heute nicht gestört werden und uns mal richtig entspannen.«

Wittica strich ihm über die Schulter. »Das kann ich verstehen, Mike.«

»Kommen Sie doch rein, und trinken Sie eine Tasse Kaffee mit uns.«

Wittica nickte. »Gern.«

»Vic!«, rief Mike seiner Frau in der Küche zu. »Es ist Ron. Er wollte nur mal Guten Tag sagen und einen Kaffee mit uns trinken.«

»Prima! Wir freuen uns, aber wir haben noch nicht aufgeräumt«, erwiderte sie.

Mike schloss die Tür.

Wittica betrat das Haus und sah sich um. »Schön haben Sie es hier.«

»Das haben wir Ihnen zu verdanken«, sagte Mike, der Wittica in die Küche führte. Victoria begrüßte ihn.

»Vic, Sie sehen sogar am frühen Morgen hinreißend aus«, sagte Wittica, als Victoria ihn umarmte.

»Sie Schmeichler! Trotzdem danke für das Kompliment.« Victoria reichte ihm einen Becher Kaffee. »Sahne oder Zucker?«

Wittica schüttelte den Kopf. »Nein, danke. Ich trinke ihn schwarz.«

Sie setzten sich ins Wohnzimmer, tranken den Kaffee und plauderten über die Jobs, das neue Leben und ihre Pläne für den kommenden Sommer.

»Mike«, sagte Wittica. »Haben Sie eigentlich Ihre Campingsachen mitgenommen? Sie haben mir erzählt, wie sehr Sie die Berge vermissen, seitdem Sie hierher gezogen sind.«

Eine Testfrage, schoss es Mike durch den Kopf.

Ehe er etwas erwidern konnte, antwortete Victoria: »Ich hab in der Mittagspause am letzten Donnerstag ein paar Dinge gekauft, doch es fehlt noch einiges. Die anderen Sachen möchte ich nicht alleine aussuchen. Ich wollte Mike überreden, heute mit mir ins Sportgeschäft zu fahren, falls er nicht arbeiten muss. Vielleicht können wir die Ausrüstung sogar an diesem Wochenende einweihen.«

Wittica grinste, und diesmal sah sein Lächeln echt aus. »Das muss er entscheiden. Wie kommen Sie mit dem Projekt voran?«

»Sehr gut.«

»Sie können den Termin einhalten?«

»Ja, Montagmorgen bin ich fertig. Ich erwarte sogar die erste Lieferung der Hardware, denn ich möchte noch in der nächsten Woche die erste Installation bei der IRS vornehmen.«

Wittica schaute ihn neugierig an. »Okay. Ich habe eine kleine Überraschung für Sie. Gam Olson kommt zu uns. Er bringt ein paar Passwörter des IRS mit, sodass Sie Ihr VR-System richtig testen können.«

Mike verdrehte die Augen. »Ich hatte ihn erst am Dienstag erwartet, *nachdem* wir beide das System getestet haben. Montag ist unser Probelauf. Und am Dienstag wollte ich den Testlauf mit Olson starten.«

Wittica strich ihm über die Schulter. »Machen Sie sich keine Sorgen. Es wird schon klappen. Er weiß, dass das Programm noch in der Testphase ist.«

»Dann ist es wohl das Beste«, sagte Mike, »ich fahre im Laufe des Wochenendes noch einmal ins Büro und bessere ein paar Kleinigkeiten nach.«

Wittica schüttelte den Kopf. »Das ist nicht nötig.«

Mike hob die Augenbrauen. »Ich muss mich doch davon überzeugen ...«

Wittica hob die Hand. »Ich bin sicher, Ihr Programm hält

den Anforderungen eines Testlaufs stand, Mike. An diesem Wochenende sollten Sie frei machen. Kümmern Sie sich um Ihre Frau. Victoria möchte gern mit Ihnen wandern gehen.«

Victoria lächelte.

Wittica schaute auf seine Rolex und stand auf. »Es wird Zeit für mich.«

Sie verabschiedeten sich, und kurz darauf war Wittica verschwunden.

Mike schlug Victoria vor zu duschen, woraufhin sie sofort ins Bad eilten. Obwohl Mike gezwungen war, die Liveschaltung wieder zu aktivieren, kannte er nun zumindest die Stellen im Haus, an denen sie ungestört miteinander reden konnten.

»Wie lief es deiner Meinung nach?«, fragte sie, nachdem sie das Wasser aufgedreht hatte.

»Das werden wir bald erfahren«, erwiderte Mike, der seine Frau in die Arme schloss. »Wir müssen jetzt sehr vorsichtig sein und weiterhin unsere Rollen spielen.«

Victoria schmiegte sich an seine Brust. »Ich habe Angst, Mike.«

»Ich auch. Trotzdem werde ich mir von diesen Scheißkerlen nicht alles versauen lassen. Denk auf jeden Fall immer daran, wo du nicht nackt herumlaufen und nichts sagen darfst, was Big Brother nicht hören soll.«

Victoria nickte. »Und was ist mit der Frau im Park?«

Mike zuckte mit den Schultern. »Sie wird schon einen Weg finden, noch einmal Kontakt zu uns aufzunehmen.«

22.

Die Sache schmeckt mir nicht«, sagte Hausser, der auf dem Beifahrersitz in Witticas BMW saß. Sie waren zu Witticas Haus gefahren, das ganz in der Nähe lag. »Ich hab die beiden heute Morgen im Park gesehen. Ich bin ganz sicher.«

»Unmöglich. Ihr Kollege im Kontrollraum hat es bestätigt. Die Ryans waren den ganzen Morgen zu Hause. Der Sicherheitsbeamte hat meinen Besuch bei den Ryans genau verfolgt.«

»Da stimmt trotzdem was nicht. Denken Sie an die seltsamen Probleme, die wir mit dem Videosystem hatten. Mein Kollege hat auch gesagt, dass auf sämtlichen Schirmen Maghamis Frau zu sehen war, die mit den Fingern an ihrer Möse herumgespielt hat. Und unmittelbar bevor Sie aufgetaucht sind, wurden alle Monitore schwarz.«

Wittica zuckte mit den Schultern. »Agis Sicherheitssystem hat einen Fehler. Wir hatten in den letzten Tagen immer wieder Probleme mit dem Netz. Darum brauchen wir Mike Ryan. Er muss die Sicherheitslücke in unserem System schließen.«

»Und die fehlenden Videofilme?«, fragte Hausser.

»Es fehlen Filme von elf Informatikern, Todd. Ist das ein Grund, sie alle umzubringen?«

Hausser, der ein Funkgerät in der linken Hand hielt, lehnte sich zurück. Seine Männer waren zurückgeblieben und beobachteten das Haus der Ryans. Sie warteten auf den Befehl, das Haus zu stürmen und die beiden zu töten. »Wir sollten uns die Ryans vom Hals schaffen. Und Agi und seine Frau ebenfalls.«

»Verdammt, Todd! Was reden Sie da? Sie können doch nicht meine sämtlichen Informatiker und deren Frauen abknallen! Mike Ryan, Agi Maghami und die anderen haben mit der Sache heute Morgen im Park nichts zu tun. Die Ryans waren zu Hause, verdammt! Das haben wir trotz der Pannen, die wir ausbügeln müssen, auf dem Film gesehen. Es besteht kein Grund, meine Mitarbeiter umzubringen!«

»Ich bin sicher, dass sie für die Pannen verantwortlich sind.«

»Das sind alles nur Vermutungen. Ich brauche Beweise, sonst können wir nichts unternehmen. Bis dahin lassen Sie meine Leute in Ruhe.«

»Wir sollten Aaron Shapiro anrufen.«

Wittica drückte auf einen Knopf am Lenkrad des BMW und sagte laut: »Shapiro, zu Hause.«

Das Autotelefon mit der Stimmerkennung erkannte seine Stimme sowie den programmierten Code und wählte Shapiros Privatnummer.

Shapiro hob nach dem zweiten Klingeln ab. Seine Stimme drang klar und deutlich durch die Lautsprecher des Wagens. »Ja?«

Wittica erklärte ihm die Situation und die unterschiedliche Sichtweise von Hausser und ihm. »Wir können sie nicht umbringen, Aaron. Mike und Agi sind sehr gute Informatiker, und es gibt keine Beweise für irgendein Vergehen ihrerseits. Wenn wir sie umbringen, fordern wir die FBI-Agentin geradezu heraus, ihre Nase noch tiefer in unser Unternehmen zu stecken. Dann hat sie etwas in der Hand. Es könnte auch einer entkommen und beim FBI Schutz suchen. Was dann?«

»Wir brauchen keine Minute, um die Ryans zu beseitigen, Sir«, sagte Hausser. »Wir sind in Position, und die Waffen meiner Männer sind mit Schalldämpfern versehen. Es wird keine Pannen geben wie bei den Pattersons. Die Ryans verschwinden einfach von der Bildfläche. Die Maghamis könnten auch in einer Stunde verschwunden sein.«

Wittica platzte der Kragen. »Verdammt, Todd, was reden Sie da! Sie sind ja nicht bei Trost! Sie haben überhaupt keine Beweise!«

»Was verstehen Sie schon von Beweisen? Sie sind nur ein ...«

»Jetzt reicht's!«, mischte Shapiro sich ein. »Gegen die Ryans und Maghamis wird nichts unternommen. Haben wir uns verstanden?«

Hausser starrte auf die Windschutzscheibe.

»Todd?«

Wittica zeigte auf das Mikrofon an der Decke. Hausser schwieg.

»Wahrscheinlich geben Sie sich die Schuld an dem Desaster heute Morgen im Park, Todd«, sagte Shapiro. »Aber wenn wir die Ryans und Maghamis umbringen, wird die FBI-Agentin trotzdem weiterermitteln. Und wenn etwas schief geht, werden wir sie nicht mehr los. Es gibt keine Beweise, die uns derzeit zu diesem Schritt zwingen. Haben wir uns verstanden?«

Hausser atmete laut aus. »Ja, Sir.«

»Folgen Sie den beiden auf Schritt und Tritt«, fuhr Shapiro fort. »Lassen Sie sie nicht aus den Augen. Ist das klar?«

»Ja«, erwiderten beide im Chor.

»Obwohl ich den Befehl erhalten habe, nicht das geringste Risiko einzugehen, können wir unsere Mitarbeiter nicht deshalb umbringen, weil wir befürchten, das FBI könnte Kontakt zu ihnen aufnehmen. Dadurch reiten wir uns nur noch tiefer rein. Bewahren Sie kühlen Kopf, und konzentrieren Sie sich beide auf Ihre Arbeit.«

»Esteban konnte sein Problem auch noch nicht lösen«, sagte Hausser.

»Ja«, pflichtete Shapiro nach einer kurzen Pause bei. »Es ist jammerschade, dass er die Gelegenheit heute Morgen nicht genutzt hat. Und Sie übrigens auch nicht.«

Hausser senkte den Blick. »Das passiert nicht noch einmal, Sir.«

»Wir treffen uns alle in zwei Stunden in meinem Haus. Bringen Sie Rossini, Myrtle und Esteban mit. Können Sie das einrichten?«

»Ja, Sir.«

Shapiro legte auf. Hausser rief seine Männer bis auf einen zurück, der das Haus der Ryans beobachten sollte.

23.

Karen Frost stand auf einer großen Baustelle in einem Toilettenwagen auf der anderen Straßenseite ein Stück vom Haus der Ryans entfernt und beobachtete durch ein Fernglas, was sich dort abspielte. Ein Taxi hatte sie zehn Minuten vor der Ankunft der Ryans hier abgesetzt.

Der Gestank ließ Übelkeit in ihr aufsteigen. Ihr Unterleib und ihr Rücken schmerzten bei jedem Atemzug. Vielleicht hatte sie sich eine Rippe gebrochen oder sich innere Verletzungen zugezogen. Sie hätte sich in einem Krankenhaus röntgen lassen müssen, aber die Zeit stand ihr und den Ryans nicht zur Verfügung.

Die FBI-Agentin hatte versucht, Palenski über ihr Handy zu erreichen, nachdem sie sich hier versteckt hatte, erwischte aber nur die Mailbox. Entweder hatte der FBI-Direktor das Handy abgestellt, was selten der Fall war, oder er befand sich in einem Funkloch. Im Büro hatte sie auch kein Glück. Als sie schließlich bei ihm zu Hause seine Frau am Apparat hatte, erfuhr sie, dass Palenski heute zum Golfplatz gefahren war. Scheinbar wollte er nicht gestört werden.

Mist. Er ist beim Golfen, und ich sitze in diesem Scheißhaus.

Sie würde es später noch einmal versuchen.

Die Ereignisse, die Karen durch die Schlitze des Ventilators in dem Toilettenwagen verfolgte, deuteten darauf hin, dass das junge Paar knapp einer Katastrophe entkommen war. Um Haaresbreite hätten sie dasselbe Schicksal wie die Pattersons erlitten, und Karen hätte ihnen kaum helfen können. Nicht einmal mit ihrer Desert Eagle .44er Magnum, die zu den stärksten Handfeuerwaffen der Welt gehörte, hätte sie gegen die Männer, die aus den beiden Pkws gestiegen waren und das Haus beobachteten, etwas ausrichten können. Die Fremden, die mit Sicherheit gut bewaffnet waren, hatten ihr Zielobjekt beschattet, ohne dass ein unkundiger Beobachter es bemerken konnte. Drei Personen sahen sich das zum Verkauf stehende Haus auf der anderen Straßenseite an. Die anderen drei öffneten die Motorhaube eines der Wagen und machten sich am Motor zu schaffen.

Profis.

Wie der Heckenschütze. Wie die beiden Killer im Park, die sie zwingen wollten, ihre Deckung aufzugeben.

Karen war mittlerweile davon überzeugt, dass die Ryans nicht mit ihren Vorgesetzten über ihre Mitteilung gesprochen hatten. Es gab nur eine einzige andere Möglichkeit, wie die Information über ihr Treffen heute Morgen nach außen gedrungen sein konnte: das FBI.

Aber wer?

Palenski schied aus. Der Direktor ließ sich nicht bestechen. Vielleicht wurde sein Telefon angezapft, doch das konnte sie sich kaum vorstellen. Palenski verfügte über ein abhörsicheres Telefon, das dem neuesten Stand der Technik entsprach.

Wer dann?

Karen schüttelte den Kopf.

Egal wer es war, auf jeden Fall waren die Informationen, die sie an ihren Vorgesetzten weitergegeben hatte, in die falschen Hände gelangt. Der Betreffende wusste mit Sicherheit, was sie mittels FBI-Kreditkarte bezahlt hatte, und dazu gehörte auch ihr Mietwagen. Zum Glück hatte sie die Miete für die Wohnung bar bezahlt. Dennoch nahm Karen sich vor, sich eine neue Bleibe zu suchen. In ihrem Gewerbe zahlte es sich aus, alle Eventualitäten zu berücksichtigen.

Der penetrante Gestank stieg ihr in die Kehle. Karen fing an zu husten, worauf sie wieder stechende Schmerzen im Brustkorb verspürte. Es fühlte sich fast so an, als umklammerte eine Kralle ihre Rippen. Sie ließ das Fernglas sinken und stöhnte laut.

Verdammt.

Trotz der Schmerzen drückte Karen sich das Fernglas erneut vor die Augen, um die Straße und das Haus der Ryans zu beobachten. Ein Wachposten saß in einem Wagen und schob ein Stück vom Haus entfernt Wache. Die anderen Wachposten waren zurückgerufen worden. Sie waren sofort davongefahren, nachdem der dritte Pkw in Position war.

Karen hätte die Ryans gern gewarnt, aber wie sollte sie das anstellen? Es war ein cleverer Schachzug von ihnen, sich einen Mietwagen zu besorgen. Dadurch hatten sie das Risiko minimiert, abgehört zu werden. Dennoch schwebten sie in großer Gefahr. Wenn sie jetzt mit dem Mietwagen wegfuhren, könnte das eine Katastrophe heraufbeschwören.

Natürlich wollte die FBI-Agentin die Ryans nicht nur warnen, sondern endlich auch mit ihnen sprechen.

Vor allem wollte sie dieses stinkende Loch verlassen. Es gab Zeiten, da hätte sie problemlos Tage an einem solchen Ort verbracht.

Wenigstens konnte sie an diesem Beobachtungsposten jederzeit pinkeln.

Aber das war auch schon alles, dachte sie, als sie den Blick über die Straße schweifen ließ. Karen überlegte, wie sie ins Haus gelangen konnte, ohne den Wachposten hellhörig zu machen.

Plötzlich fiel ihr das Schild auf dem Rasen auf der anderen Straßenseite ins Auge. Als sie das Handy aus der Tasche zog, lächelte sie zum ersten Mal an diesem Tag.

24.

Auf den düsteren Gesichtern der versammelten Männer spiegelte sich tiefe Sorge. Die FBI-Ermittlerin hatte es zum zweiten Mal geschafft, ihnen zu entwischen. Aaron Shapiro fragte sich, ob es für ihn langsam Zeit wurde, seine Sachen zu packen und das Weite zu suchen.

Aber das war nicht möglich, ohne das Leben seiner Frau und seiner Kinder zu gefährden; das wusste er. Seine Vorgesetzten in Washington hatten ihm durch die Beschattung seiner Familie unmissverständlich von einer Flucht abgeraten.

Diese Scheißkerle wissen, wie sie ihre Leute bei der Stange halten, dachte Shapiro. Er saß am Kopfende des Tisches und versuchte, die Kontrolle über die Operation zurückzugewinnen. Sein Blick war auf Esteban gerichtet, den Spanier, der neben Hausser saß. Esteban hatte ihm seinen Familiennamen nicht verraten, und Shapiro hatte nicht danach gefragt. Vielleicht war sogar der Vorname erfunden. Auf jeden Fall war dieser Mann aus Washington geschickt worden, um bei der Lösung des Problems zu helfen. Noch war das Problem nicht gelöst, und Shapiro gab Esteban im Stillen die Schuld am Scheitern der Aktion.

Esteban, ein mittelgroßer Mann mit athletischem Körper und glatt rasiertem Gesicht, lehnte sich zurück. Er ließ seinen kühlen Blick über die Gruppe gleiten, ehe er sich die Flasche Mineralwasser in seiner Hand anschaute.

»Esteban«, sagte Shapiro, der die Beine übereinander geschlagen hatte und dessen Hände auf dem Schoß ruhten. »Was schlagen Sie vor?«

»Warten«, antwortete Esteban, ohne den Blick zu heben.

»*Warten?* Worauf denn? Sollen wir vielleicht warten, bis das FBI unsere Büros stürmt und uns die Bude dichtmacht?«

»Die Frau wird wieder auftauchen. Nach dem Vorfall in Washington bleibt ihr gar nichts anderes übrig. Ihre Leute können sie nicht mehr unterstützen. Sie ist auf sich allein gestellt.«

Shapiro atmete tief ein. Roman Palenski, der Direktor des FBI, war am heutigen Morgen Opfer eines Autounfalls geworden. Die FBI-Agentin vor Ort sollte zum selben Zeitpunkt beseitigt werden. Er wusste, über welche Macht seine Vorgesetzten in Washington verfügten, aber dass sie so mächtig waren, hatte er nicht gewusst. Ihre grenzenlose Macht beruhigte und ängstigte ihn zugleich. Einerseits konnte eine einzige FBI-Agentin ein so gewaltiges Netzwerk, das in der Lage war, den Direktor der größten Polizeiorganisation der Welt zu töten, nicht ernsthaft bedrohen. Andererseits würde dieses Netzwerk nicht lange fackeln, jemanden wie ihn zu beseitigen, wenn er sich als wertlos erwies.

Mich und meine ganze Familie.

Shapiro atmete noch einmal tief ein und versuchte, sich zu entspannen, doch es gelang ihm nicht. »Wie lange sollen wir Ihrer Meinung nach warten, Esteban?«

»Solange es dauert.«

»Ich nehme an, dass Sie beim nächsten Mal – wann immer das sein mag – nicht versagen?«

Alle Blicke wandten sich Shapiro zu. Hausser und seine Männer, der nervöse Wittica, der schwitzende Myrtle und Rossini in dem eleganten Jogginganzug starrten den Generaldirektor von SoftCorp an. Shapiro interessierte das nicht die Bohne. Er hatte die Schnauze voll. Warum konnte er von seinen engsten Mitarbeitern, zu denen im Augenblick auch der angeblich so brillante Killer gehörte, keine perfekte Arbeit erwarten, wenn der große Mann in Washington das von ihm verlangte?

»Mr Shapiro, Sie scheinen es darauf anzulegen, Ärger zu machen. Sie sollten nicht vergessen, dass Sie viel zu verlieren haben. Vielleicht sollte ich Washington anrufen und mein Missfallen darüber zum Ausdruck bringen, wie Sie mit dieser Krise umgehen.«

Shapiro biss die Zähne zusammen und starrte dem spanischen Killer in die Augen. »Lassen Sie mich mit Esteban allein.«

Die Männer erhoben sich und verließen den Konferenzsaal. Wittica warf seinem Chef einen besorgten Blick zu, ehe er die Tür hinter sich schloss.

Shapiro schlug mit der Hand auf den Tisch. »Wer glauben Sie eigentlich, wer Sie sind? Sie tauchen urplötzlich auf und wagen es, mir gegenüber vor der versammelten Mannschaft einen solchen Ton anzuschlagen? Wissen Sie, wer ich bin?«

Esteban blieb ganz cool. Shapiros Wutausbruch amüsierte ihn sogar ein wenig, wodurch sich Shapiros Abneigung gegen den angeheuerten Killer noch verstärkte.

»Meine Leistungen sprechen für sich«, fügte Shapiro stolz hinzu.

»Washington weiß das zu schätzen. Sie leisten seit zehn Jahren loyale Dienste, haben Hunderte von Millionen an Rücklagen gebildet und niemals Ärger gemacht.« Esteban grinste. »Sie wissen noch nicht einmal, für wen Sie arbeiten, nicht wahr?«

»Es bestand nie die Notwendigkeit, das zu erfahren, und ich möchte es auch gar nicht wissen. Ich habe ein geschäftliches Abkommen getroffen ...«

»Das in diesem Moment endet, wenn Sie mich zwingen, unseren Boss anzurufen.«

»Das glaube ich nicht.«

»Das sollten Sie aber, Mr Shapiro. Es gibt nur einen Grund, dass Sie noch am Leben sind: mich. Hat Ihr kurzer Trip nach Washington Sie nicht über den Ernst der Lage belehrt? Ihnen und Ihrer Familie könnten schlimme Dinge zustoßen, wenn die Sache hier nicht schleunigst geradegebogen wird. Unser Boss gibt Ihnen noch eine letzte Chance, weil Sie all die Jahre so gut gearbeitet haben. Diese Chance bin ich.«

Shapiro schwieg.

»Ein einziger Anruf, Mr Shapiro. Mehr muss ich nicht tun. Und eine Stunde später sitzen Ihre reizende Frau und Ihre hübschen Töchter in einem Flugzeug nach Süden. Meine Kollegen in Mexiko haben die Schnauze voll von den mexikanischen Huren. Es würde ihnen großes Vergnügen bereiten, ein paar hübsche Blondinen mit blauen Augen in die Finger zu kriegen. Malen Sie sich das ruhig mal aus. Eine Horde geiler Mexikaner fickt Ihre Frau und Ihre Töchter zwanzig Mal am Tag und zwingt sie Dinge zu tun, die sogar ich ekelhaft finde.«

Shapiro bekam kaum noch Luft. Er keuchte, fing an zu husten und umklammerte verzweifelt die Tischplatte.

Esteban griff nach seinem Handy und wählte langsam eine Nummer.

Als Shapiro das Handy in Estebans Hand sah, verrauchte seine Wut, und er empfand nur noch nacktes Entsetzen. »Nein«, sagte er leise. »Bitte nicht ...«

Der Killer drückte sich das Handy ans Ohr.

»Ich flehe Sie an! Rufen Sie nicht an! Bitte!« Shapiro stand auf, zitterte aber so sehr, dass er stolperte und zu Boden sank.

Esteban kümmerte sich nicht um ihn. »Ja, ich bin's«, sagte er. »Es geht voran mit der Operation ... ja ... innerhalb der nächsten zwei Tage ... Ja, er ist sehr kooperativ ... Nein, das ist im Augenblick nicht nötig ... ja ... bis dann.«

Shapiro stand taumelnd auf, suchte an der Stuhllehne Halt und setzte sich. Dann vergrub er das Gesicht in den Händen.

»Ich habe noch zwei Tage für Ihre Familie herausgeschlagen, Mr Shapiro. Kann ich mich auf Ihre volle Kooperation verlassen?«

»Ja ... ja. Ich ... mein ganzes Team steht Ihnen zur Verfügung.«

»Das hört sich schon besser an, Aaron. Ich darf Sie doch Aaron nennen, oder?«

Shapiro nickte.

»Okay.« Esteban lächelte und strich Shapiro noch einmal über die Schulter. »Wenn Sie sich wieder gefasst haben, rufen Sie Ihre Leute zurück. Auf uns wartet eine Menge Arbeit.«

25.

Karen Frost lächelte, als der Streifenwagen vor dem parkenden Pkw hielt. Sie schaute auf die Uhr. Es waren genau neun Minuten verstrichen, seitdem sie die Nummer gewählt hatte, die auf dem Schild »HIER WACHT DIE NACHBARSCHAFT« stand. Eine wirklich ausgezeichnete Wohngegend.

Der Wachposten blieb in seinem Wagen sitzen, als zwei Polizisten aus dem Streifenwagen stiegen und sich ihm näherten. Sie wechselten ein paar Worte mit dem Fahrer und zeigten auf das Nachbarhaus. Der Killer fuhr widerwillig davon. Die Polizisten blieben noch ein paar Minuten vor Ort, ehe sie ebenfalls davonfuhren.

Das war Karens Chance.

Sie verließ den Toilettenwagen und trat ins Freie. Als sie schnellen Schrittes zum Haus der Ryans ging, atmete sie gierig die frische Luft. Sie musste sich beeilen. Der Wachposten kehrte mit Sicherheit gleich zurück.

26.

Michael und Victoria Ryan saßen auf der Veranda und schauten auf das kristallklare Wasser des Sees. Nachdem sie geduscht und sich umgezogen hatten, waren sie hinausgegangen, um sich ungestört unterhalten zu können.

»Was sollen wir tun?«, fragte Victoria, die Jeans, Rollkragenpullover und Turnschuhe trug.

Mike schaute zerstreut auf die schmiedeeisernen Gartenmöbel. Vor einer Woche hatte er es in vollen Zügen genossen, hier zu sitzen und seinen Besitz zu bewundern. Jetzt hatte er nur noch den Wunsch, abzuhauen, nach Kalifornien zurückzukehren und dort neu anzufangen.

»Wir bleiben bei unserem Plan«, erwiderte er und wunderte sich, wie knapp sie einer Katastrophe entkommen waren. Wittica hatte entspannt gewirkt, als sie während des Kaffees belanglose Worte gewechselt hatten, obwohl er ein paar misstrauische Fragen gestellt hatte. »Wir müssen so viel wie möglich über diese Konten herausfinden, aber wir dürfen uns nicht erwischen lassen. Unser Wissen könnte uns später nutzen.«

»Und wie?«

Mike schüttelte den Kopf. »Ich weiß es nicht. Es kann auf jeden Fall nicht schaden, so viel wie möglich über die Operation zu erfahren. Dann wissen wir wenigstens, was gespielt wird, und können uns darauf einstellen.«

Victoria nickte. »Stimmt. Mehr Informationen stärken unsere Position. Wir wissen kaum etwas über die Unternehmen, und sie wissen über uns fast alles.«

Mike grinste. »Sie *glauben*, alles über uns zu wissen. Vergiss nicht, dass sie bereits auf unsere Aktion reagiert haben. Das ist der erste Schritt, unsere verfahrene Situation wieder in den Griff zu bekommen.«

Sie starrten einen Moment in die Ferne. Victoria hielt Mikes Hände. »Wissen wir wirklich, was wir tun?«

Mike hob die Brauen und seufzte. Seit Wittica das Haus verlassen hatte, stellte er sich immer wieder dieselbe Frage.

»Mike!«, rief Victoria und wies mit dem Finger auf die linke Seite ihres Grundstücks. »Da ist sie wieder!« Sie stand auf und trat einen Schritt zurück. Auch Mike sprang auf.

»FBI!«, rief die Fremde mit den roten Haaren, die auf sie zukam. Sie hielt ihre FBI-Marke hoch. »Bleiben Sie bitte, wo Sie sind. Ich tue Ihnen nichts. Bitte!« Sie hatte eine recht tiefe, raue Stimme, als hätte sie Schmirgelpapier verschluckt.

Victoria drehte sich zum Haus um, und Mike wollte seiner Frau schon folgen, doch irgendetwas hielt ihn zurück. Vielleicht war es der Blick in die Augen der Frau, die behauptete, FBI-Agentin zu sein. Am Town Lake musste etwas schief gegangen sein. Mike konnte sich nicht erklären, warum die FBI-Agentin die Waffe auf sie gerichtet hatte. Statt ins Haus zu flüchten, griff er nach Victorias Hand und zog sie zurück.

»Was hast du vor? Wir müssen ...«

»Ist schon okay, Victoria. Sie wird uns nichts tun.«

Die FBI-Agentin erreichte die Veranda, stieg die Stufen hinauf und ging auf das junge Paar zu.

Sie reichte Mike ihre Dienstmarke. »Ich bedaure den Vorfall im Park sehr«, sagte sie leise.

Mike warf einen prüfenden Blick auf die Dienstmarke und verglich das Foto mit der Frau, die vor ihm stand. Karen Frost. Special Agent, FBI, Washington, D. C. Auf dem Foto hatte sie braunes Haar und braune Augen, aber an der Identität der Agentin bestand kein Zweifel. Sie war etwas kleiner als Mike, den sie mit ihren grünen Augen musterte. Es war nicht ihr Gesicht, das von schulterlangem, rotem Haar umrahmt wurde, das Mikes Erinnerung wachrief. Es war ihre Haltung, die ihn an den Film erinnerte, den er vor ein paar Wochen bei SoftCorp gesehen hatte. In ihrer Haltung spiegelte sich Stärke, und dazu passte auch die raue Stimme. Diese Frau hatte mit dem älteren Paar gesprochen, bevor die Sicherheitsbeamten aufgetaucht waren. Doch Mike beschloss, sein Wissen vorerst für sich zu behalten.

Victorias Blick wanderte von der Dienstmarke, die Mike ihr reichte, zu der Agentin. »Sie sind die Frau, die mich vor dem Sportgeschäft angerempelt hat.«

Karen Frost nickte. »Stimmt. Und dabei haben Sie mich nur wenige Sekunden gesehen.«

»Sie hatten blondes Haar.«

Karen hob den Kopf. »Sie wären eine gute Augenzeugin. In meinem Job muss ich mein Aussehen ab und zu verändern.«

»Was wollen Sie von uns?«, fragte Victoria.

»Wir müssen miteinander reden, aber nicht hier.«

»Warum nicht?«, fragte Mike.

»Wegen der Überwachung«, erwiderte Karen, die das Paar rasch über den Wachposten vor dem Haus aufklärte.

»Dann sind wir in Gefahr«, sagte Victoria, die die Arme verschränkte und ihren Mann fragend ansah.

Karen steckte ihre Dienstmarke ein. »Ja, und wir haben nicht viel Zeit. Der Wachposten wird jeden Moment zurückkehren.«

»Ich weiß, wo wir uns treffen können«, sagte Mike.

»Wo?«

»Mögen Sie die Natur, Agent Frost?«

27.

Mike dachte an den Bastrop State Park, der dreißig Autominuten südöstlich von Austin lag. Die Ryans sprachen im Haus bewusst ausführlich über ihre Wochenendpläne, um die Sicherheitsbeamten vor den Überwachungskameras nicht misstrauisch zu machen. Ron Wittica hatten sie zum Glück bereits eingeweiht. Sie packten die Campingsachen in Victorias Honda und fuhren zu dem Naturschutzgebiet, wo sie sich mit Karen Frost treffen wollten. Karen hatte sich den gemieteten Taurus der Ryans ausgeliehen, weil es gefährlich war, ihren Mietwagen weiter zu nutzen.

Eine knappe Stunde später trafen sie sich am Eingang des Bastrop State Parks. Mike mietete einen primitiven Campingplatz tief in den Wäldern. Die Karte wies ihm den Weg zu dem Platz, der weit hinter den komfortableren Plätzen mit fließendem Wasser und Stromanschluss lag. Die Ryans zogen es vor, sich der Natur anzupassen. Die FBI-Agentin war eine typische Städterin. Es schien ihr nicht zu gefallen, auf dem mit Kiefernnadeln übersäten Waldboden zu sitzen, nachdem die Ryans alles ausgepackt und das Zelt aufgeschlagen hatten. Karen musterte die Ryans, die T-Shirts, Shorts und Wanderschuhe trugen. Mike reichte Karen eine kleine Wasserflasche.

»Das war sehr knapp im Park«, sagte Karen, die einen Schluck Wasser trank und auf die großen Kiefern schaute, die hier im Park wuchsen. Die Nachmittagssonne lugte zwischen den Zweigen hervor. Insekten zirpten. »Ich wollte Sie nicht erschrecken.«

»Was ist passiert?«, fragte Mike.

»Ein Heckenschütze. Jemand wollte mich töten.«

Die Ryans rissen die Augen auf. »Wer?«, fragten sie im Chor.

»Die Menschen, die einen meiner Agenten ermordet haben. Die Menschen, für die Sie arbeiten.«

Die Ryans blickten einander bestürzt an. Victoria fragte: »Hinter wem sind Sie her?«

»Zunächst brauche ich Beweise für die Verbrechen.«

»Meine Frau und ich müssen wissen, mit wem wir es zu tun haben. Wer steckt hinter dem Dreiergespann aus Finanzbehörde, SoftCorp und der Capitol Bank?«

»Genau das will ich herausfinden.« Die schlanke Agentin zeigte mit dem Daumen auf ihr Brustbein.

Mike schüttelte ungläubig den Kopf. »Und wir sollen unser Leben riskieren, um Ihnen Informationen zu besorgen? Seit wann benutzt das FBI unschuldige Bürger für die Drecksarbeit?«

»Wir sind immer auf Informanten angewiesen. Ich kann für Ihre Sicherheit sorgen.«

Mike lachte. »Wie wollen Sie uns denn vor diesem Sicherheitsdienst beschützen, der uns in unseren eigenen vier Wänden überwacht?«

»Sie müssen beide sehr vorsichtig sein.«

»Und was springt eigentlich für uns dabei raus?«, fragte Victoria.

»Ihre Freiheit.«

Mike schaute in den Wald. Sie waren bis zum Hals verschuldet und konnten ihre Jobs nicht einfach hinschmeißen und verschwinden, ohne ihren Bankrott zu erklären. Außerdem würden SoftCorp und die Capitol Bank dafür sorgen, dass sie nirgends mehr Fuß fassen könnten – falls man sie überhaupt gehen ließ. Mike hatte Angst, dass diese Verbrecher sie durch einen inszenierten Unfall umbringen würden, sollten sie ihre Jobs kündigen. Sie saßen in der Falle. Das wussten sie beide, und Karen Frost ebenfalls.

»Ich weiß, in welcher Situation Sie sind«, sagte die Agentin. »Sie haben das Haus, die Autos und die neuen Möbel mit Krediten der Capitol Bank finanziert. Die hat Sie jetzt in der Hand, nicht wahr?«

Mike schloss die Augen. »Ja, stimmt. Wir hatten gleich so ein komisches Gefühl. Verdammt! Natürlich ahnten wir nicht, dass es so schlimm ist.«

»Haben diese Leute wirklich einen Ihrer Agenten getötet?«, fragte Victoria ängstlich.

Karen holte tief Luft. »Meinen Kollegen Dave Nolan. Er war verheiratet und hatte drei Kinder. Eine tolle Karriere, bis ... ja. Sie haben ihn ermordet. Und heute Morgen haben sie zweimal auf mich geschossen.«

»Die haben auf Sie geschossen?«, fragte Victoria ungläubig.

Karen Frost nickte.

»Wie haben Sie überlebt?«, fragte Mike.

Karen hob ihr T-Shirt ein Stück, sodass die beiden die schwarze Weste sehen konnten. »Kugelsicher. Durch den starken Aufprall wurde ich zu Boden geschleudert. Ich habe meine Waffe gezogen, um mich gegen den Heckenschützen zu verteidigen. Dadurch kam es zu einer Panik ... alle Leute rannten davon. Nur die Killer, die mich töten wollten, blieben in meiner Nähe.«

»Und die Schüsse, die wir gehört haben?«, fragte Mike.

»Ich habe auf zwei Männer gefeuert, die mich aus meiner Deckung locken wollten.«

»In die Schusslinie des Heckenschützen.«

Karen nickte. Als sie tief Luft holte, verzog sie vor Schmerzen das Gesicht.

»Sind Sie verletzt?«

Karen schüttelte den Kopf. »Nein, nur ein paar Quetschungen auf dem Rücken und dem Unterleib.« Die FBI-Agentin erzählte, was sie vor ihrem Haus beobachtet und wie sie es geschafft hatte, kurzfristig die Kontrolle über die Straße zu übernehmen.

Victoria stand auf und schaute in die Ferne. Mike, der jetzt erst begriff, wie knapp sie dem Tod entronnen waren, starrte verstört zu Boden.

»Diese Menschen kennen kein Erbarmen.« Karen erklärte ihnen, dass sie nicht nur Dave Nolan, sondern auch die Informantin ermordet hatten. Über den Mord an den Eltern von Janet Patterson und an Rubaker konnte sie sogar als Augenzeugin berichten. Mike dachte über die Situation nach. Die FBI-Agentin legte die Karten auf den Tisch, um ihr Vertrauen zu gewinnen. Trotzdem konnte er sich nicht vorstellen, wie sie es gegen diese mächtige Verbrecherorganisation aufnehmen sollten. Die Killer hatten einen FBI-Agenten und die Informanten ermordet, und nun sicherte die FBI-Agentin ihnen Schutz zu? Das passte nicht zusammen.

Mike beschloss, ebenfalls mit offenen Karten zu spielen. Er sprach über die Monitore im Kontrollraum von SoftCorp und über seine Aktion, durch die er kurzfristig die Überwachungskameras in ihrem Haus außer Betrieb gesetzt hatte. Vermutlich hatte dies ihm und Victoria das Leben gerettet. Zum Schluss gab er auch die Information über die Konten preis, auf die er bei seinem Trip durchs Netzwerk von SoftCorp gestoßen war.

»Arbeiten Sie mit uns zusammen«, bat Karen. »Helfen Sie uns, die Organisation zu zerschlagen.«

»Wir sind bereit, mit Ihnen zusammenzuarbeiten«, sagte Victoria, die sich gegen ihren Gatten lehnte. »Und Sie sorgen für unsere Sicherheit? Wie wollen Sie das anstellen?«

»Kommen Sie uns bloß nicht mit Ihrem Zeugenschutzprogramm«, sagte Mike. »Das ist kein Leben, sondern Gefangenschaft.«

»Es gibt eine Möglichkeit, für Ihre Freiheit zu sorgen und mein Ziel zu erreichen.«

»Wie?«, fragte Victoria.

Karen sah den beiden jungen Leuten in die Augen und erklärte ihnen den Plan.

28.

Dreißig Minuten später verabschiedete sich Karen Frost von den Ryans und fuhr über den Highway 71 zurück nach Austin. Ob ihr Plan wirklich funktionierte, wusste sie nicht. Sie konnte nur hoffen und beten.

Es waren vier Stunden vergangen, seitdem sie zum letzten Mal versucht hatte, Palenski zu erreichen. Mittlerweile müsste der FBI-Direktor sein Golfspiel beendet haben. Karen nahm ihr Handy und wählte seine Nummer im Büro. Als der Anruf auf einen anderen Apparat umgeleitet wurde und Russell Meek antwortete, runzelte sie die Stirn.

»Russ, Karen hier. Wo ist Palenski?«

»Karen? Oh, Sie wissen es wohl noch nicht ...«

Das hörte sich gar nicht gut an. »Was weiß ich noch nicht?«

Karen fuhr auf den Randstreifen und drückte das Handy an ihr rechtes Ohr. Die Wagen, die an ihr vorbeirasten, verschwammen vor ihren Augen.

»Wann ist es passiert?«

»Heute Morgen gegen zehn. Er war auf dem Weg zum Golfplatz. Seine Bodyguards wurden ebenfalls getötet«, sagte Meek mit angespannter Stimme.

Karen schloss die Augen. Ihre Schläfen pochten.

Roman Palenski war tot?

Die Agentin stand kurz davor, die Nerven zu verlieren. »Wurde der Fahrer des Lasters geschnappt?«

»Nein, er konnte in dem Tumult entkommen. Der Laster

wurde ein paar Stunden vor dem Unfall von einer Baufirma als gestohlen gemeldet.«

»Mein Gott«, murmelte Karen, die an den Zeitunterschied in den beiden Staaten dachte. Zehn Uhr in Washington bedeutete neun Uhr in Austin. »Russ?«

»Ja?«

»Das Timing.«

»Welches Timing?«

»Palenski wurde zum selben Zeitpunkt getötet, als auf mich geschossen wurde.«

»Auf Sie wurde geschossen?«, fragte Russell Meek ungläubig.

»Ja, bei einem Treffen, das ich mit potenziellen Informanten vereinbart hatte.«

»Sind Sie verletzt? Brauchen Sie Unterstützung?«

»Nein, alles in Ordnung. Nur ein paar blaue Flecke. Ich trage eine Kevlar-Weste.«

»Ihr Alleingang in Austin ist viel zu gefährlich.«

»Darüber haben wir lang und breit gesprochen. Es geht nicht anders. Ich bin bereits zur Zielscheibe geworden, und jeder Kollege, der hier mit mir zusammenarbeitet, würde ebenfalls zur Zielscheibe.«

»Ihr Einsatz entspricht nicht den Vorschriften ...«

»Russ, das haben wir doch auch zigmal durchgekaut. Mir sind die Vorschriften bekannt. Wenn Sie mir Verstärkung schicken, garantiere ich Ihnen, dass innerhalb weniger Tage noch mehr FBI-Agenten sterben, und dafür trage ich dann die Verantwortung. Ich muss die Sache allein durchziehen. Allein bin ich schwerer zu finden. Ich bin mobiler und kann schneller reagieren. Das ist ein Vorteil, der sich auszahlen wird.«

»Stimmt. Und heute Morgen wurden Sie fast umgebracht.«

»Ich habe die entsprechenden Vorsichtsmaßnahmen getroffen. Außerdem komme ich weiter.«

»Ich sehe das anders, aber ich will mich nicht mit Ihnen

streiten, Karen. Auf jeden Fall nicht jetzt. So kurz nach Palenskis Tod will ich nichts verändern. Der nächste FBI-Direktor, den der Präsident ernennt, könnte meine Entscheidungen wieder rückgängig machen.«

Karen ging nicht darauf ein. Sie traute Meek den Posten des FBI-Direktors nicht zu, und vermutlich kannte er ihre Meinung.

»Noch einmal zurück zu Ihrer Bemerkung von vorhin. Sie meinen tatsächlich, Sie und Palenski sollten gleichzeitig getötet werden?«

Karen warf einen Blick auf die vorbeifahrenden Fahrzeuge. »Ich habe gelernt, nicht an Zufälle zu glauben.«

»Ihrer Meinung nach war es also kein Zufall?«

Karen schwieg einen Moment, ehe sie antwortete. »Nein. Ich glaube, die beiden Personen beim FBI, die alles daransetzen, um den Fall zu lösen, sollten ausgeschaltet werden. Außerdem bin ich sicher, dass es bei uns eine undichte Stelle gibt. Abgesehen von meinem Informanten, der sauber ist, wusste nur Palenski von dem Treffen heute Morgen. Jemand hat unser Gespräch abgehört und beschlossen, uns beide zu töten.«

»Mein Gott, Karen! Wissen Sie, was Sie da sagen?«

Karen nickte. »Die Verbrecher, denen ich auf der Spur bin, verfügen über sehr viel Macht.«

»Ich brauche Beweise«, sagte Meek.

»Ich arbeite daran.«

»Okay. Verfolgen Sie die Spur weiter. Palenski hat eine kleine Akte über Ihre Ermittlung angelegt. Ich weiß, wie ich Sie im Notfall erreichen kann. Wie Sie mich erreichen, wissen Sie ja. Jetzt muss ich die anderen Agenten kontaktieren, die verdeckte Ermittlungen vornehmen. Während der Übergangszeit muss der reibungslose Ablauf unserer Arbeit gewährleistet sein.«

»Das wäre clever.«

»Und entspricht den Vorschriften. Viel Glück, Karen.«

»Russ?«

»Ja?«

»Passen Sie auf sich auf, und überlegen Sie sich genau, mit wem Sie über unsere Ermittlungen sprechen. Möglicherweise gibt es eine undichte Stelle bei uns.«

»Um mich brauchen Sie sich keine Sorgen zu machen. Ich pass schon auf mich auf. Um Sie mache ich mir größere Sorgen. Ich würde die Ermittlungen am liebsten abbrechen.«

»Russ, ich brauche Zeit, um die notwendigen Beweise zu sammeln, damit ich diese Leute endlich zur Strecke bringen kann.«

Sie beendeten das Gespräch, und Karen fädelte sich wieder in den Verkehr ein. Zwanzig Minuten später erreichte sie die Stadt und fuhr sofort in ihre Wohnung an der I-35. Nachdem sie das Material, das Palenski ihr geschickt hatte, in den Kofferraum des gemieteten Mustangs gepackt hatte, fuhr sie sicherheitshalber zwei Stunden durch Austin. Sie hatte zwar keine Verfolger bemerkt, aber von dieser Vorsichtsmaßnahme wich sie niemals ab. Anschließend ging sie auf Wohnungssuche. In einem heruntergekommenen Wohnkomplex in der Woodward Street gegenüber von der St. Edwards Universität in Süd-Austin fand sie ein Apartment, das ihren Vorstellungen entsprach.

Karen bezahlte die erste Monatsmiete für das Apartment im ersten Stock bar. Sie legte ihre Sachen ab und brach sofort auf. An diesem Wochenende wollte sie Wittica und Shapiro beschatten, um endlich den entscheidenden Durchbruch in den Ermittlungen zu erreichen.

29.

Ich soll die Ermittlungen in Austin abbrechen, Senator?«, fragte Russell Meek, der auf der Rückbank von Jack Hortons Limousine saß, die ihn vor zehn Minuten beim FBI abgeholt hatte.

Sie waren durch die Stadt gefahren und hatten über Palenskis Tod und die Folgen gesprochen.

»Palenski und ich haben uns am Tag vor seinem Tod getroffen. Dabei kam es zu folgender Übereinkunft: Palenski legt die Karten über die verdeckten Ermittlungen auf den Tisch, und ich sorge dafür, dass sein Budget bewilligt wird. Er hatte vor, die Operationen in Austin und einigen anderen Orten abzubrechen und endlich vorschriftsmäßige Ermittlungen einzuleiten.«

Meek beugte sich vor und blinzelte misstrauisch. Er erinnerte sich an Karens Warnung und fragte sich, ob Horton in die Sache verwickelt sein könnte.

»Ach ja?«, fragte Meek schließlich.

»Sie scheinen mir nicht zu glauben.«

»Sie haben nicht mit diesem Mann zusammengearbeitet. Dienst nach Vorschrift war dem völlig unbekannt. Der hat sich nie an Vorschriften gehalten. Ich war strikt gegen seine eigenmächtigen Ermittlungsmethoden. Vor allem die Sache in Austin ging mir gegen den Strich.«

Horton nickte nachdenklich. »Palenski erwähnte es. Von ihm erfuhr ich auch, für welche Bereiche Sie beim FBI zuständig sind. Sie haben die Präsentationen für den Kongressbericht angefertigt, nicht wahr?«

Meek nickte. Er lehnte sich zurück und sah durch die getönten Scheiben auf das Washington Monument in der Ferne, als sie die Constitution Avenue hinunterfuhren. »Ich könnte die Agentin, die die Ermittlungen leitet, zurückrufen. Übrigens habe ich gerade mit ihr gesprochen. Ich könnte die anderen Operationen, die Palenski nach seinen eigenen Regeln durchgeführt hat, ebenfalls abbrechen und vorschriftsmäßige Ermittlungen einleiten. Das hätte aber keine Bedeutung, wenn der Präsident diese Entscheidung später wieder rückgängig macht. Mir wäre es lieber, wir halten vorläufig an dem eingeschlagenen Kurs fest, bis der Präsident einen Nachfolger ernannt hat. Wenn wir Glück haben, hat der nächste Direktor mehr Respekt vor den Vorschriften.«

Horton grinste. »Darüber wollte ich mit Ihnen sprechen.«

Meek hob den Kopf. »Ich verstehe nicht ...«

»Morgen früh treffe ich mich mit dem Präsidenten zum Frühstück. Ich habe vor, Sie als neuen FBI-Direktor vorzuschlagen.«

Meek riss die Augen auf. »Was?«

»Ich finde, Ihre Zeit ist gekommen, Russ. Ich habe mir Ihre Arbeit angesehen, die Palenski vorgelegt hat, und war von Ihrer Gründlichkeit und Offenheit sehr beeindruckt.«

»Ich versuche nur, meinen Job zu machen, Sir.« Wollte dieser Bursche ihn allen Ernstes zum neuen Direktor des FBI ernennen?

»Und wie Sie das Computersystem des FBI modernisiert haben, um die wachsende Anzahl der Computerverbrechen zu bekämpfen, ist schon allein Grund genug, Sie zu befördern.«

Meek hob die Brust. »Ich fühle mich geehrt, Sir. Wird der Präsident sich Ihrer Empfehlung anschließen? Es ist bekannt, dass Sie und der Präsident sich gelegentlich die Köpfe einschlagen.«

Horton lächelte. »Der Präsident und ich haben nichts gegen einen konstruktiven Streit, aber wir respektieren einander. Er wird sich meiner Meinung anschließen. Nicht nur, weil es eine gute Wahl ist, sondern weil er keine Lust hat, sich mit dem Kongress auseinander zu setzen, wenn der seine Nominierung für einen neuen FBI-Direktor nicht unterstützt.«

Meek nickte. »Ich verstehe.«

»Ich habe im Kongress das Sagen«, fuhr Horton nüchtern fort. »Meine Kollegen werden sich meinem Vorschlag beugen. Packen Sie Ihre Sachen, mein Freund. Es geht nach oben.«

»Wie kann ich Ihnen danken?«

»Indem Sie offen über Ihre Ermittlungen sprechen. Ich riskiere meinen Kopf, wenn ich vor dem Weißen Haus und vor dem Kongress für Ihren Namen geradestehe. Das ist ein großes Risiko. Im Gegenzug müssen Sie mir Einblick in alle verdeckten Ermittlungen gewähren. Eine reine Vorsichtsmaßnahme, damit der Schuss nicht plötzlich nach hinten losgeht. Sobald ich meine Unterstützung für Sie und Ihr Vorgehen öffentlich bekannt gebe, ist Ihr Erfolg auch mein Erfolg und Ihr Versagen ... Nun, Sie verstehen mich. Es ist mein Job und natürlich auch Ihrer, alle Ermittlungen vorschriftsmäßig zu führen, ohne gegen die Verfassung unseres Landes zu verstoßen. Das habe ich bisher indirekt getan, indem ich das FBI-Budget kontrolliert habe. Jetzt schreite ich direkt ein und treibe Ihre Karriere voran.«

Meek gelangte zu dem Schluss, dass Horton im Grunde ein ganz passabler Bursche war. Die undichte Stelle musste woanders sein. »Das war's?«, fragte er.

»Das war's, Russ. Ich will ganz offen sein. Sie müssen mir Ihr Wort geben, sich als neuer FBI-Direktor meiner Führung anzuschließen. Außerdem muss diese Vereinbarung unter uns bleiben. Das müssen Sie mir versprechen. Niemand braucht etwas davon zu erfahren. *Niemand.* Die Pressefritzen haben eine Vorliebe dafür, Fakten zu verdrehen. Ich möchte meine Karriere nicht beflecken, vor allem nicht im kommenden

Jahr. Im Gegenzug erhalten Sie meine volle Unterstützung und Dankbarkeit.«

Horton reichte Meek die Hand.

»So«, sagte Horton. »Nun zu Ihren verdeckten Ermittlungen ...«

»Was möchten Sie wissen?«

»Gehen wir alphabetisch vor«, sagte Horton lächelnd. »Was läuft in Austin genau ab?«

30.

Karen Frost erwachte aus einem Albtraum. Instinktiv griff sie nach der Magnum, entsicherte die Waffe und richtete sie in die Dunkelheit.

Etwas hatte sie geweckt, und das war nicht der Traum gewesen.

Da – wieder das Geräusch! Jemand kratzte mit Metall an der Eingangstür. Es stand jemand vor der Tür.

Aber wer?

Keiner wusste, wo Karen wohnte. Auch Meek nicht.

War ihr jemand gefolgt?

Karen hatte alle Vorsichtsmaßnahmen befolgt, nachdem sie die Ryans gestern Nachmittag verlassen hatte. Den Rest des Wochenendes hatte sie die Häuser von Ron Wittica und Aaron Shapiro aus sicherer Entfernung beschattet. Sie wusste aus jahrelanger Erfahrung, dass sie einem erneuten Anschlag am besten entgehen konnte, indem sie die Aktivitäten ihrer Feinde überwachte. Erst wenige Stunden zuvor war sie erschöpft in ihre neue Wohnung zurückgekehrt, nachdem sie zwei Stunden durch die Gegend gefahren war, um potenzielle Verfolger abzuschütteln.

Wie haben sie mich gefunden?

Denk später darüber nach und mach, dass du wegkommst.

Karen rollte sich vom Bett auf den Boden. Zum Glück hatte sie vorsichtshalber in Klamotten und Schuhen geschlafen.

Sie kroch über den Teppichboden zur Schlafzimmertür, die sie verschlossen hatte.

Im Wohnzimmer splitterte Holz; dann waren hastige Schritte zu hören.

Sie sind in der Wohnung.

Karen versteckte sich hinter einem alten Schrank und spannte den Hahn der Desert Eagle, als die Schlafzimmertür eingetreten wurde, die nur noch lose in den Angeln hing. Sie nahm die drei kräftigen Schatten ins Visier, die sich wie Profis aus der Diele näherten. Die Männer richteten die Waffen nach oben, als sie das Schlafzimmer stürmten, damit sie ihren Kollegen nicht aus Versehen eine Kugel in den Kopf schossen. Keine Sekunde später feuerten alle aufs Bett.

Eine weiße Wolke wirbelte durch die Luft. Die Kugeln durchbohrten die Matratze, ehe sie im Boden einschlugen.

Karen schoss einmal. Ein ohrenbetäubender Knall peitschte durch den Raum, als die starke Magnum-Patrone den ersten Eindringling fast enthauptete und dem Mann neben ihm in den Rücken drang. Beide Männer sanken zu Boden. Karen feuerte auf den dritten Eindringling, der dem Schuss durch einen Sprung in den Korridor entkam.

Die Agentin sprang auf, richtete die Magnum auf die Wand, schoss einmal, veränderte den Winkel und schoss ein zweites Mal. Beide Kugeln durchdrangen die Wand, und eine Kugel traf ihr Ziel.

Das qualvolle Stöhnen des Opfers drang an ihr Ohr.

Karen schlich mit der Magnum über der linken Schulter, die sie auf die Decke richtete, vorsichtig um die Ecke.

Stille, nur unterbrochen vom gequälten Stöhnen eines Mannes, der in einer Blutlache auf dem Boden lag. Die Kugel hatte ihn in den Hals getroffen, und aus der Wunde schoss das Blut. Er lag in dem schmalen Korridor zwischen Wohn- und Schlafzimmer. Der Killer starrte Karen zornig und erstaunt zugleich an. Er war noch jung, vielleicht Anfang dreißig, und lag im Sterben.

Karen trat mit dem Fuß gegen die Waffe, obwohl er keine

Anstalten machte, danach zu greifen. Seine Lippen bebten. »Meine Beine ... meine Arme ... ich kann nichts spüren«, stammelte er.

Karen schaute sich die Wunde an. Im Dämmerlicht des schmalen Korridors sah sie, wo die Kugel seinen Rücken durchdrungen hatte und über dem linken Schlüsselbein wieder ausgetreten war, nachdem sie sein Kinn gestreift hatte.

»Ganz ruhig«, sagte Karen. Sie behielt die offene Eingangstür im Auge. Sollte sie diesem sterbenden Fremden helfen oder schnellstens verschwinden? Mit hundertprozentiger Sicherheit war Verstärkung im Anmarsch. Vielleicht konnte sie diesem Mann wichtige Informationen entlocken, die sie weiterbrachten. War es das Risiko wert?

Schreie hallten durchs Haus. Die Polizei würde nicht lange auf sich warten lassen.

Kurz entschlossen riss Karen ein Stück vom Hosenbein des Opfers ab und drückte den Stoff auf die Wunde, um die Blutung zu stoppen. Dann beugte sie sich über den Fremden, umklammerte sein Kinn und zwang ihn, sie anzusehen.

»Es ist vorbei«, sagte sie. »Wenn Sie mir helfen, helfe ich Ihnen auch.«

»Meine Beine ... ich kann nichts ...«

»Hören Sie zu! Ich kann Ihnen den besten Chirurgen besorgen, der Sie wieder zusammenflickt. In einem Monat könnten Sie wieder laufen. Aber Sie müssen mir helfen. Für wen arbeiten Sie?«

Der junge Killer blinzelte sie an. In seinen Augen spiegelte sich jetzt nackte Angst. Er hatte Angst, zu sterben oder den Rest seines Lebens im Rollstuhl zu verbringen.

»Die Zeit rennt Ihnen davon«, sagte Karen. »Verletzungen der Wirbelsäule müssen so schnell wie möglich behandelt werden. Helfen Sie mir. Wie haben Sie mich gefunden?«

»Eine Nachricht aus ... Washington.«

Washington?

»Sie sind mir also nicht gefolgt? Jemand hat Ihnen gesagt, wo Sie mich finden?«

»Wir sind Ihnen gefolgt.«

Was hatte das zu bedeuten? »Sie sind mir gefolgt? Sie haben doch gerade gesagt, dass Sie eine Nachricht aus Washington erhalten haben.«

»Ja ... aber wir ...«

Der Mann verstummte, als eine Kugel seinen Schädel zertrümmerte.

Ein vierter Killer!

Karen sah eine Gestalt in der Tür stehen. Sie warf sich zu Boden und rollte aus der Schusslinie. Eine Kugel schlug genau an der Stelle, an der sie eben noch gekauert hatte, in die Wand ein. Ein zweites Geschoss durchdrang den Fußboden. Ein drittes zischte dicht an ihrem Ohr vorbei und streifte den Kragen ihres Hemdes.

Karen rannte ins Schlafzimmer und ging wieder hinter dem alten Schrank in Deckung. Niemand betrat den Raum. Stattdessen landete ein birnenförmiger Gegenstand auf dem Boden und schlitterte unters Bett.

Eine Granate!

Karen sprang auf das große Fenster zu. Ihr blieb keine andere Wahl. Sie stemmte sich vom Boden ab und warf sich mit aller Kraft gegen die Scheibe.

Im ersten Moment raubte der Aufprall ihr den Atem. Das Glas zerbarst, und die Scherben rieselten auf sie herunter, als sie durchs Fenster brach. Erst während des Sprungs fiel ihr ein, dass die Wohnung im ersten Stock lag.

Ehe sie zwischen Bäumen und Büschen landete, explodierte die Granate. Die gewaltige Detonation riss die Fensterrahmen heraus; Augenblicke später stand alles in hellen Flammen. Schwarzer Rauch schoss ins Freie.

31.

Sekunden, nachdem die Granate sich entzündet hatte, stürmte Esteban Yanez in den Raum. Er trug eine Polizeiuniform. Mithilfe der auf seiner schallgedämpften MP5 angebrachten Taschenlampe suchte er im brennenden Schlafzimmer die FBI-Agentin.

Als er sie nicht entdeckte, stieg Wut in ihm auf. Sie war ihm entwischt.

Wieder einmal!

»Mierda!«, fluchte er.

Esteban rannte ans Fenster und richtete die MP5 auf die Sträucher unten an der Straße, doch die Äste einer dicken Eiche nahmen ihm die Sicht. Weit und breit keine Spur von Karen Frost.

Er sprang über die Leichen und lief ins Treppenhaus. Einige Hausbewohner hatten ihre Türen einen Spalt geöffnet und spähten hinaus.

»Polizei! Bleiben Sie in Ihren Wohnungen!«, rief Esteban, während er mit einer gefälschten Dienstmarke fuchtelte.

Die Bewohner traten sofort zurück und schlossen die Türen. Der als Polizist getarnte Killer stürmte die Treppe hinunter. Sekunden später erreichte er den Hauseingang, wo Todd Hausser mit den anderen Männern Wache schob.

»Haben Sie die Frau?«, fragte Hausser.

»Nein!«, brüllte Esteban, der seine Wut kaum zügeln konnte. Er hatte Karen Frost Samstagnacht gesehen, als sie Ron Wittica beschattete. Esteban war vorsichtig. Er schonte die

FBI-Agentin, die er im Park unterschätzt hatte, folgte ihr und wartete auf den richtigen Augenblick, um zuzuschlagen. Und jetzt war sie ihm wieder entwischt!

Verdammt!

»Wo ist sie?«, fragte Hausser verwirrt.

»Sie ist aus dem Fenster gesprungen! Los! Sucht sie.«

Hausser und vier seiner Männer, die ebenfalls Polizeiuniformen trugen, schickten sich an, das Haus zu verlassen.

»Wartet!«, rief Esteban. »Todd, wir beide suchen sie. Ihr vier geht zurück in ihre Wohnung und durchsucht ihre Sachen«, sagte er und zeigte auf die vier muskulösen Burschen, die neben Todd standen. »Seht euch alles genau an. Vielleicht findet ihr etwas, das uns helfen kann. Und schafft die Leichen weg! Bewegt euch! In zehn Minuten ist die Polizei hier.«

Esteban stürmte hinaus, atmete die kalte Nachtluft ein und fluchte über die hartnäckige FBI-Agentin.

32.

Karen Frost rannte um ihr Leben. Sie hatte die Desert Eagle beim Sturz verloren und umklammerte den .45er Colt. Ihr rechter Fußknöchel brannte. Er war nicht gebrochen, aber vermutlich verstaucht. Sobald sie den Fuß belastete, spürte sie stechende Schmerzen, die ihr die Tränen in die Augen trieben. Bei einer Verfolgungsjagd würde sie notgedrungen den Kürzeren ziehen; darum musste sie sich so schnell wie möglich ein sicheres Versteck suchen. Ihr Körper verlangte nach Ruhe.

Sie musste den Schmerz überwinden, um ihr Überleben zu sichern. Während ihrer Einsätze als FBI-Agentin war sie niedergeschlagen, angeschossen und niedergestochen worden. Jetzt kam noch ein Sturz aus dem ersten Stock hinzu, und beinahe wäre sie von einer Granate zerfetzt worden.

Die kalte Luft stieg Karen in die Nase, als sie ihre Lungen mit Sauerstoff füllte. Zwischen dem Universitätscampus und der I-35 lag ein Wald, den sie nach einem anstrengenden Lauf erreichte. Als sie etwa dreißig Meter ins Waldstück eingedrungen war, verlangsamte sie den Schritt, blieb kurz stehen und atmete mehrmals tief durch.

Karen lauschte den Schritten möglicher Verfolger und tastete ihren Körper nach blutenden Wunden ab. Der hohe Adrenalinspiegel würde den Schmerz ernsthafter Verletzungen vorerst lindern. Das könnte tödliche Folgen haben: Eine Wunde konnte heftig bluten, ohne dass sie den Schmerz spürte.

Am linken Bein unmittelbar über dem Knöchel entdeckte sie einen tiefen Schnitt. Sie hatte sich den Fuß nicht verstaucht, sondern sich das Bein beim Sturz aufgerissen.

Die Socke war blutdurchtränkt. Rasch zog Karen den linken Turnschuh und die linke Socke aus und wickelte die nasse Socke um die fingerlange Wunde.

Die FBI-Agentin hatte trotz der Verletzung Glück gehabt. Sie hatte gegen eine Übermacht von vier Killern ohne ernsthafte Verletzungen überlebt. Die Äste und Büsche hatten ihren Aufprall zwar gedämpft; dennoch hatte sie sich zahlreiche blaue Flecke zugezogen. Seit den Schüssen im Park war sie ohnehin schwer angeschlagen und weit von ihrer Höchstform entfernt.

Du musst deine Kräfte schonen.

Karen nickte, während sie sich den Schuh wieder anzog und die Ohren spitzte. Außer den typischen Geräuschen des Waldes hörte sie nichts. Sie musste sich ausruhen und einen Tag Pause einlegen, um wieder zu Kräften zu kommen. Eine Erholungspause war eine Waffe, die so stark war wie die Desert Eagle, die sie in den Büschen verloren hatte.

Plötzlich schoss ihr ein entsetzlicher Gedanke durch den Kopf. Ihre Wohnung! Sie wurde mit Sicherheit in diesem Augenblick auf den Kopf gestellt.

Der Laptop!

Karen hatte das Gefühl, von einem Schwertransporter überrollt zu werden. Obwohl ihr tragbarer Computer durch mehrere Passwörter gesichert war, könnte es jemand mit den richtigen Tools schaffen, Zugang zu ihren Internetprotokollen zu erlangen. Wenn es den Killern gelang, würden sie ihre Suche auf der Website von SoftCorp und der Capitol Bank nach den richtigen Informanten aufdecken.

Die Ryans!

Karen musste sie warnen und in Sicherheit bringen. Wenn die Killer ihre Passwörter knacken konnten, wäre es nur noch eine Frage der Zeit, bis sie ihre Recherche nachvollzogen und ihre Verbindung zu den Ryans aufdeckten.

Sie musste Meek anrufen. Der sterbende Killer hatte Washington erwähnt, auch wenn seine Information nicht eindeutig war. Jemand aus Washington hatte sie verraten. Und dieser Jemand war vermutlich auch für Palenskis Tod verantwortlich.

Das Wichtigste zuerst.

Die Ryans warnen.

Plötzlich sah Karen zwischen den Zedern und dem hohen Gras den entstellten Leichnam von Dave Nolan vor Augen. Sie musste die Ryans warnen. Sie musste ...

Ihr wurde schwindelig. Ihre Kräfte schwanden. Sie konnte keinen klaren Gedanken mehr fassen und sich nicht mehr auf den Beinen halten. Der Wald drehte sich vor ihren Augen. Es war wie in einem Albtraum. Dann gaben ihre Beine nach. Ihr Körper rächte sich für die Strapazen der letzten Tage. Die Schüsse im Park, der psychische Stress, das unregelmäßige Essen, der Sturz, der Blutverlust ...

Karen kroch tiefer in den Wald hinein. Sie stand kurz vor einem Zusammenbruch. Mit letzter Kraft schleppte sie sich bis zum kniehohen Gestrüpp unter einer kleinen Eiche.

Du musst dich verstecken.

Kaum hatte sie sich in dem dichten Gebüsch verborgen, wurde der Schwindel unerträglich, und ihr schwanden die Sinne.

33.

Orion Yanez verlor selten die Geduld. Dieser Mann, der seit fünfzehn Jahren fern von seinem geliebten Heimatland lebte und sich in Amerika ein Imperium aufgebaut hatte, wusste, wie man auf den richtigen Moment wartete. Er hatte alle Regeln genutzt, die er kannte, um die gut geölte Maschinerie zu schützen, die er in den letzten fünfzehn Jahren aufgebaut hatte. Dieser Schutz erforderte die sofortige Beseitigung der FBI-Agentin Karen Frost. Weder Shapiros Leute noch der findige Esteban hatten es geschafft, den Auftrag zu erledigen. Hortons Versuch, weitere Informationen vom FBI zu erhalten, war gescheitert. Offenbar war Karen Frost vorsichtig geworden. Sie hielt die Information über ihren Aufenthaltsort vor ihren Vorgesetzten zurück.

Und warum sollte sie ihnen verraten, wo sie sich aufhielt?, dachte er. Als sie das letzte Mal jemandem beim FBI vertraut hatte, geriet sie in einen Hinterhalt.

Orion schloss die Augen und trank noch einen Schluck Kaffee. Das heiße, starke Gebräu entspannte ihn. Er musste einen kühlen Kopf bewahren, und das gelang ihm seit vielen Jahren. Trotz der besten Planungen und aller Vorsichtsmaßnahmen steckte Orion Yanez nun in großen Schwierigkeiten. Es war ein Risiko, seinen Killern den Aufenthaltsort von Karen Frost zu verraten, und sie hatten beide Male versagt.

Zum Glück hatte er bereits einen Plan für den Notfall. Er hatte mit der Flucht der gerissenen FBI-Agentin gerechnet und mit Esteban entsprechend vorausgeplant. Bisher hatten nur seine eigenen Leute die hartnäckige Agentin gejagt. Ab sofort würde er die Hilfe der örtlichen Polizei in Anspruch nehmen, um sich ihrer zu entledigen. Das hatte Castro ebenso gemacht, indem er seine Feinde zu politischen Gegnern abstempelte, sie für schuldig erklärte und hinrichten ließ.

Es wurde höchste Zeit, *richtig* Druck zu machen.

VIERTES BUCH

Die Krise

Im Chinesischen besteht das Wort Krise aus zwei Buchstaben. Der eine bedeutet Gefahr, der andere Gelegenheit.

John F. Kennedy

1.

Mike hatte seine erste offizielle Version des Datenbank-Zugangs-Programms, das er dem Sonnensystem nachgebildet hatte, für die Finanzbehörde überarbeitet. Sein Sonnensystem bestand nicht aus neun, sondern aus Hunderten von Planeten, die alle zahlreiche Monde hatten und einen einzigen Stern umkreisten. Dieser Stern stellte die geheimste Datenbank des IRS dar. Die Planeten symbolisierten wie die der Erde nachgebildete Darstellung des SoftCorp-Netzwerks, in das Mike letzte Woche eingedrungen war, die zahlreichen Netzwerke, die für die Rechnungsprüfung der Finanzbehörde von Interesse waren.

Gam Olson, der in der Rechnungsprüfung des IRS arbeitete, kam am Montagmorgen um halb neun zur SoftCorp-Zentrale. Ron Wittica und Agi Maghami waren nicht zu sehen. Daher beschloss Mike, Olson das Programm alleine vorzuführen und Wittica und Maghami später mit dem neuesten Stand seines Programms vertraut zu machen.

Mike erklärte Olson bereits seit einer Stunde die Grundschritte seines VR-Programms. Der Rechnungsprüfer erfuhr, was er sehen würde, wie er durchs Programm surfen konnte, wie er die Passwörter benutzen musste und wie er die Cyber-Agenten kontrollieren konnte. Mike bestand darauf, dass sie während des Probelaufs zusammenblieben, falls etwas schief ging und Mike den Code nachbessern musste.

»Falls Ihnen aus irgendeinem Grund übel wird, schließen

Sie die Augen. Dann geht es wieder vorüber«, sagte Mike. »Okay?«

Gam Olson nickte.

Es ging los.

»Mann!«, rief Olson beeindruckt. Zum ersten Mal, seitdem Mike ihn kennen gelernt hatte, zeigte er Gefühlsregungen. »Unglaublich!« Der IRS-Mann schwebte neben Mike über die galaktische Szenerie, in deren Hintergrund Dutzende von Galaxien und Millionen sich drehender Sonnen zu sehen waren. »Beeindruckend!«

Mike schaute grinsend auf sein Cyber-Universum und die Sterne, die dank des Digitalfilms eines Planetariums, das er von der Website der NASA heruntergeladen hatte, verblüffend realistisch funkelten. Für den Durchschnittsmenschen war es ein großes Erlebnis, zum ersten Mal in eine hochmoderne VR-Umgebung einzudringen. Mikes System gehörte zu den besten VR-Systemen und machte das Erlebnis unvergesslich.

»Cool, was?«, sagte Mike. »Und sehr praktisch.«

»Man hat wirklich das Gefühl, im Weltraum zu sein.«

»Das ist beabsichtigt. Je realistischer das Experiment, desto besser kann man in das System eintauchen. Wenn man eine Skala von eins bis zehn zugrunde legt, würde ich sagen, wir haben einen Grad von etwa sieben oder acht an Perfektion erreicht. Erinnern Sie sich, was ich Ihnen gesagt habe?« Mike drehte sich zu Olson um. Der Finanzbeamte wurde in dem System als metallicrote Figur dargestellt. Später sollte jeder Finanzbeamte sein eigenes Outfit bekommen. Hinter ihnen waren zwei MPS-Agenten, die sie beim Probelauf begleiteten. MPS-Ali stand bereit, um auf Befehl aktiv zu werden.

»Sie haben gesagt, ich soll hinschauen und mit den Augen blinzeln, nicht wahr?«

»Genau. Der Rest geht sozusagen automatisch. Das System bestimmt die Geschwindigkeit und den besten Weg zum Bestimmungsort. Wir bedienen uns einer ähnlichen Technologie, die bei Fly-by-Wire-Systemen und intelligenten Helmen in Kampfjets benutzt wird.«

»Je näher wir der Sonne kommen, desto höher ist die erforderliche Sicherheitsstufe, nicht wahr?«

»Ja. Die äußeren Planeten enthalten geballte Informationen. Sie sind öffentlich zugänglich und erfordern kein Passwort. Die mittleren Planeten erfordern einfache Passwörter. Es handelt sich beispielsweise um staatliche Datenbanken, die Informationen zu Fahrerlaubnissen oder Verkehrsübertretungen enthalten. Die inneren Planeten erfordern komplizierte Passwörter. Es geht um den Zugang zu Datenbanken, die Informationen zu Bankkonten, Krankenakten und sogar zu Vorstrafenregistern enthalten. In der Mitte befindet sich das Netzwerk, zu dem der Zugang ohne Passwort am schwierigsten ist: die Finanzbehörde. Apropos Passwörter – Wittica hat mir gesagt, wir könnten heute damit arbeiten.«

»Ja, stimmt. Ich kenne sie alle auswendig.«

»Gut. Dann wollen wir das System anhand des ersten Falls testen, den Sie mitgebracht haben.«

Mike beobachtete Olson, der einem Agenten Anweisungen erteilte. Es handelte sich um das Expertensystem, das die Unterhaltszahlungen für die Kinder eines George Jerome Lewis aus El Paso, Texas, aufspüren sollte. Mr Lewis gab auf seiner Steuererklärung für das ganze letzte Jahr Unterhaltszahlungen für seine Kinder an. Seine Exfrau, die mit den drei gemeinsamen Kindern in Houston lebt, behauptete hingegen, er habe im zweiten Halbjahr des letzten Jahres keinen einzigen Penny gezahlt. Daher hatte sie diese Zahlungen auch nicht in ihrer Steuererklärung angegeben. Einer von beiden log, und es war Aufgabe der Steuerprüfung, herauszufinden, wer von beiden.

Das Expertensystem führte sie mit virtueller Lichtgeschwindigkeit durch die äußeren Planeten, an den mittleren Planeten vorbei und durch den Asteroidenring, der den Beginn der inneren Planeten anzeigte. Schließlich erreichten sie einen Planeten, der Saturn ähnelte, nur dass dieser von zwei farbigen Ringen umkreist wurde. Der Planet stellte das Computer-Netzwerk der Behörde für Unterhaltszahlungen für Kinder des Staates Texas dar. Die atmosphärischen Ringe entsprachen einem doppelten Sicherheitssystem, das jeder durchdringen musste, der das System betreten wollte. Im Gegensatz zu dem relativ kleinen und weit weniger bevölkerten SoftCorp-Netzwerk erinnerte Mike die Oberfläche dieses Planeten an den Todesstern aus dem Krieg der Sterne. Auf diesem standen unzählige Bauwerke, die vom virtuellen Weltraum aus zu sehen waren. Der Planet symbolisierte natürlich die Tausende von Behörden und Bearbeitungszentren des Staates Texas, die durch ein riesiges Netzwerk miteinander verbunden waren.

Mike war beeindruckt von dem klaren Bild, das er seiner Entscheidung zu verdanken hatte, den aktuellen Film mit Java und seinem C++-Code zu verbinden.

Olson gab dem Agenten das Passwort, damit er den ersten atmosphärischen Ring durchdringen konnte. Es folgte das zweite Passwort, worauf der Dunst sich auflöste und eine unglaubliche Aktivität enthüllt wurde. Es sah aus wie eine Weltmetropole während der Rushhour. Olson wusste nicht, dass das Expertensystem jedes Passwort vorübergehend speicherte und Mikes eigener MPS-Ali es eine Millisekunde, nachdem der Finanzbeamte es genannt hatte, aufschnappte.

Olson sammelte Informationen aus der Datenbank und benutzte das Expertensystem, um eine Arbeit, für die er normalerweise einen halben Tag brauchte, in weniger als einer Minute zu erledigen. Die Angaben zu Mr George Jerome Lewis besagten, dass er den Unterhalt – wie in seiner Steuererklärung angegeben – abgeschickt hatte. Nun mussten sie den Empfänger überprüfen, denn irgendwo musste das Geld ja geblieben sein. Eine Überprüfung der geschiedenen Mrs Lewis ergab, dass sie über ein einziges Bankkonto bei der Bank of America verfügte. Auf Olsons Befehl führte das Expertensystem sie zum Netzwerk der Bank of America, einem Planeten in der Größe Jupiters, der an den Asteroidenring grenzte. Ein weiteres Passwort gestattete ihnen Zugang zu den Bankkonten, die sie lediglich einsehen konnten. Das Expertensystem fand das Bankkonto der geschiedenen Mrs Lewis, das nur für das erste Halbjahr Unterhaltszahlungen für ihre Kinder aufwies, wie sie in ihrer Steuererklärung angegeben hatte. Olson suchte nun weitere Informationen über die Vermögenslage von Mrs Lewis.

»Sieht so aus, als würden beide die Wahrheit sagen«, stellte Mike fest, der heimlich die Passwörter sammelte.

»Einer lügt, Mr Ryan, und ich werde herausfinden, wer von beiden.«

Sie steuerten auf Mr Lewis' Bank in El Paso, Texas, zu, einen winzigen Mond eines der mittleren Planeten. Olson erhielt mit demselben Passwort Zugang wie zur Bank of America. Offenbar hatte das Kreditgewerbe der Einfachheit halber Master-Passwörter an die Finanzbehörde ausgegeben.

Olson benutzte ein anderes der Expertensysteme von SoftCorp, um wichtige Informationen der eingelösten Schecks zu bekommen. Alle Schecks waren pünktlich in Mr Lewis' Anwaltskanzlei – Pryor, Jensen und Partner – außerhalb von Dallas, Texas, eingegangen. Die geschiedene Mrs Lewis behauptete jedoch, die Schecks für das zweite Halbjahr nicht bekommen zu haben.

»Wir kommen der Sache schon näher, Mr Ryan«, sagte Olson. »Und das nach zehn Minuten. Sehr beeindruckend.«

Unter anderen Umständen wäre Mike stolz auf die schnelle Fertigstellung gewesen und hätte das Gefühl gehabt, sein hohes Gehalt und die vielen Zulagen sowie Vergünstigungen verdient zu haben. Doch seit er und seine Frau in Lebensgefahr schwebten, hatte er andere Sorgen.

»Danke«, murmelte er nur. »Nun dringen wir ins Netz des IRS ein. Wir schauen uns die Akten von Pryor, Jensen und Partner an.«

Mikes Herzschlag beschleunigte sich. Olson führte ihn in die Sonne, ins Herz von Amerikas Steuersystem.

Es erforderte vier unterschiedliche Passwörter, von denen das letzte dreißig Buchstaben lang war. Kurz darauf waren sie unter der zischenden Oberfläche verschwunden. Jeder unbefugte Besucher wäre durch einen schweren Vergeltungsschlag bestraft worden. Was einem Hacker mit einem HMD zustieß, hatte Mike am eigenen Leib erfahren.

MPS-Ali hatte jedes Passwort aufgeschnappt.

Mike konnte sich kaum noch konzentrieren. Er hätte die Sitzung am liebsten auf der Stelle beendet und mit seinem Boxer-Verbündeten im Alleingang eine neue Sitzung begonnen. Mithilfe der Passwörter konnte er endlich die Aktivitäten zwischen dem IRS und SoftCorp unter die Lupe nehmen. Er konnte auch die Konten einsehen, deren Nummern er sich letzte Woche aufgeschrieben hatte.

Olson, ein erfahrener Finanzbeamter, durchsuchte die Akten der Anwaltskanzlei in Dallas und fand Lewis' Datei.

»Wo sind die Schecks des zweiten Halbjahres?«, fragte Mike.

»Nach den Unterlagen von Mr Lewis' Bank wurden die Schecks von der Anwaltskanzlei bar eingelöst, aber die Kanzlei bestreitet, sie je bekommen zu haben. Das haben sie der Finanzbehörde jedenfalls gemeldet.«

»Was machen wir nun?«, fragte Mike.

»Das sehen Sie gleich.«

Olson, der sich schnell mit dem System vertraut gemacht hatte, fand die Bank, bei der die suspekte Anwaltskanzlei ihre Geldgeschäfte abwickelte. Dann startete er ein neues Expertensystem, mit dessen Hilfe er die Kontenbewegungen kontrollierte. Mikes System funktionierte ausgezeichnet und arbeitete einwandfrei mit dem Expertensystem zusammen, obwohl es die IRS-Umgebung verlassen hatte. Einen Moment später kehrte das Expertensystem mit den Informationen zurück. Die Anwaltskanzlei hatte in der Tat sämtliche Schecks des Vorjahres bar eingelöst. Die Gelder für das zweite Halbjahr waren aber auf ein anderes Konto als die Schecks des ersten Halbjahres geflossen. Im zweiten Halbjahr wurde kein Scheck auf den Namen der geschiedenen Mrs Lewis ausgestellt.

»Könnte die Kanzlei schuld daran sein?«, fragte Mike, den die praktische Anwendung des Systems faszinierte. Die Finanzbehörde konnte mithilfe dieses praktischen VR-Tools mühelos im Leben eines jeden Menschen herumschnüffeln.

»Wir kommen der Sache immer näher, Mr Ryan. Warum sollten die Schecks für das zweite Halbjahr auf ein anderes Konto überwiesen worden sein?«

Mike schaute auf die helle Sonne, die die geheimen Daten der Finanzbehörde enthielt und vierfach geschützt war. »Ich habe keine Ahnung.«

»Vermutlich konnte sich die geschiedene Mrs Lewis aus demselben Grund im zweiten Halbjahr einen neuen Lexus SUV leisten, obwohl sie die wichtigen Zahlungen nicht erhielt.«

»Wie meinen Sie das?«

Olson gab einen Befehl, woraufhin das Expertensystem reagierte und eine holografische Datei vor ihnen öffnete. Sie enthielt die Konten der geschiedenen Frau. Ihr normales Bankkonto konnte nicht erklären, wie sie sich ein Fahrzeug für vierzigtausend Dollar leisten konnte, ohne die Unterhaltszahlungen für ihre Kinder erhalten zu haben.

»Oder sie lebt jetzt mit einem anderen Mann zusammen.«

»Falls es so ist, hat sie weder das Einkommen noch die neue Adresse angegeben. Und der Kreditvertrag für den Wagen lautet auf ihren Namen. Das Kreditkonto wird übrigens bei einer anderen Bank geführt.«

»Das ist nicht ungewöhnlich«, sagte Mike. »Viele Leute nehmen andere Geldinstitute als ihre Hausbank in Anspruch, wenn sie Kredite aufnehmen.« Die Ryans wickelten natürlich sämtliche Geldgeschäfte über die Capitol Bank ab.

»Das stimmt. Vielleicht haben Sie es noch nicht bemerkt, aber etwas anderes ist ungewöhnlich. Das Darlehen für den Pkw wurde bei derselben Bank in Dallas aufgenommen, bei der die Anwaltskanzlei ihre Konten hat.«

»Ach«, sagte Mike. »Sie glauben, dass Mr Lewis seine Zahlungen pünktlich an die Kanzlei geschickt hat. In der zweiten Jahreshälfte könnte die geschiedene Mrs Lewis ein heimliches Abkommen mit der Kanzlei getroffen und sie gebeten haben, die Verbindung zu ihrer Bank zu nutzen, um ihren Wagen zu finanzieren. Gleichzeitig behauptet sie, keinen Cent von ihrem Exmann bekommen zu haben.«

»Diese geschiedene Mrs Lewis scheint es faustdick hinter den Ohren zu haben, Mr Ryan.«

»Das ist doch viel zu schnell durchschaubar, oder? Ist das Risiko, erwischt zu werden, nicht viel zu groß?«

»Nein«, erwiderte Olson. »Das ist einer der vielen Fälle, die wir niemals aufklären, weil es so viele sind, und die Kanzlei weiß das. Für die Aufklärung dieses Falles hätten ich oder ein Kollege mehrere Tage gebraucht. Mit Ihrem System war es möglich, es in weniger als ...«

»Fünfzehn Minuten«, sagte Mike, der auf die Zeitanzeige seines Systems schaute.

Mike und Olson loggten sich aus und blinzelten beide, bis ihre Augen sich ans Tageslicht gewöhnt hatten. Sie legten ihre HMDs auf den Schreibtisch neben den Computer. Mike sah den Finanzbeamten zum ersten Mal seit ihrer Bekanntschaft lächeln.

»Sehr beeindruckend, Mr Ryan. Wirklich sehr beeindruckend.«

»Danke, aber ich habe nur die vielen Expertensysteme in meine Virtual-Reality-Umgebung integriert.«

»Ich habe gesehen, was Witticas Expertensysteme geleistet haben, bevor Sie hierher kamen, Mr Ryan. Die Systeme waren sehr weit entwickelt, aber ich wusste nicht, wie man sie benutzen musste. Sie waren nur für diejenigen benutzerfreundlich, die einen Doktor der Informatik in der Tasche haben. Dank Ihrer Version muss der User sich nicht mit der Technik herumschlagen und kann sich auf den eigentlichen Job konzentrieren. Gute Arbeit, Sir.«

»Danke.«

»Installieren Sie das System in dieser Woche?«

»Ja. Haben Sie meine E-Mail erhalten, in der ich Ihnen mitgeteilt habe, was ich benötige?«

»Es ist alles vorbereitet. Wir haben einen Konferenzraum nach Ihren Bedürfnissen in einen VR-Raum verwandelt.«

»Schön. Ihr erstes System ist im Laufe des Wochenendes eingetroffen. Ich lade es in der nächsten Stunde in meinen Wagen. Heute Nachmittag oder morgen früh werde ich bei Ihnen einen Probelauf starten und es installieren. Es sind nur ein paar Geräte. Der PC, die Verbindungskabel und die HMD-Helme.«

»Großartig«, sagte Olson, der Mike die Hand reichte. »Rufen Sie mich an, bevor Sie zu uns kommen. Ich hole Sie am Eingang ab.«

»Okay.«

»Eine großartige Arbeit. Ich werde Mr Wittica anrufen und ihm sagen, wie zufrieden ich mit Ihrer VR-Umgebung bin und wie sehr Ihre außerordentliche Fachkenntnis mich beeindruckt hat.«

Mit diesen Worten verabschiedete er sich. Mike schaute durch die Rauchglasscheiben aufs Land hinaus.

Er lächelte. Jetzt besaß er die elektronischen Schlüssel, um ins Herz des IRS-Netzwerks einzudringen.

Dort beginnt die Spur, dachte er, als er sich an alle Informationen erinnerte, die er bisher gesammelt hatte. Die nächste Etappe war SoftCorp. Bei seinem letzten Hackerangriff hatte er entdeckt, dass das Unternehmen viel mehr Geld einnahm, als es dem Staat meldete. Dieses Geld wurde auf Konten bei der Capitol Bank überwiesen. Jetzt musste Mike herausfinden, wohin die Spur führte. Was geschah mit dem Geld auf den Konten der Capitol Bank? Wohin wurde es überwiesen? Nach Übersee?

Mike fragte sich, ob Victoria es schaffte, Passwörter für seinen nächsten Hackerangriff zu sammeln.

2.

Als Victoria am frühen Morgen zur Mitarbeiterbesprechung ging, hatte sie einen sehr gefährlichen Plan. Sie wollte die Dateien kopieren, die ihr Chef auf seinem Palmtop gespeichert hatte. Wenn sie sich recht erinnerte, hatte sie auf dem Palmtop Dateiverzeichnisse mit Passwörtern und andere relevante Informationen gesehen, die Mike helfen könnten.

Der Konferenzraum lag gleich neben Rossinis Büro. Der Zugang war von Rossinis Büro aus oder vom Foyer der Chefetage möglich. Rossinis Bürotür war geöffnet.

Als Victoria an dem langen Mahagonitisch Platz nahm, steckte ihr Chef den Kopf durch die Tür.

»Fangen wir schon an?«, fragte er. »Die Besprechung ist doch erst um halb elf.«

»Ich bin etwas eher gekommen«, sagte Victoria, die ihrem Chef zublinzelte. »Um mir einen Platz neben Ihnen zu sichern.«

Rossini lächelte. »Ich komme gleich.«

Er saß immer am Ende des Tisches. Für die anderen Mitarbeiter gab es keine feste Sitzordnung. Victoria hatte sich den Platz rechts neben ihrem Chef ausgesucht, der nicht lange auf sich warten ließ. Er setzte sich zu ihr, tätschelte ihren Arm und legte seinen Palm und eine Akte vor sich auf den Tisch.

»Wie war Ihr Wochenende?«, fragte er.

»Nichts Besonderes. Und bei Ihnen?«, erwiderte Victoria, die einen verstohlenen Blick auf den Palmtop ihres Chefs warf.

»Ich habe an Sie gedacht«, sagte Rossini, der nun ihre Hand tätschelte.

Victoria zog die Hand nicht weg. Damit ihr Plan gelang und sie ihren Palmtop mit seinem vertauschen konnte, musste sie Rossini einen Moment ablenken. Es gab nur eine Möglichkeit, die Aufmerksamkeit dieses Schürzenjägers zu fesseln.

»Haben Sie über unser Gespräch in der letzten Woche nachgedacht?«

Ehe Victoria etwas erwidern konnte, betrat die Chefsekretärin den Konferenzraum. »Mr Rossini, auf Leitung drei ist ein Gespräch für Sie.«

Er zog die Hand weg und nickte. Die Chefsekretärin ging wieder hinaus. Rossini blinzelte Victoria zu. »Hauen Sie nicht ab.«

Als er verschwunden war, vertauschte Victoria blitzschnell die beiden Palmtops und durchstöberte die Dateien ihres Chefs, während sie dem Telefonat lauschte.

Victoria bekam feuchte Hände, als sie die Dateiverzeichnisse fand, die sie letzten Donnerstag gesehen hatte, bevor Rossini ihr einen gemeinsamen Abend bei einem Gläschen Wein vorgeschlagen hatte. Blitzschnell beamte sie die Datei mit den Passwörtern, eine mit persönlichen Daten, eine mit Kontonummern und eine vierte mit diversen Infos auf ihren Palmtop. Sie war so vertieft, dass sie ihren Chef völlig vergaß. Rossini beendete das Gespräch, kehrte in den Konferenzraum zurück und erwischte sie mit seinem Palmtop in der Hand. Rossini hätte den Datentransfer nur bemerken können, hätte er auf die Anzeige auf dem kleinen Display gesehen, da beide Geräte identisch waren.

Victoria legte Rossinis Palmtop ein Stück von ihrem entfernt auf den Tisch. Sie stand auf und ging mit klopfendem Herzen auf ihn zu.

»Ihr Vorschlag ...«, sagte sie mit Blick auf die geschlossenen Türen des Konferenzraumes. Sie stellte sich so hin, dass ihr Körper die Sicht auf die beiden Palms verdeckte.

Auf Rossinis gebräuntes Gesicht legte sich ein Lächeln. »Haben Sie darüber nachgedacht?«

Victoria nickte. Sie wusste nicht, ob sie das Richtige tat, aber sie sah keine andere Möglichkeit, um ihren Chef kurzfristig abzulenken. Außerdem musste sie die Sache jetzt durchziehen. Die Lage spitzte sich allmählich zu, wie die letzten Ereignisse gezeigt hatten. Sie hoffte inständig, dass es hier im Konferenzraum kaum zu mehr als einem Kuss kommen könnte. Als sie sich gegen den Tisch lehnte, stützte sie ihre Hände in der Nähe der Palmtops auf der Mahagoniplatte ab.

»Und?«

»Ich glaube, ich bin bereit.«

Rossini drückte auf einen Knopf unter dem Tisch. Victoria hörte, wie die Türschlösser einrasteten. Das Herz schlug ihr bis zum Hals. *Was hatte er vor?*

Ehe sie sich versah, schlang Rossini die Arme um ihren Körper und küsste sie. Victoria war wie benommen. Dennoch ließ sie sich darauf ein und erwiderte den leidenschaftlichen Kuss. Rossini kam gleich zur Sache. Seine Hände glitten über ihre Hüften und verschwanden unter ihrem Rock. Sie hielt den Atem an. Anstatt sich aus der Umklammerung zu befreien, schlang sie den linken Arm um seinen Körper, während sie mit der rechten Hand die Palmtops vertauschte.

Anschließend versuchte sie ihn sanft von sich zu schieben, um sein Misstrauen nicht zu erregen. Doch Rossini war bereits äußerst erregt.

Er spielte mit dem Saum ihres Slips und presste sich gegen ihren Unterleib.

»Angelo ... bitte ...«

Sein Mund glitt von ihren Lippen zu ihrem linken Ohr. Dann nagte er zärtlich an ihrem Ohrläppchen und strich mit der rechten Hand durch ihr Schamhaar. »Ich dachte, Sie wollten das, um Ihre Karriere schneller voranzutreiben.«

Victorias Körper überzog sich mit einer Gänsehaut. »Ja schon, aber nicht hier.«

»Die Türen sind verschlossen, Baby.«

»Ich habe Angst ... mein Gott ... hören Sie auf.« Als seine Finger sanft durch ihr Schamhaar glitten, lief Victoria ein Schauer über den Rücken. Sie verlor allmählich die Kontrolle und spürte das Blut zwischen ihren Beinen pulsieren.

»Wir haben noch ein paar Minuten Zeit«, flüsterte er. »Bevor die anderen ...«

»Heute Abend«, unterbrach sie ihn. Sie schluckte und schob ihn entschieden von sich.

Rossini ließ lächelnd von ihr ab und gab ihr noch einen letzten Kuss. »Sie sind eine tolle Frau.«

Victoria schwieg. Der Vorfall war ihr schrecklich peinlich.

»Ich muss heute lange arbeiten«, fügte er hinzu, während er sich die Finger ableckte und ihr zublinzelte.

Victoria schloss kurz die Augen. Sie schwitzte und war vollkommen durcheinander. Was hatte sie getan? Es hätte nicht viel gefehlt, und dieser Draufgänger hätte ihr hier im Konferenzraum die Klamotten vom Leib gerissen!

Verdammt! Bist du verrückt geworden, Victoria? War das wirklich nötig? Was sollst du Michael sagen? Kannst du ihm das überhaupt erzählen?

»Sie sehen ein bisschen blass aus«, sagte Rossini. »Am besten, Sie machen sich vor dem Treffen noch rasch frisch.« Er strich ihr über den Rücken.

Victoria amtete tief ein. »Ja, Sie haben Recht. Ich bin gleich wieder da.«

»Nach einer Weile gewöhnen Sie sich daran. Sie werden lernen, diese Augenblicke ebenso wie das Zusammensein mit Ihrem Mann zu genießen. Es ist wundervoll, zwei Männer zu haben.«

Victoria nickte.

»Sie können hier bei uns eine großartige Karriere machen, Victoria. Es freut mich, Sie dabei zu unterstützen.«

Victoria fiel nichts anderes ein, als noch einmal zu nicken. Zum Glück war sie so geistesgegenwärtig, ihren Palmtop vom Tisch zu nehmen, ehe sie hinausging.

Rossini entriegelte lächelnd die Tür. »Nehmen Sie Ihren Minicomputer überallhin mit?«

Victoria zauberte ein Lächeln auf ihre Lippen und sagte: »Ja, überall.«

»Ich bin neugierig, was Sie heute Abend damit machen werden.«

Victoria kicherte gequält und ging hinaus. Unterwegs traf sie ein paar Kollegen, die in den Konferenzraum gingen und sie freundlich begrüßten. Sie hatte das Gefühl, als wäre es ihr an der Nasenspitze anzusehen, was sie soeben getrieben hatte.

Victoria ging in ihr Büro statt zur Toilette. Sie schloss die Tür und mailte Mike rasch die Dateien, ehe sie zurück zum Konferenzraum eilte und sich unterwegs auf der Toilette kurz frisch machte.

Während der Besprechung musste Victoria es sich gefallen lassen, dass ihr Chef seine Füße gelegentlich unter dem Tisch über ihre Beine gleiten ließ. Jetzt wünschte sie sich, ihr wäre etwas Besseres eingefallen, um die Palmtops wieder zu vertauschen.

Mit ihrer Aktion hatte sie ein Ungeheuer von der Leine gelassen, und nun wusste sie nicht, wie sie es wieder bändigen konnte.

3.

Karen Frost erwachte mit den schlimmsten Kopfschmerzen ihres Lebens. Im ersten Augenblick wusste sie nicht, wo sie war. Die FBI-Agentin setzte sich auf den Waldboden und sah sich um. Langsam kehrte die Erinnerung zurück.

Die Killer ... der Sturz ... ihre Flucht in den Wald ... der Laptop ... die Ryans ... Ich muss sie warnen!

Karen stand taumelnd auf. Ihr war schwindelig. Sie suchte an einem Ast Halt, um das Gleichgewicht zu wahren. Die Wunde an ihrem linken Knöchel pochte, aber zumindest konnte sie das Bein belasten. Ihr Blick wanderte über ihren Körper. Sie sah entsetzlich aus! Die Jeans war verdreckt, und der Saum des linken Hosenbeins vollkommen blutverschmiert. Die Baumwolljacke war zerrissen.

Was hast du nach einem Sturz aus dem ersten Stock anderes erwartet?

Sie schaute auf die Uhr. Heute war Montag, 10.50 Uhr.

Verdammt, ich fühle mich beschissen.

Karen machte vorsichtig den ersten Schritt. Allmählich konnte sie wieder klar denken. Der .45er Colt lag vor ihren Füßen. Die .44er Desert Eagle hatte sie beim Sturz aus dem Fenster verloren. Dennoch tastete sie über den leeren Halfter auf ihrer Brust und hoffte auf ein Wunder.

Karen runzelte die Stirn. Sie hatte nicht nur die Magnum, sondern auch ihr Handy verloren. Verdammt! Die Zeit lief ihr davon. Sie musste die Ryans warnen.

Karen schob den Colt in den Halfter am Unterschenkel und machte sich auf den Weg. Am Waldrand spähte sie durch die Sträucher auf ihr Haus. Es war mit gelbem Band abgesperrt. Sie dachte über den nächsten Schritt nach. Die Wohnung war im Grunde kein schlechtes Versteck. Dort würde der Feind sie am wenigsten vermuten.

Das Unerwartete tun und den Spieß umdrehen. Vielleicht kannst du einen Sicherheitsposten, der die Wohnung bewacht, zum Reden zwingen.

Die Agentin schüttelte den Kopf. Erstens war sie viel zu erschöpft, und zweitens würde diese Aktion Zeit kosten – Zeit, die die Ryans nicht hatten.

Und in ihrem Zustand konnte sie sich in der Öffentlichkeit nicht blicken lassen. Das schwarze T-Shirt, das sie unter der zerrissenen Baumwolljacke trug, war glücklicherweise in gutem Zustand. Mit dem Taschenmesser schnitt sie die Beine ihrer Jeans ab und verwandelte sie in eine Shorts. Mit der Jacke rieb sie sich den Dreck vom Körper. Dann benutzte sie das Taschenmesser als Spiegel und reinigte ihr Gesicht mit Spucke. Anschließend setzte sie sich auf den Waldboden und säuberte die Wunde am Knöchel, um keine Aufmerksamkeit zu erregen. Sie würde die Wunde später desinfizieren. Zum Schluss schnitt sie einen Streifen weißen Stoff aus dem Rückenteil der Jacke und band ihn wie ein Stirnband um ihren Kopf.

In langsamem Laufschritt lief sie am Waldrand entlang bis zum Universitätsgelände. Hinter dem Campus bog sie links in die Congress Avenue ein. Bei jedem Schritt dröhnte ihr Kopf. An der Kreuzung Congress Avenue und Oltorf Street war ein kleines Einkaufszentrum. Karen betrat ein Billigkaufhaus. Es dauerte nicht lange, bis sie in einer neuen Jeans, einem sauberen T-Shirt und einer neuen Baumwolljacke wieder herauskam. Zum Glück hatte sie genügend Bargeld im Geldgürtel bei sich. Auf der anderen Straßenseite entdeckte sie ein öffentliches Telefon und rief ein Taxi. Während sie auf den Wagen wartete, versuchte sie, Michael Ryan zu erreichen. Der Informatiker war leider nicht in seinem Büro. Eine Nachricht konnte sie ihm nicht hinterlassen, da der Apparat vermutlich abgehört wurde. Deshalb beschloss sie, Victoria Ryan anzurufen. Sie war in einer Besprechung, die voraussichtlich bis zwölf Uhr dauerte. Karen legte enttäuscht auf und fluchte.

Fünf Minuten später war das Taxi da. Karen ließ sich zu SoftCorp fahren und versprach dem Fahrer zehn Dollar extra, wenn er aufs Gas drückte. Karen musste sich beeilen. Es war eine Frage der Zeit, bis sie die Passwörter auf ihrem Laptop geknackt und ihm die Informationen entlockt hatten, die das Schicksal der Ryans besiegelten.

4.

Ron Wittica aß ein Taco und blickte Agi Maghami über die Schulter, der mithilfe verschiedener Programme versuchte, die Passwörter zu knacken, die den Zugang zum Laptop sicherten. Aaron Shapiro hatte ihnen heute Morgen den Laptop übergeben, der in der Wohnung der FBI-Agentin gefunden worden war, die ihre Nase in die Angelegenheiten des Unternehmens steckte. Der Generaldirektor von SoftCorp hoffte, auf der Festplatte Hinweise zu den laufenden Ermittlungen des FBI zu finden.

Um kurz nach elf Uhr war Wittica bereits bei seinem zweiten Sandwich. Probleme regten seinen Appetit an.

»Da«, rief Maghami, der auf die Tasten hämmerte und auf den Monitor zeigte. »Ich bin drin. Wo soll ich zuerst nachsehen?«

Wittica legte das Sandwich aus der Hand und dachte an die Einbrüche ins Netz von SoftCorp. »Zuerst die Internetprotokolle.« Falls die FBI-Agentin für die Einbrüche verantwortlich war, müssten ihre Internet-Recherchen im Verzeichnis des Web-Browsers gespeichert sein.

Die nächste halbe Stunde verbrachten sie damit, Karen Frosts Internet-Exkursionen zurückzuverfolgen. Die Agentin hatte sich die Website der Capitol Bank und die Liste der Angestellten angesehen, ohne eine Datei mit den einzelnen Porträts der Angestellten zu öffnen.

»Sie hat sich nur die Namen angesehen«, sagte Wittica, der einen Schluck Mineralwasser trank.

Maghami nickte. »Dann hat sie unsere öffentliche Website geöffnet und sich ebenfalls die Namen der Mitarbeiter angesehen ... und eine Datei geöffnet.«

»Michael Ryan«, sagte Wittica, dessen Blick auf dem Monitor des Laptops haftete.

»Ja ... und dann ist sie zur Capitol Bank zurückgekehrt und hat die Datei seiner Frau, Victoria Ryan, geöffnet.«

»Verdammt, Agi.« Wittica verschränkte die Arme. »Sie glauben doch nicht etwa, dass die FBI-Agentin die beiden kontaktiert hat?«

»Michael und Victoria Ryan haben beide in Stanford studiert, nicht wahr?«

»Ja«, erwiderte Wittica. »Warum?«

Maghami klickte eine andere Website an, die Karen Frost geöffnet hatte. Es war die der Stanford University. Offenbar verfügte die Agentin über spezielle Systemberechtigungen, die es ihr ermöglichten, sich alle vorliegenden Informationen über die Ryans anzusehen. Außerdem hatte sich die Agentin ein Bild über ihre Vermögensverhältnisse gemacht.

»Sieht so aus, als wollte das FBI eine Akte über sie anlegen«, sagte Maghami. »Das habe ich mal in einem Film gesehen. Zuerst informieren sie sich über ihren Lebenslauf, und später nehmen sie Kontakt zu ihnen auf.«

Wittica gefiel das überhaupt nicht. Vielleicht hatte Hausser sich doch nicht geirrt. Vielleicht waren die Ryans am Samstagmorgen am Town Lake, und Michael Ryan hatte die Videodateien manipuliert. Das würde auch die großen Probleme mit dem Videosystem an diesem Tag erklären.

»Wann hat sie sich die Internetseiten angesehen?«, fragte Wittica schließlich, dem ein wenig übel war.

»Sie surft seit drei Wochen durchs Netz. Zum letzten Mal hat sie sich vergangenen Mittwoch eingeloggt.«

»Das war am Tag, bevor es bei Michaels Testlauf des VR-Programms zu einer Sicherheitsübertretung kam«, sagte Wittica zu sich selbst. »Ihr Sicherheitssystem hat ihn geschnappt und ihm eine gewischt«, fügte er hinzu.

Ehe Maghami etwas erwidern konnte, klopfte Wittica ihm auf die Schulter. »Kein Wort darüber zu irgendjemandem, Agi. Sie haben uns einen großen Dienst erwiesen. Aaron und ich werden uns erkenntlich zeigen.«

Wittica griff zum Hörer und rief Hausser an. Der Sicherheitsbeamte sollte sich sofort mit ihm vor Ryans Büro treffen. Sekunden später lief der technische Leiter den Korridor hinunter zu den Aufzügen, die gerade nach oben fuhren. Kurz entschlossen stieg er die Treppe in den dritten Stock hinauf. Als er keuchend vor Ryans Büro ankam, wartete Hausser bereits mit zwei Kollegen auf ihn.

Hausser schloss die Tür mit seinem Generalschlüssel auf, woraufhin alle ins Büro stürzten. Der Vogel war ausgeflogen.

Wittica schaute auf die Uhr. Es war halb zwölf. »Wo ist er?«

»Vielleicht auf der Toilette«, sagte Hausser zu seinen Männern. »Seht nach.«

Die Sicherheitskräfte liefen los. Wittica rief unten an der Rezeption an und befahl, Michael Ryan festzuhalten. Der Sicherheitsposten informierte ihn, dass Mr Ryan vor einer Minute einige Geräte in seinen Wagen geladen habe.

Wittica legte auf. Er ging zum Fenster und ließ den Blick über den Parkplatz schweifen.

»Da!«, rief er plötzlich. »Er steht neben seinem Wagen!«

Hausser stürmte sofort los. Wittica rief noch einmal an der Rezeption an. »Er steht draußen auf dem Parkplatz! Er darf auf keinen Fall weg! Sorgen Sie dafür!«

Wittica legte auf und lief hinter Hausser her. Als er zur Tür gelangte, kehrte er noch einmal um. Er musste umgehend Angelo Rossini anrufen.

5.

Man könnte es einen sechsten Sinn oder eine Intuition nennen. Auf jeden Fall drehte Mike sich zum Eingang von SoftCorp um, nachdem er die VR-Hardware und Software in den Kofferraum seines Boxsters geladen hatte. Er sah zwei Sicherheitskräfte, die in seine Richtung liefen.

Michael erstarrte. Was hatte das zu bedeuten? Er hatte alle Formulare für den Transfer der Geräte vorschriftsmäßig ausgefüllt. Hatten die Sicherheitsbeamten etwas vergessen? Oder gab es einen anderen Grund für den Aufruhr? Hatten sie die E-Mail mit den Passwörtern der Capitol Bank abgefangen, die er vor einer Stunde von Victoria erhalten hatte? Warum sprachen sie ihn nicht an und forderten ihn auf, stehen zu bleiben?

Mikes Blick wanderte von ihren Köpfen zu den Händen. Beide Männer waren bewaffnet!

Mike kämpfte gegen die Panik an, die in ihm aufstieg, und lief zur Fahrerseite seines Porsches. Er drückte auf die Fernbedienung und entriegelte die Schlösser. Alles schien sich im Zeitlupentempo abzuspielen. Er öffnete die Tür, stieg ein, steckte den Schlüssel ins Zündschloss und drehte ihn.

Der Boxster sprang sofort an. Das leise Brummen wurde von den Schreien der Sicherheitskräfte übertönt, die beide vor dem Porsche stehen blieben und die Waffen auf Mike richteten.

»Steigen Sie aus, Sir!«

Mike ließ den Motor laufen und stieg aus.

»Hände in den Nacken!«

Mike gehorchte. Das Herz schlug ihm bis zum Hals. Er sah auf das Gebäude und entdeckte den blonden Riesen, der in diesem Augenblick durch die Eingangstür ins Freie lief.

Ein Schuss hallte über den Parkplatz. Mike sah auf den Sicherheitsbeamten, der neben ihm stand. Der Mann ließ die Waffe sinken, presste eine Hand auf seine blutende Brust und sank auf die Knie. Im selben Moment richtete der andere Sicherheitsposten seine Waffe auf ein Ziel rechts neben Mike. Mike erschrak zu Tode. Der große Blonde rannte mit gezogener Waffe auf sie zu.

Ein zweiter Schuss knallte wie ein Peitschenhieb in seinen Ohren. Der zweite Sicherheitsbeamte sank zu Boden.

»Steigen Sie in den Wagen!«, schrie jemand von hinten.

Mike regte sich nicht. Er kam sich vor wie in einem bösen Traum. Zwei Sicherheitsposten lagen auf der Erde, und der blonde Riese rannte mit der Waffe auf ihn zu. Er hatte schon die halbe Strecke hinter sich.

»Steigen Sie in den Wagen, verdammt!«, rief die Stimme erneut.

Mike warf einen Blick über die Schulter, als ein dritter Schuss über den Parkplatz peitschte. Der blonde Riese ging in Deckung.

Mike stand noch immer mit den Händen im Nacken neben dem Wagen. Jemand packte seine Handgelenke.

»Verdammt, Junge! Steig ein!«

Mike drehte sich um und starrte in das Gesicht von Karen Frost. Sie stieß ihn in den Boxster.

»Fahren Sie los!«, schrie sie, während sie um den Wagen herumlief. Sie riss die Tür auf, setzte sich auf den Beifahrersitz und richtete die Waffe auf die Bedrohung, die hinter den geparkten Wagen lauerte.

Plötzlich begriff Mike. Er legte den ersten Gang ein und raste davon, während der blonde Riese mehrmals auf den Wagen feuerte.

»Geben Sie Gas, verdammt!«, befahl Karen, die ihre Waffe auf den Parkplatz richtete, den sie rasch hinter sich ließen.

Mike drückte aufs Gas und fuhr mit kreischenden Reifen die Straße hinunter, bis er um die nächste Ecke bog.

Als er Sekunden später aus der Erstarrung erwachte, schoss ihm ein erschreckender Gedanke durch den Kopf.

Victoria!

6.

Victoria Ryan versuchte sich auf die Besprechung zu konzentrieren, doch ihr Chef, der immer wieder mit dem linken Fuß über ihr Bein strich, lenkte sie ab. Victoria fragte sich, ob die Kopie der Passwörter, die sie Mike gemailt hatte, die missliche Lage rechtfertigte, in der sie sich nun befand. Wenn sie gewusst hätte, was für ein geiler Bock Rossini war, hätte sie sich etwas anderes einfallen lassen, um die Palmtops zu vertauschen.

Rossinis Chefsekretärin kam um 11.32 Uhr ins Besprechungszimmer.

»Was ist?«

»Ein dringender Anruf auf Leitung eins, Sir.«

»Sagen Sie, dass ich noch in einer Besprechung bin. Ich rufe zurück.«

»R. W. lässt sich nicht abwimmeln. Es muss sehr dringend sein.«

Rossini nickte und stand auf. »Ich bin gleich wieder da.«

Victoria atmete erleichtert auf. Sie überlegte sich im Stillen, wie sie den Schaden begrenzen konnte. Am besten, sie ließ sich einfach nicht mehr auf seine Avancen ein und schob ihre Schwäche auf einen Moment der Verwirrung. Sie würde ihm irgendetwas erzählen, damit er sie in Ruhe ließ.

Eine Minute später war Rossini wieder da. »Ich habe etwas zu erledigen«, sagte er mit unbewegter Miene. »Wir machen Schluss für heute.«

Alle Mitarbeiter einschließlich Victoria standen auf. Rossini beugte sich zu ihr hinüber. »Bleiben Sie bitte hier, Victoria. Mit Ihnen muss ich noch sprechen.«

Victoria steckte ihren Palm in die Tasche, verschränkte die Arme und legte sich die richtigen Worte zurecht.

Als die anderen Mitarbeiter den Konferenzraum verlassen hatten, drückte Rossini auf den Knopf unter dem Tisch und verriegelte die Türen.

»Angelo«, begann sie. »Wir sollten das sein lassen.«

»Ach ja?«, erwiderte er in sarkastischem Tonfall, während er auf sie zuging.

»Ja ...« Victoria rasselte die Sätze herunter, die sie sich soeben zurechtgelegt hatte. »Ich habe hart für einen guten Job gearbeitet. Natürlich hoffe ich, später einmal befördert zu werden, weil ich gute Leistungen bringe, aber nicht weil ...«

»Weil Sie mit mir vögeln?«

Victoria war wie vor den Kopf geschlagen, aber sie erholte sich schnell. »Ihr Ton gefällt mir nicht!«, stieß sie wütend hervor.

»Und mir gefällt es nicht, wenn ich verarscht werde!« Rossini umklammerte ihre Schultern.

»Ich ... ich weiß nicht, wovon Sie reden.«

»Tatsächlich nicht? Dann werde ich es Ihnen erklären.« Rossini verpasste ihr mit dem Handrücken eine Ohrfeige. Victoria landete neben dem Konferenztisch auf dem Boden.

Sie versuchte sich aufzurichten und drückte eine Hand auf die brennende Wange. »Sie Mistkerl! Wie können Sie es wagen ...«

Rossini griff ihr ins Haar und zog sie hoch.

Victoria fing an zu schreien, als er ihr eine zweite Ohrfeige verpasste, sodass sie gegen den Tisch knallte.

»Wissen Sie noch immer nicht, wovon ich rede?«, fragte er.

Victoria war wie betäubt. Ihr Gesicht brannte, und die Rippen schmerzten. Sie suchte angestrengt nach den richtigen Worten, um ihn zu überzeugen, von ihr abzulassen.

Bevor sie etwas sagen konnte, griff Rossini unter ihren Rock, zog an ihrem Slip und riss ihn entzwei.

»Lassen Sie mich los, Sie Wüstling. Sie ...«

Rossini schlug ein drittes Mal kräftig zu. »Wissen Sie, wovon ich spreche?«

»Nein. Hören Sie auf«, bettelte sie hilflos.

»Auf den Rücken, du Schlampe! Jetzt lernst du mich kennen.«

»Mein Gott! Nein! Bitte ...«

»Ich werde dir zeigen, was passiert, wenn man mich verarscht und zum FBI rennt!« Rossini ließ sie einen kurzen Augenblick los und machte sich an seiner Hose zu schaffen.

Victoria richtete sich blitzschnell auf, als sie begriff, was passiert war. Irgendwie hatten sie alles herausbekommen, und nun waren sie hinter ihr und Michael her. Sie musste hier verschwinden, damit diese Bestie sie nicht vergewaltigte!

Victoria nahm ihre ganze Kraft zusammen, hob das linke Knie und rammte es ihm zwischen die Beine.

Rossini brüllte vor Schmerz, fiel zu Boden und presste eine Hand zwischen die Beine.

Victoria drückte auf den Knopf unter dem Tisch und rannte zur Tür. Sie keuchte. Ihr Gesicht brannte von den Ohrfeigen, und ihre Rippen pochten.

Eine Sekunde später stürmte sie zum Treppenhaus und hoffte, das nächste Stockwerk zu erreichen, auf dem andere Unternehmen untergebracht waren. Sie kümmerte sich nicht um die erstaunten Blicke ihrer Kollegen und eilte weiter. Ihr Blick war auf die große weiße Tür am Ende des Korridors neben den Aufzügen gerichtet.

Sie erreichte die Tür, drückte den Griff herunter und presste die linke Schulter gegen die Metalltür.

Als sie im Treppenhaus ankam, lief sie drei kräftigen Sicherheitsbeamten mit breiten Schultern direkt in die Arme.

»Wohin so eilig?«, fragte einer von ihnen.

»Bitte, helfen Sie mir ...«, stammelte sie. »Jemand hat versucht, mich zu vergewaltigen ...«

Der Wachposten schaute seine Kollegen an. »Vergewaltigen? Ach«, sagte er lächelnd. »Mr Rossini wollte nur ein bisschen Spaß mit Ihnen haben.«

Victorias Mund war pulvertrocken. Mutlosigkeit stieg in ihr auf. Sie drehte sich um und lief Rossini in die Arme. Jetzt saß sie in der Falle.

»Mein Gott! Bitte ... tun Sie mir nichts ...«

»Warum hat das so lange gedauert?«, fragte Rossini keuchend.

»Wir sind sofort losgerannt«, erwiderte der Wachmann.

»So«, sagte Rossini, der sich Victoria Ryan zuwandte. Sein Gesicht war vom Tritt schmerzverzerrt. »Und wir machen jetzt einen kleinen Ausflug.«

»Der Van steht vor der Tür, Sir.«

»Bringt sie weg«, sagte Rossini. »Ich kümmere mich später um sie.«

Einer der Wachmänner drückte Victoria von hinten ein weißes Tuch aufs Gesicht. Victoria fuchtelte mit den Armen durch die Luft, jedoch vergebens. Ihre Nasenflügel brannten, und dann verschwamm alles vor ihren Augen. Sie bebte am ganzen Körper. Ehe sie allmählich die Besinnung verlor, spürte sie den Geschmack ihres eigenen Blutes auf der Zunge, und ein beißender Geruch stieg ihr in die Nase. Ihr letzter Gedanke, bevor ihr gänzlich die Sinne schwanden, galt Mike. Victoria betete im Stillen, dass er es irgendwie geschafft hatte, rechtzeitig zu verschwinden.

7.

Mike fluchte, als er das Telefon in die Halterung steckte und im Porsche durch Austin jagte. »Diese Schweine! Diese verdammten Schweine!«

»Was haben die Ihnen gesagt?«, fragte Karen, die auf dem Beifahrersitz saß.

»Dass Victoria im Moment nicht abkömmlich ist und nicht ans Telefon kommen kann. Diese Schweine!«

»Sie haben Victoria in ihrer Gewalt, Mike.« Karen rieb ihre pochenden Schläfen. Der junge Informatiker tat ihr schrecklich Leid. Außerdem fühlte sie sich schuldig, was sie aber niemals zugegeben hätte. Sie hatte die Ryans in diese Situation gebracht. Sie hatte den Feind über ihre Verbindung zu den Ryans aufgeklärt, indem sie die elektronische Spur auf ihrem Laptop hinterlassen hatte. Die FBI-Agentin fragte sich, ob sie für diesen Job nicht mehr geeignet war. War sie zu alt und unvorsichtig geworden? Karen Frost wusste noch immer nicht, wie die Killer sie in der letzten Nacht aufgespürt hatten.

»Was ... was werden sie mit ihr tun?«, stammelte Mike.

»Sie bringen sie an einen geheimen Ort und halten sie dort gefangen.«

»Ich suche sie«, sagte Mike, der um die Ecke bog und auf das Gebäude der Capitol Bank zuhielt.

»Dazu ist es zu spät. Auf diese Weise können Sie ihr nicht helfen. Sie ist nicht mehr da.«

»Wie können Sie so sicher sein?«

»Ich weiß, wie Verbrecher operieren. Ihre Frau hält sich nicht mehr in der Capitol Bank auf.«

Mike schlug aufs Lenkrad. »Ich *muss* doch irgendwas tun! Verdammt! Sie haben meine Frau gekidnappt! Ich kann doch nicht einfach hier sitzen und Däumchen drehen.«

»Wenn Sie jetzt in die Capitol Bank rennen, werden Sie ebenfalls gekidnappt. Und dann wird man Sie beide aus dem Weg räumen. Solange Sie noch auf freiem Fuß sind, hat Ihre Frau eine Chance, am Leben zu bleiben.«

»Warum?«

»Weil sie Victoria als Köder benutzen werden, um Sie in eine Falle zu locken.«

»Eine Falle?«

»Selbst meine Agenten sind schon in deren Fallen getappt. Manchmal werden Informanten oder sogar Agenten als Köder benutzt.« Karen schloss kurz die Augen. Sie sah wieder den entstellten Leichnam von Dave Nolan im Geiste vor sich.

»Und was passiert inzwischen mit ihr?«

»Vermutlich wird sie verhört.«

Mike fuhr an den Bordstein. Er konnte sich nicht mehr auf den Verkehr konzentrieren. »Verhört?« Mike ballte die Hände. Tränen traten ihm in die Augen. »*Warum?* Sie weiß doch gar nichts. *Ich* bin in ihr Netz eingedrungen. *Ich* habe an ihren Videokameras herumgebastelt! *Ich* habe sie überredet, mit mir nach Austin zu ziehen. Vic hat mir heute Morgen lediglich mehr Infos über ihre Konten besorgt.«

»Konten?«

»Ja«, sagte Mike, der vor Wut beinahe in Tränen ausgebrochen wäre. »Letzte Woche habe ich mir Informationen über SoftCorp-Konten bei der Capitol Bank beschaffen können. Dort legen sie die Gelder an, die sie vom IRS bekommen. Heute Morgen hat Victoria zusätzliche Infos beschafft. Es gibt Verbindungen zwischen den Konten bei der Capitol Bank und Konten in Übersee. Vic glaubt, dass das Geld dorthin überwiesen wird. Ich habe nur eine Möglichkeit, Victoria zurückzubekommen.«

»Und welche?«, fragte Karen.

»Wenn dir jemand etwas nimmt, das du sehr liebst, gibt es nur eine Möglichkeit, es zurückzubekommen. Du musst *ihnen* etwas wegnehmen, an dem sie sehr hängen und es zum Tausch anbieten.«

Das war nicht von der Hand zu weisen. Obwohl dieser junge Bursche von seinen Gefühlen fast überwältigt wurde, behielt er kühlen Kopf.

»Sie sind auf der richtigen Spur. Aber was können Sie denen wegnehmen?«

Mike weihte sie in seinen Plan ein. »Alles, was ich brauche, ist eine Hochgeschwindigkeitsleitung und das hier.« Er zog einen winzigen Computer aus seiner Jackentasche, den er Karen zeigte.

»Was ist darauf gespeichert?«

»Die Infos über die Bankkonten«, erklärte ihr Mike, der den Wagen wieder in den Verkehr einfädelte. »Ich treffe sie da, wo es am meisten schmerzt.«

Karen nahm Mikes Handy.

»Wen wollen Sie anrufen?«

»Wir brauchen Verstärkung. Wenn Sie denen das Geschäft vorschlagen und einen Termin zur Übergabe vereinbaren, brauchen wir Unterstützung.«

Russell Meeks Anschluss klingelte dreimal, ehe er abhob.

»Ja?«

»Russ, hier ist Karen Frost. Wir haben Probleme in Austin.«

»Karen? Mein Gott! Von wo rufen Sie an?«

»Das tut nichts zur Sache. Ich habe ein Problem.«

»Scheiße! Das musste ja so kommen! Ich habe Sie und Palenski gewarnt! Verdammt! Wenn ich die Operation doch nur abgebrochen hätte, als noch Zeit war ...!«

Karen runzelte die Stirn. »Wie meinen Sie das?«

»Die Bullen, Karen! Mein Gott! Sie haben Polizeibeamten getötet! Der Kongress und das Weiße Haus liegen mir in den Ohren. Den ganzen Tag rufen die Presse und das Fernsehen bei mir an, um eine Stellungnahme von mir zu bekommen.«

»Jetzt mal ganz ruhig, Russ. Wovon reden Sie? Wer behauptet, ich hätte Polizisten umgelegt?«

Mike schüttelte den Kopf. Karen zeigte auf die Straße, damit er sich auf den Verkehr konzentrierte.

»Wo waren Sie? Alle Nachrichtensender berichten groß und breit darüber. Sie haben letzte Nacht drei Polizeibeamten getötet. Und den Berichten zufolge wurden die Männer nicht einfach erschossen. Nein, sie wurden mit Schüssen in den Hinterkopf regelrecht hingerichtet! Und all die Drogen, die in Ihrer Wohnung gefunden wurden ... mein Gott! Und um dem Ganzen die Krone aufzusetzen, haben Sie zuletzt die Granate gezündet, um Ihre Spuren zu verwischen ... Was, in Gottes Namen, wollten Sie damit bezwecken? Diesmal sind Sie entschieden zu weit gegangen!«

Die FBI-Agentin konnte dem stellvertretenden Direktor nicht folgen. »Hören Sie mir mal zu, Russ. Letzte Nacht wurde ein Mordanschlag auf mich verübt. Ich habe drei Killer erschossen, um mein Leben zu retten, und keiner von ihnen hat sich als Polizeibeamter identifiziert. Das waren Killer, Russ, Profis, und ihre Verstärkung war schon im Anmarsch. Nachdem ich die ersten ausgeschaltet hatte, rückten die nächsten an, die mich mit einer Granate aus dem Weg räumen wollten. Ich bin aus dem Fenster gesprungen und in den Wald geflüchtet. Nachdem ich mich im Gestrüpp versteckt hatte, verlor ich das Bewusstsein. Ich war total erschöpft. Heute Morgen kam ich zu mir. Auch wenn die Medien etwas anderes berichten – genau *das* ist passiert.«

»Es geht nicht um die Medien, Karen. Die Polizei in Austin

hat Beweise. Wie erklären Sie sich den Bericht der kriminaltechnischen Untersuchung, den wir vor zwei Stunden aus Austin erhalten haben? Die Kugeln, mit denen die Polizisten getötet wurden, stammen aus Ihrer Desert Eagle Magnum. Und Ihre Fingerabdrücke – *ausschließlich* Ihre Fingerabdrücke – sind auf der Waffe.«

»Ich habe die Waffe beim Sturz aus dem Fenster verloren. Das ist ein abgekartetes Spiel, Russ. Die wollen mir was anhängen, damit mir der Fall entzogen wird.«

»Tut mir Leid, aber ich kann nichts für Sie tun. Sie sollten sich der Polizei stellen. Anschließend suchen wir eine Lösung.«

»Mich stellen? Sind Sie verrückt geworden?«

»Wenn Sie nicht aufhören ...«

»Wenn ich mich stelle, werde ich in meiner Zelle getötet. Die werden einen Selbstmord inszenieren.«

»Sie sind ja verrückt. Das FBI wird für Ihren Schutz sorgen.«

»Das FBI konnte Palenski und Nolan auch nicht retten, Russ! Wie wollt ihr mich denn beschützen?«

Russell Meek seufzte. »Sie glauben noch immer, dass Palenski ermordet wurde?«

»Was glauben Sie denn?«

»Ich glaube, Sie haben allerhand Vermutungen und keinen einzigen Beweis.«

»Ich arbeite daran, verdammt! Ich brauche mehr Zeit, und ich brauche Ihre Hilfe.«

»Ihre Zeit ist abgelaufen. Ich kann nichts mehr für Sie tun.«

»Wenn Sie Beweise wollen, brauche ich Ihre Hilfe.«

»Tut mir Leid. Diese Phase haben wir hinter uns. Der Kongress und das Weiße Haus bombardieren mich mit Anrufen. Sie drohen, das FBI völlig umzukrempeln und unser Budget drastisch zu kürzen, wenn Sie sich nicht stellen.«

Karen traute ihren Ohren nicht. »Würden Sie über den Wahrheitsgehalt meiner Angaben nachdenken, wenn ich Ihnen Beweise für eine Verschwörung ungeahnten Ausmaßes bringe?«

Meek schwieg einen Moment, ehe er antwortete. »Ja, aber wie ...«

»Lassen Sie das meine Sorge sein. Sie müssen nur hart bleiben und dürfen mit niemandem darüber sprechen. Das Killerkommando, das letzte Nacht auf mich angesetzt wurde, kann meinen Aufenthaltsort nur von einem Insider erfahren haben. Ich weiß genau, dass ich nicht verfolgt wurde.«

»Was sagen Sie da?«

»Jemand aus Washington muss meinen Aufenthaltsort verraten haben.«

»Wie können Sie so sicher sein?«

»Einer der Killer hat es mir gesagt, bevor er gestorben ist.«

»Ohne Beweise läuft hier gar nichts mehr.«

»Ich bringe Ihnen die Beweise.«

»Bitte, Karen, denken Sie über mein Angebot nach. Ich kann sofort ein Agententeam losschicken, das Sie sicher hierher zurückbringt. Wollen Sie meine Hilfe wirklich ablehnen? Wenn die Polizei in Austin Sie zuerst schnappt, kann ich nicht mehr für Ihren Schutz garantieren. Polizisten gehen mit Polizistenmördern sehr unsanft um.«

Karen schloss die Augen und fragte sich, wie der Fall so sehr außer Kontrolle geraten konnte. »Ich brauche Agenten, die mir bei meinen Ermittlungen helfen.«

»Beweise, Karen. Ich brauche mehr als nur Ihr Wort. Die Beweise gegen Sie sind erdrückend.«

Karen kniff die Augen zusammen. Es hatte keinen Zweck, das Gespräch fortzusetzen. »Ich melde mich«, sagte sie, ehe sie auflegte und sich mit Daumen und Zeigefinger über den Nasenrücken strich.

»Was hat das zu bedeuten?«

»Sie müssen so schnell wie möglich Ihren Computer einschalten.«

Mike nickte.

»Haben Sie eine Idee, wo Sie die Geräte anschließen können?«

»Überlassen Sie das mir.«

»Wie lange wird es dauern?«

»Das ist das Gute an meinem Job«, sagte Mike. »Wir messen die Zeit in Nanosekunden. Es dauert nicht lange.«

8.

Orion Yanez, der im Schaukelstuhl hin- und herwippte, verschluckte sich fast an seinem Kaffee.

»Was haben Sie gesagt?«, brüllte er.

»Bra... brasilianische Gelder, Sir«, erwiderte sein Buchhalter, ein untersetzter Mann Mitte fünfzig, der sich seit fast zehn Jahren um Orions Konten in Übersee kümmerte. Er war aschfahl, und seine Hände zitterten. Der übervorsichtige Orion Yanez wickelte diese Geschäfte nicht über die Capitol Bank ab. Die Aufgaben des Kreditinstituts in Austin beschränkten sich darauf, das Geld aus dem Land zu schaffen und auf bestimmte Konten zu überweisen. Anschließend übernahm Orions Buchhalter die Kontrolle über die ausländischen Konten. »Jemand hat das Guthaben von sechs Konten umgebucht.«

»Was?«

»Das Geld ...«

»Wohin?«

»Ich ... weiß es nicht.«

»Wie viel?«

»Hundertzwanzig Millionen Doll...«

Orion sprang auf, packte seinen Mitarbeiter am Kragen und wuchtete ihn gegen die Mauer. »Was geht hier vor, zum Teufel? Wo ist das Geld?«

Orions Bodyguards stürmten auf die Terrasse, als sie das Geschrei hörten, und traten sofort einen Schritt zurück. Niemand wollte dem Kubaner zu nahe kommen, wenn er einen Wutanfall hatte.

»Ich habe die Konten routinemäßig überprüft und die Umbuchungen entdeckt. Die Passwörter stimmten überein ...«

»Das will ich sehen!«, brüllte Orion, der den Buchhalter losließ und ins Haus rannte.

9.

Mike loggte sich aus, nachdem er rasch einen Blick in die Vermögensverhältnisse der Verbrecherorganisation geworfen hatte. Es war ihm gelungen, zu Konten in verschiedenen Ländern durchzudringen. Vor einer halben Stunde war er mit der FBI-Agentin in dem Clubhaus in seinem Wohnviertel eingetroffen. Mike hatte den Ort vorgeschlagen, weil er weit genug von seinem Haus entfernt war, das mit Sicherheit überwacht wurde. An einem Montagvormittag war in dem Clubhaus nichts los.

Karen und Mike hatten zwei Kisten mit VR-Hardeware in das Büro auf der Rückseite des Gebäudes geschleppt. Mike brauchte nur wenige Minuten, um die Geräte an dem ISDN-Anschluss anzuschließen, bevor er sich einloggte. Die Informationen über die Konten, die Victoria ihm gemailt hatte, waren sein Polarstern, sein Kompass, der ihn von den Konten bei der Capitol Bank ins überseeische Nirwana führte. MPS-Ali übernahm den Rest. Sein Agent schnappte nicht nur nach altbewährter Methode die Passwörter auf, sondern lieferte auch den Namen des Inhabers. Nachdem er das Konten-Portal erreicht hatte, kümmerte sich MPS-Ali um alles Weitere. Er löste einen Alarm aus, um den Sicherheitsagenten des Netzwerks zu ködern. Dann schnappte er ihre Passwörter auf, ehe er sie mit einem Schlafvirus infizierte. Wie bei den vorherigen Einbrüchen ins Netz von SoftCorp konnte Mike nur so lange arbeiten, bis der rechtmäßige Inhaber ihn unterbrach und umgehend die Passwörter änderte. Dadurch wurde ihm der Zugang ins Internet verweigert, und die Bankangestellten mussten den Kontoinhaber kontaktieren, damit er die beabsichtigten Transaktionen bestätigte. Der einfallsreiche Mike Ryan hatte dieses Einschreiten jedoch genutzt und die E-Mail-Adresse des Kontoinhabers abgefangen. Das war von allergrößter Bedeutung für die nächste Phase seines Plans, seine Frau zurückzubekommen. Als er die E-Mail-Adresse hatte, schickte er MPS-Ali zu dem entsprechenden Internet-Provider, um den Namen des Inhabers zu erhalten: Orion Benjamin Yanez.

»Das war's?«, fragte Karen Frost Michael Ryan, nachdem er ihr alles erklärt hatte.

Mike nickte, zog die Diskette aus dem Schlitz und steckte sie ein. »Erstaunlich, was man mit den richtigen Informationen und der entsprechenden Cyber-Hilfe alles anstellen kann. Hier ist alles drauf.«

»Was kommt nun?«

»Jetzt schicken wir Mr Yanez eine Nachricht.«

10.

Als Orion ins Büro seines Buchhalters kam und auf die Informationen auf dem Monitor starrte, waren noch vierzehn weitere Bankkonten geplündert worden. Eins in Brasilien, eins in Mexiko, einige auf den Cayman Islands und sogar ein Konto bei der Capitol Bank in Austin, auf dem Rossini Gelder vorübergehend verbuchte.

Orion wurde schwindelig. Der Raum drehte sich um ihn. Jemand hatte es geschafft, sich sein Geld unter den Nagel zu reißen.

»Können Sie das aufhalten?«

»Das habe ich!«, sagte der Buchhalter, der mit zitterndem Finger auf die neuen E-Mail-Nachrichten auf dem Monitor zeigte. »Die anderen Banken haben den Zugriff bereits für jeden verweigert, der nicht im Besitz der neuen Passwörter ist. Ich habe angeordnet, dass alle Transaktionen vorläufig telefonisch oder per Fax von hier aus bestätigt werden müssen. Das habe ich alles in der E-Mail geschrieben, die ich wegschickte, bevor ich zu Ihnen kam.«

Orion las die E-Mail durch und klopfte seinem Mitarbeiter auf den Rücken. »Ich muss mich bei Ihnen entschuldigen, mein Freund. Sie haben gut reagiert. Können wir die verlorenen Gelder zurückbekommen?«

Der Buchhalter schüttelte den Kopf. »Wir können versuchen, das Geld aufzuspüren, aber es wird vermutlich durch zahlreiche Kanäle geschleust. Zum Glück konnten wir wenigstens die anderen retten.«

Orion atmete tief ein. Sein Buchhalter hatte schnell reagiert. Es war nicht seine Schuld, sondern die eines anderen. Aber wessen? Nur Orion und sein Buchhalter kannten die Passwörter. Sonst niemand.

»Wie viel haben wir verloren?«

»Auf den zwanzig Konten waren rund siebeneinhalb Milliarden Dollar. Das ist ungefähr ...«

»Ich weiß«, sagte Orion. Sein Vermögen auf Konten in Übersee betrug um die dreizehn Milliarden Dollar. Er besaß innerhalb der Vereinigten Staaten rund sechs bis sieben Milliarden Dollar, die in Dutzenden von Unternehmen wie SoftCorp und der Capitol Bank feststeckten. Er brauchte das Geld aus Übersee für sein Geschäft mit den Russen. Darum musste er es *unbedingt* zurückbekommen.

Orion starrte auf die E-Mails. Banken auf den Cayman Islands, den Bahamas, in Mexiko, Kolumbien und sogar der Schweiz hatten bereits die Kontostände bestätigt und die Passwörter für die Nummernkonten geändert.

»Was ist das da?«, fragte Orion, der auf die letzte E-Mail auf der Liste zeigte.

Der Buchhalter schüttelte den Kopf. »Die ist von keiner Bank.«

»Öffnen Sie die Mail.«

Der Buchhalter öffnete die Mail, und einen Moment später stieß Orion Yanez einen lauten Schrei aus. »Esteban! Ich muss sofort mit Esteban sprechen!«

Als der Buchhalter die Nummer wählte, las Orion die E-Mail noch einmal durch.

An: Orion B. Yanez
Von: Michael Ryan
Betrifft: Victoria Ryan
Sie müssen mir nun Ihre Aufmerksamkeit schenken, denn ich habe Ihr Geld. Wenn Sie es zurückhaben wollen, müs-

sen Sie mir meine Frau zurückgeben. Sollten Sie ihr ein Haar krümmen, verlieren Sie das Geld, das ich von Ihren Konten abgebucht habe. Details für das Treffen folgen in Kürze.

»Esteban ist am Apparat.«

Bevor Orion sich den Hörer ans Ohr presste, fragte er den Buchhalter: »Können Sie die E-Mail zurückverfolgen?«

Er nickte. »Ich arbeite bereits daran.«

11.

Haben Sie jetzt genügend Beweise?«, fragte Mike, der den Helm in der rechten Hand hielt und sich mit der linken über die Augen rieb.

Karen sah sich die Informationen und E-Mails an, die Mike gerade im Clubhaus-Büro ausgedruckt hatte.

»Was wir hier haben«, sagte sie kurz darauf, »sind lediglich Informationen über Übersee-Konten und der Name Orion Yanez. Das ist eine Spur, Mike, aber kein Beweis. Wir müssen die Spur verfolgen, um Beweise zu bekommen.«

Mike biss die Zähne zusammen. »Und wie bekommen wir Verstärkung für die Übergabe?«

Karen schaute aus dem Fenster auf den großen Swimmingpool und die Tennisplätze. »Wenn ich meine Leute jetzt anrufe, wäre das nicht gut für uns. Ich muss ihnen handfeste Beweise liefern.«

Mike setzte sich den Helm wieder auf.

»Was haben Sie vor?«

»Ich werde Ihnen den verdammten Beweis bringen.«

»Halten Sie sich nicht zu lange damit auf.« Karen Frost zeigte auf die Geräte und folgte mit dem Zeigefinger dem Telefonkabel von der Rückseite des Computers bis in die Wand. »Sie wissen bereits, dass jemand sie erpressen will. Wenn sie clever sind, verfolgen sie die Verbindung zurück und schicken ein Killerkommando hierher.«

»Behalten Sie die Gegend im Auge. Es dauert noch ein paar Minuten. Ich muss schnell etwas überprüfen.«

»Wohin geht Ihre Reise diesmal?«

»An einen ganz speziellen Ort. Hier. Nehmen Sie den Block und Bleistift und schreiben Sie alles auf, was ich Ihnen diktiere.«

»Warum?«

»In dem Gebiet, in dem ich mich jetzt herumtreibe, kann ich keinen Datentransfer vornehmen. Ich kann mir die Dateien nur ansehen und Ihnen die Informationen diktieren.«

Mike umkreiste mit MPS-Ali an seiner rechten Seite die äußeren Planeten seines VR-Systems.

Er steuerte auf die Sonne in der Mitte seines Cyber-Sonnensystems zu und sauste an den äußeren Planeten und dem Asteroidenring vorbei in die innere Welt.

Als er an einem explosiven Mond vorbeikam, der zu einem inneren, magentaroten Planeten gehörte, erhielt er von MPS-Ali eine Warnung. Jemand hatte seine Reise durch diese VR-Matrix aufgedeckt. Eine Überprüfung enthüllte den User Agi Maghami. Sein ehemaliger Chef überwachte vermutlich auf Anordnung von Wittica und Shapiro die Cyber-Funkwellen, um einschreiten zu können, falls Mike seine VR-Hardware benutzte, die er heute Morgen in den Wagen geladen hatte.

Mike entdeckte die violett-goldene Gestalt, die den Nebelschleier durchdrang, der den explosiven Mond umgab. MPS-Ali schützte sich und Mike unverzüglich durch einen Softwareschutz, sodass kein Virus sie infizieren konnte. Gleichzeitig feuerte MPS-Ali einen Erstarrungsvirus auf Maghami, doch der indische Programmierer hatte bereits ähnliche Vorkehrungen getroffen.

Mike runzelte die Stirn. Maghami konnte ihn zwar nicht angreifen, aber er konnte ihm folgen und jeden über Mikes Netzwerkaktivitäten informieren. Dieser Gedanke gefiel Mike gar nicht. Wittica und Shapiro sollten nicht erfahren, dass er sich Zugang zu den geheimen Dateiverzeichnissen des IRS verschaffen konnte.

Mike musste Maghami ablenken, um ihn im VR-Sonnensystem abzuschütteln, bis er das Netz der Finanzbehörde betreten hatte.

Anstatt die Flugbahn fortzusetzen, umkreiste Mike noch einmal den Mond und flog auf seinen Planeten mit den magentaroten Schatten zu. Jetzt wuchs aus dem Schatten eine riesige Metropole. Nach Angaben von MPS-Ali repräsentierte sie den Strafvollzug des Staates Texas. Der verschleierte Mond, der diesen Planeten umkreiste, symbolisierte die Gefängnisse.

Mike flog zwischen den Gebäuden hindurch und zog Maghami in eine detaillierte 3-D-Welt. Der technische Leiter versank in einem VR-Szenario. Aufgrund des jetzt erheblich größeren Rechenaufwandes zur Darstellung der VR-Welt sank die Frame-Rate. Dazu kam die minimale Latenz, eine geringe Verzögerung zwischen der Kopfbewegung des Users und der Reaktion des Systems auf die Bewegung. Das war eine Grundvoraussetzung für die Orientierung in der VR-Welt, um nicht gegen eine »Wand« zu fliegen, nur weil man sich umsah.

Maghami war gegen alle Viren geschützt, die Mike direkt auf ihn feuern konnte. Gegen einen örtlich begrenzten Wechsel der Parameter in Mikes VR-Welt war sein Vorgesetzter hingegen ohne Schutz.

Auf Mikes Befehl ließ MPS-Ali eine ballongroße Wolke los, etwa zwanzig Mal so groß wie er, und verband die Mitte mit Maghamis User-ID. Die Wolke, die Mikes ehemaligen Vorgesetzten verschluckte, stellte eine Veränderung der programmierten Frames pro Sekunde und der Verzögerungs-Parameter von Mikes VR-System dar. Sie reduzierte die Frames pro Sekunde vom Standard von zwanzig auf nur noch acht und veränderte die Reaktion der Umgebung rund um Maghami. Gleichzeitig erhöhte Mike Maghamis Latenz von dem Standard von 0,05 Sekunden auf eine Sekunde. Wenn Maghami den Kopf drehte, um sich umzuschauen, nahm er die Szenerie wie einen Film in Zeitlupe wahr, dem die flüssige Bildfolge fehlte. Außerdem stimmte die Information, die sein Gehirn aufgrund seiner Kopfbewegung in Übereinstimmung mit dem Bogengang seines inneren Ohrs bekam, nicht mehr mit dem Bild überein, das sich seinen Augen bot. Dadurch wurde heftige Übelkeit hervorgerufen.

Die Wolke, die Maghami verschluckte, trat sofort in den Hintergrund, wo sie dreißig Sekunden verharrte. Dann wich sie noch weiter zurück, bis sie nur noch als Punkt zu sehen war. Schließlich informierte ihn MPS-Ali, dass Maghami sich ausgeloggt hatte.

12.

Ron Wittica und Aaron Shapiro traten zurück, als Maghami sich den Helm vom Kopf riss und sich erbrach.

»Was ist los?«, rief Shapiro.

»Dieses Schwein«, stammelte Maghami, der von Krämpfen geschüttelt wurde. »Tut mir Leid. Er hat mich ausgetrickst.«

Wittica sah seinen Mitarbeiter verächtlich an. »Wie hat er das denn geschafft?«

»Er hat die Parameter verändert ...« Maghami richtete sich auf und wischte sich mit dem Hemdsärmel das Erbrochene vom Mundwinkel. »Das Schwein hat die Latenz verändert ... die Frames pro Sekunde.«

Wittica erinnerte sich an die Erklärungen, die er während des Testlaufs von Mike erhalten hatte. Jetzt begriff er, wie Mike diese Möglichkeit der Manipulation zu seinem Vorteil genutzt hatte. Der Junge war clever, aber nicht clever genug. Esteban, Hausser und zwei Männer des Sicherheitsdienstes waren unterwegs zum Clubhaus in Lakeway. Sie hatten Mike geortet, den Urheber dieser Cyber-Attacke. Der Wachposten, der das Haus der Ryans bewachte, hatte bereits vor dem Clubhaus Stellung bezogen und wartete auf den Rest des Killerkommandos. Diesmal war Esteban fest entschlossen, keine Fehler zu machen.

»Wo haben Sie ihn verloren?«, fragte Wittica.

»In den inneren Planeten«, erwiderte Maghami, der den Helm wieder aufsetzte. Sekunden später riss er sich den Helm erneut vom Kopf. Er rieb sich über die Augen und kämpfte gegen die Übelkeit an. »Ich kann nicht sehen, wohin er geht.«

»Lassen Sie mich mal versuchen«, sagte Wittica.

Er sah eine bunte Stadt auf dem Monitor. Aufgrund der ruckartigen Reaktion des Systems war es schwierig, das Gebiet nach Hinweisen auf Michael Ryan zu überprüfen. Sein Magen verkrampfte sich. Von der Verzögerung zwischen seinen Kopfbewegungen und der Szenerie auf dem Monitor wurde ihm übel. Er hielt eine Minute durch, ehe er den Helm abzog und an einer Tischkante Halt suchte. Alles drehte sich vor seinen Augen.

»Dieser Scheißkerl«, brüllte Wittica. Jetzt mussten sie sich auf Esteban und Hausser verlassen. Hoffentlich hatten sie mehr Glück.

13.

Als Agi Maghami aus Mikes Blickfeld verschwand, nahm er seine Flugbahn in Richtung Sonne wieder auf. MPS-Ali lieferte ihm ein Passwort nach dem anderen und schützte sie vor der virtuellen Hitze und der feindlichen Umgebung, die sie gerade betreten hatten. Der Cyber-Agent war auf der Suche nach allem, was mit Orion Benjamin Yanez in Verbindung stand. Es dauerte nicht lange, bis er mit einer Adresse in Virginia zurückkehrte. Orion Yanez war ein stinkreicher Mann. Er besaß mehrere Unternehmen, zu denen auch SoftCorp und die Capitol Bank gehörten. Bei der Finanzbehörde war Mr Yanez nicht auffällig geworden. Er hatte innerhalb von fünfzehn Jahren aus dem Nichts ein Imperium geschaffen und jedes Jahr gewissenhaft seine Steuern gezahlt. Eine Überprüfung von SoftCorp und der Capitol Bank enthüllte auch nichts Ungewöhnliches. Mike wusste aufgrund seiner vorherigen Hackeraktivitäten jedoch, dass das Hightechunternehmen viel mehr Geld verdient hatte, als es angab.

Daher war er nicht besonders überrascht, als MPS-Ali versteckte IRS-Dateiverzeichnisse beider Unternehmen entdeckte, für deren Zugang zusätzliche Passwörter verlangt wurden, die Olson nicht kannte. MPS-Ali wurde wieder aktiv. Er löste Alarm aus, ließ Sicherheitsagenten in der Gestalt leuchtender Figuren aufmarschieren und schnappte ihre Passwörter auf, ehe er sie zu Wachsstatuen einfror, die nicht mehr in der Lage waren, ihre Programme auszuführen.

Jetzt fand Mike die Beweise, die Karen brauchte, nämlich

die große Diskrepanz zwischen SoftCorps angegebenen Einnahmen und der Realität. Die Finanzbehörde hatte SoftCorp hohe Summen für seine technischen Dienste gezahlt. Dabei war nur ein Bruchteil durch die normalen Kanäle geflossen und dem IRS offiziell gemeldet worden. Das war der Bereich, den die Finanzbeamten und Steuerprüfer wie Gam Olson kontrollierten. In dem versteckten Dateiverzeichnis fand Michael Ryan die Wahrheit, und die einzige Person, die berechtigten Zugang dazu hatte, war ein Mann namens Jason Myrtle, Direktor der Finanzbehörde in Austin. Mike gab alles, was er sah, an Karen Frost weiter: Passwörter, Rechnungen, Überweisungen, Namen und Daten.

Er war fast fertig, als Karen an seinem Hemd zog. Mike riss sich den Helm vom Kopf.

»Wir haben Gesellschaft«, sagte Karen, die den Zettel mit den Informationen, die Mike ihr diktiert hatte, zusammenfaltete und in die Tasche steckte.

»Wer?«

Karen zeigte aus dem Fenster. Ein dunkler Pkw, dem ein zweiter Wagen folgte, fuhr auf den Parkplatz vor dem Clubhaus. Aus dem ersten Wagen stieg ein Mann aus. Aus dem zweiten Wagen stiegen vier Männer, zu denen auch der blonde Riese gehörte.

»Hat das Clubhaus einen Hinterausgang?«

Mike nickte. Gail, die Immobilienmaklerin, hatte ihnen bei der Suche nach dem richtigen Haus alles gezeigt. »Ja, aber ich muss schnell noch etwas erledigen, ehe wir abhauen«, sagte Mike, der auf die Tastatur des Computers hämmerte, der mit der VR-Hardware verbunden war.

»Was haben Sie vor?«

»Ich lösche mein Internet-Protokoll, um etwas Zeit für uns herauszuschlagen.«

14.

Esteban Yanez stieg aus dem Wagen. Todd Hausser folgte ihm mit zwei seiner Killer. Weil die Nachmittagssonne sich auf den Fenstern des Clubhauses spiegelte, konnte man nicht hineinsehen. Den Informationen zufolge, die sie vor einer Viertelstunde erhalten hatten, hielt Michael Ryan sich hier auf. Er hatte den ISDN-Anschluss des Clubhauses benutzt, um einige Konten seines Onkels zu plündern.

Der Informatiker war tatsächlich vor Ort. Sein roter Porsche stand vor der Eingangstür des Clubhauses.

Esteban zog sein Handy aus der Tasche und wählte Shapiros Nummer.

»Haben Sie ihn gefunden?«, fragte der Unternehmer mit angespannter Stimme.

»Wir sind in Position. Ist er noch im Netz?«, fragte Esteban.

»Ja. Er ist noch online, aber wir wissen nicht, wo er sich herumtreibt. Sie müssen ihn daran hindern, tiefer ins Netz einzudringen.«

»Wird gemacht.« Esteban beendete das Gespräch und zeigte auf Hausser und einen seiner Kollegen. »Er ist noch drin. Kommen Sie mit.« Dann zeigte er mit dem Handy auf die beiden anderen Bodyguards. »Sie gehen zur Rückseite des Hauses und stellen sicher, dass er nicht durch den Hinterausgang entwischt. Wir brauchen ihn lebend. Vergessen Sie das nicht.«

Die beiden Männer liefen um die Ecke zum Hinterausgang.

Nachdem Esteban einen Blick über den leeren Parkplatz geworfen hatte, näherte er sich vorsichtig dem Clubhaus. Hausser und sein Kollege folgten ihm. Sie stiegen die Stufen zur Veranda hinauf und versuchten, die Tür zu öffnen. Sie war nicht verschlossen.

Esteban zog seine Seitenwaffe, betrat das Haus und lief durch die Eingangshalle zur ersten Tür.

Es war ein Konferenzraum, in dem sich niemand aufhielt. Anschließend gingen alle drei hintereinander zum nächsten Raum. Esteban trat die Tür ein und stürzte in das Büro. Auf dem Schreibtisch standen ein Computer und andere Geräte.

»Das sind die Geräte von Mike Ryan!«, rief Hausser. »Die Sachen habe ich in seinem Labor bei SoftCorp gesehen.«

»Mierda!«, fluchte Esteban, der auf den flackernden Monitor starrte. »Trennt euch! Sucht das ganze Haus ab!«

15.

Karen und Mike hatten kaum die Bäume hinter dem Clubhaus erreicht, als sie die beiden Männer sahen, die um die Ecke bogen und zum Hinterausgang liefen. Zum Glück wuchsen hier dichte Sträucher, hinter denen sie sich verstecken konnten. Sie hatten das Büro buchstäblich in allerletzter Minute verlassen.

»Pssst«, flüsterte Karen, die ihren .45er Colt zog und entsicherte.

Die beiden Unbekannten in den eleganten Anzügen schoben das Tor im Gartenzaun auf und traten auf die Holzplanken, die den Swimmingpool begrenzten. Die Haltung der Killer ließ darauf schließen, dass sie beim geringsten Hinweis auf Mikes Anwesenheit die Waffen ziehen würden. Einer von ihnen blieb vor den schmiedeeisernen Gartenmöbeln neben dem Pool stehen und sah sich um, ehe er sein Funkgerät aus der Tasche zog und es sich vor den Mund hielt.

Das leise Rauschen des Windes und das Brummen der Wasserpumpe drangen ihnen ins Ohr. Blätter rieselten auf sie hinab und wirbelten vor ihren Füßen durch den Luft.

»Es hat funktioniert. Sie glauben, wir sind noch im Gebäude«, sagte Mike, der ein Script auf dem Computer hinterlassen hatte. Es handelte sich um eine Sequenz von Befehlen, die in einer Schleife durchliefen und den Eindruck erweckten, jemand würde noch in dem System arbeiten.

»Stimmt«, sagte Karen. Die beiden Männer stellten sich

links und rechts von der Tür auf, die vom Clubhaus zum Swimmingpool führte. »Jetzt nichts wie weg hier.«

Mike nickte und wich vorsichtig zurück. Karen richtete ihre Waffe auf die Gestalten vor dem Hintereingang, bis die beiden aus ihrem Blickfeld verschwanden und sie weiter in den Wald eingedrungen waren.

»Was ist mit meinem Wagen?«, fragte Mike, der an Karens Seite den Berg hinunterstieg.

»Vergessen Sie ihn. Er hat Ihnen nie richtig gehört.«

Als sie etwa dreihundert Meter hinter sich gelassen hatten, hörte Karen die lauten Rufe der Männer.

»Ich glaube, sie haben Ihren Trick gerade durchschaut.« Karen musste an ihre Flucht vor den Killern in Rubakers Haus in der letzten Woche denken.

»Werden sie uns verfolgen?«, fragte Mike, der sich zwischen einem moosbewachsenen Felsen und dem dicken Stamm einer Pappel hindurchzwängte. Sonnenstrahlen drangen durch die Äste und tauchten den Wald in sanftes Licht.

Zwischen zwei Berghängen konnten sie das türkisfarbene Wasser des Lake Travis sehen. »Vielleicht«, erwiderte die Agentin. »Aber unser Vorsprung ist nun groß genug.« Ein Schmetterling flatterte vor Karens Nase. Sie verscheuchte ihn und blickte ihm kurz nach, ehe sie den Abstieg fortsetzte.

Eine Minute später bogen sie links ab und folgten einem Pfad, der sich um den Berg schlängelte. Mittlerweile lag fast eine halbe Meile zwischen ihnen und dem Clubhaus.

»Wohin gehen wir jetzt?«, fragte Mike.

Karen schlug auf die Tasche ihrer neuen Jacke, die schon wieder aufgerissen war. »Wir benutzen den Beweis, um Verstärkung zu bekommen.«

»Haben Sie schon darüber nachgedacht, wie ich meine Frau zurückbekomme?«

»Eins nach dem anderen, Mike. Zuerst müssen Sie in Sicherheit sein. Dann rufe ich meine Leute an, und erst danach nehmen Sie Kontakt zu SoftCorp auf und vereinbaren ein Treffen.«

16.

Was soll das heißen, es war keiner da?«, rief Aaron Shapiro in den Lautsprecher, der mit seinem Telefon verbunden war. Er war mit Wittica in sein Büro gegangen, wo sie auf Nachrichten von Esteban warteten.

»Sein Wagen stand vor dem Eingang«, erwiderte Esteban, dessen tiefe Stimme durch das Büro hallte. Wittica saß Shapiro gegenüber. »Aber drinnen war niemand.«

»Aber ... das System«, sagte Shapiro. »Er war noch eingeloggt und ...«

»Ein Script, Aaron«, erklärte ihm Wittica, der die Augen schloss. »Der Scheißkerl hat ein Script laufen lassen, damit wir meinen, er sei noch im Netz.«

»Verdammt!«, brüllte Shapiro. Er schlug vor Wut mit der flachen Hand auf den Schreibtisch.

»Esteban?«, sagte Wittica.

»Ja.«

»Verändern sich die Daten auf dem Monitor?«

»Ja. Sie ändern sich ständig, als würde jemand auf die Tastatur tippen.«

Wittica nickte. Seine Augen waren noch immer geschlossen. »Rufen Sie Ihre Leute zurück. Sie können dort nichts mehr ausrichten. Der kleine Scheißkerl hat uns wieder ausgetrickst.«

Shapiro erteilte Esteban zusätzliche Anweisungen, ehe er auflegte. »Und was sollen wir jetzt tun?«

»Abwarten«, erwiderte Ron Wittica. »Wir warten auf Anweisungen aus Washington.«

»Die Polizei ist mit ihren Ermittlungen auch noch nicht weitergekommen«, sagte Shapiro.

Wittica schwieg. Er wusste, dass jemand in Washington seine Beziehungen hatte spielen lassen, um die Polizei von Austin in die Sache zu verwickeln. Wie er das geschafft hatte, wusste Wittica nicht, und das war ihm ganz recht. Je weniger er wusste, desto besser für ihn, falls es mit der Operation weiterhin den Bach hinunterging.

»Ist mit seiner Frau alles in Ordnung?«, fragte Shapiro.

Wittica nickte. In diesen Teil der Operation war er eingeweiht. »Sie schläft. Das Chloroform wirkt noch.«

»Wissen wir, wie Ryan an die Kontonummern gekommen ist?«

Wittica nickte wieder. »Das haben wir zuerst überprüft. Ich habe mir den Film aus Angelos Besprechungszimmer nicht persönlich angesehen. Von unseren Sicherheitskräften weiß ich, dass Rossini versucht hat, Victoria Ryan auf seinem Konferenztisch zu vögeln.«

Shapiro beugte sich vor. »Sie machen Scherze?«

Wittica schüttelte den Kopf. »Sie hat ihn abgelenkt, um die Palmtops zu vertauschen. Auf seinem müssen Kontonummern gespeichert sein, und die hat sie kopiert. Anschließend hat sie die Informationen an ihren Mann gemailt. Wir haben das E-Mail-Protokoll vor einer halben Stunde gefunden. Es enthielt mehrere Kontonummern aus Übersee. Er hat einige geplündert, ehe unsere Leute in Washington eingreifen konnten.«

»Wie ist er an die Passwörter gekommen?«

Wittica zuckte mit den Schultern. »Er ist in die Accounts eingebrochen wie in unser Sicherheitssystem. Vermutlich brauchte er nur noch die Kontonummern, und die hat seine Frau ihm gemailt.«

Shapiro hob die Augenbrauen. »Dieser verrückte Angelo! Ich habe diesem blöden Kerl zigmal gesagt, dass er sich eines

Tages den größten Ärger einhandelt, wenn ihm sein Verstand immer wieder in die Hose rutscht. Verwicklungen am Arbeitsplatz sind in unserer Situation das Letzte, was wir uns leisten können.«

»Ich habe ihn auch gewarnt, Aaron. Er meinte nur, ich solle mich um meine eigenen Angelegenheiten kümmern.«

»Verdammt.«

»Was geschieht mit ihm?«

Shapiro strich sich mit der Hand über die Stirn und senkte den Blick. »Ron, das wollen Sie sicher nicht wissen.«

17.

Russell Meek betrat zum ersten Mal in seinem Leben das Oval Office, und der Zeitpunkt hätte nicht schlechter gewählt sein können. Die neuesten Nachrichten besagten, dass seine durchgebrannte Agentin nicht nur drei Polizisten umgebracht, sondern außerdem mehr als zwei Millionen Dollar von der Capitol Bank, einem angesehenen Kreditinstitut in Austin, Texas, gestohlen hatte. Die Polizei fand Karens Fingerabdrücke im Haus des Bankpräsidenten, Angelo Rossini, von dem jede Spur fehlte. Die Polizeibehörde in Austin, die mit dem örtlichen FBI-Büro zusammenarbeitete, vermutete, dass Karen Frost Rossini aus seinem Haus entführt und ihn gezwungen hatte, das Geld mithilfe seiner Passwörter und Zugangsberechtigungen auf ein Überseekonto zu überweisen. Weiterhin wurde vermutet, die FBI-Agentin Frost könnte Rossini nach dem Transfer beseitigt haben und nun versuchen, das Land zu verlassen.

Meek saß auf einem Sofa neben dem Kamin. Sein Blick glitt über den Präsidentenschreibtisch auf der anderen Seite des Raumes. Er war schrecklich nervös. Senator Horton, der neben ihm saß, versuchte ihn zu beruhigen.

»Entspannen Sie sich, Russ«, sagte Horton. »Er weiß, dass Sie einen Haufen Scheiße übernehmen mussten und sich bemühen, die Sache wieder in den Griff zu bekommen. Seien Sie offen und ehrlich. Er ist ein sachlicher Mensch. Keine Gefühlsduselei. Das hasst er.«

Meek nickte. Ihm war speiübel. Bis vor einer Stunde hatte

er sich in seinem neuen Job noch pudelwohl gefühlt. Er hatte sogar erwogen, Karen Frosts Verdacht einer möglichen Verschwörung ungeahnten Ausmaßes anzusprechen. Diese Idee hatte er jedoch schnell verworfen, als er durch die Gänge dieses beeindruckenden Ortes geschritten war. Es wimmelte im Weißen Haus von Erinnerungen an die Geschichte, von Geheimagenten und Marines. Es stank hier förmlich nach Macht.

Der Präsident betrat das Oval Office durch eine andere Tür als sie. Er trug einen dunkelblauen Anzug und sah schlanker aus als im Fernsehen. Sein weißes Haar war nach hinten gekämmt, und auf seinem Gesicht spiegelte sich der Stress zweier harter Amtsperioden. Der Präsident schüttelte Meek und Horton die Hand und nahm auf dem Sofa gegenüber von den beiden Platz.

»So, Russell«, begann der Präsident. »Jack sagte mir, dass Ihr ehemaliger Chef Ihnen nichts als Probleme hinterlassen hat.«

Meek nickte ernst. »Es sieht ganz so aus, Sir.«

»Was beabsichtigen Sie im Fall der angeblichen Polizistenmörderin zu tun?«

Meek dachte über die richtige Antwort nach, während der Präsident ihn mit seinen durchdringenden, blauen Augen musterte. Wenn er in dieser Situation für Karen Frost Partei ergriff, wären seine Chancen dahin, zum neuen FBI-Direktor ernannt zu werden. Die Beweise gegen seine Agentin waren erdrückend. Sie beteuerte zwar ihre Unschuld, konnte ihm aber keine Beweise liefern, die sie entlastet hätten. Er beschloss, auf Nummer sicher zu gehen. »Wir versuchen, Sie nach Washington zurückzubringen, Sir.«

»Haben Sie mit ihr gesprochen?«

Meek nickte. »Sie hat mich einmal angerufen, aber sich geweigert, sich zu stellen.«

Der Präsident lehnte sich zurück, schlug die Beine übereinander und warf Horton einen Blick zu. »Ich verstehe. Und jetzt sieht es ganz so aus, als gingen nicht nur die Morde, sondern ebenfalls eine Entführung und ein Diebstahl auf ihr Konto.«

»Das FBI versucht alles, die Sache in Ordnung zu bringen, Mr President«, mischte Horton sich ein. »Ich treffe mich regelmäßig mit Russ. Er wird uns nicht im Stich lassen.«

Der Präsident runzelte die Stirn und nickte. »Ich vertraue Ihrem Urteil, Jack. Das habe ich immer getan.«

Nach einem Moment des Schweigens wandte der Präsident sich Meek zu. »Ich weiß, wo Sie herkommen, Russ, und wie das FBI in diese peinliche Situation geraten ist. Roman Palenski habe ich vor sieben Jahren von der vorherigen Regierung übernommen. Wir haben versucht, uns zu arrangieren, aber wie auch Sie habe ich sein eigenmächtiges Handeln und seine seltsamen Ermittlungsmethoden niemals geschätzt. Von Jack weiß ich, dass Sie die Arbeitsweise Ihres ehemaligen Vorgesetzten auch nicht geschätzt haben. Das ist der Grund, warum ich Sie qualifizierteren Kandidaten vorziehe. Jack hält Sie für einen ausgezeichneten Mann, der sich auf diesem Posten hervorragend entwickeln wird. Immerhin haben wir Horton die beste Zusammenarbeit zwischen diesem Büro und dem Kongress seit über fünfzig Jahren zu verdanken. Ich kann es ihm nicht abschlagen, einen fähigen Mann an die Spitze des FBI zu stellen, jemanden, der im Team arbeiten kann. Sie müssen sich genauestens an die Vorschriften halten. Intuitionen, Gefühle und dieser ganze Mist sind hier fehl am Platze. Wir haben ja gesehen, was uns das in Waco, Ruby Ridge und jetzt in Austin eingebracht hat. Hören Sie auf Horton. Er ist ein guter Mann, und so Gott will, wird er bald im Oval Office sitzen. Sie beide haben die große Chance, unser FBI wieder zur besten Kriminalbehörde der Welt zu machen. Ist das klar?«

»Ja, Mr President«, erwiderte Meek.

18.

Victoria erwachte in einem dunklen Raum. Sie versuchte zu schlucken, um das Brennen in ihrer Kehle zu lindern.

Wo bin ich?, fragte sie sich. Sie schluckte noch einmal, doch der Schmerz ließ sich nicht vertreiben. Schrecklicher Durst quälte sie. Ihr Gesicht brannte, und die Schläfen pochten ebenso wie ihre Rippen, als sie sich regte.

Mit den Schmerzen kehrte die Erinnerung zurück. *Rossini, die Ohrfeigen, ihr Fluchtversuch, der Lappen mit dem Betäubungsmittel, ihre brennenden Lungen ...*

Und jetzt bin ich hier.

Aber wo?

Victoria spürte eine Bewegung. Der ganze Raum schien sich auf und ab zu bewegen.

Zuerst glaubte sie, die Wirkung des Betäubungsmittels sei noch nicht verflogen. War ihr vielleicht schwindelig? Sie schloss die Augen, atmete tief ein und rieb sich die Schläfen. Das sanfte Schaukeln ließ nicht nach.

Victoria richtete sich benommen auf und schaute sich um. Sie war in einer kleinen Kabine an Bord eines Schiffes. An einer Wand der Kabine war eine Blende mit einem braunen Griff, den sie zur Seite schob. Dahinter entdeckte sie ein Bullauge und die strahlende Sonne. Victoria schob die Blende wieder zu.

Es wurde wieder dunkel.

Sie wartete einen Augenblick, ehe sie die Blende erneut einen Spalt aufschob, um ein wenig Licht in die Kabine zu lassen und ihre Umgebung genauer zu inspizieren.

Hinter dem Bullauge sah sie Wasser und in der Ferne die vertrauten Berge. Die feuerrote Sonne ging allmählich unter.

Ein Schiff auf dem Lake Travis. Die Abenddämmerung.

Was tue ich hier? Wie lange war ich bewusstlos? Welcher Tag ist heute?

Sie schaute auf die Uhr. Es war Montag, achtzehn Uhr dreißig.

Victoria stand auf. Die Decke der Kabine war ziemlich niedrig. Sie konnte gerade noch aufrecht stehen. Der Türknauf ließ sich nicht drehen. Die Tür war von außen verschlossen.

Victoria runzelte die Stirn. Ihre Rippen schmerzten. Sie setzte sich wieder aufs Bett. Erst jetzt entdeckte sie das Glas Wasser auf dem Tisch neben dem Bett.

Sie nahm es in die Hand, roch daran und fragte sich, ob es vergiftet war. Es roch wie Wasser. Sie trank einen Schluck. Es war ein köstliches Gefühl, als das erfrischende Nass durch ihre brennende Kehle rann. Sie trank noch einen Schluck, schloss die Augen, atmete tief ein und trank noch einen Schluck.

Fünfzehn Minuten waren vergangen. Victoria trank das Wasser aus und starrte durch das Bullauge auf die ersten Sterne, die am Himmel erstrahlten.

Plötzlich wurde die Tür geöffnet.

Ein Fremder streckte seinen Kopf durch die Tür und schaltete das Licht an.

»Kommen Sie«, sagte der Mann. Er ließ die Tür auf und verschwand sofort.

Victoria blinzelte, stellte das Glas auf den Nachttisch und folgte dem Fremden zögernd.

Scheißkerl!

Sie ging langsamen Schrittes in einen großen Salon. Indirektes Licht beleuchtete eine Kombüse gegenüber einer Essecke, hinter der die Kabine lag. Neben einem Sofa hing ein Fernsehgerät an der Wand.

»Folgen Sie mir«, sagte der Fremde, der die Treppe am Ende der Kabine hinaufstieg. »Esteban möchte, dass Sie sich die Show ansehen.«

Esteban? Die Show?

Victoria senkte den Kopf und stieg die Treppe hinauf, die von der Kabine ins Cockpit führte. Als sie Angelo Rossini erblickte, lief ihr ein kalter Schauer über den Rücken. Rossini war in Ketten gefesselt und geknebelt.

»Hallo, Mrs Ryan. Mein Name ist Esteban.«

Victoria bekam es mit der Angst zu tun. Sie nickte kurz. Ihr Blick wanderte von Rossini zu dem Spanier, der nicht besonders groß war, aber einen athletischen Körper besaß. Eine leichte Brise zerzauste sein grau meliertes Haar.

»Erinnern Sie sich an Ihren Freund, Mrs Ryan?«, fragte Esteban.

Sie sah ihm kurz in die Augen, ehe sie sich von ihm abwandte. Das Ufer war mit leuchtenden Punkten übersät. Die Gipfel der umliegenden Berge wurden von dem dunklen Himmel über Texas verschluckt.

»Wir wollen, dass Sie sich das ansehen«, sagte er laut, um das Plätschern der Wogen zu übertönen, die gegen die Jacht schlugen. »Es wird Ihnen gefallen.«

»O Gott. Nein!«, stieß Victoria hervor. »Bitte ...«

»Bringen Sie ihm am Ende doch Gefühle entgegen, nach allem, was er Ihnen angetan hat?«

»So ist es nicht«, erwiderte sie mit bebender Stimme. Ihre Hände zitterten. »Bitte töten Sie ihn nicht!«

»Dann sagen Sie uns, wo sich Ihr Ehemann aufhält.«

»Das weiß ich nicht.«

»Pech für ihn, Mrs Ryan. Wir wissen es besser.«

»Ich schwöre.«

»Zu schade. Angelo war so unvorsichtig, dass Sie die Kontonummern kopieren und Ihrem Mann mailen konnten. Ihr werter Gatte hat nun einige unserer Konten in Übersee geplündert ... Und so funktioniert die Sache: Sie sagen uns, wo Ihr Mann und das Geld sind, und wir vergeben Angelo. Sonst ...« Er schob Rossini ans Heck des Kabinenkreuzers in die Nähe der schwimmenden Plattform.

»Ich weiß es wirklich nicht«, beharrte Victoria, die sich urplötzlich nicht mehr so verletzbar fühlte. Mike lebte, und er hatte zum Gegenschlag ausgeholt. Sie hatte also eine Chance, dieser Katastrophe mit heiler Haut zu entkommen. Dennoch hatte sie Mitleid mit Angelo Rossini, dessen Ende nahte.

»Letzte Chance, Mrs Ryan. Sie möchten doch sicherlich nicht für Angelos Tod verantwortlich sein, oder?«

Victoria schloss die Augen. »Ich weiß nicht, wo mein Mann ist und wohin er das Geld überwiesen hat.«

Esteban zog Rossini den Knebel aus dem Mund. »Sie haben einen Versuch, *pendejo*. Los.«

Rossini schluckte und beschwor Victoria, sein Leben zu retten. »Bitte, Vic. Ich bitte Sie ... Ich will nicht sterben. Nicht auf diese Weise. So will ich nicht enden. Bitte sagen Sie ihnen, was sie wissen wollen. Bitte.«

Selbst wenn sie es gewusst hätte, hätte Victoria Mikes Aufenthaltsort nicht preisgeben können, weil sie Rossini dann beide in den See gefolgt wären. Solange Mike auf freiem Fuß war, hatten sie eine reelle Chance. Das war auch der Grund, warum sie bisher nicht misshandelt worden war.

»Es tut mir Leid, Angelo. Ich kann nichts für Sie tun.« Victoria wusste, dass sie diesen Moment, diese Worte und Rossinis angsterfüllten Blick nie mehr vergessen würde.

Der Spanier versetzte Rossini einen Fußtritt. Er flog über Bord. Der Bankier schrie, ehe er im Wasser landete. Die schweren Ketten rissen ihn in die Tiefe.

»O Gott!«, schrie Victoria, schlug die Hände vors Gesicht

und fiel auf die Knie. Sie verfolgte betäubt, wie Rossini in die Tiefe sank und sprudelnde Blasen an die Oberfläche stiegen.

»Es war zwecklos, ihr das vorzuführen. Sie weiß nichts. Bringt sie zurück«, befahl Esteban.

Zwei Männer rissen sie hoch. Victoria wich zurück. »Rührt mich nicht an, ihr Bestien!«

Esteban fing laut an zu lachen. »Bestien, Mrs Ryan? Wir waren sehr nachsichtig mit Angelo Rossini. Er war ein Geschäftspartner, der leider leichtsinnig wurde. Er war kein Feind. Sie ahnen ja gar nicht, was wir für unsere Feinde auf Lager haben.« Er nickte seinen Männern zu und sagte: »Bringt sie weg.«

Als Victoria wieder in der kleinen Kabine eingeschlossen war, fragte sie sich, wie Mike sie befreien wollte, ohne von diesen Typen geschnappt zu werden.

19.

Die alten Motels an der I-35 und der Oltorf Street sahen alle gleich aus. Mit den protzigen Neonschildern, die freie Zimmer und Farbfernseher anpriesen, passten sie gut in diese Gegend. Für Michael Ryan und Karen Frost bot eines dieser Motels einen idealen Unterschlupf nach der überstürzten Flucht aus dem Clubhaus in Lakeway.

Mike stand am Fenster des Zimmers im ersten Stock und starrte auf die Schnellstraße, während er über seine Lage nachdachte. Erst jetzt begriff er richtig, was passiert war. Die Schweine hatten seine Frau gekidnappt. Mike konnte kaum einen klaren Gedanken fassen, denn Victorias Schicksal ging ihm nicht mehr aus dem Kopf. Alles andere war mit einem Mal unwichtig geworden. Das Haus, die neuen Autos und die Möbel interessierten ihn nicht mehr. Mike fragte sich, wie er seine Frau zurückbekommen konnte. Schuldgefühle stiegen in ihm auf. Schließlich hatte er sie in diese scheußliche Lage gebracht. Hätte er dem Bewerbungsgespräch doch niemals zugestimmt! Hätte er sich doch niemals Austin angesehen! Hätte er doch ...

»Diese Idioten«, murmelte Karen, die auf dem Doppelbett saß. »Würde Palenski noch leben, wären wir nicht in dieser misslichen Lage.«

Mike drehte sich zu ihr um. Karen hatte vor einer halben Stunde über Mikes Handy ein kurzes Gespräch geführt, das nicht gut verlaufen war. Zuerst hatte die FBI-Agentin in normalem Tonfall mit ihrem Gesprächspartner geredet, zum

Schluss aber hatte sie laut geschrien. Anschließend war sie enttäuscht ins Bad gegangen, um zu duschen. Fünf Minuten später tauchte sie in ein Handtuch gewickelt wieder auf. Ein zweites Handtuch hatte sie sich um den Kopf geschlungen. Es schien ihr egal zu sein, in dieser Aufmachung vor Mike zu erscheinen. Die Agentin saß noch immer in Gedanken versunken mit überkreuzten Beinen auf dem Bett.

»Das FBI will uns offenbar nicht helfen«, sagte Mike, der auf Karens wohlgeformte Beine schaute, die mit blauen Flecken übersät waren. Dann blickte er wieder aus dem Fenster auf die zahlreichen Scheinwerfer, die über die Schnellstraße nach Süden und Norden huschten. Karen hatte Mike nicht über die Einzelheiten des Gesprächs informiert, und Mike hatte sie nicht bedrängt. Sie würde ihn zum richtigen Zeitpunkt schon von selbst einweihen.

»Ich soll mich stellen«, sagte Karen mit leiser, rauer Stimme, während sie ihn mit ihren grünen Augen musterte.

Mike erwiderte nichts. Obwohl seine Frau gekidnappt worden war, tat die Agentin ihm Leid. Sie musste früher einmal sehr hübsch gewesen sein, doch der harte Job beim FBI hatte seinen Tribut gefordert und feine Furchen in ihr Gesicht gegraben, die sich vertieften, als sie den Mund verzog. Dennoch war Karen Frost noch immer eine ausgesprochen attraktive Frau. »Meek behauptet, es gäbe neue Beweise gegen mich.« Sie senkte den Blick und rieb sich mit den Kuppen ihrer Zeigefinger über die Augen.

Mike befürchtete schon, sie würde zusammenbrechen, doch Sekunden später hob sie den Kopf und zog das Handtuch weg. Die rothaarige Agentin mit den grünen Augen hatte sich in eine Brünette mit braunen Augen verwandelt. Diese Frau war ein richtiges Chamäleon. »Toll«, sagte Mike.

Karen knurrte und schüttelte den Kopf. »Wenn ich so toll wäre, Mike, würden meine Leute mir helfen und nicht behaupten, sie könnten nichts mehr für mich tun.«

»Das kapiere ich nicht. Wir haben doch Beweise, verdammt!«

»Die haben sie auch, und zwar so erdrückende, dass meine eigenen Leute mir nicht mehr helfen wollen. Ich bin am Tiefpunkt meiner Karriere angelangt.«

»Wir haben doch die Kontonummern und sogar die Namen.«

»Er wollte nichts davon wissen. Sie sehen sich die Beweise an, wenn ich mich gestellt habe. Vorher läuft in puncto Zusammenarbeit gar nichts mehr.«

»Und was wird aus Vic? Wie soll ich sie denn zurückbekommen?«

Karen schwieg.

»Das FBI will uns nicht helfen«, sagte Mike. »Und die Polizei auch nicht. Das schränkt unsere Möglichkeiten stark ein.«

»Wie meinen Sie das?«

Mike erinnerte sich an den Finanzbeamten Gam Olson. Er schien ein ehrlicher Bursche zu sein, dem sein Job über alles ging. Ihn interessierte einzig und allein, wie er Steuerhinterzieher schnappen konnte. Olson würde ihnen sicherlich helfen, den riesigen Betrug des Hightechunternehmens und der Capitol Bank aufzudecken.

»Vielleicht kann die Finanzbehörde uns helfen ...«

»Der IRS? Der steckt doch mit drin.«

Mike runzelte die Stirn. »Es können unmöglich alle Mitarbeiter des IRS in die krummen Geschäfte verwickelt sein. Meines Erachtens ist die Gruppe der Eingeweihten auf einen kleinen Kreis beschränkt. Olson würde sich auf jeden Fall anhören, was wir zu sagen haben, und das ist immerhin mehr, als Ihre Kollegen vom FBI zu tun bereit sind.«

»Wie wollen Sie das anstellen?«, fragte Karen.

Mike weihte sie in ihren Plan ein.

»Und woher wollen Sie wissen, dass er nicht einer von denen ist?«, fragte Karen.

Mike zuckte mit den Schultern. »Er ist ernsthaft daran interessiert, Steuerhinterzieher zu schnappen.«

»Ach ja?«

»Er nimmt seinen Job sehr ernst, Karen. Wenn Olson eine reine Weste hat, und dieses Gefühl hat er mir bei unseren beiden Treffen vermittelt, werden ihn die zig Millionen, die SoftCorp vom IRS erhalten und nicht versteuert hat, brennend interessieren.«

»Sie könnten Recht haben.«

»Er wird stinksauer sein, wenn er es erfährt. SoftCorp zahlt für Geld, das es dem IRS gestohlen hat, keine Steuern. Das ist die schlimmste Beleidigung, die man der mächtigsten Behörde der Vereinigten Staaten zufügen kann. Sie werden den Tätern gegenüber keine Gnade walten lassen.«

»Wenn er mit drinsteckt, stecken wir ganz schön im Dreck«, sagte Karen. »Ich wüsste aber, wie wir das im Vorfeld abklären könnten.«

»Wie?«

Karen lächelte.

20.

Das Taxi setzte sie vor der Bowlingbahn an der Kreuzung Westgate Boulevard und William Cannon Drive ab. Es war kurz nach zweiundzwanzig Uhr, und Mike konnte seine Augen kaum noch offen halten. Er war total erschöpft. Dieser Tag, der als typischer Montag begann, hatte sich in eine Achterbahnfahrt verwandelt, und Mike wünschte sich, aus diesem Albtraum zu erwachen. Als sie über den Westgate Boulevard gingen und sich Gam Olsons Wohnung näherten, war Mike den Tränen nahe. Er vermisste seine Frau und fühlte sich furchtbar allein. Grenzenlose Sehnsucht erfüllte ihn, als er an ihre Zärtlichkeiten, ihr Lächeln und die sorgenfreie Zeit in Stanford dachte. Mike verfluchte sich im Stillen. Warum nur hatte er das Jobangebot von SoftCorp angenommen? Er schwor, alles zu tun, um Victoria aus den Händen der Entführer zu befreien.

»Hier ist es«, sagte Karen, die auf das grün-weiße Straßenschild an der Kreuzung Jorwoods Drive und Westgate Boulevard zeigte.

Sie liefen im gelben Licht der Straßenlaternen den Jorwoods Drive hinunter. Eichen und Pappeln säumten die Straße, die kürzlich neu gepflastert worden war. Der Geruch des frischen Asphalts stieg ihnen in die Nase.

»Wir sind da«, sagte Karen. Sie zeigte auf die Zahl auf dem Briefkasten eines weißen Ziegelstein-Hauses auf der anderen Straßenseite. Es war ein Mittelklassehaus in einer durchschnittlichen Wohngegend, das sich ein Finanzbeamter leisten konnte. Vor der Doppelgarage stand ein alter Chevrolet Caprice. Durch einen Spalt in den zugezogenen Vorhängen vor den Fenstern rechts neben der Eingangstür drang Licht auf die Straße. Die anderen Zimmer waren dunkel.

»Wenn Ihre Theorie stimmt«, sagte Mike, »dürfte Mr Olson nicht mit den Verbrechern unter einer Decke stecken.«

»Ein preiswerter Wagen und ein preiswertes Haus«, erwiderte Karen. »Vermutlich ist dieser Mr Olson sauber.«

»Warum *vermutlich*?«

»Es besteht dennoch die Möglichkeit, dass er seinen Anteil beiseite legt, um eines Tages die Zelte hier abzubrechen und irgendwo in Saus und Braus zu leben.«

Mike runzelte die Stirn. »Das passt nicht zu ihm. Wie schon gesagt, halte ich ihn für einen aufrechten Burschen, der seine Arbeit bei der Finanzbehörde sehr ernst nimmt.«

»Wir werden es gleich erfahren.«

Sie überquerten die Straße und standen keine Minute später vor Olsons Tür. Karen trat zur Seite, als Mike an der Haustür klingelte. Sie sollte zunächst außer Sichtweite bleiben, bis Mike Gam Olson seine Beweise präsentiert und ihn überzeugt hatte. Immerhin war seit heute Morgen das Bild der FBI-Agentin, Karen Frost, in jeder Nachrichtensendung zu sehen. Außerdem könnte Karen Mike zu Hilfe eilen, falls Olson tatsächlich in die Sache verstrickt war.

Das Licht im Korridor flackerte und ging an.

»Wer ist da?«

Mike erkannte Olsons Stimme sofort.

»Hier ist Mike Ryan von SoftCorp. Ich muss mit Ihnen reden.«

Die Tür wurde aufgeschlossen und geöffnet. Olson, der eine Brille und einen Bademantel trug, schaute ihn verwirrt an. »Ist etwas passiert, Mr Ryan? Wissen Sie, wie spät es ist?«

»Es tut mir Leid, Sir, dass ich Sie um diese Zeit störe, aber es ist dringend.«

Olson neigte den Kopf zur Seite. »Und das hat nicht bis morgen Zeit?«

Mike schüttelte den Kopf. »Was würden Sie sagen, wenn ich Ihnen beweise, dass SoftCorp in den vergangenen Jahren mehr als die Hälfte seiner Einnahmen nicht versteuert hat?«

Olson nahm die Brille ab. »Das ... das ist unmöglich. Wir sind sein einziger Kunde. Das Unternehmen versteuert exakt das Geld, das wir ihm bezahlen. Das habe ich selbst mehrmals überprüft. Arbeitet das Unternehmen schwarz?«

»Nein.«

»Und woher stammt das andere Geld?«

Mike seufzte. »Darf ich reinkommen? Ich muss Ihnen etwas zeigen.«

21.

Karen Frost wartete ungeduldig vor dem Haus, während Mike versuchte, Gam Olson für sich zu gewinnen. Die FBI-Agentin setzte sich abseits der Straßenlaternen aufs kalte Gras und lehnte sich gegen die Sträucher, die das Haus von der Straße abschirmten.

Das Gespräch, das sie vorhin mit Meek geführt hatte, ging ihr nicht aus dem Sinn. Obwohl er es niemals zugegeben hätte, wusste Karen, dass er von jemandem manipuliert worden war. Offenbar hatte er nachgegeben und zog nun mit denjenigen, die sie beseitigen wollten, an einem Strick. Russell Meek stellte die Beweise für Karens Missetaten nicht in Zweifel und schenkte ihren Unschuldsbeteuerungen kein Gehör.

Von wem hatte Meek sich so sehr beeinflussen lassen?

Wer konnte so große Macht auf den Chef des FBI ausüben, dass er sich der Wahrheit verschloss? Es gab eine streng gegliederte Hierarchie. Meek war – wie ehemals Palenski – dem Präsidenten der Vereinigten Staaten gegenüber rechenschaftspflichtig.

Karen verzog das Gesicht. Meek war entweder durch gefälschte Beweise überzeugt oder bedroht worden. Es könnte sich dabei um eine subtile Drohung handeln. Vielleicht nach dem Motto, Meek könne seinen Job behalten, wenn er sich bei dieser Operation auf die gefälschten Informationen stütze, die den Medien zugespielt worden waren.

Das gegen sie vorliegende Beweismaterial war erdrückend. Die Verbrecher wollten sie mit allen Mitteln zu Fall bringen.

Sobald sie es geschafft hatten, sie auszuschalten, war das Problem gelöst, und die geheimen Absprachen zwischen dieser Organisation und der Regierung würden geheim bleiben.

Verdammt.

Karen Frost hatte in ein Wespennest gestochen, und sie fragte sich, ob es ihr tatsächlich gelingen könnte, mit heiler Haut davonzukommen.

Die Tür wurde geöffnet.

»Karen?«, rief Mike.

»Das hat aber lange gedauert«, erwiderte sie und stand auf. Mike hatte sie fast eine Stunde warten lassen.

»Es hat eine Weile gedauert, bis er meine Informationen überprüft hatte. Jetzt möchte er mit Ihnen sprechen. Aber zuerst müssen Sie mir Ihre Waffe geben.«

»Was?«

»Sonst weigert er sich, mit Ihnen zu reden.«

»Das ist lächerlich. Hat er nicht ...?«

»Ich habe eine Stunde gebraucht, um ihn von dem Komplott zu überzeugen. Er verlor fast die Geduld, als er begriff, dass ich die Passwörter heute Morgen beim VR-Probelauf von ihm gestohlen habe. Als er die riesigen unversteuerten Summen sah, die vom IRS bezahlt wurden, beruhigte er sich langsam. Als ich dann auf Sie zu sprechen kam, ging er wieder hoch wie eine Rakete. Er stand kurz davor, die Polizei zu rufen.«

»Aber ...«

»Warten Sie.« Mike hob die Hand. »Ich habe mit Engelszungen auf ihn eingeredet, damit er Sie anhört. Sie müssen das verstehen. Er arbeitet für den Staat und glaubt an das System und die Gesetze. Es ist sehr schwer für ihn, die Neuigkeiten zu verdauen. Er möchte nur eine kleine Sicherheit, dass Sie nicht plötzlich um sich ballern, wie in den Nachrichten behauptet wird.«

»Das ist doch alles erstunken und erlogen!«

»Das spielt jetzt keine Rolle. Er hat gelernt, an das System zu glauben, aber er ist bereit, Ihnen aufgrund der Beweise, die ich ihm präsentiert habe, Gehör zu schenken.«

Karen stemmte die Hände in die Hüften. Sie hatte keine andere Wahl. Die Polizei wollte ihren Kopf, und das FBI würde mit Freuden den Rest nehmen. Olson war ihre einzige Hoffnung. Der Gedanke, sich zu entwaffnen, gefiel ihr ganz und gar nicht. Trotzdem bückte sie sich, zog die Waffe aus dem Halfter an ihrem Unterschenkel und reichte sie Mike.

»Hoffentlich werde ich das nicht bereuen.«

»Einen Moment«, sagte Mike, ging ins Haus und kam eine Minute später wieder heraus. »Okay. Kommen Sie rein.«

Karen folgte ihm in den Hausflur, hinter dem sich ein großes Wohnzimmer erstreckte, in dem nur ein altes Sofa, ein Fernsehgerät und zwei Sessel standen. Gam Olson saß auf einem der Sessel unter einem alten Kronleuchter. In der Hand hielt er eine 9-mm-Beretta. Karens Colt lag neben ihm.

Karen freute es nicht besonders, in den Lauf einer geladenen Waffe zu blicken. »Muss das sein?«, fragte sie. »Sie haben mich doch schon entwaffnet.«

Olson zeigte mit der Waffe auf das Sofa. »Das hängt davon ab, was Sie mir zu sagen haben. Setzen Sie sich.«

Karen nahm Platz und machte sich mit der Umgebung vertraut. Auf dem Esstisch, den sie linker Hand vom Wohnzimmer erblickte, stand ein flackernder Monitor auf einem Computer.

»Schlagen Sie die Beine übereinander, und legen Sie die Hände unter die Oberschenkel.«

Karen nickte. Olson war nicht auf den Kopf gefallen.

»Okay, Agent Frost. Nennen Sie mir einen guten Grund, warum ich die Polizei nicht rufen soll. Und achten Sie auf Ihre Worte. Mich kann man nicht belügen.«

»Ich bin unschuldig«, behauptete sie. »Ich wurde hereingelegt«, fügte sie in rauem Ton hinzu.

Olson forderte Mike auf, sich neben Karen aufs Sofa zu setzen. Er folgte dem Befehl und starrte schweigend auf den Teppich.

»Sie müssen mir schon bessere Argumente auftischen«, sagte Olson. »Ich habe Mr Ryan zuerst auch nicht geglaubt, aber er hat mich mit harten Beweisen überzeugt. Das ist der einzige Grund, warum ich ihn nicht verhaftet und die Polizei bisher noch nicht gerufen habe. Immerhin hat er meine Passwörter gestohlen.«

»Okay.« Karen schloss die Augen und berichtete Olson alles, was seit ihrer Ankunft in Austin passiert war. Zuerst erzählte sie von Dave Nolans Ermittlungen, von seiner grausamen Ermordung und vom Tod seiner Informantin. Anschließend sprach sie über ihre Begegnung mit den Pattersons, die Beobachtungen in Rubakers Haus, ihre Internetrecherche, durch die sie auf die Ryans gestoßen war, Roman Palenskis Tod und die zahlreichen Mordanschläge auf sie. Zum Schluss weihte sie den Finanzbeamten in die Ereignisse der letzten vierundzwanzig Stunden ein.

»Jetzt wissen Sie alles, was ich weiß. Die Erkenntnisse und Beweise, die Mike und ich gesammelt haben, müssten ausreichen, um die Organisation auffliegen zu lassen. Es gibt leider ein Problem: Mein Chef glaubt mir nicht. Er will sich meine Argumente noch nicht einmal anhören, wenn ich mich nicht stelle.«

»Was Sie offenbar nicht tun können«, sagte Olson, dessen Misstrauen schwand. Der Bericht der FBI-Agentin hatte ihn beeindruckt. »Sie werden getötet, ehe Sie Piep sagen können.«

»Genau!«

»Sie ist eine gute Agentin«, mischte Mike sich ein. »Den Medien wurden völlig falsche Informationen zugespielt.«

Olson holte tief Luft, atmete aus und ließ die Waffe sinken. Er stand auf und ging zu dem Computer, der auf dem Esstisch stand. Mit einem Zettel in der Hand kehrte er zu seinem Sessel zurück.

»Kennen Sie das?«, fragte er Karen.

Sie nickte. Es war der Zettel, auf dem die Informationen standen, die Ryan ihr heute diktiert hatte.

»Ich hatte schon lange so ein komisches Gefühl«, gab er kopfschüttelnd zu. »Mit einem Komplott von diesem Ausmaß hätte ich im Traum nicht gerechnet.«

»Das habe ich auch nicht geahnt, als ich die Ermittlungen übernahm«, gestand Karen.

»Wissen Sie, Agent Frost«, fuhr Olson fort, der die Beretta sicherte und neben den Colt legte. »Bei meinen Tausenden von Steuerprüfungen bin ich wiederholt auf geheime Dateiverzeichnisse der Finanzbehörde gestoßen, für die ich kein Passwort hatte. Genehmigungen für Passwortnachfragen kann nur Mr Jason Myrtle erteilen. Meine Bitte, die mysteriösen Dateiverzeichnisse einsehen zu dürfen, wurde von Mr Myrtle immer wieder mit der Begründung auf das Recht der Privatsphäre der Steuerzahler abgelehnt. Jetzt weiß ich warum.«

»Erzählen Sie ihr von den Treffen«, sagte Mike.

Olson musterte den jungen Informatiker einen Augenblick, ehe er sich der Agentin zuwandte. »Mr Shapiro, Mr Rossini und Mr Myrtle trafen sich regelmäßig in Myrtles Büro. Keiner wusste genau, worüber sie sprachen, aber ab und zu schnappte jemand etwas über Konten und Sonderzahlungen auf. Es kam immer wieder zu Entlassungen oder Versetzungen von Leuten, die wahrscheinlich dumme Fragen gestellt hatten. Mr Myrtle behielt eine Sekretärin selten länger als sechs Monate. Er behauptete, Sekretärinnen würden mit der Zeit schlampig arbeiten und es sei besser, sie regelmäßig zu ersetzen. Ist doch klar – der Mann hatte Angst, die Sekretärinnen könnten seinen krummen Geschäften auf die Schliche kommen.«

»Ich verstehe nicht«, sagte Karen, »wie Myrtle die Sache so lange geheim halten konnte, selbst wenn er regelmäßig neue Sekretärinnen einstellte und sich mit Shapiro und Rossini hinter verschlossenen Türen traf. Muss Myrtle keine Rechenschaft über seine Ausgaben ablegen? Ist er nicht verpflichtet, detailliert zu belegen, wie er sein Budget verwendet? Jemand muss doch gemerkt haben, dass die neuen Geräte und der von SoftCorp geleistete technische Support nicht der Summe entsprachen, die er bezahlt hat. Werden die Jobs denn nicht ausgeschrieben und der beste und günstigste Anbieter ausgewählt?«

Olson lächelte. »So müsste es eigentlich laufen, Agentin Frost.«

»Nennen Sie mich bitte Karen.«

»Mir ist es lieber, wenn es bei den Nachnamen bleibt.«

Karen warf Mike einen Blick zu, worauf dieser mit den Schultern zuckte.

»Okay. Ich habe Sie unterbrochen.«

»Wie gesagt – so *müsste* es eigentlich laufen. Leider läuft es beim IRS nicht immer so, vor allem, wenn es um technischen Support geht. Nur ein Beispiel: Vor ein paar Jahren hat der IRS über achthundert Millionen Dollar für die Aufrüstung seines Computersystems ausgegeben. Als der Kongress die Belege für die Ausgaben sehen wollte, konnte die Behörde nur den Nachweis für Ausgaben von fünfhundertdreißig Millionen Dollar erbringen. Was mit dem Restbetrag geschah, ist bis heute ein Rätsel.«

»Erstaunlich.«

»Erstaunlich ist vor allem, dass der Kongress kaum etwas dagegen unternehmen kann.«

»Warum nicht?«, fragte Mike.

»Das hat mit dem Paragraphen 6103 des Bundessteuergesetzes zu tun. Dieser Paragraph spricht der Finanzbehörde das Recht zu, die Offenlegung von Informationen zu verweigern, wenn die Privatsphäre des Steuerzahlers bedroht werden könnte. Das Recht wurde gelegentlich missbraucht, indem der IRS sich auf diesen Paragraphen berief, um gewisse Informationen nicht öffentlich zu machen. Das kommt natürlich nicht oft vor. In der Regel läuft bei uns alles streng nach Vorschrift. Wir bemühen uns, die riesige Informationsmenge rationell zu verarbeiten. Bei einer solchen Datenflut gibt es immer Spielraum für Verbrechen, und ich fürchte, genau das ist hier passiert. Myrtle hat einen Weg gefunden, das System zu missbrauchen. Wie durch ein Wunder wird sein Budget für das Bearbeitungszentrum in Austin Jahr für Jahr vom Kongress bewilligt. Seine Arbeitsweise wird niemals in Frage gestellt. Solange das der Fall ist, wird er von seinen Vorgesetzten in Washington nicht in die Zange genommen. Aus ihrer Sicht verrichtet Myrtle gute Arbeit. Er treibt die Steuern in seinem Gebiet ein und rüstet seine Behörde laufend mit neuesten Geräten und Programmen auf, um die Arbeit der Mitarbeiter zu erleichtern. Solange er Beweise für seine fortschrittliche Arbeitsweise erbringen kann, bewilligt der Kongress immer wieder sein Budget.«

»Unglaublich«, sagte Karen.

»Glauben Sie es ruhig, Agent Frost. Das Geld wird vor den Augen aller durch dunkle Kanäle geschleust. Während die Finanzbehörde über Myrtles Erfolge jubelt, bestiehlt dieser fette Mistkerl den Staat und schickt das Geld zu SoftCorp, wo es über die Capitol Bank auf Konten in Übersee verschwindet.«

Nach einem Moment des Schweigens fuhr Olson fort. »Ich kümmere mich seit Jahren um die Steuern der Unternehmen und ihre Tricks, Steuerschlupflöcher zu missbrauchen. Manchmal gewinnen wir, manchmal verlieren wir, und immer treten wir, die Finanzbehörde, gegen die amerikanische Wirtschaft an. Das ist eine sehr heikle Angelegenheit. Wenn ich jetzt darüber nachdenke, hätte ich es eigentlich kommen sehen müssen. Die Wirtschaft ist es gewohnt, sich alles zu kaufen, und früher oder später musste sie zwangsläufig einige Personen in meiner Behörde bestechen, wie zum Beispiel Jason Myrtle.«

Karen beugte sich vor. »Und wenn im Kongress auch jemand bestochen wurde?«

Olson neigte den Kopf zur Seite. »Das ist gut möglich. Man kann sich so gerade noch vorstellen, dass Myrtle mit seinen überhöhten Ausgaben für den technischen Support in einem Jahr durchkam und dem Kongress nicht Rede und Antwort stehen musste, indem er sich auf den Paragraphen 6103 berief. Aber im Jahr darauf hätte der Kongress sein Budget normalerweise zurückweisen und ihn auffordern müssen, jeden Cent zu belegen. Seltsamerweise wird Myrtles Budget Jahr für Jahr bewilligt.«

»Verdammt«, sagte Karen. »Dann ist nicht nur die Finanzbehörde in die Sache verwickelt, sondern auch der Kongress, oder zumindest eine Person, die starken Einfluss auf den Kongress ausübt ...« Karen verstummte, als sie sich an eines ihrer letzten Gespräche mit Palenski erinnerte. Ihr verstorbener Chef hatte sich über den Kongress beklagt, weil er buchstäblich um jeden Cent betteln musste.

»Jack Horton«, murmelte sie. Mike und Olson starrten sie an.

»Was?«, rief Mike.

»Senator Jack Horton«, wiederholte sie. »Er ist der Mann, der die Budgets bewilligt.«

»Und er läuft sich schon für seinen Job als neuer amerikanischer Präsident warm«, fügte Gam Olson beunruhigt hinzu.

»Stimmt. Wir sollten uns diesen Burschen mal genauer ansehen.«

»Wissen Sie, was Sie da sagen?« Olson stand auf und ging unruhig auf und ab. »Wenn Ihre Vermutung zutrifft, zieht sich diese Verschwörung bis in ...«

»... die obersten Kreise dieses Landes«, beendete Karen

den Satz. Sie erklärte den beiden Männern, dass jemand Druck auf das FBI ausgeübt und gedroht hatte, das Budget drastisch zu kürzen, um ihre Ermittlungen zu behindern. Und dieser Jemand könnte gut Jack Horton sein.

»Angenommen, Horton steckt dahinter. Was für ein Motiv könnte er haben? Der Bursche will doch nächstes Jahr ins Weiße Haus einziehen, Karen.«

»Vielleicht hat er sich auf diese Weise den Weg zum Weißen Haus geebnet.«

»Das würde bedeuten, dass die Erträge aus den illegalen Transaktionen zwischen der Finanzbehörde, SoftCorp und der Capitol Bank auf geheimen Wegen zum Senator gelangen«, sagte Olson.

»Zumindest ein Teil der Gelder, Mr Olson.«

»Genau, Karen. Und der Rest könnte dem Mann gehören, dessen Name bei meinen Recherchen heute Morgen aufgetaucht ist.«

»Orion Yanez?«, fragte Olson.

Mike nickte. Er hatte mit dem Finanzbeamten schon darüber gesprochen.

»Das muss der Mann sein, der die Operation für Horton kontrolliert«, sagte Mike.

»Oder er hat Horton in der Hand.«

Die drei dachten darüber nach. »Ich muss noch Recherchen vornehmen, um mehr über diesen Yanez und seine Rolle in dem Komplott herauszufinden«, sagte Olson nach einer Weile. »Vielleicht bekomme ich auch etwas über eine mögliche Verbindung zwischen ihm und Horton heraus.«

»Das ist ja alles schön und gut, aber wir müssen meine Frau endlich aus den Händen der Kidnapper befreien. Sie haben mir versprochen, dass Sie mir helfen.«

Olson nickte. »Sie haben mein Wort. Ich rufe einige meiner Kollegen an und weihe sie ein. Dann vereinbaren wir einen Termin für die Übergabe.«

»Und diesen Kollegen kann man hundertprozentig vertrauen?«, fragte Mike.

»Ja, ich rufe meine Freunde von der Steuerfahndung an, Mr Ryan. Das sind aufrechte, hartgesottene Burschen. Sie stellen fast so etwas wie einen Geheimbund innerhalb des IRS dar. Niemand kann sich ihnen in den Weg stellen. Sie leben und sterben für ein einziges Ziel: jeden Scheißkerl zu schnappen, der versucht, Steuern zu hinterziehen.«

»Ich dachte, das sei Ihr Job.«

»Mein Job ist es, Steuersünder zu finden und sie zu überzeugen, mit uns zu kooperieren. Wenn sie es tun und ihre Steuern bezahlen, ist der Fall erledigt. Wenn sie es mit Tricks versuchen oder sich für besonders schlau halten und abhauen oder ihren Namen ändern, um keine Steuern zahlen zu müssen, übergebe ich den Fall an die Steuerfahndung.«

»Okay«, sagte Mike. »Bringen wir die Sache ins Rollen.«

»Sieht ganz so aus, als wäre die Sache schon ins Rollen gekommen«, sagte Karen mit Blick auf Olson, der in der Küche am Telefon stand und eine Nummer wählte. »Die Frage ist nur, ob der IRS in der Lage ist, diesem organisierten Verbrechen das Handwerk zu legen. Dem FBI ist es nicht gelungen.«

Ehe Mike etwas erwidern konnte, sagte Olson: »Agent Frost, Sie haben eines noch nicht verstanden.«

»Und das wäre?«

»Es gibt zwei Gewissheiten im Leben. Erstens werden wir alle sterben. Zweitens müssen wir alle Steuern zahlen. Alles andere ist ungewiss. Daher kann man die Angst vor dem IRS beinahe mit der Angst vor dem Tod auf eine Stufe stellen. Menschen können das FBI austricksen und damit durchkommen. Menschen können die Polizei, den Kongress und sogar den Präsidenten verarschen und damit durchkommen. Aber niemand – *niemand* – verarscht den IRS.«

22.

Die Steuerfahnder trudelten nacheinander ein und stellten sich alle mit Nachnamen vor. Mikes spontane Vermutung über Finanzbeamten war richtig. Wie beim Militär bevorzugten diese Leute, mit dem Nachnamen angesprochen zu werden. Einige waren im Alter von Olson und Karen. Andere sahen jünger aus und waren vielleicht Ende zwanzig oder Anfang dreißig. Aber alle hatten eines gemein: einen durchdringenden Blick und Waffen unter ihren Jacken.

Zwölf der besten Agenten der Steuerfahndung gesellten sich zu Karen, Mike und Olson. Die meisten setzten sich im Wohnzimmer auf den Boden und lauschten aufmerksam den Geschichten über Betrug, Mord, Diebstahl, Geldwäsche und Steuerhinterziehung. Mike berichtete über alles, was er gesehen und getan hatte, seit er bei SoftCorp arbeitete. Anschließend gab Karen ihr Wissen zum Besten. Zum Schluss meldete Olson sich zu Wort. Er legte seinen Plan dar, wie sie Mikes Frau aus den Händen der Entführer befreien und die Verbrecher und alle, die mit ihnen zusammenarbeiteten, zu Fall bringen konnten.

Nachdem sie eine Strategie entwickelt hatten, löste die Gruppe sich gegen zwei Uhr morgens auf. Jedem waren spezielle Aufgaben zugewiesen worden. Vertrauenswürdige Steuerfahnder aus Washington, D. C., Virginia und New York sollten eingeweiht werden. Mit vereinten Kräften wollten sie dem Feind das Handwerk legen. Wenn es um Steuerhinterziehung in dieser Größenordnung ging, setzten die Steuerfahnder alle Hebel in Bewegung, um die Missetäter zu schnappen. Dabei nahmen sie auch keine Rücksicht auf eigene Leute wie zum Beispiel Jason Myrtle, der offenbar zu den Drahtziehern der Verschwörung gehörte.

Schließlich saßen Mike, Karen Frost und Gam Olson wieder allein im Wohnzimmer und sprachen noch einmal über ihren jeweiligen Part, ehe sie sich schlafen legten. Sie hatten einen anstrengenden Tag vor sich.

Mike konnte nicht einschlafen. Er schaute aus dem Fenster auf die Sterne und lauschte dem leisen Schnarchen der FBI-Agentin, die auf der Couch lag. Irgendwo da draußen wurde Victoria festgehalten. Erneut wurde er von quälenden Schuldgefühlen überwältigt. Letztendlich hatte *er* Victoria überredet, mit ihm nach Austin zu ziehen. Die Habgier hatte seine Sinne verschleiert, seine alten Wertvorstellungen über den Haufen geworfen und seine Entscheidung beeinflusst. Mike fragte sich, wie er so blind sein konnte, das verführerische Jobangebot anzunehmen.

Wenn etwas zu schön ist, um wahr zu sein, ist es vermutlich nicht wahr. An der Sache muss ein Haken sein.

Mike erinnerte sich an Victorias Zweifel, die sie nach seinem Bewerbungsgespräch geäußert hatte.

Warum habe ich nicht auf sie gehört!

Er presste die Lippen aufeinander und kämpfte gegen die aufsteigenden Tränen an. Er konnte es sich in dieser Situation nicht leisten, die Nerven zu verlieren. Victoria hatte sich stets beklagt, er sei zu kühl, zu besonnen und nüchtern.

Und jetzt war er es seiner Frau schuldig, kühlen Kopf zu wahren.

Mike ging im Geiste noch einmal jeden Schritt des Plans durch. Es durfte nichts schief gehen, denn eine zweite Chance, Victoria aus den Händen der Killer zu befreien, würde es nicht geben.

Mike war fest entschlossen, nicht zu versagen.

23.

Karen Frost lief der Schweiß über den Nacken, als sie über die Rückbank eines alten, verrosteten Fort Pinto kroch, dem sämtliche Türen fehlten. Aus den zerrissenen Polstern ragten Sprungfedern, an denen sie sich den Bauch aufkratzte. Nachdem die Agentin einigermaßen sicher saß, hob sie das Fernglas und fasste den Treffpunkt ins Auge.

Auf ihrer Stirn und den Schläfen glitzerten Schweißperlen. Karen drehte an dem Rädchen zwischen den beiden Gläsern, um die Schärfe einzustellen. Zuerst sah sie nichts als Autowracks, bis sie das Fernglas zu dem freien Bereich in der Mitte des Schrottplatzes in Süd-Austin schwenkte, wo die Übergabe stattfinden sollte.

Stirnrunzelnd blickte Karen auf die Uhr. Shapiro war nicht da. Zumindest zeigte er sich nicht. Jetzt suchte sie die linke Seite des Schrottplatzes ab und entdeckte Olson und zwei der Steuerfahnder auf ihrem Beobachtungsposten. Ein Heckenschütze kauerte in einem Autowrack. Sie hatten die Plätze eingenommen, die Karen ausgewählt hatte, weil sie außerhalb der Schusslinie lagen und den Männern die Morgensonne in den Rücken schien. Weitere Heckenschützen waren auf der Nordseite des Geländes in Stellung gegangen. Die übrigen Steuerfahnder sicherten die Grenze des Schrottplatzes. Alle hatten sich gut versteckt, damit Shapiro und dessen Kumpane nicht Lunte rochen, dass Karen und Mike Verstärkung hatten. Sie hatten gestern Nacht lange über die angemessene Stärke ihrer Truppe diskutiert. Zu wenige Agenten bargen das Risiko, von Shapiros Killern überwältigt zu werden. Zu viele Männer könnten entdeckt werden und den Feind verscheuchen.

Karen kroch aus dem Pinto heraus, stieg geduckt den kleinen Hügel hinunter und bahnte sich den Weg zwischen den Schrottbergen hindurch.

Unterwegs blieb sie noch einmal stehen und richtete das Fernglas auf den freien Platz, der ungefähr siebzig Meter entfernt war. Jetzt erblickte sie Shapiro, der von vier breitschultrigen Männern mit automatischen Waffen flankiert wurde. Die Gruppe blieb mitten auf dem Platz stehen und sah sich um.

Es war bereits heller Tag. Karen näherte sich dem Feind im Schutz der Autowracks. Die Erde war mit Ölpfützen übersät. Die langen Reihen der Schrottfahrzeuge breiteten sich von der Mitte des Platzes sternförmig aus.

Karens Blick fiel auf die Limousine etwa dreißig Meter hinter Shapiros Gruppe. Sie beschloss, sich dem Wagen in sicherem Abstand zu nähern. Kurz darauf stand sie hinter dem auf Hochglanz polierten Auto.

Es wurde nicht bewacht.

Sie zog das Jagdmesser aus der Tasche, das Olson ihr heute Morgen gegeben hatte, und schnitt alle vier Reifen auf.

Dann schaute sie wieder auf die Uhr. Sie hatte binnen fünf Minuten die erste Phase der Operation erfolgreich abgeschlossen. Shapiro stand nun kein Fluchtfahrzeug mehr zur Verfügung.

Jetzt musste Karen sich ihm selbst und seinen Killern zuwenden.

»Shapiro«, rief sie, während sie sich ihnen von hinten näherte.

Die vier Bodyguards drehten sich um und richteten ihre Waffen auf die FBI-Agentin.

»Würden Sie Ihren Gorillas bitte sagen, sie sollen keinen Unsinn machen? Ich bin unbewaffnet.«

»Bleiben Sie stehen!«, rief der Spanier, der neben Shapiro stand.

»Was sollen diese Vorsichtsmaßnahmen? Wir haben doch eine Abmachung getroffen, oder?«

»Das hängt ganz davon ab, ob Sie das Paket bei sich haben oder nicht«, erwiderte Shapiro.

»Das Paket ist ganz in der Nähe bei Mike Ryan. Wo ist Victoria?«

»Auch ganz in der Nähe.«

»Seien Sie vernünftig, Shapiro. Ich bin allein mit Ryan. Wir sind beide unbewaffnet. Außerdem werde ich gesucht und habe wenig zu verlieren. Sie hingegen haben nicht nur *sehr viel* zu verlieren, sondern auch genug Schusswaffen dabei, um einen Panzer zu stoppen. Sie erwarten doch sicher nicht von mir, dass ich Ihnen das Paket übergebe, Ihnen die Hand schüttele und mit Ryan meines Wegs ziehe, oder? Ich brauche Sicherheiten, dass Sie uns nicht abknallen, sobald Sie haben, was Sie wollen.«

»Woher soll ich wissen, dass Sie nicht Teile des Pakets zurückbehalten und versuchen, mich auszutricksen?«

»Sie bekommen Ihr gesamtes Geld bis auf fünf Millionen Dollar zurück. Die behalten wir, damit wir das Land verlassen und für immer aus Ihrem Leben verschwinden können. Betrachten Sie es als Schweigegeld.«

»Okay«, sagte einer der Bodyguards zu Shapiro. »Wir machen es so.«

Shapiro hielt sich ein Funkgerät vor den Mund. Karen spitzte die Ohren, konnte aber leider kein Wort verstehen.

Ein paar Minuten verstrichen. Karen stand etwa zwanzig Meter von der Gruppe entfernt und wartete.

Plötzlich hörte sie das leise Surren eines Hubschraubers in der Ferne, das immer lauter wurde, bis der Hubschrauber schließlich kaum dreißig Meter über dem Schrottplatz kreiste.

Karen lief ein kalter Schauer über den Rücken. Ihr gesamter Plan war in Gefahr. Verdammt! Mit einem Hubschrauber hatte sie nun wirklich nicht gerechnet.

24.

Mike hielt sich noch immer in seinem Versteck auf. Er hatte jeden Schritt der Operation bis ins letzte Detail mit der FBI-Agentin abgesprochen. Als das Geräusch des Hubschraubers an sein Ohr drang, fragte er sich, ob er nicht trotz der Abmachungen aktiv werden müsse. Die Rotoren wirbelten Dreck und Staub in die Luft und verschleierten den Blick auf den Übergabeort.

Mike griff nach dem Funkgerät und setzte sich mit Olson in Verbindung.

»Was sollen wir tun?«

»Bleiben Sie, wo Sie sind, Mr Ryan. Wir machen uns ein Bild von der Lage. Denken Sie daran, dass der Platz von unseren Leuten umstellt ist.«

»Und was ist, wenn sie im Hubschrauber abhauen?«

»Bleiben Sie, wo Sie sind. Ich melde mich wieder.«

»Olson!«, beharrte Mike. »Der Staub versperrt unseren Schützen die Sicht auf den Platz! Die können doch gar nichts sehen, verdammt!«

»Wir haben die Lage voll im Griff. Bleiben Sie, wo Sie sind, und lassen Sie das Funkgerät eingeschaltet.«

Mike verzog das Gesicht. Die Sache schmeckte ihm ganz und gar nicht. Vielleicht war es besser, auf eigene Faust zu handeln, anstatt untätig abzuwarten, wie die Dinge sich entwickelten.

Mike steckte das Funkgerät ein und beschloss, zur anderen Seite des Platzes zu gehen. Vorsichtig quälte er sich parallel zu dem freien Platz zwischen den Schrottbergen hindurch.

Über seine Schläfen rannen Schweißperlen, als er an einem alten Laster vorbeikroch und über die Rückbank eines verrosteten Pkws kletterte. Schließlich richtete er sich langsam auf. Er hatte eine günstige Position am Rand des Platzes zwischen Shapiros Killern und dem weißen Hubschrauber erreicht, der soeben aufsetzte und dessen Rotoren dichte Staubwolken aufwirbelten, die den Schützen die Sicht nahmen.

Eine Tür wurde aufgerisssen. Mike sah die schlanke Gestalt seiner Frau, die mit verschränkten Armen aus dem Hubschrauber stieg. Sie war keine fünfzehn Meter von ihm entfernt und näherte sich ihm, als sie auf Shapiro und seine Killer zuging. Einer von Shapiros Bodyguards, den man im Staub kaum erkennen konnte, ging in Victorias Richtung.

Mike kniff die Augen zusammen. Die schlechten Sichtverhältnisse waren nicht nur für die Schützen, sondern auch für Shapiro und seine Killer von Nachteil.

Mike ließ den Blick zwischen der Gestalt des Bodyguards, der kaum dreißig Meter von ihm entfernt war, und Victoria, die nur noch zehn Meter von ihm weg war, hin und her schweifen. Kurz entschlossen nahm er sich vor, den Plan zu ändern und die schlechten Sichtverhältnisse zu seinem Vorteil zu nutzen.

Mike wartete auf den günstigsten Augenblick. Victoria musste sich noch ein Stück weiter vom Hubschrauber entfernen, durfte sich aber dem Bodyguard, der fast im rechten Winkel zu Mike auf Victoria zuging, nicht zu sehr nähern.

Mike verharrte ungeduldig, bis der Wachposten ihn passiert hatte. Dann holte er tief Luft und rannte, so schnell er konnte, zu seiner Frau. Der Lärm der Hubschrauberrotoren verschluckte seine Schritte. Er kniff die Augen zusammen und konzentrierte sich auf die dunkle Gestalt, die mit gezogener Waffe auf Victoria zusteuerte.

Mike drückte beide Hände auf die Brust, streckte die Ellbogen aus und beugte den Oberkörper nach vorn, wie er es als Footballer in Stanford gelernt hatte. Der linke Ellbogen traf den Wachposten genau auf der Brust. Der Schlag war viel wuchtiger als alle Hiebe, die Mike als Verteidiger ausgeteilt hatte. Knochen knackten. Die Wucht des Aufpralls riss den Mann vom Boden. Mikes ehemaliger Trainer wäre stolz auf seinen Schüler gewesen.

Der Wachmann stöhnte, ließ die Waffe los und fiel kopfüber auf die Erde.

»Victoria!«, brüllte Mike und setzte zum Endspurt an. Sein linker Arm pochte. Das Adrenalin, das durch seine Adern strömte, steigerte seine Wahrnehmungskraft.

Er spürte das Surren der Rotoren in der Brust. Die Staubwolken umtosten ihn wie ein Wirbelsturm. Victoria verharrte wie eine Statue reglos auf der Stelle. Ihr kurzes Haar flatterte.

Mike breitete die Arme aus, stürzte sich auf Victoria, warf sie sich mühelos über die Schulter und rannte los, um sie beide in Sicherheit zu bringen ...

Ein Schuss peitschte.

Victoria schrie auf.

Mike rannte um sein Leben. Seine Lungen brannten. Sein lädiertes Knie protestierte bei jedem Schritt. Victorias Körper drückte schwer auf seine rechte Schulter. Die Killer waren ganz in der Nähe. Mike musste seine letzten Kräfte mobilisieren.

Eine zweite Kugel sauste knapp an ihm vorbei und schlug in einem Schrottberg hinter ihnen ein.

»Mike ...«

»Ja, ich weiß!«, rief Mike, der einen raschen Blick über die Schulter riskierte. Mehrere Männer waren aus dem Hubschrauber gesprungen und nahmen die Verfolgung auf.

Hinter einem Schrotthaufen bog er links ab und rannte rechts an der verdreckten schwarzen Limousine mit den platten Reifen vorbei. Mike behielt den Zickzackkurs noch zwei Minuten bei und lauschte den zahlreichen Schüssen in der Ferne.

Sein lädiertes Knie zitterte. Er hatte das Letzte aus sich herausgeholt.

Als ein gewisser Vorsprung zwischen ihnen und den Verfolgern lag, legte Mike Victoria vorsichtig auf die Erde und schnappte keuchend nach Luft. Verdammt! Er war nicht in Bestform. »Ist alles in Ordnung?«, fragte er, während er seine Frau in die Arme schloss.

Victoria schmiegte sich an ihn. »Ja, mein Schatz. Alles in Ordnung.«

Erst jetzt warf Mike einen prüfenden Blick auf Victoria. Wut stieg in ihm auf. Als er die blauen Flecke auf ihrem Gesicht und die aufgeplatzte Lippe sah, ballte er die Hände. »Diese Schweine!«, zischte er. »Das zahle ich ihnen heim!«

»Komm«, sagte Victoria, die sich an ihn presste. »Wir müssen abhauen.«

Mike strich ihr übers Gesicht. »Ja, Vic. Nichts wie weg hier!«

In diesem Augenblick hörten sie wieder einen Schuss. Die Killer waren ihnen dicht auf den Fersen.

25.

Karen begriff jäh, dass ihr ganzer Plan wie ein Kartenhaus zusammenfiel, als inmitten der riesigen Staubwolke der erste Schuss abgefeuert wurde. Zwei von Shapiros Bodyguards griffen nach ihren Waffen.

Verdammt!

Karen rannte los, um irgendwo Deckung zu suchen. Mehrere Schüsse hallten über den Platz. Links und rechts von ihr schlugen Kugeln in die Erde ein und wirbelten Dreck in die Luft. Es kam ihr fast wie eine Ewigkeit vor, bis sie den ersten Schrottberg erreichte. Karen stieß sich vom Boden ab und sprang in den Schrott hinein. Sie landete neben einem Haufen verrosteter Achsen und schürfte sich die linke Schulter auf.

In unmittelbarer Nähe stand das Wrack eines grünen Lasters. Karen krabbelte hinein.

Mehrere Kugeln prallten vom Kotflügel ab. Die Agentin rollte über den Boden des Wracks nach hinten. Blitzschnell zog sie die schallgedämpfte Beretta und spähte über den Rand der Stoßstange um die Ecke.

Auf dem Schrottplatz war die Hölle los. Schreie, Schüsse und das Surren der Rotoren dröhnten in ihren Ohren. Zwei dunkle Gestalten rannten zur anderen Seite des Wracks. Die Staubwolke verhüllte den Blick auf ihre Gesichter.

Die Agentin feuerte zwei Schüsse ab. Eine Gestalt sank zu Boden. Die zweite Gestalt sprang in einen Schrotthaufen und erwiderte das Schussfeuer.

Karen rannte davon. Sie krümmte sich vor Schmerzen.

Kies und Glassplitter prasselten auf sie herab. Sekunden später erreichte sie einen riesigen, fast haushohen Berg aus zusammengepressten Autowracks, hinter dem sie sich versteckte. Hier sollte Ryan eigentlich auf sie warten.

Wo steckte er?

Nachdem Karen sich vergewissert hatte, dass sie den zweiten Killer in dem Labyrinth des Schrottplatzes abgehängt hatte, presste sie das Funkgerät vor ihren Mund. »Mike! Wo zum Teufel sind Sie?«

Nach kurzem Rauschen erfolgte die Antwort. »Ich hab Vic! Beeilung! Sie sind hinter uns her!«

»Sie ist bei Ihnen? Wo sind Sie?«

»Wir laufen nach Norden zum Zaun des Schrottplatzes.«

Karen orientierte sich und rannte in diese Richtung.

Nachdem sie einmal links abgebogen war, lief sie parallel zu dem freien Platz und bahnte sich mit der Beretta den Weg. Ihr Finger drückte gegen den Abzug, damit die Waffe nicht versehentlich losging.

»Olson? Melden Sie sich!«, rief Karen.

»Ich kann von hier aus nichts sehen!«

»Verdammt! Dann verlassen Sie Ihren Beobachtungsposten! Wir brauchen hier unten Verstärkung!«

26.

Mike umklammerte fest Victorias Hand, als sie durch die schmale Gasse zwischen zwei Schrottbergen liefen und im Zickzacklauf auf die nördliche Grenze des Schrottplatzes zuhielten.

Er musste den Killer abhängen, der ihre Verfolgung aufgenommen hatte. Der Mann hatte bereits auf sie geschossen.

Mike mobilisierte noch einmal seine Kräfte. Die Nachmittagssonne blendete ihn. Noch hatten sie die Schrottberge nicht hinter sich gelassen.

Eine Kugel schlug in einem Wrack unmittelbar vor ihnen ein.

»Hier entlang!«, rief er.

Mike zerrte Victoria hinter sich her und bog zuerst links und dann rechts in eine schmale Gasse. Endlich lag der Autofriedhof fast hinter ihnen. Sie liefen die kleine Anhöhe hinauf, die zu dem Zaun führte.

Victoria erreichte ihn zuerst. Hinter dem drei Meter hohen Maschendrahtzaun dehnte sich ein grasbewachsenes Brachland bis zur I-35 aus. Mike runzelte die Stirn. Es waren keine Steuerfahnder in Sicht.

Wo sind sie?

Mike und Victoria sprangen auf das Dach eines alten Mustangs. Victoria kletterte mit Mikes Hilfe auf den Zaun. Er wollte ihr gerade folgen, als er hinter sich eine laute Stimme mit spanischem Akzent hörte.

»Bleiben Sie, wo Sie sind!«

Victoria saß oben auf dem Zaun. Sie erstarrte. Mike ließ den Zaun los und drehte sich um. Er stand auf dem Dach des Wagens und blickte dem Lateinamerikaner mit dem dunklen Teint ins Gesicht. Der Mann war Mitte vierzig und besaß etwa Mikes Statur.

»Sie wollen uns schon verlassen?«, fragte er.

»Mir gefällt die Party nicht«, erwiderte Mike, der seine Wut kaum bändigen konnte.

Der Spanier, der seine Waffe auf Mike richtete, wurde ernst. »Ich heiße Esteban, Mr Ryan. Ihre Frau weiß, dass man mich ernst nehmen sollte. Geben Sie mir die Unterlagen, oder ich knall Sie beide ab.«

Mike zog ein kleines Kästchen aus der Tasche, das kaum die Größe eines tragbaren CD-Players hatte, und hielt es mit beiden Händen in die Luft. »Erstaunlich, wo man heutzutage Milliarden Dollar speichern kann.«

Esteban streckte eine Hand aus. »Geben Sie mir das.«

»Wissen Sie überhaupt, was das ist?«, fragte Mike.

Esteban schwieg.

»Das ist ein Diskettenlaufwerk mit einer Diskette, auf der alle Informationen gespeichert sind, die Sie haben wollen. Wenn ich auf diesen Knopf hier drücke, werden sämtliche Daten gelöscht.«

»Überlegen Sie sich genau, was Sie tun, Mr Ryan.«

»Ich müsste doch verrückt sein, wenn ich Ihnen das Einzige geben würde, was unser Überleben vorerst sichert, oder nicht?«

»Seien Sie vernünftig«, beharrte Esteban, der einen Schritt auf die Ryans zuging. Hinter ihnen peitschten Schüsse. Die Steuerfahnder hatten den Kampf gegen die Verbrecherbande eröffnet.

»Noch einen Schritt, und Sie können Ihrem Geld Adieu sagen.«

»Okay«, sagte Esteban und ließ die Waffe sinken.

»Vic?«

»Ja?«

»Steig über den Zaun und renn weg.«

Der Lärm wurde von Sekunde zu Sekunde lauter. Dröhnendes Schussfeuer hallte über den Platz.

»Nicht ohne dich.«

»Verdammt! Hau ab!«, schrie Mike und fragte sich, wo Olson und seine Kollegen blieben. Er hätte am liebsten sein Funkgerät aus der Tasche gezogen, um Verstärkung anzufordern, aber das war nicht möglich. Erstens hielt er das Diskettenlaufwerk mit beiden Händen, und zweitens würde die Aktion Esteban verraten, dass Karen und er unterstützt wurden. Bis Victoria in Sicherheit war, musste er Esteban im Glauben lassen, er und die flüchtige Karen Frost wären allein.

Mike behielt Esteban im Auge, während Victoria über den Zaun auf die andere Seite des Schrottplatzes kletterte.

»Mike?«

»Hau ab!«

Victoria rannte davon.

»Okay, Mr Ryan. Sie ist außer Sichtweite. Runter da. Sie kommen mit uns«, sagte Esteban ein paar Sekunden später.

»Was?«

»Sie glauben doch nicht allen Ernstes, wir nehmen die Diskette und lassen Sie laufen, oder? Könnte ja nur Müll drauf sein.«

»Das war nicht abgemacht.«

Esteban lächelte. »Sie verstehen mich nicht. Wir bestimmen die Spielregeln. Sie gegen Ihre Frau.«

»Sie begreifen nicht, was hier gespielt wird. Der Platz ist von Agenten umstellt.«

Esteban lächelte. »Man kann es ja mal versuchen, nicht wahr, Mr Ryan? Zufällig sind das FBI und die Polizei auf unserer Seite.«

»Wer spricht denn hier vom FBI?«

Esteban runzelte die Stirn.

»Ich spreche von Agenten der Finanzbehörde, den Steuerfahndern, falls Ihnen das was sagt. Diese Burschen kennen keine Gnade.«

Mike zeigte auf den Schrottplatz. »Glauben Sie wirklich, Karen Frost würde den ganzen Zirkus alleine veranstalten?«

Esteban schwieg.

»Es ist vorbei«, sagte Mike. »Der IRS weiß alles. Alle Operationen von Orion Yanez und Senator Horton wurden aufgedeckt.«

Esteban trat einen Schritt zurück, dann einen zweiten. Er schüttelte den Kopf. »Das ist ...«

»Unmöglich?«, sagte Mike, dessen Selbstvertrauen wuchs, als er die Angst in den Augen des Fremden sah. »Orion Yanez wird in diesem Moment verhaftet. Ebenso Senator Horton und Dutzende von Geschäftspartnern wie Ron Wittica und Jason Myrtle.«

»Sie lügen!«

Jetzt lächelte Mike. »Ach ja? Drehen Sie sich um und überzeugen sich selbst. Drei Waffen sind auf Ihren Kopf gerichtet.«

Esteban blickte zögernd über die Schulter.

Mike warf ihm das Laufwerk mit voller Wucht an den Kopf. Es verfehlte das Ziel und prallte gegen die linke Schulter des Spaniers.

Esteban drückte ab, als Mike vom Dach des Mustangs sprang und sich auf ihn stürzte.

Mike krümmte sich vor Schmerzen. Seine rechte Schulter brannte, und über seine Brust strömte warmes Blut.

Dennoch gelang es ihm, Esteban auf die Erde zu pressen und ihm den linken Ellbogen ins Kinn zu rammen, bevor der Killer ihm einen kräftigen Fußtritt verpasste.

Mike stand taumelnd auf, um sich erneut auf Esteban zu stürzen.

Ein zweiter Schuss hallte in seinen Ohren. Mike starrte auf den am Boden liegenden Gegner, der die Waffe auf ihn richtete – und langsam sinken ließ.

Eine Sekunde später begriff er den Grund. Karen Frost sprang hinter einem alten Laster hervor. Sie richtete die Beretta noch immer auf Esteban, der sich nicht mehr regte.

Mike wurde schwindelig und übel. Er sank auf die Knie. »Karen«, stammelte er, ehe er zusammenbrach.

Wie durch einen Schleier blickte Mike auf Karen Frost, die das Funkgerät an ihre Lippen presste, doch er konnte nichts mehr verstehen. Die Bewusstlosigkeit erlöste ihn von seinen Schmerzen.

27.

Schnell! Schnell!«, rief Karen dem Piloten zu, der sie zu einem nahe gelegenen Krankenhaus flog.

Gam Olson saß neben dem Piloten und richtete eine Waffe auf seinen Kopf. Victoria kniete vor der letzten Sitzreihe, auf der Mike lag, und drückte ein Handtuch auf die Schusswunde. Karen, die neben Victoria saß, hatte schon Schlimmeres gesehen. Wenn Mike nicht zu viel Blut verlor, hatte er gute Überlebenschancen. Olson hatte die Notaufnahme im Brackenridge Hospital in der Stadtmitte von Austin verständigt. Der Hubschrauberlandeplatz lag direkt gegenüber von der Notaufnahme. Mit etwas Glück kamen sie rechtzeitig dort an, um das Leben dieses mutigen, jungen Mannes zu retten.

Zwei Steuerfahnder begleiteten sie. Ihre Kollegen waren auf dem Schrottplatz zurückgeblieben und unterstützten die Polizisten, die inzwischen eingetroffen waren.

Karen beugte sich zu Mike hinunter und fühlte seinen Puls. »Sein Puls ist stabil«, sagte sie zu Victoria. Sie nickte, presste das Handtuch auf die Wunde und flüsterte Mike etwas ins Ohr.

Karen drehte sich wieder um und wählte auf Olsons Handy Russell Meeks Privatnummer. Olson hatte veranlasst, dass drei hohe Funktionäre der Finanzbehörde Meek vor zwei Stunden einen Überraschungsbesuch abstatteten. Diesmal war Meek überaus liebenswürdig.

»Mein Gott, Karen! Ist das alles wahr?«

Karen schaute auf den blauen Himmel über Austin. »Ich habe Sie gewarnt, Russ.«

»Ich weiß, ich weiß. Ich muss noch viel lernen. Aber Horton? Wer hätte das gedacht?«

»Er war auch nur eine Marionette. Orion Yanez hat die Fäden gezogen.«

»Ich habe die Berichte gelesen«, sagte er. Ein ganzes Heer von Finanzbeamten hatte innerhalb weniger Stunden zahlreiche Informationen über Orion Yanez' Operationen in den Vereinigten Staaten zusammengetragen. Was auf den ersten Blick vollkommen legal aussah, erwies sich bei näherer Betrachtung als Verbrechen in größtem Stil. Orion Yanez hatte riesige Geldsummen von Dutzenden amerikanischer Unternehmen, zu denen unter anderem SoftCorp und die Capitol Bank gehörten, auf Konten in Übersee geschleust. Mithilfe von Jason Myrtle und den Direktoren zwei anderer Finanzbehörden gelang es dem gebürtigen Kubaner, seine Operation geheim zu halten. Nachdem Karen Frost auf eine mögliche Verbindung zwischen Jack Horton und Orion Yanez hingewiesen hatte, stieß der IRS schnell auf Hortons Wahlkampfunterstützungen. Yanez hatte nicht nur Hortons Karriere größtenteils finanziert, er hatte außerdem drei Senatoren, zwei Gouverneuren, fünf Kongressabgeordneten und einer großen Anzahl von Richtern den Weg nach oben geebnet. Die Politiker ließen im Gegenzug ihre Beziehungen spielen, um Orions Imperium zu schützen. Das FBI und die CIA halfen der Finanzbehörde bei den weiteren Ermittlungen.

»Wann verhaften Sie die bestochenen Politiker und Orion Yanez und dessen Bande?«

»Meine Agenten arbeiten mit der Steuerfahndung zusammen. Sie bereiten die Aktion vor. Ich bin auf dem Weg ins Weiße Haus. Der Präsident erwartet mich. Sind die Informanten okay?«

»Der eine ja. Der andere wurden angeschossen, wird aber durchkommen.«

»Sieht so aus, als müsste ich mich bei Ihnen entschuldigen, Karen. Sie und Palenski hatten von Anfang an Recht.«

Karen lächelte. Der Hubschrauber setzte zur Landung an. »Darüber sprechen wir, wenn ich wieder in Washington bin, Russ. Sorgen Sie dafür, dass Yanez und Horton verhaftet werden, und klären Sie die Presse und die Polizei über den neuen Ermittlungsstand auf.«

»Das geschieht soeben.«

Karen beendete das Gespräch. Der Hubschrauber setzte auf. Notärzte legten Mike auf eine Bahre und brachten ihn in die Notaufnahme. Victoria und zwei Finanzbeamten folgten ihnen.

»Ist in Washington alles in Ordnung?«, fragte Olson.

Karen Frost lächelte ihn an und nickte. »Ja, alles im Lot.«

EPILOG

Zwei Monate später

Michael Patrick Ryan verließ die Arztpraxis und trat auf die Straße. Es war ein kühler Tag, und der Himmel über Nordkalifornien war wolkenlos. Mike war bester Laune, denn heute war endlich der Gips entfernt worden, den die Ärzte in Austin ihm nach der dreistündigen Operation angelegt hatten. Victoria wollte ihn ursprünglich begleiten, doch ein kurzfristiger beruflicher Termin hielt sie zurück. Es war erst ihre zweite Woche bei der Bank of San Francisco, und daher hatte der Job absolute Priorität. Beide wollten bei ihren neuen Arbeitgebern einen guten Eindruck machen.

Der Arm tat weh, wenn Mike ihn bewegte. Sein Arzt hatte ihn an einen Krankentherapeuten überwiesen und ihm versichert, er könne den Arm in drei Monaten wieder normal bewegen. Trotz der lebensgefährlichen Verletzung, die die 9-mm-Kugel ihm zugefügt hatte, würden keine Schäden zurückbleiben.

Mike betrachtete seinen rechten Arm. Die Haut war blass, und er war dünner als der linke Arm, weil Mike ihn in den letzten zwei Monaten nicht bewegt hatte. Zum Glück musste er nun nicht mehr mit der linken Hand schreiben, obwohl er sich in den letzten Wochen daran gewöhnt hatte, und er konnte mittlerweile mit einer Hand tippen.

Mike atmete tief ein und winkte ein Taxi heran. Er nannte dem Fahrer seine Adresse in Mountain View, eine halbe Meile von Stanford entfernt.

Als er auf der Rückbank saß, schloss er kurz die Augen.

Der junge Akademiker hatte die Geschehnisse der letzten Wochen aufmerksam in den Medien verfolgt. Der Stein, den er ins Rollen gebracht hatte, erschütterte noch immer das Land. Zuerst war Jack Horton am Dulles International Airport verhaftet worden, als er die Maschine bestieg, die ihn zu den Cayman Islands fliegen sollte. Orion Yanez hatte versucht, sich der Festnahme zu widersetzen, als das FBI vor seiner Tür in Virginia auftauchte. Schließlich war er überwältigt und mitsamt einem Dutzend Bodyguards verhaftet worden. Mikes ehemalige Vorgesetzte Ron Wittica und Aaron Shapiro waren in Austin festgenommen worden. Ihnen wurden Raub, Unterschlagung, Geldwäsche und Mord zur Last gelegt. Jason Myrtle, der ebenfalls inhaftiert wurde, beging im Gefängnis Selbstmord; so hieß es jedenfalls in den Medien. Im Zuge der Ermittlungen wurden zahlreiche Politiker und Manager großer Unternehmen verhaftet. Einige versuchten, wie Horton, in letzter Minute das Land zu verlassen. Die Angeklagten warteten jetzt auf ihren Prozess. Die besten Verteidiger des Landes strömten in die amerikanischen Gerichtssäle, um sich durch die Übernahme der medienträchtigen Fälle einen Namen zu machen. CNN berichtete laufend über den neuesten Stand der Dinge.

Die Medien stürzen sich wie Geier auf den Skandal, dachte Mike, als das Taxi auf den Highway 101 Richtung Norden fuhr und die Straßen des Silicon Valley an ihnen vorbeizogen. Victoria und Mike hatten mit dem FBI und dem IRS einen Deal abgeschlossen, dass ihre Namen nicht genannt wurden. Das junge Paar wollte in Kalifornien ein neues Leben beginnen und die Zeit in Austin aus seinem Gedächtnis streichen.

Ein paar Erinnerungen sind dennoch geblieben, räumte Mike im Stillen ein. Die Ryans hatten die Finanzbehörde überzeugt, ihnen die Zinsen zu schenken, die sich innerhalb der sechs Wochen angesammelt hatten, bis der IRS das gesamte Vermögen in seinen Besitz gebracht hatte. Selbst bei den derzeit niedrigen Zinsen kam bei ein paar Milliarden Dollar ein hübsches Sümmchen zusammen. Mike hatte zu Olson gesagt, er solle den Betrag als Belohnung für seine geleisteten Dienste betrachten. Die dankbare Finanzbehörde hatte den Ryans nicht nur erlaubt, das Geld steuerfrei auf ein Konto in Kalifornien zu überweisen, sondern auch ihre neuen Fahrzeuge zu behalten und das Haus Gewinn bringend zu verkaufen.

Das war das Mindeste, was sie tun konnten, dachte Mike, der an die Milliarden Dollar dachte, die dem Staat nach Orion Yanez' Verhaftung in die Hände fielen. Besonders die Verhaftung von Orions Buchhalter, der sich sehr kooperativ zeigte, um seine Haut zu retten, erwies sich als großer Erfolg. Der Mann gab Dutzende von Konten preis, die ein Gesamtguthaben von mehr als zehn Milliarden Dollar aufwiesen.

»An der nächsten Kreuzung links«, sagte Mike zum Fahrer, nachdem sie vom Highway abgebogen waren. »Die nächste Straße wieder links. Dann können Sie mich an der nächsten Ecke rauslassen.«

Kurz darauf stieg Mike aus dem Taxi und ging auf das zehn Jahre alte Haus mit den vier Schlafzimmern zu. Für diese Wohngegend war es relativ neu und ziemlich groß, und es lag auf einem Eckgrundstück. Besonders schön war die Aussicht aufs Tal, die es der Hanglage zu verdanken hatte. Falls die Ryans einmal umziehen würden, könnten sie für das Haus einen guten Preis erzielen. In diesem Tal stiegen die Immobilienpreise je nach Lage explosionsartig. Ein Haus, das auf der Kuppe des Hügels stand, war viermal so teuer wie ein ähnliches Haus unten im Tal. Das Haus der Ryans lag zwar nicht auf der Kuppe, aber für ein junges Ehepaar war die Lage nicht schlecht.

Mike lächelte, als er auf die frei stehende Garage für drei Fahrzeuge schaute. Er freute sich darauf, endlich wieder seinen roten Boxster fahren zu können. Aber zuerst würde er sich ins Netz einloggen, um zu arbeiten und seine E-Mails zu überprüfen. Sein Chef bei Cisco Systems war so freundlich, ihm den heutigen Tag frei zu geben. Mike war noch immer dabei, seinem neuen VR-Projekt den letzten Schliff zu verleihen.

Er schob die rechte Hand in die Jacke und zog den Schlüssel heraus. Es war schön, die Haustür mit der rechten Hand aufschließen zu können.

Plötzlich sah er eine Gestalt auf der Veranda vor dem Haus stehen.

»Hallo, Mike.«

Michael Ryan hielt mitten in der Bewegung inne und schaute auf die schlanke Frau mit dem kurzen, blonden Haar, den braunen Augen und den großen Ohrringen. Im ersten Augenblick war er überrascht. »Karen? Sie hätte ich hier am wenigsten erwartet. Wie geht es Ihnen?«

»Gut, danke.«

Mike lächelte. »Wieder verwandelt?« Er zeigte auf ihr Haar und die Augen. Sie hatte ein paar Pfund abgenommen, was ihr gut zu Gesicht stand.

»Der Job«, erwiderte sie Schulter zuckend. »Da ich ganz in der Nähe war, wollte ich mal vorbeischauen und Ihnen das hier geben.« Die Agentin stieg die Stufen von der Veranda hinab und ging mit einem Umschlag in der Hand auf ihn zu. Sie trug eine enge, schwarze Jeans, eine braune Jacke über einem schwarzen T-Shirt und Stiefel. Vermutlich führte sie zwei Waffen bei sich. Durch das blond gefärbte Haar kam ihre gesunde Bräune gut zur Geltung. Die FBI-Agentin hatte sich sichtlich erholt, seit Mike sie zum letzten Mal im Krankenhaus in Austin gesehen hatte. Sie sah fast fünf Jahre jünger aus. »Ich hatte nicht damit gerechnet, Sie um diese Zeit zu Hause anzutreffen.«

»Ich habe heute frei. Der Arzt hat gerade den Gips entfernt«, sagte Mike, der den rechten Arm ausstreckte. »So gut wie neu. Auf jeden Fall bald.« Mike kniff die Augen zusammen. »Was hat Sie wirklich in diesen Winkel der Welt verschlagen, Karen?«

Sie schaute ihn an. »Das FBI war über den Erfolg meiner letzten Ermittlungen so erfreut, dass ich einen neuen Fall übertragen bekommen habe. Es geht um Industriespionage eines Unternehmens hier vor Ort.«

Mike schüttelte den Kopf. »Jetzt sagen Sie nicht, es geht um Cisco Systems.«

Karen lächelte. »Nein, keine Angst. Cisco ist sauber.«

Mike atmete erleichtert auf. »Im ersten Moment dachte ich schon ...«

Die Agentin schaute sich um. »Ihnen und Victoria scheint es gut zu gehen. Das freut mich.«

Mike neigte den Kopf zur Seite. »Die Zeit in Austin kommt mir wie ein böser Traum vor.«

»Für die Verbrecher, die wir verhaften konnten, beginnt jetzt wirklich ein Albtraum. Ich vermute, Wittica und Shapiro müssen mindestens zwanzig Jahre absitzen. Fünfzehn Angestellte von SoftCorp und fast dreißig von der Capitol Bank wurden verhaftet und unter Anklage gestellt. Zahlreichen Mitarbeitern anderer Unternehmen, der Finanzbehörde und sogar Abgeordneten des Kongresses wird der Prozess gemacht.«

»Ich habe von den Verhaftungen der Gouverneure von Louisiana und Illinois gehört.«

Karen nickte. »Ja, es ist richtig ausgemistet worden. Und je gründlicher wir ermitteln, desto mehr Ratten kriechen aus ihren Löchern. Sie wollen mit uns verhandeln und denunzieren ihre Spießgesellen. Davor fürchtet sich das organisierte Verbrechen besonders. Sobald ein paar Leute den Mund aufmachen, können sie einpacken. Das größte Problem ist immer, die Maschinerie in Gang zu setzen. Dank Ihrer Hilfe sitzen jetzt viele Verbrecher hinter Schloss und Riegel.«

Mike runzelte die Stirn, als er sich an den Betriebsausflug auf dem Vergnügungsdampfer erinnerte. Er war heilfroh, dass er nicht so lange bei SoftCorp gearbeitet hatte, um dort Freundschaften zu schließen. Dann wäre ihm der Abschied möglicherweise nicht so leicht gefallen. Viele Frauen und Kinder, deren Männer und Väter hinter Gittern saßen, gingen schweren Zeiten entgegen. »Wissen Sie mittlerweile, was Orion Yanez im Schilde führte?«

Karen reichte ihm den Umschlag. »Sie sollten wissen, was durch Ihre Mithilfe verhindert werden konnte.«

Mike riss den Umschlag auf. Er enthielt einen handgeschriebenen Gruß von Russell Meek, dem neuen FBI-Direktor, sowie einen Zeitungsartikel. Meek bedankte sich bei Mike für seine Mithilfe, die Lieferung von Nuklearwaffen nach Kuba verhindert zu haben. Dem Artikel aus der gestrigen Ausgabe der *New York Times* war zu entnehmen, dass ein US-Marine-Zerstörer ein russisches Handelsschiff fünfhundert Meilen vor der kubanischen Küste gestoppt hatte. Amerikanische Seeleute fanden tief versteckt im Laderaum genug Material, um ein halbes Dutzend Kurzstreckenraketen mit 450-kg-Nuklearsprengköpfen zu bauen, die fünfhundert Meilen entfernte Ziele treffen konnten. Natürlich wurde keine Verbindung zum Fall Orion Yanez hergestellt, mit dem die Medien sich seit Wochen beschäftigten. Doch es war nur eine Frage der Zeit, bis die Öffentlichkeit davon erfuhr.

»Mein Gott!«, rief Mike. »*Das* hatte Yanez mit dem Geld vor?«

»Auf jeden Fall mit einem Teil seines Geldes. Außerdem hat er den Bau großer Hotelanlagen auf Kuba finanziert, um die Wirtschaft des Landes anzukurbeln, wie wir von seinem Buchhalter erfuhren. Obwohl Orion es nicht zugegeben hat, glaubt die CIA, dass er vermutlich Castros Nachfolge antreten sollte. Orion war der richtige Mann für dieses Terrorregime, das Menschenrechte missachtet und die Bürger durch Folter und Willkür auf ihre Linie bringt.«

Mike schüttelte ungläubig den Kopf. »Und dazu hat er unsere Steuergelder benutzt?«

»Unglaublich, nicht wahr?«

Karen klopfte ihm auf die Schulter. »Sie haben Ihrem Land einen großen Dienst erwiesen, Mike.«

Er seufzte. »Ich liebe mein Land und zahle gern meine Steuern, aber ich hoffe, es war das erste und letzte Mal, dass ich Vater Staat auf diese Weise unter die Arme greifen musste.«

Karen lächelte und winkte jemandem unten auf der Straße zu. Ein Pkw, der ein paar Häuser entfernt parkte, startete und fuhr in ihre Richtung. »Ich wünsche Ihnen und Victoria viel Glück.«

Karen verabschiedete sich und stieg in den Wagen.

Michael Patrick Ryan sah ihr nach und ging anschließend ins Haus. In wenigen Stunden kam Victoria nach Hause. Die Zeit bis dahin wollte Mike nutzen, um zu arbeiten.

Er loggte sich ins System ein und überprüfte die eingegangenen E-Mails. Die meisten waren von seiner neuen Firma, die keine so großzügigen Gehälter und Zulagen zahlte wie SoftCorp. Dafür hatte das Unternehmen eine weiße Weste, und er musste keine Überwachungskameras in seinem Schlafzimmer befürchten. Da das Haus und ihre Autos dank Uncle Sam bezahlt waren, konnten die Ryans sich ein Leben im Silicon Valley leisten und noch einiges auf die hohe Kante legen.

Eine E-Mail fiel Mike ins Auge. Für den unwissenden Betrachter bestand sie nur aus einer Reihe von Buchstaben und Zahlen. Mike startete ein Decodierungsprogramm, das ihm die Bank of London vier Wochen zuvor geliefert hatte – ein besonderer Service für Kunden mit Nummernkonten. Er las die kurze E-Mail, die ihm wie die erste, die er im letzten Monat erhalten hatte, den Kontostand und die angefallenen Zinsen anzeigte. Keine Einzahlungen oder Abhebungen.

Mike starrte einen Moment in die Ferne und fragte sich, ob er und Victoria das Richtige getan hatten, als sie das Guthaben eines der kleineren Konten von Orion Yanez von Kolumbien nach London geschleust hatten. Der Verlust der paar Millionen fiel bei der Sicherstellung mehrerer Milliarden Dollar nicht ins Gewicht.

Mike und Victoria standen finanziell gut da. Zudem waren sie beide jung und intelligent und hatten gut bezahlte Jobs mit besten Aufstiegschancen. Da keiner wusste, was die Zukunft brachte, konnte es dennoch nicht schaden, einen goldenen Fallschirm zu besitzen, auf den sie im Notfall zurückgreifen konnten.

Vielleicht in fünf oder zehn Jahren oder noch später. Wenn sie keine Lust mehr hatten, zu arbeiten, Karriere zu machen und sich dem harten Konkurrenzkampf in der Hightechbranche auszusetzen, konnten sie vielleicht darüber nachdenken, sich an einen schönen Ort in Europa – vielleicht in Süditalien – zurückzuziehen, solange sie noch jung waren.

Mike lächelte. *Vielleicht eines Tages ...*

Er schloss die E-Mail und machte sich an die Arbeit.

Patrick Dunne
Das Maya-Ritual
Roman
BASTEI
LÜBBE

Erstes Buch der neuen Reihe von Bestsellerautorin Anne Perry

Die Welt scheint in Ordnung für den Vikar Joseph Reavley und seine beiden Schwestern, bis ihnen ihr Bruder Matthew eine schlimme Nachricht überbringt: Die Eltern der vier Geschwister sind bei einem merkwürdigen Autounfall ums Leben gekommen. Matthew, der für den britischen Geheimdienst arbeitet, hatte von seinem Vater ein streng geheimes Dokument in Empfang nehmen wollen. Doch das Dokument ist im Autowrack nicht zu finden. Hatte es etwas mit dem Tod der Eltern zu tun? Joseph und seine Geschwister wollen der Sache nachgehen, und eine unglaubliche Geschichte nimmt ihren Lauf ...

ISBN 3-404-15087-2

BASTEI LÜBBE

»Sagen Sie alle Termine ab und lesen Sie METEOR!«

The Washington Post

Als die NASA mithilfe modernster Satelliten-Technologie in der Arktis eine sensationelle Entdeckung macht, wittert die angeschlagene Raumfahrtbehörde Morgenluft. Tief im Eis verborgen liegt ein Meteorit von ungewöhnlicher Größe, der zudem eine außerirdische Lebensform zu bergen scheint. Rachel Sexton, Mitarbeiterin des Geheimdienstes, reist im Auftrag des Präsidenten zum Fundort des Meteoriten. Doch es gibt eine Macht im Hintergrund, die den spektakulären Fund für ihre eigenen Zwecke nutzen will – und die bereit ist, dafür zu töten ...

ISBN 3-404-15055-4

BASTEI LÜBBE